Buch

Bei einer Serie von brutalen Morden in Minneapolis und New York tappt die Polizei im dunkeln. Allen Opfern wurde mit einem indianischen Opfermesser die Kehle durchgeschnitten – und alle Opfer waren bekannt für ihren Indianerhaß. Der exzentrische Einzelgänger Lucas Davenport, Spezialist für die Aufdeckung von Serienmorden, heftet sich bald zusammen mit der attraktiven Polizistin Lily Rothenburg auf die Spur mehrerer verdächtiger Indianer. Dabei trifft er auf den geheimnisvollen Shadow Love, den Davenport aber nach einem Verhör wieder laufen läßt. Er ahnt nicht, daß Shadow Love eine Killermaschine ist, die Gefallen am Töten findet. Erst als ein weiterer Mord geschieht, wird Davenport wieder auf Shadow Love aufmerksam. Doch mittlerweile hat der Killer seine Spur aufgenommen, und ganz oben auf der Liste der nächsten Opfer stehen Lucas Davenport und Lily Rothenburg...

Autor

John Sandford ist das Pseudonym eines angesehenen, mit dem Pulitzerpreis ausgezeichneten Journalisten aus Minneapolis. Zu »Schule des Todes« (Goldmann Taschenbuch 41031), seinem Debüt als Romanautor, meinte Stephen King: »Ein großes Buch, schockierend und packend von der ersten bis zur letzten Seite!«

JOHN SANDFORD
DER INDIANISCHE SCHATTEN
ROMAN

Aus dem Amerikanischen von
Joachim Körber

GOLDMANN VERLAG

Deutsche Erstausgabe

Die Originalausgabe erschien unter dem Titel
»Shadow Prey« bei G. P. Putnam's Sons, New York

Der Goldmann Verlag
ist ein Unternehmen der Verlagsgruppe Bertelsmann

Made in Germany · 9/91 · 1. Auflage
© der Originalausgabe 1990 by John Sandford
© der deutschsprachigen Ausgabe 1991
by Wilhelm Goldmann Verlag, München
Umschlaggestaltung: Design Team München
Umschlagillustration: Schlück/Devito, Garbsen
Satz: IBV Satz- und Datentechnik GmbH, Berlin
Druck: May & Co, Darmstadt
Verlagsnummer: 41504
Lektorat: Jochen Stremmel/Ge
Herstellung: Gisela Rudolph
ISBN 3-442-41504-7

Am Anfang...

Sie hielten zwischen zwei Müllcontainern in einer Gasse. Carl Reed stand mit einer Bierdose in der Hand Schmiere. Larry Clay zog das betrunkene Indianermädchen aus, warf ihre Kleidungsstücke auf den Boden des Rücksitzes und zwängte sich zwischen ihre Beine.
Die Indianerin fing an zu heulen. »Herrgott, die hört sich wie ein Scheißjagdhund an«, sagte Reed, ein Junge aus Kentucky.
»Sie ist eng«, grunzte Clay. Reed lachte und sagte: »Beeil dich«, und warf die leere Bierdose in Richtung der Müllcontainer. Sie prallte von der Seite ab und fiel auf die Gasse.
Clay war in vollem Galopp, als das Heulen des Mädchens schriller wurde und sich zu einem Schrei entwickelte. Er legte ihr eine große Hand übers Gesicht und sagte: »Halt die Klappe, du Nutte«, aber es gefiel ihm. Eine Minute später war er fertig und kroch von ihr runter.
Reed zog den Pistolengurt aus und legte ihn hinter dem Blinklicht aufs Autodach. Clay stand auf der Gasse und sah an sich hinunter. »Sieh dir das Scheißblut an«, sagte er.
»Verdammt«, sagte Reed, »du hast 'ne Jungfrau entkorkt.« Er duckte sich auf den Rücksitz und sagte: »Hier kommt Daddy...«
Im Radio des Streifenwagens ließ sich nur der Polizeifunk einstellen, daher hatten Clay und Reed stets ein Transistorradio dabei, das Reed in einem PX in Vietnam gekauft hatte. Clay holte es hervor, schaltete ein und suchte nach etwas Anständigem. Der Nachrichtensender brabbelte etwas, daß Robert Kennedy Lyndon Johnson herausgefordert hatte. Clay drehte weiter und fand schließlich einen Country-Sender, wo sie »Ode to Billy Joe« spielten.

»Bist du bald fertig?« fragte er, während der Song von Bobbie Gentry in die Gasse hallte.
»Halt doch... dein... dummes... Maul...«, sagte Reed.
Das Indianermädchen sagte nichts.
Als Reed fertig war, hatte Clay die Uniform schon wieder an. Sie nahmen sich noch einige Momente Zeit, um dem Mädchen ein paar Sachen anzuziehen.
»Mitnehmen oder hierlassen?« fragte Reed.
Das Mädchen saß benommen auf der Gasse, umgeben von weggeworfenen Werbeprospekten, die aus den Mülltonnen geweht worden waren.
»Scheiß drauf«, sagte Clay. »Laß sie hier.«

Schließlich waren sie nur betrunkene Indianerweiber. Das sagten alle. Und es war ja nicht so, daß man ihnen etwas nahm. Sie hatten danach nicht weniger als davor. Verdammt, es gefiel ihnen.
Und darum meldeten sich Streifenwagen aus ganz Phoenix, wenn ein Funkspruch rausging. »Betrunkenes Indianerweib. Muß nach Hause gefahren werden. Wer?«
Hieß es »betrunkener Indianer«, also ein Mann, hätte man denken können, jeder Streifenwagen der Stadt wäre von einer Klippe gestürzt. Kein Piepser. Aber ein betrunkenes Indianerweib? Das führte zu einem Verkehrsstau. Viele waren fett, viele waren alt. Aber manche nicht.

Lawrence Duberville Clay war der jüngste Sohn eines reichen Mannes. Die anderen Clay-Söhne waren im Familienbetrieb tätig: Chemikalien, Kunststoffe, Aluminium. Larry ging nach dem College zur Polizei von Phoenix. Seine Familie war schockiert, außer dem alten Herrn, der das Geld machte. Der alte Herr sagte: »Laßt ihn gehen. Mal sehen, wie er sich anstellt.«
Larry Clay fing damit an, daß er sich das Haar lang wachsen ließ, bis über die Schultern, und mit einem 56er Ford durch die Stadt kreuzte. Binnen zwei Monaten hatte er überall in der Hippie-Gemeinde Freunde. Fünfzig langhaarige Blumenkinder wurden we-

gen Drogenkonsum festgenommen, ehe der Drogenfahnder mit dem neuen Gesicht bekannt wurde.

Danach kam der Streifendienst, die Bars, die Nachtclubs, die Imbißlokale, die rund um die Uhr geöffnet hatten; und die betrunkenen Indianerweiber auflesen. Als Cop konnte man viel Spaß haben. Larry Clay hatte ihn.

Bis er verletzt wurde.

Er wurde so brutal zusammengeschlagen, daß die ersten Cops, die am Tatort eintrafen, ihn für tot hielten. Sie brachten ihn zur Notaufnahme, und die Ärzte brachten ihn wieder in Ordnung. Wer waren die Täter? Drogendealer, sagte er. Hippies. Rache. Larry Clay war ein Held, sie machten ihn zum Sergeanten.

Als er aus dem Krankenhaus kam, blieb Larry noch so lange bei der Polizei, bis er bewiesen hatte, daß er kein Feigling war, dann hörte er auf. Er arbeitete im Sommer und absolvierte das Jurastudium in zwei Jahren. Zwei weitere Jahre verbrachte er im Büro des Staatsanwalts, dann eröffnete er eine Privatkanzlei. 1972 bewarb er sich um einen Platz im Senat seines Bundesstaats und gewann.

Seine Karriere kam richtig ins Rollen, als ein Spieler Ärger mit dem IRS bekam. Als Gegenleistung für etwas Verständnis gab der Spieler den Steuerfahndern eine Liste der Polizisten, die er im Laufe der Jahre geschmiert hatte. Die Sache stank zum Himmel. Die Stadtväter wurden nervös, sahen sich um und fanden einen jungen Mann, der mit beiden Beinen fest auf der Erde stand. Ein junger Mann aus guter Familie. Ehemaliger Polizist, Anwalt, Politiker.

Säubern Sie die Polizeitruppe, sagten sie zu Lawrence Duberville Clay. Aber nicht übertreiben...

Er machte genau, was sie wollten. Sie zeigten sich dankbar.

1976 wurde Lawrence Duberville Clay zum jüngsten Polizeichef in der Geschichte des Departments. Fünf Jahre später kündigte er und nahm das Amt eines Assistenten des Generalbundesanwalts in Washington an.

Ein Schritt zurück, sagten seine Brüder. Wartet nur ab, sagte der alte Herr. Und der alte Herr konnte helfen; die richtigen Leute, die richtigen Clubs. Geld, falls erforderlich.

Als das FBI von einem Skandal gebeutelt wurde – Bestechung bei internen Ermittlungen –, wußte die Verwaltung, an wen sie sich wenden mußte. Der Junge aus Phoenix hatte einen Ruf. Er hatte die Polizei von Phoenix gesäubert, und er würde das FBI säubern. Aber er würde es nicht übertreiben.

Mit zweiundvierzig wurde Lawrence Duberville Clay zum jüngsten FBI-Direktor seit J. Edgar Hoover ernannt. Er wurde das Aushängeschild der Verwaltung im Kampf gegen das Verbrechen. Er brachte das FBI der Bevölkerung und der Presse nahe. Während einer Drogenrazzia in Chicago schoß ein AP-Fotograf das Porträt eines erschöpften Clay, der die Ärmel bis über die Ellbogen hochgekrempelt und einen müden Gesichtsausdruck hatte. In einem Schulterhalfter unter der Achsel trug er eine riesige halbautomatische Pistole Marke Desert Eagle. Das Bild machte ihn berühmt.

Nicht viele Menschen erinnerten sich an seine erste Zeit in Phoenix und die Nächte, die er mit der Jagd auf betrunkene Indianerweiber verbracht hatte.

Während dieser Nächte in Phoenix hatte Larry Clay Geschmack an jungen Dingern gefunden. Sehr jungen Dingern. Und manche waren so betrunken gar nicht gewesen. Und manche waren auch gar nicht so scharf auf Nummern auf dem Rücksitz gewesen. Aber wer glaubte schon einem Indianerweib – in Phoenix, Mitte der sechziger Jahre? Bürgerrechte waren etwas für die Schwarzen im Süden, nicht für Indianer oder Chicanos im Südwesten. Vergewaltigungen bei Verabredungen war nicht einmal eine Vorstellung, und der Feminismus war kaum am Horizont zu sehen.

Aber das Mädchen in der Gasse... sie war zwölf und ein wenig betrunken, aber nicht so betrunken, daß sie nicht sagen oder sich erinnern konnte, wer sie ins Auto gezerrt hatte. Sie erzählte es ihrer Mutter. Ihre Mutter dachte zwei Tage darüber nach und erzählte es dann zwei Männern, die sie im Reservat kennengelernt hatte.

Die beiden Männer erwischten Larry Clay vor seinem Apartment und prügelten ihn mit einem echten Louisville Slugger windelweich. Brachen ihm ein Bein und beide Arme und eine Menge Rippen. Brachen ihm die Nase und schlugen ihm ein paar Zähne aus.

Es waren keine Drogendealer, die Larry Clay zusammenschlugen. Es waren zwei Indianer, als Abrechnung für eine Vergewaltigung.

Lawrence Duberville Clay kriegte nie heraus, wer sie gewesen waren, aber er vergaß auch nie, was sie ihm angetan hatten. Im Laufe der Jahre zahlte er es Indianern als Staatsanwalt, als Senator, Polizeichef und Assistent des Generalbundesanwalts heim, wenn sich ihm die Gelegenheit bot.

Er zeigte es ihnen allen.

Und er vergaß sie auch nicht, als er Direktor des FBI wurde, die eiserne Faust in jedem Indianerreservat der Nation.

Aber es gab auch Indianer mit einem guten Gedächtnis.

Wie die Männer, die ihn in Phoenix erwischt hatten.

Die Crows.

1

Ray Cuervo saß in seinem Büro und zählte sein Geld. Er zählte sein Geld jeden Freitagnachmittag zwischen fünf und sechs Uhr. Er machte kein Geheimnis daraus.

Cuervo besaß sechs Mietshäuser, die im Indian Country südlich der Minneapolis Loop verteilt waren. Das billigste Apartment vermietete er für neununddreißig Dollar pro Woche. Das teuerste lag bei fünfundsiebzig. Wenn er die Miete kassieren kam, akzeptierte Cuervo weder Schecks noch Entschuldigungen. Wenn man sein Geld Freitagnachmittags bis vierzehn Uhr nicht hatte, schlief man auf der Straße. Geschäft, wie Cuervo jeder Menge armer Schweine erzählte, war Geschäft.

Manchmal ein gefährliches Geschäft. Cuervo hatte stets eine verchromte Charter Arms Special Kaliber .38 in die Hose gesteckt, wenn er die Miete kassieren ging. Die Waffe war alt. Der Lauf war abgeblättert, der Kolben unmodisch klein. Aber sie funktionierte, und die Patronen waren immer neu. Man konnte das glänzende Messing in den Öffnungen des Zylinders funkeln sehen. Kein Schaustück, sagten seine Mieter. Eine Schußwaffe. Wenn Cuervo die wöchentlichen Einnahmen zählte, hatte er die Waffe neben seiner rechten Hand auf dem Schreibtisch liegen.

Cuervos Büro war ein Kabuff am Ende der Treppe im dritten Stock. Das Mobiliar war nüchtern und billig: ein schwarzes Telefon mit Wählscheibe, ein Schreibtisch aus Metall, ein Aktenschrank aus Holz und ein Drehstuhl aus Eiche auf Rollen. An der Wand linker Hand hing ein vier Jahre alter Badeanzug-Kalender der Zeitschrift *Sports Illustrated*. Cuervo blätterte ihn nie weiter als April, der Monat, wo man die braunen Nippel der Braut durch das nasse T-Shirt sehen konnte. Gegenüber dem Kalender hing eine Pinnwand aus Kork. Ein Dutzend Urlaubskarten waren an dieser Pinnwand festgesteckt, dazu zwei verblaßte Autoaufkleber. Auf einem stand SCHEISSE KOMMT VOR, auf dem anderen GEFÄLLT DIR MEIN FAHRSTIL? WÄHL 1-800-FRISS-SCHEISSE. Cuervos Frau, Tochter eines Landarbeiters aus Kentucky, die einen Mund wie Stacheldraht hatte, nannte das Büro ein Scheißloch. Ray Cuervo kümmerte das nicht. Immerhin *war* er ein Slumlord.

Cuervo machte ordentliche Stapel mit dem Geld, Einser, Fünfer und Zehner. Einen verstreuten Zwanziger steckte er in die Tasche. Münzen zählte er, schrieb die Summen auf und warf sie in eine Kaffeedose Marke Maxwell House. Cuervo war ein dicker Mann mit kleinen schwarzen Augen. Wenn er das feiste Kinn hob, sprangen aus seinem roten Nacken drei fette Speckwülste hervor. Wenn er sich nach vorn lehnte, traten an den Seiten, unter den Armen, drei weitere Speckwülste vor. Und wenn er furzte, was häufig vorkam, lüpfte er unbewußt eine Arschbacke vom Stuhl, um den Druck zu verringern. Er fand diese Bewegung weder unmöglich noch ungehörig. Wenn eine Frau im Zimmer war, sagte er »Hoppla«. Wenn er sich nur in männlicher Gesellschaft befand, sagte er nichts. Furzen war Männersache.

Wenige Minuten nach fünf Uhr am 5. Oktober, einem für die Jahreszeit ungewöhnlich warmen Tag, fiel die Tür unten an der Treppe zu, und ein Mann kam hoch. Cuervo legte die Fingerspitzen an die .38er Charter Arms und stand halb auf, damit er den Besucher sehen konnte. Der Mann auf der Treppe sah nach oben, und Cuervo entspannte sich.

Leo Clark. Ein alter Kunde. Wie die meisten Indianer, die eine von Cuervos Wohnungen mieteten, pendelte auch Leo immer zwischen den Reservaten hin und her. Er war ein harter Mann, das schon, mit einem Gesicht wie Granit, aber Cuervo hatte nie Ärger mit ihm.

Leo machte auf dem zweiten Treppenabsatz eine Pause, holte Luft und kam die letzte Treppe hoch. Er war ein Sioux, Mitte Vierzig, Einzelgänger und von der Sommersonne braungebrannt. Lange schwarze Zöpfe hingen ihm auf den Rücken, am Gürtel trug er eine Silberarbeit der Navajos. Er kam irgendwo aus dem Westen: Rosebud, Standing Rock oder so.

»Leo, wie geht's?« sagte Cuervo, ohne aufzusehen. Er hatte Geld in beiden Händen und zählte. »Brauchst du 'ne Wohnung?«

»Leg die Hände in den Schoß, Ray«, sagte Leo. Cuervo sah hoch. Leo hatte eine Pistole auf ihn gerichtet.

»Och, Mann, laß das doch«, stöhnte Cuervo und richtete sich auf. Er sah seine Waffe nicht an, dachte aber an sie. »Wenn du ein paar Kröten brauchst, leih ich sie dir.«

»Kann ich mir denken«, sagte Leo. »Zwei zu eins.« Cuervo betätigte sich nebenbei ein bißchen als Keredithai. Geschäft war Geschäft.

»Komm schon, Leo.« Cuervo warf das Bündel Geldscheine wie zufällig auf den Schreibtisch, damit er die Schußhand frei bekam. »Möchtest du deine alten Tage im Knast verbringen?«

»Wenn du noch eine Bewegung machst, schieß ich dir Löcher in den Kopf. Das ist mein Ernst, Ray«, sagte Leo. Cuervo sah dem anderen Mann ins Gesicht. Es war so kalt und dunkel wie das einer Maya-Statue. Cuervo bewegte sich nicht mehr.

Leo kam um den Schreibtisch herum. Keine drei Schritte waren zwischen ihnen, aber das runde Loch von Leos Pistole war starr auf Ray Cuervos Nase gerichtet.

»Bleib ganz still sitzen. Keine falsche Bewegung«, sagte Leo. Als er hinter dem Stuhl stand, sagte er: »Ich werde dir Handschellen anlegen, Ray. Ich möchte, daß du die Arme hinter die Stuhllehne streckst.«

Cuervo befolgte die Anweisung, drehte den Kopf und sah nach, was Leo vorhatte.

»Schau nach vorne«, sagte Leo und tippte mit dem Lauf der Pistole an Cuervos Ohr. Cuervo sah starr geradeaus. Leo wich zurück, schob die Pistole in den Bund seiner Hose und holte ein Obsidianmesser aus der Tasche. Das Messer bestand aus zwanzig Zentimeter wunderschön gearbeitetem schwarzen vulkanischen Glas von einer Klippe im Yellowstone Nationalpark. Die Kanten waren geschliffen, es war scharf wie ein Skalpell.

»He, Ray?« sagte Leo und trat näher hinter den Slumlord. Cuervo furzte aus Angst oder Verdrossenheit, und der üble Gestank füllte das Zimmer. Er machte sich nicht die Mühe, »Hoppla« zu sagen.

»Ja?« Cuervo sah starr geradeaus. Er überlegte. Seine Beine waren in der Knieöffnung unter dem Schreibtisch. Es würde ihm schwerfallen, sich schnell genug zu bewegen. Spiel mit, dachte er, noch ein paar Minuten. Wenn Leo die Handschellen anlegte, gelang ihm vielleicht die richtige Bewegung. Die Waffe funkelte fünfzig Zentimeter vor seinen Augen auf dem Schreibtisch.

»Das mit den Handschellen war gelogen, Ray«, sagte Leo. Er packte Cuervos Haar über der Stirn und riß den Kopf zurück. Dann schlitzte Leo mit einer einzigen kraftvollen Bewegung Ray Cuervos Kehle von einem Ohr zum anderen auf.

Cuervo stand halb auf, riß sich los und griff hilflos mit einer Hand zum Hals, während die andere hektisch auf dem Schreibtisch nach der .38er Charter Arms tastete. Doch dabei wußte er schon, daß er es nicht schaffen würde. Blut spritzte aus der durchschnittenen Halsschlagader wie aus einem Gartenschlauch und besudelte das grüne Laub der Dollars auf dem Tisch, die *Sports Illustrated*-Braut mit den Titten, den braunen Linoleumboden.

Ray Cuervo zuckte und wand sich und fiel, wobei er die Maxwell-House-Kaffeedose vom Schreibtisch stieß. Münzen klirrten und schepperten und rollten im Büro herum; ein paar kullerten die Treppe hinunter. Cuervo lag mit dem Gesicht auf dem Fußboden, und sein Gesichtsfeld schrumpfte zu einem trüben, engen Loch, das sich zuletzt auf Leo Clark konzentrierte, dessen Gesicht gleichgültig im Zentrum der zunehmenden Dunkelheit blieb. Dann war Ray Cuervo tot.

Leo wandte sich ab, als Cuervos Blasen- und Schließmuskel erschlafften. Auf dem Schreibtisch lagen zweitausendfünfunddreißig Dollar. Leo schenkte ihnen keine Beachtung. Er wischte das Obsidianmesser an seiner Hose ab, steckte es wieder in die Tasche und zog das Hemd über die Pistole. Dann ging er die Treppe hinunter und zu Fuß die sechs Blocks zu seinem Apartment. Er war mit Cuervos Blut besudelt, aber niemand schien es zu bemerken. Die Cops bekamen nur eine äußerst vage Beschreibung. Ein Indianer mit Zöpfen. In Minneapolis lebten fünftausend Indianer mit Zöpfen.

Die meisten waren hocherfreut, als sie die Nachricht über Ray Cuervo hörten.

Scheißindianer.

John Lee Benton haßte sie. Sie waren noch schlimmer als die Nigger. Wenn man einem Nigger sagte, er solle dann und dann kommen, und er kam nicht, hatte er eine Entschuldigung. Einen Grund. Selbst wenn es dummes Zeug war.

Indianer waren anders. Man sagt einem, er soll um zwei Uhr da sein, und er kommt nicht. Dann kommt er am nächsten Tag um zwei und denkt, daß das genügt. Er *tut nicht so*, als würde er das denken. Er denkt es *wirklich*.

Die Psychofritzen im Knast nannten das eine kulturelle Anomalie. John Lee Benton nannte es eine Unverschämtheit. Die Psychofritzen sagten, die einzige Lösung wäre Ausbildung. John Lee Benton hatte ganz allein eine andere Methode gefunden.

Benton hatte sieben Indianer unter seinen Bewährungsklienten. Wenn sie sich nicht planmäßig bei ihm meldeten, nutzte er die Zeit, die er normalerweise für das Gespräch gebraucht hätte, um die Papiere auszufüllen, die sie wieder nach Stillwater brachten. In zwei Jahren hatte er neun Männer in den Bau zurückgeschickt. Jetzt hatte er einen Ruf. Die Scheißindianer machten einen großen Bogen um ihn. Wenn man auf Bewährung rauskam, sagten sie untereinander, sollte man nicht zu John Lee Bentons Schützlingen gehören. Das war die todsichere Rückfahrkarte.

Benton gefiel sein Ruf.

John Lee Benton war ein kleiner Mann mit großer Nase und mausgrauem Haar, das er über wäßrige blaue Augen kämmte. Er trug einen quadratisch geschnittenen, strohblonden Schnauzer. Wenn er sich morgens im Badezimmerspiegel betrachtete, dachte er immer, daß er jemandem ähnlich sah, wußte aber nicht genau, wem. Einem berühmten Mann. Früher oder später würde es ihm einfallen.

John Lee Benton haßte Schwarze, Indianer, Mexikaner, Juden und Asiaten mehr oder weniger in dieser Reihenfolge. Sein Haß auf Schwarze und Juden war ein Familienerbe, das ihm sein Daddy vermacht hatte, während er in den Arbeiterslums von St. Louis aufwuchs, die laufend größer wurden. Die Antipathie gegen Indianer, Mexikaner und Asiaten hatte er sich selbst angeeignet.

Jeden Montagnachmittag saß Benton in einem stickigen Büro im Indianerzentrum an der Franklin Avenue und redete mit seinen Arschlöchern. Er sollte sie Klienten nennen, aber drauf geschissen. Sie waren Verbrecher und Arschlöcher, jeder einzelne.

»Mr. Benton?«

Benton sah auf. Betty Sails stand in der Tür. Sie war eine schüchterne Indianerin mit grauem Gesicht, einer Hochfrisur, und sie war die Empfangsdame für alle Büros.

»Ist er da?« fragte John Lee schroff und ungeduldig. Er war ein Mann, der Haß ausschwitzte.

»Nein, er ist nicht da«, sagte Betty Sails. »Aber ein anderer Mann möchte Sie sprechen. Ein Indianer.«

Benton runzelte die Stirn. »Ich habe heute keine Termine mehr.«

»Er sagte, es ginge um Mr. Cloud.«

Herr im Himmel, wahrhaftig eine Entschuldigung. »Na gut. Lassen Sie mir zwei Minuten Zeit, dann schicken Sie ihn rein«, sagte Benton. Betty Sails ging hinaus, und John Lee Benton sah noch einmal Clouds Akte durch. Das war zwar nicht nötig, aber es gefiel ihm, den Indianer warten zu lassen. Zwei Minuten später stand Tony Bluebird in der Tür. Benton hatte ihn noch nie gesehen.

»Mr. Benton?« Bluebird war ein untersetzter Mann mit engstehenden Augen und kurzgeschnittenem Haar. Er trug ein Baumwollhemd über einem ungegerbten Lederriemen. An dem Lederriemen baumelte ein Obsidianmesser, das Bluebird auf der Haut unter dem Brustbein spüren konnte.

»Ja?« Benton ließ Zorn in seine Stimme einfließen.

Bluebird holte eine Pistole hervor. »Legen Sie die Hände in den Schoß, Mr. Benton.«

Drei Menschen sahen Bluebird. Betty Sails sah ihn kommen und gehen. Ein Junge, der aus der Sporthalle kam, ließ einen Basketball fallen, den Bluebird mit einem Fuß bremste, aufhob und zurückwarf, als Betty Sails gerade zu schreien anfing. Auf der Straße sah ihn Dick Yellow Hand, siebzehn und verzweifelt auf der Suche nach einem Schuß Crack, zur Tür herauskommen und rief: »He, Bluebird.«

Bluebird blieb stehen. Yellow Hand kam zu ihm und kratzte sich in seinem dünnen Bart. »Siehst schlecht aus, Mann«, sagte Bluebird.

Yellow Hand nickte. Er trug ein schmutziges T-Shirt mit einem verblaßten Bild von Mick Jagger. Seine drei Nummern zu großen Jeans hatte er mit einem Stück Wäscheleine um die Taille gebunden. Seine Ellbogengelenke und Arme sahen aus wie Strohhalme. Zwei Schneidezähne fehlten ihm. »Mir geht's beschissen, Mann. Weißt du, ich könnte 'n paar Mäuse brauchen.«

»Sorry, Mann, ich hab kein Geld«, sagte Bluebird. Er steckte die Hände in die Taschen und zog sie leer wieder heraus.

»Macht nichts«, sagte Yellow Hand enttäuscht.

»Hab letzte Woche deine Mama gesehen«, sagte Bluebird. »Draußen im Reservat.«

»Wie geht's ihr?«

»Gut. Sie hat geangelt. Lachse.«

Sails' hysterische Schreie wurden laut, als jemand die Tür des Indianerzentrums aufmachte.

»Freut mich für Mama«, sagte Yellow Hand.

»Ich glaube, ich muß weiter«, sagte Bluebird und machte sich auf den Weg.

»Okay, Mann«, sagte Yellow Hand. »Bis bald.«

Bluebird schlenderte dahin, ließ sich Zeit, seine Gedanken waren anderswo. Wie hatte sie geheißen? Es war schon Jahre her. Anna? Sie war eine hübsche Frau mit vollen Brüsten und warmen braunen Augen. Sie hatte ihn gern gehabt, dachte er, aber sie waren beide verheiratet gewesen und nichts war je passiert; nur eine Art Seelenverwandtschaft, die sie im tiefsten Indian Country von Minneapolis über Gartenhecken hinweg verspürt hatten.

Annas Mann, ein Chippewa aus Nett Lake, saß im Gefängnis von Hennepin County. Eines Abends hatte er betrunken einen Cola-Automaten rot und weiß im Fenster einer Tankstelle leuchten sehen. Er hatte ein Stück Beton durch das Fenster geworfen, war reingeklettert und hatte den Automaten mit dem Betonbrocken geknackt. Etwa tausend Vierteldollarstücke hatten sich auf den Boden ergossen, hatte jemand Bluebird erzählt. Annas Mann hatte sie immer noch mühsam einen nach dem anderen aufgesammelt, als die Cops kamen. Er war auf Bewährung gewesen, der Einbruch eine Verletzung der Auflagen. Er hatte sechs Monate zusätzlich zur restlichen Zeit der letzten Haftstrafe bekommen.

Anna und ihr Mann hatten nie Geld gehabt. Er versoff das meiste, und sie half ihm wahrscheinlich dabei. Essen war immer knapp. Niemand hatte etwas zum Anziehen. Aber sie hatten einen Sohn. Der war zwölf, ein vierschrötiges, verschlossenes Kind, das die Abende vor dem Fernseher verbrachte. Eines Samstagsnachmittags, wenige Wochen nachdem sein Daddy ins Gefängnis gebracht worden war, ging der Junge zur Lake Street Bridge und sprang in den Mississippi. Eine Menge Leute sahen ihn, und die Polizei fischte ihn schon fünfzehn Minuten später wieder raus. Tot.

Bluebird hatte es erfahren und war zum Fluß gegangen. Anna war da, hatte die Arme um die Leiche ihres Sohnes geschlungen, sah mit diesen schmerzerfüllten Augen zu ihm auf und... was?

Das alles gehörte dazu, Indianer zu sein, dachte Bluebird. Das Sterben. Das konnten sie jedenfalls besser als die Weißen. Zumindest häufiger.

Als Bluebird das Zimmer verließ, nachdem er Benton die Kehle durchgeschnitten hatte, sah er dem Mann ins Gesicht und dachte, daß es ihm irgendwie bekannt vorkam. Wie ein berühmter Mann. Jetzt, während er auf dem Gehweg dahinschlenderte, Yellow Hand hinter sich ließ und an Anna dachte, erschien Bentons Gesichts vor seinem geistigen Auge.

Hitler, dachte er. John Lee Benton sah genau wie ein junger Adolf Hitler aus.

Ein junger *toter* Adolf Hitler.

2

Lucas Davenport hatte sich auf ein Brokatsofa im hinteren Teil eines Antiquariats gefläzt und aß ein Roastbeefsandwich. Auf dem Schoß hatte er eine zerlesene Ausgabe von T. Harry Williams' Biographie von Huey Long.

T. Harry hatte es gut gemacht, überlegte Lucas. Der Mann im weißen Anzug inmitten der Longites, die vor dem Büro des Gouverneurs standen. Der Schuß. Der Kingfish-Treffer*, die Schreie, die Panik. Die amoklaufenden Polizisten.

»Roden und Coleman feuerten fast gleichzeitig, doch Colemans Kugel traf den Mann wahrscheinlich zuerst«, schrieb T. Harry. »Mehrere andere Wachen hatten die Waffen gezogen und ballerten drauflos. Der Mann brach zusammen und fiel mit dem Gesicht nach unten vor die Wand des Flurs, aus dem er gekommen war. Dort lag er mit dem Gesicht auf einem Arm und bewegte sich nicht und war offensichtlich tot. Aber einigen der Wachen genügte das nicht. Sie standen wahnsinnig vor Trauer oder Wut über dem Leichnam und schossen die Waffen in ihn leer. Später stellte man fest, daß er dreißig Schußlöcher im Rücken und neunundzwanzig in der Brust hatte (viele von ihnen waren Einschuß- und Austrittswunden derselben Kugel) sowie zwei im Kopf. Das Gesicht war teilweise weggeschossen, der weiße Anzug war buchstäblich zerfetzt und blutgetränkt.«

Mord war nie so sauber wie im Fernsehen. So brutal er auf dem

---

* Huey P. Long, 1893–1935, Gouverneur und U. S. Senator von Louisiana, der an den Folgen des Attentats starb, trug den Spitznamen »Kingfish«.

Bildschirm auch sein mochte, im wirklichen Leben war er schlimmer. Im wirklichen Leben lag stets eine leere Hülle da, deren Seele fort war, die Haut schlaff, die Augen wie Gewehrkugeln. Und damit mußte man sich beschäftigen. Jemand mußte den Leichnam fortschaffen, jemand mußte das Blut aufwischen. Jemand mußte den Mörder fassen.

Lucas rieb sich die Augenbraue, wo die Narbe sie kreuzte. Die Narbe war Folge eines Angelunfalls. Ein Draht des Vorspanns war von einem Baumstamm zurückgeschnappt und hatte sich in seinem Gesicht vergraben. Die Narbe war keine Entstellung: Die Frauen, die er kannte, sagten, er würde dadurch freundlicher aussehen. Die Narbe war prima; sein Lächeln war furchteinflößend.

Er rieb sich die Augenbraue und wandte sich wieder dem Buch zu. Er sah nicht wie ein Lesetyp aus, wie er so auf dem Sofa saß und die Augen im trüben Licht zusammenkniff. Er hatte die Aura der Straße um sich. Seine Hände, die bis sechs Zentimeter unter dem Handgelenk mit dunklem Flaum bedeckt waren, wirkten klobig und groß, wenn er das Taschenbuch umblätterte. Seine Nase war mehr als einmal gebrochen gewesen, und der kräftige Hals mündete in breiten Schultern. Sein Haar war schwarz mit vereinzelten grauen Strähnen.

Er blätterte das Buch mit einer Hand um und griff mit der anderen unter das Jackett, um die Waffe im Halfter zurechtzurücken.

»›Kingfish, was ist los?‹

›Jimmy, mein Junge, ich bin getroffen worden‹, stöhnte Huey...«

Lucas' Funkgerät piepste. Er nahm es und drückte auf den Lautstärkeregler. Eine Frauenstimme sagte: »Lieutenant Davenport?«

»Am Apparat.«

»Lucas, Jim Wentz braucht Sie drüben im Indianerzentrum wegen dem Burschen, dem sie die Kehle aufgeschlitzt haben. Er hat einen Zeugen, den Sie sich ansehen sollen.«

»Gut«, sagte Lucas. »Zehn Minuten.«

Es war ein wunderschöner Tag, einer der schönsten eines strahlenden Herbstes. Ein Mord würde ihn kaputt machen. Morde waren normalerweise die Folge aggressiver Dummheit in Verbindung mit Alkohol und Wut. Nicht immer. Aber fast immer. Wenn Lucas die Wahl hatte, hielt er sich davon fern.

Vor dem Antiquariat blieb er einen Moment auf dem Bürgersteig stehen, gewöhnte die Augen an die Sonne und verschlang den letzten Bissen Sandwich. Als er damit fertig war, warf er die Sandwichtüte in einen Abfalleimer und ging über die Straße zu seinem Auto. Ein Bettler schlurfte den Gehweg entlang, sah Lucas, sagte: »Hab für Sie auf Ihr Auto aufgepaßt.« und streckte die Hand aus. Der Bettler war Stammgast, ein Schizophrener, den sie aus der staatlichen Klinik rausgeworfen hatten. Er kam ohne seine Medikamente nicht aus, nahm die Psychopharmaka aber nicht aus freien Stücken. Lucas gab ihm einen Dollar und setzte sich in den Porsche.

Die Innenstadt von Minneapolis ist ein Schaukasten moderner Architektur, Blocks aus Glas und Chrom und weißem Marmor. Mittendrin kauert die alternde rote Warze des Rathauses. Lucas schüttelte den Kopf, als er daran vorbeifuhr, links und darauf rechts abbog und die Interstate kreuzte. Die Glitzerfassade blieb zurück und wich einem heruntergekommenen Stadtteil alter Betonklötze, die in Mietwohnungen aufgeteilt worden waren, Schrottautos und bankrotter Geschäfte. Indian Country. Vor dem Indianerzentrum parkten ein halbes Dutzend Streifenwagen, und Lucas stellte den 911 am Bordstein ab.

»Drei Zeugen«, sagte der Detective von der Mordkommission zu ihm. Wentz hatte ein flaches, teigiges, skandinavisches Gesicht. Seine unteren Vorderzähne waren bei einer Schlägerei abgebrochen; er trug Kronen, deren silberne Kappen glitzerten, wenn er sprach. Er zählte die drei Zeugen an den Fingern ab, als würde er Lucas' Rechenkünsten nicht trauen.

»Die Dame am Empfang«, sagte er. »Hat ihn zweimal gesehen und sagt, sie kann ihn identifizieren. Dann ein Junge aus der Gegend. Er hat Basketball gespielt und sagt, der Mann hatte überall auf der Hose Blut. Kann ich mir vorstellen. Das Büro hat wie ein verdammter Swimmingpool ausgesehen.«

»Kann der Junge ihn identifizieren?« fragte Lucas.

»Er behauptet ja. Er sagt, er hätte dem Typen genau ins Gesicht geguckt. Hat ihn schon in der Gegend gesehen.«

»Wer ist Nummer drei?«

»Auch ein Junge. Ein Junkie. Er hat den Mörder vor dem Haus gesehen und mit ihm gesprochen. Wir glauben, sie kennen sich, aber er macht den Mund nicht auf.«

»Wo ist er?« fragte Lucas.

»In einem Streifenwagen.«

»Wie habt ihr ihn gefunden?«

Wentz zuckte die Schultern. »Kein Problem. Die Sekretärin – die den Leichnam gefunden hat – hat neun-eins-eins angerufen, dann ist sie ans Fenster, um frische Luft zu schnappen. Ihr war schwindlig. Wie auch immer, sie hat den Jungen und den Mörder im Gespräch auf dem Bürgersteig gesehen. Als wir hier ankamen, war der Junge da vorne. Stand nur da. Wahrscheinlich ausgerastet. Wir haben ihn einfach ins Auto gesetzt.«

Lucas nickte, schritt den Flur entlang und betrat das Büro. Benton lag mit dem Gesicht nach oben in einer großen purpurnen Blutlache auf dem Fliesenboden. Er hatte die Arme starr von den Seiten weggestreckt, als wäre er gekreuzigt worden. Seine Beine waren weit gespreizt, die blutbefleckten Lederschuhe zeigten in Winkeln von fünfundvierzig Grad voneinander weg. Hemd und Mantel waren vollgesogen mit Blut. In der Blutlache waren Fuß- und Knieabdrücke, wo die Notärzte ihre Spuren hinterlassen hatten, aber kein medizinischer Abfall. Normalerweise lagen Verpackungen von Spritzen, Mull, Binden und Druckverbänden überall herum. Bei Benton hatten sie sich diese Mühe gespart.

Lucas roch den kupferartigen Blutgeruch, während der Detective hinter ihm eintrat.

»Sieht nach dem Typen aus, der auch Ray Cuervo umgelegt hat«, sagte Lucas.

»Vielleicht«, sagte Wentz.

»Ihr solltet zusehen, daß ihr ihn erwischt, sonst pinkelt euch die Presse an«, sagte Lucas freundlich.

»Gibt Schlimmeres«, sagte der Cop von der Mordkommission. »Wir haben eine ungefähre Beschreibung von dem Mann, der Cuervo abgemurkst hat. Er hatte Zöpfe. Alle sagen, der hier hat kurze Haare gehabt.«

»Könnte es geschnitten haben«, schlug Lucas vor. »Vielleicht hat er es mit der Angst bekommen...«

»Ich hoffe es, aber irgendwie paßt das nicht.«

»Wenn es zwei Typen sind, gibt es Mordsstunk...« Lucas' Interesse war geweckt.

»Weiß ich, verdammt, weiß ich.« Wentz nahm die Brille ab und strich sich mit einer müden Hand über das Gesicht. »Herrgott, bin ich müde. Meine Tochter hat letzten Samstag das Auto kaputt gefahren. In der Stadt, beim IDS Building. Ihre Schuld, hat eine Ampel übersehen. Ich versuche, mit der Versicherung und der Werkstatt klarzukommen, und dann passiert diese Scheiße. Zwei Stunden später, und ich wär' weg gewesen...«

»Ist sie okay?«

»Ja, ja.« Er setzte die Brille wieder auf die Nase. »Das habe ich auch als erstes gefragt. Ich sag: ›Bist du okay?‹ Sie sagt: ›Ja.‹ Ich sag: ›Ich komm hin und bring dich um.‹«

»Solange sie nur okay ist«, sagte Lucas. Die Spitze seines rechten Schuhs stand in der Blutlache; er trat ein paar Zentimeter zurück. Er sah Bentons Gesicht verkehrt herum. Er dachte, daß Benton einer berühmten Persönlichkeit ähnlich sah, aber da das Gesicht auf dem Kopf stand, konnte er nicht sagen, wem.

»...mein Augapfel«, sagte Wentz. »Wenn ihr etwas passieren würde... Sie haben jetzt auch ein Kind, richtig?«

»Ja. Eine Tochter.«

»Armer Teufel. Warten Sie ein paar Jahre ab. Sie wird Ihren Porsche zu Schrott fahren, und dann gehört der Versicherung Ihr letztes Hemd.« Wentz schüttelte den Kopf. Verdammte Töchter. Es war fast unmöglich, mit ihnen zu leben, und eindeutig unmöglich, ohne sie zu leben. »Hören Sie, Sie kennen den Bengel vielleicht, den wir im Auto haben. Er hat gesagt, wir sollen uns nicht an ihm vergreifen, weil Davenport sein Freund ist. Wir glauben, er ist einer von Ihren Spitzeln.«

»Ich geh nachsehen«, sagte Lucas.

»Wir sind für jede Hilfe...« Der Mann von der Mordkommission zuckte die Schultern.

»Klar.«

Draußen fragte Davenport einen Streifenpolizisten nach dem Junkie und wurde zum letzten Auto der Reihe geführt. Ein anderer Streifenpolizist saß am Steuer, hinter ihm eine kleine, dunkle Gestalt; die beiden waren durch ein Stahlgitter voneinander getrennt. Lucas beugte sich durch das offene Beifahrerfenster, nickte dem Streifenpolizisten zu und sah auf den Rücksitz. Der Junge rutschte nervös hin und her und hatte eine Hand in sein dunkles Haar geschoben. Yellow Hand.

»He, Dick«, sagte Lucas. »Wie läuft's denn so im K Mart?«

»O Mann, Davenport, holen Sie mich hier raus.« Yellow Hands Augen waren groß und ängstlich. Er zappelte schneller herum. »Ich hab nichts getan, Mann. Keinen Scheißdreck.«

»Die Leute von K Mart würden sich darüber gern mit dir unterhalten. Sie haben gesagt, du bist mit einem CD-Player zur Tür gerannt...«

»Scheiße, Mann, das war ich nicht...«

»Stimmt. Aber ich will dir was sagen: Du nennst mir einen Namen, und ich laß dich laufen«, sagte Lucas.

»Ich weiß nicht, wer er war, Mann«, quietschte Yellow Hand.

»Dummes Zeug«, grunzte der uniformierte Beamte auf dem Fahrersitz. Er kaute auf einem Zahnstocher und sah Lucas an. Er hatte ein breites, irisches Gesicht, aber einen Teint wie Pfirsich und Sahne. »Wissen Sie, was er zu mir gesagt hat, Lieutenant? Er hat gesagt: ›Aus mir kriegst du nichts raus, Pißkopf.‹ Das hat er gesagt. Er weiß, wer es war.«

»Stimmt das?« fragte Lucas Yellow Hand.

»Scheiße, Mann, ich hab ihn nicht gekannt«, winselte Yellow Hand. »Er war nur so ein Scheißtyp...«

»Indianer?«

»Ja, Indianer, aber ich hab ihn nicht gekannt...«

»Quatsch«, sagte der Mann in Uniform.

Lucas wandte sich dem Uniformierten zu. »Sie halten ihn hier fest, okay. Wenn ihn jemand wegschaffen will, dann sagen Sie, ich habe befohlen, ihn hier zu lassen.«

»Okay. Klar. Wie Sie wollen.« Dem Uniformierten war es einerlei. Er saß in der Sonne und hatte eine ganze Tasche voll Pfefferminzzahnstocher.

»Bin in zwanzig Minuten wieder da«, sagte Lucas.

Elwood Stone saß dreißig Meter von dem *halfway house* entfernt. Eine gute Stelle; die Freigänger konnten ihr Kokain auf dem Heimweg kaufen. Manche der Freigänger hatten einen knappen Zeitplan: Sie drückten die Stechuhr, wenn Feierabend war, und durften nur eine bestimmte Zeit brauchen, um nach Hause zu kommen. Sie hatten nicht genug Zeit, überall in der Stadt herumzulaufen und nach Stoff zu suchen.

Lucas sah Stone im selben Augenblick, wie Stone Lucas' Porsche sah. Der Dealer rannte die Straße in südlicher Richtung hinab, aber hier befanden sich fast nur zwei- und dreistöckige Mietshäuser und Pensionen ohne Gassen dazwischen, in denen man verschwinden konnte. Lucas fuhr neben ihm her, bis Stone schwer atmend aufgab und sich auf eine Treppe eines der Mietshäuser setzte. Als Stone sich hinsetzte, fiel ihm ein, daß er den Beutel Crack ins Unkraut hätte werfen sollen. Jetzt war es zu spät.

»Stone, wie geht es dir?« fragte Lucas liebenswürdig, während er um die Schnauze des 911 herum ging. »Hört sich an, als wärst du 'n bißchen außer Form.«

»Leck mich, Davenport. Ich will einen Anwalt.« Stone kannte ihn gut.

Lucas setzte sich neben den Dealer auf die Treppe, lehnte sich nach hinten, legte den Kopf zurück und genoß die Sonnenstrahlen. »Du bist in der High School die 440 Yards gelaufen, richtig?«

»Leck mich, Davenport.«

»Ich kann mich noch an den Wettkampf gegen Sibley erinnern, sie hatten diesen weißen Jungen, wie hieß er doch noch? Turner? Der Junge konnte rennen. Herrje, man sieht nicht so viele weiße Jungs...«

»Leck mich, ich will einen Anwalt.«

»Turners Alter ist reich, richtig?« sagte Lucas im Plauderton. »Und er schenkt dem Jungen eine Corvette. Turner fährt damit nach Norden und knallt gegen einen Brückenpfeiler, weißt du noch? Sie mußten ihn mit Klebeband zusammenflicken, damit sie überhaupt was beerdigen konnten.«

»Leck mich, ich hab ein Recht auf einen Anwalt.« Stone fing an zu schwitzen. Davenport war ein Killer.

Lucas schüttelte mit einem Bühnenseufzer den Kopf. »Ich weiß nicht, Elwood. Darf ich dich Elwood nennen?«

»Leck mich...«

»Manchmal ist das Leben ungerecht. Weißt du, woher ich komme? Genau wie der junge Turner. Und nehmen wir mal deinen Fall, Elwood. Im Strafgericht sitzen nur Bürokraten. Weißt du, was die gemacht haben? Die haben das Strafmaß für Rauschgiftbesitz mit Verkaufsabsicht geändert. Weißt du, wie das Strafmaß für einen dreifachen Rückfalltäter bei Besitz mit Verkaufsabsicht aussieht?«

»Ich bin kein Scheißanwalt...«

»Sechs Jahre, mein Freund. Minimum. Ein süßer Kerl wie du... dein Arschloch wird aussehen wie der Tunnel der I-94, wenn du wieder rauskommst. Scheiße, vor zwei Monaten wärst du noch mit zwei Jahren davongekommen.«

»Leck mich, Mann, ich will 'nen Anwalt.«

Lucas beugte sich dicht zu ihm und fletschte die Zähne. »Und ich brauch Stoff. Jetzt. Gib mir etwas Stoff, und ich zieh Leine.«

Stone sah ihn durch und durch fassungslos an. »Sie? Brauchen Stoff?«

»Klar. Ich muß einen Typ in die Mangel nehmen.«

Das Licht in Stones Augen erlosch. Erpressung. Das ergab einen Sinn. Daß Davenport das Zeug wirklich selbst rauchte, das ergab keinen Sinn. »Ich kann gehen?«

»Du kannst gehen.«

Stone dachte einen Moment darüber nach, dann nickte er, stand auf und kramte in der Hemdentasche. Er holte ein Glasröhrchen mit einem schwarzen Plastikstöpsel heraus. Darin befanden sich fünf Klumpen Crack.

»Wieviel brauchen Sie?« fragte er.

»Alles«, sagte Lucas. Er nahm Stone das Röhrchen weg. »Und laß dich nicht mehr in der Nähe von diesem *halfway house* blicken. Wenn ich dich noch mal hier erwische, reiß ich dir den Arsch auf.«

Die Assistenten des Gerichtsmediziners schleiften Bentons Leichnam gerade aus dem Indianerzentrum, als Lucas wieder dort eintraf. Ein Kameramann vom Fernsehen lief vor der Bahre her, die mit dem zugedeckten Toten auf dem Bürgersteig entlang rollte, dann machte er einen gekonnten Seitensprung und schwenkte über die Gesichter einer kleinen Schar Schaulustiger. Lucas ging an dieser Schar vorbei und die Reihe der Streifenwagen entlang. Yellow Hand wartete ungeduldig. Lucas ließ von dem Streifenpolizisten die Hintertür aufmachen und stieg zu dem Jungen ein.

»Warum gehen Sie nicht rüber ins 7-Eleven und holen sich einen Doughnut«, schlug Lucas dem Cop vor.

»Nee. Zu viele Kalorien«, sagte der Cop. Er machte es sich wieder auf dem Vordersitz bequem.

»Hören Sie, machen Sie schleunigt einen Abgang, kapiert?« fragte Lucas verzweifelt.

»Oh. Klar. Ja. Ich geh mir einen Doughnut holen«, sagte der Uniformierte, der den Wink mit dem Zaunpfahl endlich kapiert hatte. Man erzählte sich Gerüchte über Davenport...

Lucas sah dem Polizisten nach, dann drehte er sich zu Yellow Hand um.

»Wer war der Typ?«

»Och, Davenport, ich kenne den Typen nicht...« Yellow Hands Adamsapfel hüpfte rechtschaffen.

Lucas holte das Glasröhrchen aus der Tasche und drehte es so in den Fingern, daß der Junge die schmutzigweißen Klümpchen Crack sehen konnte. Yellow Hand leckte sich mit der Zunge die Lippen, während Lucas langsam den Pastikstöpsel abschraubte und die fünf Klümpchen auf die Handfläche fallen ließ.

»Das ist guter Stoff«, sagte Lucas beiläufig. »Ich habe ihn Elwood Stone beim *halfway house* abgenommen. Kennst du Elwood? Seine Mama braut das Zeug selbst. Sie bekommt es von den Kubanern an der Westside von St. Paul. Echt guter Stoff.«

»Mann. O Mann. Tun Sie das nicht.«

Lucas hielt einen kleinen Klumpen zwischen Daumen und Zeigefinger. »Wer war es?«

»Mann, ich kann nicht...« Yellow Hand litt Qualen und verdrehte seine dünnen Finger. Lucas drückte den Klumpen zusammen, stieß die Tür mit dem Ellbogen auf und ließ die Krümel wie Sand in einem Stundenglas auf den Boden rieseln.

»Bitte nicht.« Yellow Hand war entsetzt.

»Noch vier«, sagte Lucas. »Ich brauche nur einen Namen, dann kannst du abzischen.«

»O Mann...«

Lucas nahm den nächsten Klumpen, hielt ihn Yellow Hand dicht vors Gesicht und drückte gerade langsam zu, als Yellow Hand hervorstieß: »Halt.«

»Wer?«

Yellow Hand sah zum Fenster hinaus. Jetzt war es warm, aber man konnte die Kälte der Nacht schon spüren. Der Winter kam. Schlimme Zeit für einen obdachlosen Indianer.

»Bluebird«, murmelte er. Sie kamen aus demselben Reservat, und er hatte den Mann für vier Brocken Crack verraten.

»Wer?«

»Tony Bluebird. Er hat ein Haus an der Franklin.«

»Was für ein Haus?«

»Scheiße, ich weiß die Nummer nicht...«, winselte er. Seine Augen zuckten hin und her. Die Augen eines Verräters.

Lucas hielt den Klumpen wieder vor Yellow Hands Gesicht. »Los doch, los doch...«

»Kennen Sie das Haus, wo der alte Bursche die Verandapfeiler mit Punkten bemalt hat?« Yellow Hand sprach jetzt hastig, weil er es schnell hinter sich bringen wollte.

»Ja.«

»Zwei weiter. Richtung Fernsehgeschäft.«

»Hat der Typ schon mal Ärger gehabt? Bluebird?«

»O ja. Hat ein Jahr in Stillwater gesessen. Einbruch.«

»Was noch?«

Yellow Hand zuckte die Schultern. »Er kommt aus Fort Thompson. Im Sommer ist er dort, im Winter arbeitet er hier. Ich kenne ihn nicht gut, er war nur im selben Res. Hat 'ne Frau, glaub ich. Ich weiß nicht, Mann. Er kennt meine Familie. Er ist älter als ich.«

»Hat er eine Waffe?«

»Weiß nicht. Er ist kein Freund. Aber ich hab nie gehört, daß er Streit gehabt hätte oder so.«

»Gut«, sagte Lucas. »Wo wohnst du?«

»Im Point. Oberster Stock, mit ein paar anderen Typen.«

»War das nicht eines von Ray Cuervos Häusern? Ehe er abgestochen worden ist?«

»Ja.« Yellow Hand starrte das Crack auf Lucas' Handfläche an.

»Okay.« Lucas ließ die vier verbliebenen Klumpen wieder in das Röllchen kullern und gab es Yellow Hand. »Steck dir das in eine Socke und sieh zu, daß du wieder ins Point kommst. Wehe dir, du bist nicht da, wenn ich vorbeikomme.«

»Ich bin da«, sagte Yellow Hand eifrig.

Lucas nickte. Die hintere Tür des Streifenwagens hatte keinen Griff und er hatte sorgfältig darauf geachtet, daß sie nicht ins Schloß gefallen war. Jetzt stieß er sie auf, stieg aus, und Yellow Hand rutschte herüber und stieg neben ihm aus. »Will nur hoffen, daß das stimmt. Mit diesem Bluebird«, sagte Lucas und stieß mit einem Finger gegen Yellow Hands schmale Brust.

Yellow Hand nickte. »Er war es. Ich hab mit ihm gesprochen.«

»Okay. Hau ab.«

Yellow Hand entfernte sich hastig. Lucas sah ihm einen Augenblick nach, dann ging er über die Straße zum Indianerzentrum. Er fand Wentz im Büro des Direktors.

»Wie geht es unserem Zeugen?« fragte der Polizist.
»Er ist auf dem Heimweg.«
»Was?«
»Er bleibt in der Nähe«, sagte Lucas. »Er behauptet, der Mann, den wir suchen, ist ein gewisser Tony Bluebird. Wohnt an der Franklin. Ich kenne das Haus, und er ist vorbestraft. Wir müßten ein Foto bekommen können.«
»Verdammt«, sagte Wentz. Er griff zum Telefon. »Das muß ich gleich durchgeben.«

Lucas hatte nichts mehr zu tun. Mord war Sache der Mordkommission. Lucas war für die Beschaffung von Informationen zuständig. Er hatte ein Netz von Straßentypen, Kellnerinnen, Barkeepern, Friseuren, Spielern, Nutten, Zuhältern, Buchmachern, Autohändlern, Koksdealern, Briefträgern, ein paar Einbrechern. Die Gauner waren kleine Fische, aber sie hatten Augen und Ohren. Lucas hatte immer einen Dollar oder eine Drohung parat, was jeweils erforderlich war, einen Spitzel zum Auspacken zu bringen.

Er hatte nichts mehr damit zu tun, aber nachdem Yellow Hand den Namen ausgespuckt hatte, blieb Lucas noch eine Weile und verfolgte, wie die Polizeimaschinerie arbeitete. Das war manchmal das reinste Vergnügen. Wie jetzt. Als der Cop von der Mordkommission im Revier anrief, passierte mehreres gleichzeitig.

Eine Rückfrage in der Identifikationsabteilung ergab, daß Yellow Hands Informationen stimmten, und ein Foto von Tony Bluebird wurde zum Indianerzentrum gebracht.

Gleichzeitig versammelte sich die Emergency Response Unit von Minneapolis auf dem Parkplatz eines Spirituosenladens eine Meile von Bluebirds mutmaßlicher Unterkunft entfernt.

Während sich die ERU versammelte, ergab eine weitere Rückfrage beim E-Werk, daß Bluebird tatsächlich in dem Haus wohnte, das Yellow Hand angegeben hatte. Vierzig Minuten, nachdem Yellow Hand Bluebirds Namen preisgegeben hatte, schlenderte ein großer Farbiger in Armeejacke und Blue Jeans an Bluebirds Haus vorbei die Straße entlang zum Nachbarhaus, trat auf die Veranda, klopfte, zeigte seine Marke und bat um Einlaß. Die Bewohner kannten keinen Bluebird, aber die Mieter kamen und gingen.

Ein anderer Detective, ein Weißer, der aussah, als wäre er mit einem Rußbeutel durch die Hölle gejagt worden, klopfte im Haus vor dem von Bluebird an und zog dasselbe Spiel durch.

»Ja, Tony Bluebird, so heißt der Kerl«, sagte der ältere Mann, der die Tür aufgemacht hatte. »Was hat er angestellt?«

»Wir sind nicht sicher, ob er was angestellt hat«, sagte der Detective. »Haben Sie den Mann in letzter Zeit gesehen? Ich meine heute?«

»Klar doch. Ist keine halbe Stunde her, da ist er heimgekommen und ins Haus gegangen.« Der alte Mann zupfte sich nervös an der Unterlippe. »Ich schätze, er ist immer noch drinnen.«

Der weiße Polizist meldete sich und bestätigte Bluebirds Anwesenheit. Dann beobachteten er und der Farbige durch die Fenster der Nachbarhäuser eingehend Bluebirds Domizil und gaben ihre Erkenntnisse dem Leiter der ERU durch. Wenn sie einen Mann eingekreist hatten, versuchten sie normalerweise Kontakt herzustellen, üblicherweise telefonisch. Aber bei Bluebird dachten sie, er könnte durchgedreht sein. Vielleicht eine Gefahr für Geiseln oder sich selbst. Sie beschlossen, ihn rauszuholen. Die Männer der ERU fuhren in neutralen Lieferwagen zu einer zweiten Anlaufstelle drei Blocks von Bluebirds Haus entfernt.

Während das alles passierte, identifizierte Betty Sails Bluebird aus einer ganzen Reihe Fotos. Der Basketballspieler bestätigte die Identität ebenfalls.

»Guten Spitzel haben Sie da, Lucas«, sagte Wentz bewundernd. »Kommen Sie mit?«

»Warum nicht.«

Die ERU-Leute fanden eine nicht einsehbare Stelle an der Hintertür von Bluebirds Haus. Die Tür hatte kein Fenster, und bei dem einzigen Fenster daneben waren die Rollos heruntergelassen. Sie konnten sich zur Tür schleichen, sie aufbrechen und wären im Haus, noch ehe Bluebird mitbekam, daß sie da waren.

Das hätte auch funktioniert, wäre Bluebirds Vermieter nicht so geldgierig gewesen. Der Vermieter hatte das Haus illegal in zwei Wohnungen aufgeteilt. Diese Unterteilung folgte praktischen, keinen ästhetischen Gesichtspunkten: Die Tür, die den vorderen Teil des Hauses mit dem hinteren verband, war mit einer zwei Zentimeter starken Spanplatte zugenagelt worden.

Als der Einsatzleiter »Los« sagte, warf einer der ERU-Männer eine Leuchtgranate durch Bluebirds Seitenfenster. Die Explosion und der grelle Lichtblitz würden jeden ein paar Augenblicke starr vor Schreck machen – so lange, daß das ERU-Team Zeit hatte, ihn zu überwältigen. Als die Granate losging, schoß ein zweiter Mann mit einer Schrotflinte die Hintertür auf, worauf der Einsatzleiter gefolgt von drei Männern ins Haus stürmte.

Eine junge Mexikanerin lag dösend auf dem Sofa und hatte ein Baby auf dem Bauch. Ein älteres Kind im Krabbelalter saß in einem baufälligen Laufstall. Die Mexikanerin hatte das Baby gesäugt, ihre Bluse war offen, die Brüste entblößt. Sie schrak als Reaktion auf die Leuchtgranate und den Schuß hoch und riß vor Angst Mund und Augen auf.

Der Einsatzleiter sicherte einen Korridor, der größte Mann des Teams warf sich gegen die Spanplatte, trat zweimal dagegen und gab auf.

»Wir sind ausgesperrt, wir sind ausgesperrt!« schrie er.

»Gibt es einen Weg nach vorne?« fragte der Einsatzleiter die Mexikanerin. Die immer noch benommene Frau verstand ihn nicht, worauf der Einsatzleiter seine Männer nahm und mit ihnen um das Haus herum stürmte.

Ihr Angriff dauerte zehn Sekunden, und sie hofften immer noch, ihn sauber über die Bühne zu bekommen, als eine Frau vorne im Haus schrie. Danach fielen mehrere Schüsse, ein Fenster zersplitterte, und der Einsatzleiter nahm an, daß Bluebird eine Geisel hatte. Er blies den Angriff ab.

Komische Sache mit dem Sex, dachte der Einsatzleiter.

Er stand mit dem Rücken an der abblätternden weißen Seitenwand des Hauses, hatte die Schrotflinte in der Hand, und Schweiß lief ihm übers Gesicht. Der Angriff war chaotisch gewesen, das Ergebnis – die Schießerei – etwas, das er fürchtete, nämlich ein Feuergefecht aus nächster Nähe mit einem Irren, bei dem man fürchten mußte, daß einem plötzlich der Lauf einer Pistole in der Nase steckte. Dennoch stand ihm dauernd die schmale Brust der Mexikanerin vor Augen, sein Hals war zugeschnürt, und er konnte sich kaum auf den Kampf um Leben und Tod konzentrieren, den er leiten sollte...

Als Lucas eintraf, hatten zwei Streifenwagen vor Bluebirds Haus Stellung bezogen, auf der anderen Straßenseite, und Männer der ERU warteten auf den Veranden der Häuser rechts und links von dem Bluebirds. Dahinter hatte sich ein Sperrkommando verschanzt. Trommelmusik tönte aus dem Haus.
»Reden wir mit ihm?« fragte Lucas den Einsatzleiter.
»Wir haben ihn angerufen, aber das Telefon haben wir verloren«, antwortete der Einsatzleiter. »Die Telefongesellschaft sagt, es funktioniert nicht mehr. Wir glauben, daß er die Leitung rausgerissen hat.«
»Wie viele Menschen sind da drinnen?«
Der Einsatzleiter zuckte die Achseln. »Die Nachbarn sagen, er hat eine Frau und zwei Kinder im Vorschulalter. Keine Ahnung, ob sonst noch jemand.«
Ein Fernsehwagen fuhr am Ende der Straße vor, wo ein Streifenpolizist ihn aufhielt. Am anderen Ende des Blocks erschien ein Reporter des *Star Tribune*; an seiner Seite stapfte ein Fotograf. Eine Frau von dem Fernsehteam unterbrach ihren Streit mit dem Streifenpolizisten lange genug, um auf Lucas zu deuten und zu rufen. Als Lucas sich umdrehte, rief sie seinen Namen, und Lucas kam bedächtig den Block hinunter. Nachbarn wurden auf dem Bürgersteig zusammengetrieben. In einem Haus fand eine Geburtstagsparty statt; ein halbes Dutzend Kinder ließen Heliumballons über den Köpfen der zusammenströmenden Menge schweben. Sah wie Karneval aus, dachte Lucas.
»Was geht hier vor, Davenport?« rief die Fernsehreporterin an

dem Streifenpolizisten vorbei. Die Reporterin war eine Schwedin der athletischen Abart, hohe Wangenknochen, schmale Hüften und blutroter Lippenstift. Neben ihr stand ein Kameramann, der die Kamera auf Bluebirds Haus gerichtet hatte.

»Der Mord heute im Indianerzentrum? Wir glauben, wir haben den Täter da drinnen gestellt.«

»Hat er Geiseln?« fragte die Reporterin. Sie hatte keinen Notizblock.

»Wissen wir nicht.«

»Können wir näher ran? Irgendwie? Wir brauchen einen besseren Winkel...«

Lucas sah über das abgesperrte Gebiet.

»Wie wäre es, wenn wir versuchen, euch in die Gasse dort drüben zwischen den Häusern zu bekommen? Ihr wärt weiter weg, hättet aber direkten Blick auf...«

»Da passiert was«, sagte der Kameramann. Er beobachtete Bluebirds Haus durch das Teleobjektiv seiner Kamera.

»Oh, Scheiße«, sagte die Reporterin. Sie versuchte, sich an dem Streifenpolizisten vorbei neben Lucas zu drängen, doch der Polizist blockte sie mit der Hüfte ab.

»Wir sehen uns später«, sagte Lucas über die Schulter und drehte sich um.

»Kommen Sie, Davenport...«

Lucas schüttelte den Kopf und ging weiter. Der Einsatzleiter der ERU auf der Veranda des Hauses links schrie etwas zu dem von Bluebird hinüber. Er bekam eine Antwort, trat etwas zurück und nahm ein Sprechfunkgerät in die Hand.

»Was?« fragte Lucas, als er wieder beim Einsatzkommando war.

»Er hat gesagt, er schickt seine Familie raus«, sagte ein Polizist über Funk.

»Ich ziehe alle zurück«, sagte der Einsatzleiter. Während sich Lucas aufs Dach des Streifenwagens stützte, um besser sehen zu können, schickte der Einsatzleiter einen Streifenpolizisten an der Reihe geparkter Autos entlang, um die ERU-Männer und die uniformierten Beamten zu informieren, daß Leute aus dem Haus kamen. Einen

Augenblick später wurde ein weißes Handtuch aus der Tür geschwenkt, worauf eine Frau herauskam, die ein Baby trug. Ein zweites Kind, etwa drei Jahre alt, zog sie am Arm hinter sich her.
»Los doch, los doch, alles in Ordnung«, rief der Detective. Sie drehte sich noch einmal um, dann schritt sie schnell und mit gesenktem Kopf auf dem Bürgersteig zwischen den Autos hindurch.
Lucas und der Einsatzleiter gingen hin, um sie zu vernehmen.
»Wer sind Sie?« fragte der Einsatzleiter.
»Lila Bluebird.«
»Ist das Ihr Mann da drinnen?«
»Ja.«
»Ist jemand bei ihm?«
»Er ist ganz allein«, sagte die Frau. Tränen strömten ihr übers Gesicht. Sie trug ein Männerhemd und Shorts aus einem elastischen schwarzen Stoff mit Troddeln. Das Baby klammerte sich an ihrem Hemd fest, als wüßte es, was vor sich ging; das andere Kind hing an ihrer Hand. »Er hat gesagt, ich soll Ihnen ausrichten, er kommt in einer Minute raus.«
»Ist er betrunken? Crack? Crank? Irgend so was?«
»Nein. Wir haben weder Alkohol noch Drogen im Haus. Aber etwas stimmt nicht mit ihm.«
»Was soll das heißen? Ist er übergeschnappt? Was...«
Die Frage wurde nie zu Ende gesprochen. Die Tür von Bluebirds Haus wurde aufgestoßen, und Tony Bluebird lief auf den Rasen und rannte, was das Zeug hielt. Er hatte den Oberkörper entblößt, ein Obsidianmesser hing ihm an einer Lederschnur um den Hals. Er hatte zwei Adlerfedern an den Kopfschmuck gesteckt und Pistolen in beiden Händen. Zehn Schritte von der Veranda entfernt riß er sie hoch und eröffnete das Feuer auf die Männer in unmittelbarer Nähe, wobei er immer weiter auf die Polizisten zulief. Die Cops schossen ihn in Fetzen. Das Gewehrfeuer richtete ihn erst auf und warf ihn dann um.
Nach einem Augenblick fassungslosen Schweigens fing Lila Bluebird an zu wimmern, und das ältere Kind klammerte sich ängstlich an ihrem Bein fest und weinte. Der Funker rief nach den Not-

ärzten. Drei Polizisten gingen auf Bluebird zu, ihre Pistolen auf die Leiche gerichtet, und stießen seine Waffen außer Reichweite.

Der Einsatzleiter sah Lucas an und bewegte einen Augenblick den Mund, ehe er etwas herausbrachte. »Herrgott noch mal«, sagte er. »Was sollte das denn bloß?«

3

Wilder Wein überzog die Weiden, die zehn bis fünfzehn Meter zur Wasseroberfläche hinabhingen. Im trüben Licht von der Mendota Bridge sah die Insel wie ein Dreimastschoner mit schwarzen Segeln aus, der durch die Mündung des Minnesota River in den Mississippi kreuzte.

Zwei Männer schritten zur Sandbank an der Spitze der Insel. Sie hatten früher am Abend ein Feuer entfacht, Wiener Würstchen auf spitzen Stöcken über den Flammen gegrillt und Dosen Spaghetti-O's gewärmt. Das Feuer war zu Asche niedergebrannt, doch der Geruch von verbranntem Kiefernholz hing noch in der kühlen Luft. Dreißig Meter vom Ufer entfernt verbarg sich ein Zelt unter den Weiden.

»Wir sollten nach Norden ziehen. Dort wäre es jetzt schön, bei den Seen«, sagte der größere.

»Es ist zu warm. Zu viele Moskitos.«

Der große Mann lachte. »Dummes Zeug, Moskitos. Wir sind Indianer, Pißkopf.«

»Die verdammten Chippewa würden unsere Skalps holen«, wandte der kleinere mit humorvollem Unterton ein.

»Unsere doch nicht. Wir töten ihre Männer und vögeln ihre Frauen. Trinken ihr Bier.«

»Ich trink kein Gerstensaft«, sagte der kleinere. Es herrschte einen Augenblick behagliches Schweigen zwischen ihnen. Der kleinere holte tief Luft, ließ sie als deutlichen Seufzer ausströmen und sagte: »Zuviel zu tun. Wir können uns nicht nach Norden verdrücken.«

Das Gesicht des kleineren Mannes war ernst geworden. Der große Mann konnte es nicht sehen, spürte es aber. »Ich wünschte, ich könnte für Bluebird beten«, sagte der große Mann. Nach einem Augenblick fügte er hinzu: »Ich hatte gehofft, er würde es länger machen.«

»Er war nicht klug.«

»Er war spirituell.«

»Stimmt.«

Die Männer waren Mdewakanton Sioux, Vettern, am selben Tag an den Ufern des Minnesota River geboren. Einer war auf den Namen Aaron Sunders, der andere Samuel Close getauft worden, aber nur die Bürokraten nannten sie so. Für alle anderen, mit denen sie in Berührung kamen, waren sie die Crows, nach Dick Crow, dem Vater ihrer Mütter.

Später in ihrem Leben gab ihnen ein Medizinmann Dakota-Vornamen. Die Namen waren unmöglich zu übersetzen. Manche Dakota sprachen von Light Crow und Dark Crow. Andere sagten Sun Crow und Moon Crow. Wieder andere behaupteten, die einzig sinnvolle Übersetzung wäre Spiritual Crow und Practical Crow. Aber die Vettern nannten sich Aaron und Sam. Wenn ein paar Dakota und Möchtegern-Weiße fanden, daß die Namen nicht eindrucksvoll genug waren, war das ihr Problem.

Der große Crow war Aaron, der spirituelle Mann. Der kleine Crow war Sam, der praktische. Hinten auf ihrem Pickup hatte Aaron einen Armeespind voller Kräuter und Rinden. In der Kabine hatte Sam zwei .45er, einen Louisville Slugger und einen Geldgürtel. Sie betrachteten sich als eine Persönlichkeit in zwei Körpern, wobei jeder Körper einen einzelnen Aspekt enthielt. So war es schon seit 1932, als die Töchter von Dick Crow und ihre beiden kleinen Söhne vier Monate lang auf engstem Raum in einem Segeltuchzelt gehaust hatten, fast verhungerten, fast erfroren und darum kämpften, am Leben zu bleiben. Von Dezember bis März hatten die Vettern in einem Pappkarton voller zerrissener Wolldecken aus Armeebeständen gehaust. Diese vier Monate hatten ihre beiden Persönlichkeiten zu einer verschmolzen. Sie waren seit fast sechzig Jahren so gut wie unzertrennlich, abgesehen von der Zeit, die Aaron im Bundesgefängnis abgesessen hatte.

»Ich wünschte, wir würden etwas von Billy hören«, sagte Sam Crow.

»Wir wissen, daß er dort ist«, sagte Aaron Crow leise.

»Aber was treibt er? Es sind jetzt drei Tage, und nichts.«

»Du machst dir Sorgen, daß er wieder angefangen hat zu trinken. Brauchst du nicht, er läßt es bleiben.«

»Woher weißt du das?«

»Ich weiß es.«

Sam nickte. Wenn sein Vetter sagte, daß er es wußte, dann wußte er es. »Ich mache mir Sorgen, was passiert, wenn er zuschlägt. Die New Yorker Cops sind bei so was verdammt gut.«

»Hab Vertrauen zu Billy«, sagte Aaron. Aaron war dünn, aber nicht gebrechlich: drahtig, hart, wie Dörrfleisch. Er hatte hundert schroffe Ebenen im Gesicht, die eine hohe Nase umgaben. Seine Augen waren wie schwarze Murmeln. »Er ist schlau. Er wird es richtig machen.«

»Das hoffe ich. Wenn er gleich geschnappt wird, ist das Fernsehen zu schnell fertig mit dem Fall.« Sam hatte ein breites Gesicht mit Lachfalten um ein feistes, weiches Kinn. Sein Haar war braun meliert, die Augen tief und nachdenklich. Er hatte einen Bauch, der über einen breiten Gürtel mit einer Türkisschnalle hing.

»Wenn Leo sich beeilt, nicht. Er müßte morgen in Oklahoma sein, wenn sein Auto durchhält«, sagte Aaron. »Wenn die beiden... Anschläge... unmittelbar aufeinander folgen, drehen sie beim Fernsehen durch. Und die Briefe sind fertig«

Sam schritt zum Ufer, sah einen Moment auf das Wasser, drehte sich dann wieder um und sprach über den Sandstreifen.

»Ich finde, die beiden ersten waren ein Fehler. Das mit Bluebird war eine Verschwendung, dieser zweite Mord. Diese Morde haben nicht die Wirkung, die wir brauchen...«

»Wir haben zu Beginn ein paar Anschläge mit geringem Risiko gebraucht...«

»Für Bluebird war das Risiko nicht gering...«

»Wir haben gewußt, daß er Probleme haben könnte... aber wir mußten eine Stimmung aufbauen. Wir mußten einen Krieg daraus machen. Nur ein paar Attentate bringen uns nichts. Die Medien müssen denken... Krieg. Wir müssen diesen Dreckskerl hochpuschen. Das muß ein Riesending sein, wenn wir...«

»Wenn wir den Großen Satan wollen«, schnaubte Sam. »Es war alles umsonst, wenn wir ihn nicht hier raus bekommen.«

»Es wäre nicht umsonst – die zwei, die wir schon erledigt haben, waren schlimm genug. Aber er wird kommen«, sagte Aaron zuversichtlich. »Wir wissen, er kommt hier raus. Wir wissen warum. Wir wissen wohin. Und wir kommen an ihn ran.«

»Nein«, sagte Sam. »Wir wissen, daß er hierher gekommen *ist*. Vielleicht nicht mehr. Er weiß, daß die Medien ihn im Auge haben. Er will Präsident werden... Er ist vorsichtig...«

»Aber wenn er hier ist, wird er die Finger nicht davon lassen. Er ist regelrecht süchtig.«

»Vielleicht«, sagte Sam. Er steckte die Hände in die Taschen. »Ich finde trotzdem, die ersten beiden Morde waren Blödsinn.«

»Da irrst du dich«, sagte Aaron nüchtern.

Sam sah auf das Wasser hinaus. »Ich will nur keinen verschwenden, das ist alles.« Er bückte sich, hob einen flachen Stein auf und versuchte, ihn über den Fluß hüpfen zu lassen. Doch statt zu hüpfen, schnitt er wie ein Messer in die Oberfläche und ging unter. »Scheiße«, sagte Sam.

»Darin warst du nie gut«, sagte Aaron. »Du brauchst mehr Schwung aus dem Handgelenk.«

»Wie oft hast du mir das schon gesagt?« fragte Sam und suchte einen anderen Stein.

»Hunderttausendmal.«

Sam warf den zweiten Stein über das Wasser. Er schlug auf und sank. Sam schüttelte den Kopf, steckte die Hände wieder in die Jeanstaschen, blieb einen Augenblick ruhig stehen und wandte sich dann seinem Vetter zu. »Hast du mit Shadow Love gesprochen?« fragte er.

»Nein.«

»Möchtest du ihn immer noch nach Bear Butte schicken?«
»Ja. Ich will ihn von hier fort haben«, sagte Aaron.
»Shadow Love ist eine Waffe«, sagte Sam Crow.
»Er ist unser Junge.«
»Jeder Mensch kommt mit einem bestimmten Zweck auf die Welt, und damit zitiere ich den berühmten Aaron Crow selbst. Shadow Love ist eine Waffe.«
»Ich werde ihn nicht einsetzen«, sagte Aaron und kam ans Ufer, wo er sich neben seinen Vetter stellte.
»Weil er unser Junge ist«, sagte Sam. »Laß dich davon nicht durcheinanderbringen.«
»Das ist es nicht. Tatsache ist, Shadow macht mir eine Scheißangst. Das ist das wahre Problem.« Aaron kickte die zerschlissenen Turnschuhe fort und ging einen halben Schritt weiter, so daß seine Zehen im Wasser waren. Es fühlte sich kalt und heilsam an. »Ich habe Angst, was wir dem Jungen angetan haben, als wir ihn bei Rosie gelassen haben. Wir mußten arbeiten, aber... weißt du, sie war nicht ganz in Ordnung. Sie war eine liebe Frau, aber in ihrem Kopf hat etwas nicht gestimmt. Du sagst, wir haben eine Waffe gemacht. Ich sage, wir haben einen Wahnsinnigen gemacht.«
»Weißt du noch, früher, Crazy Horse...?«
»Das ist etwas anderes. Crazy Horse liebte eine bestimmte Art von Leben. Das Leben eines Kriegers. Shadow ist kein Krieger. Er ist ein Killer. Du hast ihn gesehen; er lechzt nach Schmerzen und der Macht, sie zu erzeugen.«
Die beiden Männer verstummten einen Augenblick und lauschten, wie das Wasser an der Sandbank vorbeiströmte. Dann sagte Aaron in unbeschwerterem Tonfall: »Was meinst du, wie lange dauert es, bis wir Scheiße bauen?«
Sam warf den Kopf zurück und lachte. »Drei Wochen. Vielleicht einen Monat.«
»Dann sind wir tot«, sagte Aaron. Er sagte es so, daß es sich komisch anhörte.
»Vielleicht nicht. Wir könnten es bis Kanada schaffen. Sioux Valley. Uns verstecken.«

»Mmmm.«

»Was denn? Glaubst du, wir haben keine Chance? Daß wir nur zwei tote Dummköpfe sind?« fragte Sam.

»Menschen, die so was machen... kommen nicht davon. Nie.« Aaron zuckte die Achseln. »Und dann bleibt immer noch die Frage: *Sollen wir es versuchen?*«

Sam strich sich mit einer Hand durchs Haar. »Herrgott«, murmelte er.

»Genau«, sagte Aaron mit einem hastigen, bellenden Lachen. »Wenn wir sterben... das wäre der Knüller. Alle kennen Sitting Bull, weil er gestorben ist. Alle kennen Crazy Horse, weil er gestorben ist. Aber wer kennt Inkpaduta? Er war vielleicht der größte von allen, aber er ist nach Kanada gegangen, wurde alt und starb. Heute kennt ihn kaum jemand. Wir machen einen... *Krieg*... um die Menschen aufzuwecken. Wenn wir uns einfach aus dem Staub machen, ist das meiner Meinung nach nicht so gut.«

Sam schüttelte den Kopf, sagte aber nichts. Er fand noch einen flachen Stein und warf ihn über das Wasser. Dort versank er sofort. »Arschloch«, rief Sam dem Stein nach.

Aaron sah auf seinen Vetter auf der Sandbank hinab, seufzte und sagte: »Ich gehe mit dir in die Stadt zurück. Ich höre heute nacht zu viele Stimmen. Damit werde ich nicht fertig.«

»Du solltest nicht so oft hierher kommen. Ich bin Sam, und selbst ich fühle sie unter dem Sand stöhnen.« Er machte eine ausholende Geste, welche die Sandbank, den Fluß und die Hügel einschloß. Das Land um die Insel war einmal ein Konzentrationslager gewesen. Hunderte Sioux waren dort gestorben, Frauen und Kinder.

»Komm«, sagte Aaron. »Wir beladen den Wagen und machen, daß wir wegkommen.«

Billy Hood lag auf einem Motelbett in Jersey und starrte zur Decke. Er hatte einen Ausflug über den Fluß nach Manhattan gemacht, um das Terrain zu sondieren, und war zu dem Ergebnis gekommen, daß er es schaffen könnte. Er konnte den Mann töten. Das Steinmesser lag schwer auf seiner Brust.

Einem Mann die Kehle durchzuschneiden... Hood spürte, wie sich seine eigene zuschnürte. Letztes Jahr hatte er in Mille Lacs im mittleren Minnesota gejagt und dabei ein Stück Rotwild gestellt. Er sah es, wie es durch einen Birkenhain schritt, ein braunes Phantom, das zwischen Schnee und Baumstämmen – weiß auf weiß – dahinschwebte. Es war eine Hirschkuh, aber eine riesengroße. Die .30-30er hatte sie umgehauen, und sie war nicht mehr aufgestanden. Aber sie war auch nicht tot. Sie lag im flachen Schnee auf der Seite und machte schwere Laufbewegungen mit den Beinen, während das eine sichtbare Auge ihn und seinen Schwager Roger ansah.

»Schneid ihr besser die Kehle durch, Bruder«, hatte Roger gesagt. Roger lächelte. Aufgedreht? Spürte er die Kraft? »Erlöse sie von ihrem Elend.«

Hood hatte das Jagdmesser aus der Scheide geholt, ein Messer, welches er scharf wie eine Rasierklinge geschliffen hatte. Er hatte die Hirschkuh an einem Ohr gepackt, ihr den Kopf gehoben und mit einer knappen, heftigen Bewegung die Kehle durchgeschnitten. Blut spritzte auf den Schnee, und das Tier trat ein paarmal um sich, und das Auge blickte unverändert zu ihnen hoch. Dann überzog der Todesfilm es, und das Tier starb.

»Weißt du, daß man nur hier rotes Blut sieht?« hatte Roger gesagt. »Im Schnee. Wenn man im Sommer oder Herbst Blut im Wald sieht, sieht es immer schwarz aus. Mann, aber hier im Schnee ist es echt rot, was?«

Andrettis Blut würde auf dem beigen Teppichboden in seinem Büro auch schwarz aussehen. Soweit war Hood bei seiner Erkundung vorgedrungen. Andretti war bekannt dafür, daß er Überstunden machte. Überall rings um sein Büro machten sie dicht, aber sein »Team« blieb dran. Andretti nannte es ein Team. Ein Foto am schwarzen Brett vor seinem Büro zeigte Andretti und seine Leute in Basketballkluft, wie sie sich um eine Torte versammelt hatten. Andretti trug selbstverständlich die Nummer 1.

»Mutter«, sagte Hood und machte die Augen zu, um zu träumen und möglicherweise zu beten. Der Stein drückte auf seine Brust. Andrettis Blut würde auf dem Teppichboden schwarz aussehen. Er würde es morgen machen, gleich wenn die übrigen Büros Feierabend machten.

Die Nacht war dunkel und selbst in dem engen Motelzimmer von Visionen erfüllt. Hood wachte um ein Uhr auf, dann wieder um drei, vier und fünf. Um sechs stand er müde, aber unfähig wieder einzuschlafen auf. Er rasierte sich, wusch sich, zog seinen besten Anzug an und spürte das Gewicht des Steins um den Hals und die kleine Pistole in der Tasche.

Er ging zu Fuß zum Bahnhof, fuhr über den Fluß, ging zum Central Park. Sah in den Zoo und ins Metropolitan Museum. Ging an den van Goghs und Degas' vorüber, ließ sich Zeit bei den Renoirs und Monets. Die üppige Natur der Impressionisten gefiel ihm. Die Gegend, aus der er kam, am Missouri in South Dakota, war fast das ganze Jahr über braun und düster. Aber manchmal, im Frühjahr, konnte man kleine Schlammtümpel voll Wildblumen finden, wo die Bäche zum Fluß strömten. Er konnte die Monets betrachten und roch das heiße Prärie-Aroma schwarzäugiger Susans...

Es dauerte eine Ewigkeit, bis die Zeit gekommen war. Als es endlich soweit war, fuhr er mit der U-Bahn zur Innenstadt und verdrängte seine Emotionen eine nach der anderen. Er dachte an seine Stunden in Bear Butte, an die gleichgültige, stoische Ruhe der Landschaft. Die fernen Schreie der Black Hills, welche von den Weißen vergewaltigt wurden, die jedes Geheimnis der Natur mit einem chromgelben Werbeplakat anpriesen.

Als er das Bürogebäude erreicht hatte, fühlte er sich einem Stein so ähnlich wie nie zuvor in seinem Leben. Wenige Minuten vor fünf betrat er das Foyer und ging die Treppe zum vierten Stock hinauf.

Andrettis Wohlfahrtsamt beanspruchte zwölf Stockwerke des Gebäudes; sein persönliches Büro war eine Suite mit vier Zimmern. Hood hatte geschätzt, daß sechs bis acht Personen regelmäßig in diesen Räumen arbeiteten: Andretti und seine Sekretärin; eine Empfangsdame; drei Assistenten, ein Mann, zwei Frauen; sowie zwei Angestellte auf unregelmäßiger Basis. Die Teilzeitkräfte und die Empfangsdame zogen Punkt fünf Uhr ab. Er dürfte es maximal mit fünf Personen zu tun haben.

Im vierten Stock sah Hood in den Flur, dann ging er schnell zur Toilette. Er betrat eine der Kabinen, setzte sich und knöpfte das Hemd auf. Das Obsidianmesser hing an einer Schnur aus Hirschleder um seinen Hals, die von dem Stück Rotwild stammte, das er im Jahr zuvor erlegt hatte. Er streifte die Schnur über den Kopf und steckte das Messer in die linke Jackentasche. Die Pistole hatte er in der rechten.

Hood sah auf die Uhr. Drei Minuten nach fünf. Er beschloß, noch ein paar Minuten zu warten, saß auf der Toilette und sah zu, wie der Sekundenzeiger weiterrückte. Die Uhr hatte neu zwölf Dollar gekostet. Eine Timex; seine Frau hatte sie ihm gekauft, als es aussah, als würde er einen Job beim Straßenbau bekommen. Aber er hatte ihn nicht bekommen, und jetzt hatte er nur noch die Timex.

Als die Timex 5:07 zeigte, stand Hood auf, und jetzt war seine Seele hart wie das Messer. Der Flur war leer. Er schritt rasch zu Andrettis Büro und sah nach rechts, als er an dem Hauptkorridor vorbeikam. Eine Frau wartete auf den Aufzug. Sie sah ihn an, dann weg. Hood ging weiter zu Andrettis Büro, blieb mit der Hand auf dem Knauf einen Moment stehen und stieß dann die Tür auf. Die Empfangsdame war gegangen, aber er hörte Gelächter von der anderen Seite der Trennwand hinter ihrem Schreibtisch.

Er steckte die Hand in die Tasche, wo die Pistole war, und trat um die Trennwand herum. Zwei Assistenten, ein Mann und eine Frau, lehnten am Schreibtisch und unterhielten sich. Durch eine offene Tür konnte er Andretti sehen, der hemdsärmelig hinter einer grünen Schreibtischlampe arbeitete. Es war mindestens noch eine Person bei ihm im Büro.

Als er um die Trennwand kam, sah ihn die Frau zunächst nicht, aber der Mann bemerkte ihn und runzelte leicht die Stirn. Dann drehte die Frau den Kopf und sagte: »Tut mir leid, wir haben geschlossen.«

Er nahm die Hand mit der Pistole aus der Tasche und sagte: »Kein Wort, kein Laut. Gehen Sie einfach in Mr. Andrettis Büro.«

»O nein«, sagte die Frau. Der Mann ballte die Fäuste und glitt vom Schreibtisch.

Hood richtete die Pistole auf seinen Kopf und sagte: »Ich will Sie nicht töten, aber ich werde es tun, wenn es sein muß. Los jetzt.« Er hatte sich aus Andrettis Sehbereich entfernt. »Voran.«

Sie bewegten sich widerwillig auf Andrettis Büro zu. »Wenn Sie etwas machen, wenn Sie eine Tür berühren, wenn Sie ein Wort sagen, erschieße ich Sie«, sagte Hood leise, als sie sich Andrettis Büro näherten.

Der Mann trat ein, gefolgt von der Frau. Hood sagte: »Zur Seite.« Der Mann sagte: »Boss, wir haben ein Problem.« Andretti sah auf und sagte: »Ach du Scheiße.«

Eine Frau saß auf einem Sessel vor Andrettis Schreibtisch, sie hatte ein Lächeln im Gesicht, das versickerte, als sie Hood sah; Hood dachte *versickerte*, weil es so langsam ging. Als wollte sie ihn nicht stören. Als wollte sie denken, es wäre ein Witz.

»Wo ist die Sekretärin?« wandte sich Hood an Andretti.

»Früher nach Hause gegangen«, sagte Andretti. »Hören Sie, mein Freund...«

»Seien Sie still. Wir haben einiges zu tun, aber vorher muß ich mich um diese Leute kümmern. Ich will nicht, daß sie über mich herfallen, während wir uns unterhalten.«

»Wenn Sie ein Problem haben...«

»Ich habe tatsächlich ein Problem«, unterbrach Hood ihn. »Nämlich das, wie ich es vermeiden kann, einen dieser Menschen zu erschießen, wenn sie nicht tun, was ich ihnen sage. Ich möchte, daß Sie sich alle mit dem Gesicht nach unten an der Wand auf den Boden legen.«

»Woher wissen wir, daß Sie uns nicht erschießen?«

»Weil ich es Ihnen verspreche. Ich will Ihnen nichts tun. Aber ich verspreche Ihnen, ich *werde* Sie erschießen, wenn Sie sich nicht auf den Boden legen.«

»Legt euch hin«, befahl Andretti.

Die drei wichen zur Wand zurück, dann setzten sie sich.

»Umdrehen, Gesicht nach unten«, sagte Hood. Sie streckten sich aus; eine der Frauen verdrehte den Hals, damit sie ihn sehen konnte. »Schauen Sie auf den Teppich, Lady, okay?«

Als sie alle auf den Teppich sahen, ging Hood langsam um Andrettis Schreibtisch herum. Andretti war ein großer Mann, und jung; Anfang dreißig. Auf keinen Fall älter als fünfunddreißig.

»Ich will Ihnen erklären, was ich vorhabe, Mr. Andretti«, sagte Hood beim Gehen. Er und Bluebird und die anderen hatten gründlich nachgedacht und entschieden, es wäre das Beste zu lügen. »Ich werde Ihnen Handschellen anlegen und dann ein paar Anrufe für meine Leute in der Stadt erledigen. Die Handschellen lege ich Ihnen an, weil ich nicht will, daß Sie Ärger machen. Wenn alle mitmachen, passiert niemandem etwas. Haben Sie verstanden?«

»Ich habe verstanden, was Sie vorhaben, aber ich verstehe nicht, was Sie wollen.«

»Darüber werden wir uns unterhalten«, sagte Hood beruhigend. Er stand hinter Andretti und berührte ihn mit dem Lauf der Pistole an der Schläfe. »Nehmen Sie die Hände hinter den Rücken und verschränken Sie sie.«

Als Andretti das gemacht hatte, sagte Hood: »Und jetzt sehen Sie nach hinten. Nein, biegen Sie den Rücken durch und legen Sie den Kopf zurück. Ich will Ihnen das hier zeigen, bevor ich anfange.«

»Was?« fragte Andretti und legte den Kopf zurück.

»Das«, sagte Hood. Er hatte Pistole und Messer ausgetauscht, packte Andrettis Haar mit der linken Hand und schlitzte ihm mit dem Steindolch die Kehle auf – tiefer, viel tiefer, viel heftiger als bei der Hirschkuh.

»Ahh«, grunzte er, als Blut aus Andrettis Hals spritzte. Andretti schlug mit den Händen auf den Schreibtisch, hustete, röchelte und wollte Hood ansehen. Eine der Frauen richtete sich halb auf, sah Andretti und fing an zu schreien. Hood gab einen einzigen Schuß auf ihr blasses Gesicht ab, und sie ließ sich fallen. Er wußte nicht, ob er sie getroffen hatte, aber der Mann wälzte sich herum und die andere Frau kroch auf dem Teppichboden davon. Hood brüllte »Stopp« und feuerte dem Mann einen Schuß in den Rücken. Der Mann krümmte sich, und Hood war zur Tür draußen, lief den Flur entlang und die Treppe hinunter, und hinter ihm wurden die Schreie leiser, als Türen zufielen.

Pistole in die Tasche, Messer in die Tasche, erster Treppenabsatz nach unten. Seine Hände. Sauber. Seine Hose. Sauber. Blut auf dem Hemd, ein Fleck auf der Jacke. Er zog die Jacke zu, dritter Treppenabsatz. Erdgeschoß. In das Foyer. Wachmann am Empfangstisch, sieht auf. Am Wachmann vorbei auf die Straße. Einen Block weit. In die U-Bahn. Die Münze. Warten. Warten. Warten auf laufende Füße, Schreie, Cops, doch nichts, außer dem klammen Geruch der U-Bahn und dem Rasseln eines einfahrenden Zuges.

Er brauchte eine Stunde, bis er wieder in Jersey war. Eine halbe Stunde später saß er in seinem Auto und fuhr nach Westen, der untergehenden Sonne entgegen.

In Oklahoma City stand Leo Clark vor dem Bundesgerichtsgebäude und sah daran empor. Kundschaftete. Das Steinmesser hing ihm schwer um den Hals.

4

Jennifer kam nackt aus dem Badezimmer. Sie war groß, schlank, blond, mit kleinen Brüsten; sie hatte dunkle Brauen unter einem champagnerfarbenen Pony und blaue Augen, die manchmal, wenn sie wütend war, die Farbe von Eis auf einem Fluß annahmen. Lucas umfing sie mit einem Arm, als sie am Bett vorbeiging, und zog ihren Bauch an sein Gesicht.

»Das war schön«, sagte er. »Sollten wir öfter machen.«

»Ich stehe zur Verfügung«, sagte sie.

Lucas liebkoste ihren Bauch, worauf sie seinen Kopf wegdrückte.

»Du spielst mit meiner Wampe.«

»Die ist fort.«

»Nein, gar nicht.« Jennifer schaltete das Zimmerlicht ein und drehte vor dem Wandspiegel hinten Pirouetten. »Ich habe einen dicken Bauch und einen Hängepo. Mit dem Po werde ich fertig. Der Bauch ist eine harte Nuß.«

»Ihr elenden Yuppie-Frauen habt die abgefahrensten Wahnvorstellungen«, sagte Lucas träge, legte sich auf das Bett zurück und beobachtete sie. »Du siehst perfekt aus.«

Sie hüpfte an ihm vorbei, wich seinem Arm aus und nahm ein Baumwollnachthemd von der Kommode. »Mir ist nicht klar, ob du natürlich verblödet oder unnatürlich geil bist«, sagte sie, während sie das Nachthemd über den Kopf zog.

Lucas zuckte die Achseln, grinste und lehnte sich in das überdimensionierte Kissen. »Was auch immer, es funktioniert. Ich vögle 'ne ganze Menge.«

»Ich sollte dich mit einem Tritt in den Hintern rausbefördern, Davenport«, sagte Jennifer. »Ich... ist das das Baby?«

Er lauschte und hörte das leise Schreien des Babys aus dem Nebenzimmer. »Jawoll.«

»Fütterungszeit«, sagte Jennifer.

Sie hatten nie geheiratet, aber Lucas und Jennifer Carey hatten eine kleine Tochter. Lucas hatte auf eine Hochzeit gedrängt. Jennifer hatte gesagt vielleicht – irgendwann. Jetzt nicht. Sie wohnte mit dem Baby in einem Vorstadthaus südlich von Minneapolis, fünfzehn Minuten von Lucas' Haus in St. Paul entfernt.

Lucas rollte sich vom Bett und folgte Jennifer ins Kinderzimmer. Als die Tür aufging, hörte Sarah auf zu schreien und fing an zu blubbern.

»Sie ist naß«, sagte Jennifer, als sie sie hochgenommen hatte. Sie gab Sarah an Lucas weiter. »Du kannst sie wickeln. Ich mach den Brei warm.«

Lucas trug Sarah zum Wickeltisch, riß die Klebestreifen der Windel auf und warf die Windel in den Abfalleimer. Er pfiff dabei vor sich hin, und das Baby betrachtete ihn fasziniert und schürzte ein- oder zweimal die Lippen, als wollte sie selbst zu pfeifen anfangen. Lucas machte ihre Kehrseite mit feuchten Tüchern sauber, warf die Tücher der Windel hinterher, puderte das Baby und zog ihm eine frische Windel an. Als er fertig war, krähte Sarah vor Vergnügen.

»Heiliger Himmel, du bist eindeutig eine Gefahr für *jede* Frau«, sagte Jennifer von der Tür.

Lucas lachte, hob Sarah hoch und ließ sie auf einer Handfläche hüpfen. Das Baby kicherte und packte Lucas' Nase mit einem überraschend festen Griff.

»Hua, hua, willduwohl Daddys Nase loslassen...« Jennifer sagte immer, er höre sich wie Elmer Fudd an, wenn er Babysprache redete. Sarah schlug ihm mit der anderen Hand aufs Auge.

»Himmel, ich werde überfallen«, sagte Lucas. »Was denkst du dir eigentlich dabei, Kind, deinen alten Herrn zu verprügeln...?«

Das Telefon läutete. Lucas sah auf sein Handgelenk: Er hatte die Uhr ausgezogen. Aber es war spät, nach Mitternacht. Jennifer ging zum Telefon in der Diele. Einen Moment später war sie wieder da.

»Für dich.«

»Niemand weiß, daß ich hier bin«, sagte Lucas erstaunt.

»Es ist der Schichtleiter, wie-heißt-er-noch-gleich... Meany. Daniel hat ihm gesagt, er soll es hier versuchen.«

»Was ist denn bloß los?« Lucas watschelte durch die Diele zum Telefon, nahm den Hörer und sagte: »Davenport.«

»Hier ist Harry Meany«, sagte die Stimme eines alten Mannes. »Der Chief hat gesagt, ich soll rauskriegen, wo du bist und dafür sorgen, daß du deinen Arsch hierher schleppst. Er erwartet dich in einer halben Stunde in seinem Büro.«

»Was ist passiert?«

»Keine Ahnung. Lester und Anderson sind schon da, Sloan ist auf dem Weg.«

»Ist nichts los bei euch?« fragte Lucas.

»Gar nichts«, sagte Meany. »Ein 7-Eleven drüben bei der Uni ist überfallen worden, aber das ist ja nichts Neues. Niemand verletzt.«

»Hmm.« Lucas kratzte sich nachdenklich am Kinn. »Na gut, ich komme.«

Lucas legte auf, blieb mit der Hand auf dem Telefon stehen und betrachtete mit leerem Blick das darüber aufgehängte Bild, ein handkolorierter Druck, der ein englisches Landhaus zeigte. Jennifer sagte: »Was?«

»Ich weiß nicht. Da findet 'ne Konferenz statt. Daniel, Lester, Anderson, Sloan. Ich.«

»Hm.« Sie stützte die Hände auf die Hüften. »Woran arbeitet ihr?«

»Nicht viel«, sagte Lucas. »Wir haben immer noch Gerüchte über Waffenschmuggel von hier aus, konnten aber bis jetzt nichts Konkretes nachweisen. In letzter Zeit blüht der Handel mit Crack. Das ist alles.«

Jennifer nickte. Sie war zehn Jahre Top-Reporterin von TV3 gewesen. Nach Sarahs Geburt hatte sie sich einstweilig beurlauben lassen und arbeitete als Produzentin. Aber die Zeit im Einsatz auf der Straße konnte sie nicht abschütteln; sie hatte ein Auge und feines Gespür für aufsehenerregende Neuigkeiten.

»Weißt du, wie sich das anhört?« fragte sie mit nachdenklichem Gesichtsausdruck. »Wie das Team, das Daniel letztes Jahr zusammengestellt hat. Die Werwolf-Gruppe.«

»Aber es ist nichts los«, sagte Lucas. Er schüttelte noch einmal den Kopf und ging ins Bad.

»Sagst du es mir?« rief sie ihm nach.

»Wenn ich kann.«

Lucas hatte den Verdacht, die frühen Stadtväter von Minneapolis hätten das Rathaus als aufwendigen Aprilscherz für ihre Nachkommen gebaut. Es handelte sich um einen fleckigen Granitklotz, der es irgendwie fertigbrachte, im Sommer heiß und im Winter kalt zu sein. Im Frühling und Herbst schwitzten die Wände im Keller, wo sich sein Büro befand, eine Substanz aus, die wie Baumsirup aussah. Ein anderer Detective, wie Lucas ein abtrünniger Katholik, hatte einmal vorgeschlagen, sie sollten auf einen tüchtigen Schweißausbruch warten, die Wand seines Büros sorgfältig nach den Umrissen von Jesus Christus aufbrechen und ein heiliges Stigma reklamieren.

»Wir könnten Kohle machen«, hatte er enthusiastisch gesagt.

»Ich hab nicht mehr groß was mit der Kirche zu tun«, sagte Lucas trocken. »Aber exkommunizieren lassen will ich mich auch nicht unbedingt.«

»Angsthase.«

Lucas fuhr um das Gebäude herum und stellte den Porsche auf

dem Polizeiparkplatz ab. Das Eckbüro des Chief war hell erleuchtet. Als er um die Schnauze des Autos herumging und auf den Bürgersteig trat, hielt ein Chevy-Kombi hinter dem Porsche, und der Fahrer drückte kurz auf die Hupe. Einen Augenblick später stieg Harrison Sloan aus dem Auto.

»Was ist los?« fragte Lucas.

Sloan zuckte die Schultern. Er war ein magerer Mann mit weichen braunen Welpenaugen und einem dünnen Oberlippenbärtchen. In einem Film über den Zweiten Weltkrieg hätte er einen Piloten der Royal Air Force spielen können, einen Piloten namens Dicky. Er hatte einen Jogginganzug und Tennisschuhe an. »Keine Ahnung. Ich hab geschlafen. Meany hat angerufen und gesagt, ich soll meinen Arsch hierher schaffen.«

»Bei mir auch«, sagte Lucas. »Großes Geheimnis.«

Als sie durch die Eingangstür gingen, fragte Sloan: »Was macht die Hand?«

Lucas sah auf den Handrücken und machte eine Faust. Der Werwolf hatte ihm mehrere Knochen zwischen Handgelenk und Knöcheln gebrochen. Wenn er fest zudrückte, tat es immer noch weh. Der Arzt sagte, es könnte sein, daß es immer weh tun würde. »Ziemlich gut. Ich habe wieder Kraft. Ich hab einen Gummiball gedrückt.«

»Wenn Sie vor zehn Jahren so verletzt worden wären, wären Sie jetzt ein Krüppel«, sagte Sloan.

»Vor zehn Jahren wäre ich vielleicht noch schnell genug gewesen, den Hurensohn zu erschießen, ehe er mich packen konnte«, sagte Lucas.

Das Rathaus war ruhig und roch nach Bohnerwachs und Desinfektionsmittel. Ihre Schuhsohlen erzeugten ein gummiartiges Flapflap-flap, als sie die düsteren Flure entlang gingen, und ihre Stimmen hallten vom Marmor wider, während sie über Daniels Anruf spekulierten. Sloan war der Meinung, das hastige Treffen deutete auf ein politisches Problem hin.

»Darum die Eile mitten in der Nacht. Sie versuchen, es auf die Reihe zu kriegen, ehe die Zeitungen sich darauf stürzen«, sagte er.

»Und warum Lester und Anderson? Warum Überfall- und Mordkommission mit ins Spiel bringen?«

»Hm.« Sloan knabberte an seinem Schnurrbart. »Ich weiß nicht.«

»Es ist etwas anderes«, sagte Lucas. »Jemand ist tot.«

Die Tür zum Büro des Chief war offen. Lucas und Sloan traten ein und sahen Quentin Daniel im dunklen Vorzimmer, wo er im Schreibtisch seiner Sekretärin kramte. Daniel war ein breitschultriger Mann mit dem offenen, gutmütigen Gesicht eines Metzgers aus der Nachbarschaft. Nur seine Augen, klein, schnell, prüfend, verrieten den scharfen Verstand hinter dem freundlichen Gesicht.

»Stehlen Sie Büroklammern?« fragte Sloan.

»Nie findet man die verdammten Streichhölzer, wenn man welche braucht, und kein Mensch raucht anscheinend mehr«, knurrte Daniel. Er ging sonst früh zu Bett und stand früh auf, sah aber hellwach und fast glücklich aus. »Kommen Sie rein.«

Frank Lester, Deputy-Chief für Ermittlungen, und der spindeldürre Hermon Anderson, Computerfreak und Lesters Assistent, hatten sich in Sesseln vor Daniels Schreibtisch gezwängt. Lucas und Sloan nahmen sich freie Stühle, Daniel nahm hinter dem Schreibtisch Platz.

»Ich war den ganzen Abend am Telefon. Frank und Harmon waren fast die ganze Zeit dabei«, sagte Daniel zu Lucas und Sloan. »In New York City ist ein Mord geschehen. Ein Wohlfahrtsbeamter. Heute nachmittag kurz nach fünf Uhr ihrer Zeit. Ein lupenreiner Italiener namens John Andretti. Schon mal von ihm gehört?«

Lucas und Sloan schüttelten beide die Köpfe. »Nee«, sagte Sloan. »Sollten wir?«

»Er war schon ziemlich oft in der *Times*«, sagte Daniel achselzuckend. »Er war ein Geschäftsmann, der in die Politik wollte. Hatte seine eigenen Vorstellungen von Wohlfahrt und Fürsorge. Wie dem auch sei, seine Familie hat Geld. Baufirmen, Banken und so weiter. War in Choate. War in Harvard. Jurastudium in Yale. Er hatte diese tollen Zähne und eine Frau, die großartig aussieht, mit großartigen Titten, dazu vier Kinder, die großartig aussehen, und niemand in der Familie hat mit Dope gedealt oder zuviel getrunken oder mit

fremden Ehemännern oder Ehefrauen rumgevögelt, und sonntags gehen sie alle in die Kirche. Sein alter Herr wollte ihn diesen Herbst für den Kongreß kandidieren lassen und in vier Jahren möglicherweise für den Senat. Wißt ihr, die Medien in New York haben ihn schon den italienischen John F. Kennedy genannt...«
»Und was ist passiert?« fragte Lucas.
»Er ist ermordet worden. In seinem Büro. Drei Zeugen. Ein Mann mit Pistole kommt rein. Läßt alle zurücktreten, dann geht er hinter Andretti. Bevor jemand ›Buh‹ sagen kann, packt dieser Typ – er ist übrigens Indianer – Andretti, reißt ihm den Kopf zurück und schlitzt ihm mit einem seltsam geformten Messer aus Stein die Kehle auf.«
»O Scheiße«, sagte Lucas. Sloan saß mit offenem Mund auf dem Stuhl. Anderson betrachtete sie amüsiert, Lester sah besorgt drein.
»Stimmt genau«, sagte Daniel. Er beugte sich nach vorne, holte eine Zigarre aus einer brandneuen Klimabox, hielt sie sich unter die Nase, schnupperte und legte die Zigarre in die Klimabox zurück. »›O Scheiße.‹ Der Indianer hat auch auf einen von Andrettis Assistenten geschossen, aber der kommt durch.«
Anderson griff die Geschichte auf. »Die Familie Andretti ist Amok gelaufen und hat angefangen, Schulden einzutreiben. Der Gouverneur, der Bürgermeister, alle stehen auf der Matte.« Anderson trug karierte Hosen, ein gestreiftes Hemd und glänzende, ockerfarbene Vinylschuhe. »Die Polypen in New York rennen herum wie Hühner mit abgeschlagenen Köpfen.«
»Andretti hatte die besten Beziehungen in ganz New York City«, fügte Daniel hinzu. »Er hat zwanzig Brüder und Schwestern und Vettern und Kusinen und seine Eltern. Sie haben unglaublich viel Geld und doppelt so viel politische Verbindungen. Sie wollen Blut sehen.«
»Und sie glauben, wer Andretti umgebracht hat, hat mit diesem Bluebird gearbeitet?« fragte Lucas.
»Sehen Sie sich doch die Morde an«, sagte Daniel und breitete die Arme aus. »Liegt auf der Hand. Aber wir haben noch mehr. Andrettis Büro verfügte über eine Videokamera mit Endlosband. Die Zeu-

gen haben den Mörder erkannt. Es ist ein beschissenes Bild, und man sieht ihn nur etwa zehn Sekunden, wie er durch die Halle geht, aber sie haben es vor einer Stunde im Fernsehen gezeigt. Ein paar Minuten nach der Ausstrahlung hat ein Motelbesitzer aus Jersey angerufen und gesagt, der Typ könnte in seinem Motel gewesen sein. Die Polizei von Jersey hat das überprüft, und sie denken, er könnte recht haben. Sie haben sich das Kennzeichen nicht notiert – so ein Motel war es nicht –, aber der Besitzer erinnert sich, es war ein Nummernschild aus Minnesota. Und er weiß noch, als der Mann gegangen ist, hat er gesagt, er würde nach Hause fahren. Der Motelbesitzer sagt, es besteht kein Zweifel, daß der Typ Indianer war. Und da wäre noch etwas.«

»Was denn?« fragte Sloan.

»Die Polizei in New York hat den Teil mit dem Steinmesser zurückgehalten«, sagte Daniel. »Sie sagten den Medien, daß Andretti erstochen worden war, aber kein Wort über das Messer. Und dann fragt dieser Motelbesitzer die Cops von Jersey: ›Hat er ihn mit diesem riesigen Steinmesser erstochen?‹ Die Cops sagen: ›Was?‹ Und darauf sagt dieser Motelbesitzer, der Indianer hätte ein Steinmesser um den Hals getragen. An einer Wildlederschnur. Er hat ihn am Cola-Automaten gesehen, im Unterhemd, und da hatte er das Messer um.«

»Also wissen wir es mit Sicherheit«, sagte Sloan.

»Ja. Und er scheint hierher unterwegs zu sein.« Daniel lehnte sich in seinem Sessel zurück, legte die Hände auf den Bauch und drehte Däumchen.

Lucas zupfte sich an der Lippe und dachte darüber nach. Nach einem Augenblick des Schweigens sah er zum Chief. »Hat der Typ Zöpfe gehabt?«

»Der Mörder? Von Zöpfen haben sie nichts gesagt…« Er kramte einen Augenblick auf dem Schreibtisch, nahm einen Computerausdruck, las ihn und sagte: »Nee. Haare über die Ohren und gerade noch über den Kragen. Lang, aber nicht lang genug für Zöpfe.«

»Scheiße.«

»Warum?«

»Weil der Typ, der Cuervo umgebracht hat, Zöpfe hatte.«

Die anderen sahen sich an, und Daniel sagte: »Er könnte sie abgeschnitten haben.«

»Das habe ich auch von Bluebird gesagt, als wir ihn gestellt haben«, sagte Lucas.

»O Mann«, krächzte Lester und rieb sich den Nacken. Er war Sprecher des Reviers für Fälle, die die Aufmerksamkeit der Medien erregten. »Das wären drei. Wenn es zwei sind, werden die Medien sich überschlagen. Aber bei dreien... ich hab früher schon im Kreuzfeuer gestanden, ich brauch diese Scheiße nicht mehr.«

Sloan grinste ihn an. »Es wird echt schlimm, Frank«, sagte er spöttisch. »Der Typ hört sich nach Wahnsinnsschlagzeilen an. Wenn die Fernsehsender und großen Zeitungen etwas von einer Verschwörung munkeln hören, dann fallen sie über dich her wie Geier. Besonders wegen dieser Steinmesser. Die Steinmesser werden sie lieben.«

»Die Lokalzeitungen sind schon dahintergekommen. Fünf Minuten, nachdem bekannt wurde, daß es sich um einen Indianer handelte, haben wir Anrufe wegen Bluebird bekommen. *Star Tribune*, *Pioneer Press*, alle Sender. AP bringt es über Kabel«, sagte Anderson.

»Wie Fliegen auf einer toten Katze«, sagte Sloan zu Lester.

»Daher stellen wir ein Team zusammen, genau wie beim Werwolf. Ich werde es morgen früh in einer Pressekonferenz bekanntgeben«, sagte Daniel. »Frank wird die Ermittlungen vor Ort leiten und sich auf täglicher Basis mit der Presse herumschlagen. Harmon wird die Datenauswertung wieder auf Vordermann bringen. Genau wie beim Werwolf. Jede noch so kleine Information, okay? Jeder kriegt ein Notizbuch.«

»Ich fange heute nacht noch an«, sagte Anderson. »Ich lasse Kopien von Bluebirds Polizeifoto anfertigen.«

»Gut. Besorgen Sie mir einen Stoß für die Pressekonferenz.« Daniel wandte sich an Sloan. »Ich möchte, daß Sie jeden überprüfen, der etwas mit Bluebird zu tun hatte. Er ist unser einziger Anhaltspunkt in dieser Sache. Wenn wir eine Identifizierung des Mörders von New York bekommen, müßt ihr alle aufspüren, die ihn kennen. Ihr könnt weitgehend unabhängig arbeiten, macht aber täglich Anderson Meldung, über jeden Schritt. Was ihr herausfindet, kommt sofort in die Datei.«

»Klar«, nickte Sloan.

»Lucas, Sie arbeiten allein, genau wie beim Werwolf«, sagte Daniel. »Unsere Kontakte zur Indianergemeinde sind total beschissen. Sie sind der einzige, der überhaupt welche hat.«

»Nicht viele«, sagte Lucas.

»Aber es sind unsere einzigen«, sagte Daniel.

»Was ist mit Larry Hart? Wir haben ihn schon mal eingesetzt...«

»Gut.« Daniel schnippte mit den Fingern und deutete auf Lester. »Rufen Sie morgen bei der Wohlfahrt an und fragen Sie, ob wir Hart als Berater haben können. Wir übernehmen sein Gehalt.«

»Was ist er?« fragte Sloan. »Chippewa?«

»Sioux«, sagte Lucas.

»Ein komischer Kauz, das ist er«, sagte Anderson. »Er hat eine Menge genealogische Daten in den städtischen Computern abgespeichert. Die Softwareleute würden Scheiße schreien, wenn sie davon wüßten.«

Lucas zuckte die Achseln. »Er ist in Ordnung.«

»Also holen wir ihn«, sagte Daniel. Er stand auf und schritt mit den Händen in den Hosentaschen langsam vom Schreibtisch fort. »Noch was?«

Bluebirds Beerdigung würde gefilmt werden. Der Geheimdienst würde versuchen, alle Teilnehmer zu identifizieren und ihre Lebensläufe in Erfahrung zu bringen. Sloan sollte eine Liste von Freunden und Verwandten zusammenstellen, die von Bluebirds Aktivitäten gewußt haben könnten. Diese würden von ausgesuchten Detectives der Drogenfahndung und der Ermittlung verhört werden. Anderson würde aus den Bullen in Jersey jede Einzelheit über den Mörder und sein Auto herauskitzeln und sie mit den Akten straffällig gewordener Indianer in Minnesota, Wisconsin, Nebraska und den beiden Dakotas vergleichen.

»Das Affentheater wird gleich morgen in aller Frühe losgehen«, sagte Daniel. »Und ich will euch was sagen: Wenn dieser Typ aus New York hier aufkreuzt, dann müssen wir die Sache im Griff haben. Ich möchte, daß wir gut aussehen, und nicht wie eine Bande von Provinzarschlöchern.«

Anderson räusperte sich. »Ich glaube nicht, daß es ein Typ ist, Chief. Ich glaube, es ist eine Frau«, sagte er.

Sloan und Lucas sahen einander an. »Wovon reden Sie?« fragte Sloan.

»Das haben wir euch doch gesagt. Nein? Diese Familie Andretti legt den Cops in New York Daumenschrauben an. Sie wollen jemand herschicken, der unsere Ermittlungen *beobachtet*«, sagte Daniel. Er wandte sich an Anderson. »Sie sagen, es ist eine Frau?«

»Ja. Soweit ich mitbekommen habe. Es sei denn, sie haben männliche Polizisten namens Lillian. Sie ist Lieutenant.«

»Hm«, sagte Daniel. Er strich sich übers Kinn, als führe er mit den Fingern durch einen Spitzbart. »Wer sie auch sein mag, ich kann euch versichern, sie wird ein großes Kaliber sein.«

»Wo stecken wir sie hin?« fragte Lester.

»Sie soll mit Sloan arbeiten« sagte Daniel. »Dabei wird sie einige Zeit auf der Straße verbringen und das Gefühl haben, sie tut etwas.«

Er sah sich im Zimmer um. »Noch etwas? Nein. Dann mal los.«

5

Beim Friseur stand ein Stuhl, ein Modell der Jahrhundertwende mit rissigem schwarzen Ledersitz. An der Wand hinter dem Stuhl war ein Spiegel angebracht. Unter diesem Spiegel standen auf einem Regal eine Reihe Fläschchen mit leuchtend gelben Lotionen und rubinroten Eau de Toilettes. Sonnenlicht brach sich darin wie in einer visuellen Drehorgel.

Als Lucas eintrat, fegte William Dooley den Fußboden mit einem flachen Besen und scharrte braune Locken zu einem Haufen auf dem ausgetretenen Linoleumboden zusammen.

»Officer Davenport«, sagte Dooley ernst. Dooley war alt und sehr hager. Seine Schläfen sahen papierdünn aus, wie Eierschalen.

»Mr. Dooley.« Lucas nickte mit demselben Ernst wie der alte Mann. Er setzte sich auf den Stuhl. Dooley trat hinter ihn, schob ihm einen glatten Nylon-Frisierumhang in den Kragen und trat zurück.

»Nur etwas um die Ohren?« fragte er. Lucas brauchte keinen Haarschnitt.

»Um die Ohren und im Nacken, Mr. Dooley«, sagte Lucas. Das schräge Oktobersonnenlicht zauberte Flecken auf das Linoleum unter seinen Füßen. Eine Wespe flog gegen das staubige Fenster.

»Schlimme Sache, das mit Bluebird«, sagte Lucas nach einer Weile.

Doleys Schere hatte schnipp-schnipp-schnipp gemacht. Sie hielt direkt über Lucas' Ohr inne, dann setzte sie wieder ein. »Schlimme Sache«, stimmte er zu.

Er schnippte wieder ein paar Sekunden, dann fragte Lucas: »Haben Sie ihn gekannt?«

»Nee«, antwortete Dooley wie aus der Pistole geschossen. Nach einigen weiteren Schnipps fügte er hinzu: »Aber seinen Daddy hab ich gekannt. Damals im Krieg. Wir waren zusammen im Pazifik. Nicht in derselben Einheit, aber von Zeit zu Zeit hab ich ihn gesehen.«

»Hatte Bluebird Verwandte, außer Frau und Kindern?«

»Hm.« Dooley hörte auf und dachte nach. Er war ein Sioux-Halbblut mit einem indianischen Vater und einer schwedischen Mutter. »Er könnte einen Onkel oder eine Tante oder so draußen in Rosebud haben. Dort müßten sie sein, wenn noch welche leben. Seine Ma ist schon in den fünfziger Jahren gestorben, und sein alter Herr... muß vor vier oder fünf Jahren gewesen sein.«

Dooley hörte ganz zu schnippen auf und sah mit leerem Blick zum sonnigen Fenster hinaus. »Nein, bei Gott«, sagte er nach wenigen Augenblicken mit krächzender Stimme. »Sein alter Herr ist im Sommer '78 gestorben, zwischen den beiden schlimmen Wintern. Vor zwölf Jahren. Die Zeit vergeht, was?«

»Stimmt«, sagte Lucas.

»Möchten Sie etwas darüber wissen, wie es ist, Indianer zu sein, Officer Davenport?« fragte Dooley. Er schnitt Lucas' Haar nicht mehr weiter.

»Alles könnte mir weiterhelfen.«

»Nun, als Bluebird gestorben ist – der alte Herr –, war ich bei seiner Beerdigung draußen im Res. Wußten Sie, daß er katholisch war? Sie haben ihn auf dem katholischen Friedhof begraben. Ich ging mit der Trauergemeinde zum Friedhof, sie haben ihn in den Boden gesenkt, alle standen herum. Die meisten Gräber lagen dicht zusammen, aber mir fielen ein paar auf, die abseits in einer Ecke waren. Ich fragte einen Mann dort, ich sagte: ›Was sind das dort für Gräber?‹ Wissen Sie, was für welche es waren?«

»Nein«, sagte Lucas.

»Das waren die katholischen Selbstmörder. Die Katholiken dulden nicht, daß Selbstmörder im eigentlichen Teil des Friedhofs begraben werden, aber sie hatten so viele Selbstmorde dort, daß sie ihnen eine spezielle Ecke eingerichtet haben... Haben Sie so was schon mal gehört?«

»Nein, nie. Und ich bin auch katholisch«, sagte Lucas.

»Denken Sie mal darüber nach. Soviel katholische Selbstmörder in einem abgelegenen kleinen Res, daß sie ihre eigene Ecke auf dem Friedhof bekommen.«

Dooley sah wieder ein paar Sekunden zum Fenster hinaus, dann faßte er sich und machte sich wieder an die Arbeit. »Es sind nicht mehr viele Bluebirds übrig«, sagte er. »Die meisten haben geheiratet und sind nach Osten oder Westen gezogen. New York und Los Angeles. Hab ihre Namen vergessen. Waren aber gute Menschen.«

»Verrückt, was er getan hat.«

»Warum?« Die Frage kam so unerwartet, daß Lucas halb den Kopf drehte und die scharfe Spitze der Schere an der Kopfhaut spürte.

»Herrje, hat das weh getan?« fragte Dooley mit besorgter Stimme.

»Nee. Was meinen Sie...?«

»Sie hätten fast ein Loch im Kopf gehabt«, unterbrach ihn Dooley. Er rieb mit einem Daumen über Lucas' Kopf. »Kann kein Blut sehen.«

»Was meinen Sie damit, ›warum?‹« beharrte Lucas. »Er hat einem Mann die Kehle durchgeschnitten. Möglicherweise zweien.«

Es folgte ein längerer Augenblick des Schweigens, dann: »Geschieht ihnen recht«, sagte Dooley. »Es gab keine schlimmeren Männer für die Indianergemeinde. Ich habe die Bibel gelesen, wie alle. Was Bluebird gemacht hat, war falsch. Aber er hat dafür bezahlt, oder nicht? Auge um Auge. Sie sind tot, und er ist tot. Und ich will Ihnen eines sagen, das indianische Volk ist von zwei schlimmen Blutsaugern befreit worden.«

»Okay«, sagte Lucas. »Sehe ich ein. Ray Cuervo war ein Arschloch. Entschuldigen Sie den Ausdruck.«

»Hab das Wort schon mal gehört«, sagte Dooley. »Kann nicht sagen, daß Sie unrecht haben. Und was diesen Benton betrifft, auch nicht. Der war so schlimm wie Cuervo.«

»Das hat man mir gesagt«, sagte Lucas.

Dooley war mit dem Schnitt über Lucas' Ohren fertig und drückte seinen Kopf nach vor, bis das Kinn auf der Brust lag; dann machte er mit dem Nacken weiter.

»In New York ist wieder ein Mord geschehen«, sagte Lucas. »Genau wie bei Cuervo und Benton. Die Kehle mit einem Messer aus Stein durchgeschnitten.«

»Hab ich im Fernsehen gesehen«, sagte Dooley. Er deutete auf den Schwarzweißfernseher in der Ecke des Geschäfts. »In der *Today*-Show. Ich dachte mir, daß es sich ziemlich ähnlich anhört.«

»Zu ähnlich«, sagte Lucas. »Ich habe mich gefragt...«

»Ob ich etwas gehört habe? Nur Gerede. Haben Sie gewußt, daß Bluebird ein Sonnentänzer war?«

»Nein, das habe ich nicht gewußt«, sagte Lucas.

»Sehen Sie an seinem Leichnam nach, wenn Sie ihn noch haben. Sie werden am ganzen Körper Narben finden, wo er die Pflöcke herausgerissen hat.« Lucas zuckte zusammen. Als Teil der Sioux-Zeremonie bohrten sich die Tänzer Pflöcke durch die Haut der

Brust. An diesen Nadeln waren Schnüre angebracht, und die Tänzer baumelten an Pfählen, bis die Haut riß. »Noch etwas. Bluebird war mit Sicherheit Sonnentänzer, aber es gibt Leute, die erzählen, daß er sich vor ein paar Jahren mit dieser Geistertanz-Sache eingelassen hat.«

»Geistertanz? Ich habe nicht gedacht, daß das praktiziert wird«, sagte Lucas.

»Ein paar Männer kamen von Kanada und haben versucht, es anzuleiern. Sie hatten eine Trommel, haben sämtliche Reservate abgeklappert, Geld kassiert, getanzt. Haben einer Menge Leute ganz schön angst gemacht, aber in letzter Zeit habe ich nichts mehr von ihnen gehört. Die meisten Indianer glauben, es war eine Bauernfängerei.«

»Aber Bluebird hat getanzt?«

»Das habe ich gehört…« Dooleys Stimme versiegte, und Lucas drehte sich um und stellte fest, daß der alte Mann wieder zum Fenster hinaussah. Auf der anderen Straßenseite war ein Park, dessen Gras von Kinderfüßen und den Herbstfrösten braun geworden war. Mitten im Park arbeitete ein Indianerjunge an einem auf den Sattel gestellten Fahrrad, eine alte Frau schlurfte auf dem Bürgersteig zu einem betonierten Trinkbrunnen. »Ich glaube nicht, daß es große Bedeutung hat«, sagte Dooley. Er wandte sich wieder an Lucas. »Davon abgesehen, daß Bluebird ein Mann war, der nach Religion suchte.«

»Religion?«

»Er suchte nach Erlösung. Vielleicht hat er sie gefunden«, sagte Dooley. Er seufzte, trat dichter hinter Lucas und beendete den Haarschnitt mit ein paar raschen Schnipps. Er legte die Schere weg, bürstete das abgeschnittene Haar von Lucas' Schultern, entfernte den Umhang und schüttelte ihn aus. »Sitzen Sie einen Moment still«, sagte er.

Lucas blieb sitzen, Dooley holte die elektrische Schneidemaschine und rasierte Lucas' Nacken aus, dann klatschte er eine brennende Handvoll gelbes aromatisches Öl darauf.

»Fertig«, sagte er.

Lucas rutschte vom Stuhl und fragte: »Wieviel?« Dooley sagte: »Wie immer«, und Lucas gab ihm drei Dollar.

»Ich habe nichts gehört«, sagte Dooley ernst. Er sah Lucas in die Augen. »Wenn, würde ich es Ihnen sagen – aber ich weiß nicht, ob ich Ihnen sagen würde, was es ist. Bluebird steht für das indianische Volk, das etwas zurückgewonnen hat.«

Lucas schüttelte den Kopf, weil er den Trotz in dem alten Mann spürte. »Ich kann kaum glauben, daß Sie das gesagt haben, Mr. Dooley. Es stimmt mich traurig«, sagte er.

Indian Country war voller Dooleys.

Lucas arbeitete sich durch und sprach mit den wenigen Indianern, die er kannte: eine Näherin in einem Bekleidungsgeschäft, ein Fischhändler, ein Heizungsmonteur, Tankwarte von zwei Tankstellen, ein Angestellter in einem Kurzwarengeschäft, ein Antiquitätenhändler im Ruhestand, ein Schlüsselmacher, eine Putzfrau, ein Autohändler. Eine Stunde vor dem Beginn von Bluebirds Beerdigung stellte er das Auto in einer Nebenstraße ab und ging zu Fuß zum Dakota Hardware.

Eine Glocke über der Tür läutete, und Lucas wartete einen Augenblick, bis sich seine Augen an das Halbdunkel gewöhnt hatten. Earl May, der eine Lederschürze trug, kam aus dem Hinterzimmer und lächelte. Lucas ging nach hinten und sah, wie das Lächeln erlosch.

»Ich wollte sagen: ›Schön, Sie zu sehen‹, aber ich nehme an, Sie sind gekommen, um Fragen wegen Bluebird und dem Mord in New York zu stellen«, sagte May. Er drehte den Kopf und rief nach hinten: »He, Betty, es ist Lucas Davenport.«

Betty May steckte den Kopf aus dem Vorhang zwischen Geschäft und Hinterzimmer heraus. »Lucas, es ist lange her«, sagte sie. Sie hatte ein rundes Gesicht mit alten Aknenarben und eine heisere Stimme, die den Blues hätte gesungen haben können.

»Von Bluebird erzählt man sich nicht viel«, sagte Earl. Er sah seine Frau an. »Er fragt nach den Morden.«

»Das haben mir alle gesagt«, meinte Lucas. Earl stand mit überkreuzten Armen da. Es war eine defensive Haltung, eine distanzierte Art, wie Lucas sie bei den Mays noch nie erlebt hatte. Betty nahm hinter ihrem Mann unbewußt dieselbe Haltung ein.

»Bei dem werden Sie Schwierigkeiten in der Gemeinde bekommen«, sagte sie. »Benton war schlimm, Cuervo war noch schlimmer. Cuervo war so schlimm, als seine Frau ins Büro kam, nachdem die Polizei sie angerufen hatte, hat sie gelächelt.«

»Aber was ist mit dem Mann in New York, Andretti?« fragte Lucas. »Was, zum Teufel, hat er gemacht?«

»Andretti. Der Liberale mit den guten Buchhaltern«, schnaubte Earl. »Er hat sich einen Realisten genannt. Er hat gesagt, es gibt Menschen, die man abschreiben muß. Er hat gesagt, es ist einerlei, ob man der Unterschicht Geld hinterher wirft oder einfach gar nichts tut. Er hat gesagt, die Unterschicht wäre ein ewiger Klotz am Bein der arbeitenden Bevölkerung.«

»Ja?« sagte Lucas.

»Viele Leute wollen genau das hören«, fuhr Earl fort. »Und mit manchen Menschen könnte er sogar recht haben – Penner und Junkies. Aber eine wichtige Frage beantwortet er nicht. Was ist mit den Kindern? Das ist die Frage. Wir haben es mit einem Völkermord zu tun. Die Opfer sind nicht die Fürsorgeempfänger. Die Opfer sind die Kinder.«

»Sie können nicht ernsthaft glauben, es sei richtig, daß diese Menschen ermordet worden sind«, sagte Lucas.

Earl schüttelte den Kopf. »Menschen sterben andauernd. Und jetzt sterben ein paar, die dem indianischen Volk geschadet haben. Das ist zu schlimm für sie und obendrein ein Verbrechen, aber ich kann mich nicht zu sehr darüber aufregen.«

»Was ist mit Ihnen, Betty?« fragte Lucas. Er wandte sich beunruhigt an die Frau. »Denken Sie ebenso?«

»Ja, das tue ich, Lucas«, sagte sie.

Lucas betrachtete sie einen Augenblick, studierte Earls Gesicht, dann Bettys. Sie waren die besten Menschen, die er kannte. Was sie dachten, würden viele denken. Lucas schüttelte den Kopf, trommelte mit den Knöcheln auf der Ladentheke und sagte: »Scheiße.«

Bluebirds Beerdigung war... Lucas mußte nach dem richtigen Wort suchen. Schließlich entschied er sich für *eigenartig*. Zu viele der versammelten Indianer schüttelten sich die Hände mit raschem Grinsen, das ebenso schnell wieder verschwand.

Und es waren zu viele Indianer für einen vergleichsweise unbekannten Mann anwesend. Nachdem der Sarg in die Erde versenkt worden war und die letzten Gebete gesprochen waren, fanden sie sich in Zweier- und Dreiergruppen zusammen und redeten. Eine Atmosphäre unterdrückter Feierlichkeit, dachte Lucas. Jemand hatte zugeschlagen. Bluebird hatte zwar dafür bezahlt, aber es waren noch andere am Werk und machten die Arschlöcher kalt. Lucas beobachtete die Menge und suchte nach Gesichtern, die er kannte, damit er sich die Leute später vornehmen konnte.

Riverwood war ein Arbeiterfriedhof in einem Arbeiterviertel. Bluebird wurde an einem Südhang unter einer Esche begraben. Sein Grab lag selbst im Winter der Sonne zugewandt. Lucas stand auf einer Anhöhe neben einer der zunehmend selteneren Ulmen der Stadt, dreißig Meter vom Grab entfernt. Direkt gegenüber von ihm, auf der anderen Straßenseite und etwa dreißig Meter vom Grab entfernt, standen weitere Zuschauer. Der ketchupfarbene Chevy-Lieferwagen paßte so perfekt in die Gegend wie ein Puzzleteil. Hinten filmten zwei Cops durch die dunklen Fensterscheiben.

Es würde unmöglich sein, jeden zu identifizieren, dachte Lucas. Die Beerdigung war zu groß, und zu viele Menschen waren einfach nur Zuschauer. Er bemerkte eine weiße Frau, die am Rand der Menge entlang ging. Sie war größer als die meisten Frauen und etwas kräftig, fand er. Sie sah in seine Richtung, und aus der Ferne war sie eine düstere, dunkelhaarige Madonna mit ovalem Gesicht und langen, dichten Augenbrauen.

Er verfolgte noch ihren Weg durch die Ausläufer der Menge, als Sloan heraufkam und sagte: »Hallo, da oben.« Lucas drehte sich um und sagte auch hallo. Als er sich einen Augenblick später wieder der Trauergemeinde zuwandte, war die dunkelhaarige Frau verschwunden.

»Mit Bluebirds besserer Hälfte gesprochen?« fragte Lucas.

»Hab's versucht«, sagte Sloan. »Aber ich konnte sie nicht allein erwischen. Sie hatte ständig Leute um sich, die sagten: ›Sprich nicht mit den Cops, Süße. Dein Mann ist ein Held.‹ Sie schotten sie ab.«
»Vielleicht später, hm?«
»Vielleicht, aber ich glaube nicht, daß wir viel aus ihr herausbekommen«, sagte Sloan. »Wo parkst du?«
»Um die Ecke.«
»Ich auch.« Sie gingen den sanften Hang zwischen Gräbern hindurch zur Straße. Einige Gräber waren ordentlich gepflegt, andere verwildert. Ein Grabstein war so alt, daß der Name völlig verwittert und nur noch das verblassende Wort VATER zu erkennen war.
»Ich habe mit jemand in ihrem Haus gesprochen. Der hat gesagt, Bluebird hätte sich nicht oft dort sehen lassen Es sieht so aus, als hätten er und seine Frau kurz vor der Trennung gestanden.«
»Nicht sehr vielversprechend«, gab Lucas zu.
»Und was treibst du?«
»Ich lauf rum und laß mir Mist verzapfen«, sagte Lucas. Er sah ein letztesmal nach der dunkelhaarigen Frau, sah sie aber nicht. »Ich will rüber zum Point. Yellow Hand ist dort. Vielleicht hat er ein bißchen mehr gehört.«
»Ist einen Versuch wert«, sagte Sloan entmutigt.
»Er ist meine letzte Hoffnung. Niemand will reden.«
»Hab ich auch mitbekommen«, sagte Sloan. »Sie schlagen sich auf die andere Seite.«

Das Point war eine Reihe roter Backsteinhäuser, die in Wohnungen aufgeteilt worden waren, die jeweils ein Stockwerk umfaßten. Lucas trat ein, stieß die Tür zu und schnupperte. Gekochter Kohl, ein paar Tage alt. Dosenmais. Haferschleim. Fisch. Er griff an die Hüfte, holte die Heckler und Koch P 7 aus dem Halfter und steckte sie in die Tasche seines Sportmantels.
Yellow Hands Zimmer befand sich im vierten Stock, dem ehemaligen Dachboden. Lucas machte auf dem Treppenabsatz des dritten Stocks eine Pause, holte Luft und legte den Rest der Treppe mit der Hand an der P 7 zurück. Die Tür oben an der Treppe war geschlos-

sen. Er griff, ohne zu klopfen, nach dem Knauf, drehte ihn und stieß die Tür auf.

Ein Mann saß auf einer Matratze und las eine Ausgabe des Magazins *People*. Ein Indianer, der ein blaues Baumwollhemd mit über die Ellbogen gekrempelten Ärmeln, Jeans und weiße Socken trug. Neben der Matratze lag eine Armeejacke, daneben ein Paar Cowboystiefel, eine grüne Ginger-Ale-Dose, noch eine Ausgabe von *People* und eine zerfledderte Ausgabe eines Auswahlbuchs von *Reader's Digest*. Lucas trat ein.

»Wer sind Sie?« fragte der Mann. Seine Unterarme waren tätowiert – eine Rose in einem Herzen auf dem Lucas zugewandten Arm, ein Adlerflügel auf dem anderen. Auf der anderen Seite des Zimmers war noch eine Matratze, auf der zwei Schlafende lagen, ein Mann und eine Frau. Der Mann trug Boxershorts, die Frau einen rosafarbenen Viskoseslip. Ihr Kleid lag ordentlich zusammengelegt neben der Matratze, und daneben standen zwei gesprungene Tassen, in einer davon ein Tauchsieder. Der Boden war übersät von Papierschnipseln, alten Zeitschriften, leeren Lebensmittelpakkungen und Dosen. In dem Zimmer stank es nach Marihuana und Suppe.

»Cop«, sagte Lucas. Er trat vollends in das Zimmer und sah nach links. Eine dritte Matratze. Yellow Hand, schlafend. »Ich suche Yellow Hand.«

»Der ist weggetreten«, sagte der tätowierte Mann.

»Betrunken?«

»Ja.« Der Mann rollte sich von der Matratze und griff nach seiner Jacke. Lucas deutete mit dem Finger auf ihn.

»Bleiben Sie noch einen Augenblick hier, okay?«

»Klar, kein Problem. Haben Sie eine Zigarette?«

»Nein.«

Die Frau auf der zweiten Matratze regte sich, drehte sich auf den Rücken und stützte sich auf die Ellbogen. Sie war weiß und älter als Lucas zuerst gedacht hatte. Über vierzig, dachte er. »Was ist hier los?« fragte sie.

»Der Cop will zu Yellow Hand«, sagte der tätowierte Mann.

»O Scheiße.« Sie blinzelte Lucas an, und der sah, daß ihre Vorderzähne fehlten. »Haben Sie eine Zigarette?«
»Nein.«
»Verdammt, nie hat jemand was zu rauchen hier«, jammerte sie. Sie sah den Mann an ihrer Seite an, rempelte ihn an. »Steh auf, Bob. Die Cops sind da.« Bob stöhnte, zuckte zusammen und schnarchte.
»Lassen Sie ihn in Ruhe«, sagte Lucas. Er ging zu Yellow Hand und stieß ihn mit dem Fuß an.
»Geh mir nich' auf'n Keks«, murmelte Yellow Hand verschlafen und schlug nach dem Fuß.
»Muß mit dir reden.«
»Geh mir nich' auf'n Keks«, sagte Yellow Hand wieder.
Lucas stieß ihn etwas fester. »Steh auf, Yellow Hand. Hier ist Davenport.«
Yellow Hand blinzelte, und Lucas fand, daß er für einen Teenager zu alt aussah. Er sah so alt wie die Frau aus, die jetzt zusammengekauert auf der Matratze saß und mit den Lippen schmatzte. Der tätowierte Mann wippte einen Moment auf den Zehen, dann griff er nach einem Cowboystiefel.
»Lassen Sie die Stiefel stehen«, sagte Lucas und deutete wieder auf ihn. »Steh auf, Yellow Hand.«
Yellow Hand rollte sich in eine sitzende Haltung. »Was ist los?«
»Ich will mit dir reden.« Lucas wandte sich an den tätowierten Mann. »Warum kommen Sie nicht rüber und setzen sich auf die Matratze?«
»Ich hab nichts getan«, fauchte der Mann plötzlich trotzig. Er war spindeldürr und hatte Lucas unbewußt eine Schulter zugedreht – die Abwehrhaltung eines Boxers.
»Ich bin nicht hier, um jemand in die Pfanne zu hauen«, sagte Lucas. »Ich will keine Ausweise sehen, ich habe keinen Durchsuchungsbefehl. Ich will nur reden.«
»Ich rede nicht mit den Scheißcops«, sagte der tätowierte Mann. Er sah sich nach Unterstützung um. Die Frau sah auf den Boden und schüttelte den Kopf; dann spie sie zwischen ihre Beine. Lucas steckte die Hand in die Tasche. Das Dachbodenzimmer war über-

füllt. Normalerweise würde er sich wegen zweier Penner und eines Herumtreibers keine Sorgen machen, aber der tätowierte Mann verbreitete eine Aura der Härte. Wenn es zu einem Kampf kommen sollte, hätte er, Lucas, kaum Platz zum Manövrieren.

»Wir können es auf die sanfte oder auf die harte Tour machen«, sagte er leise. »Und jetzt bringen Sie Ihren Arsch hierüber, andernfalls trete ich ihn Ihnen bis hoch zwischen die Ohren.«

»Was wollen Sie machen, Sie Bulle, verdammt, mich erschießen? Ich hab kein Messer, ich hab keine Knarre, ich bin in meiner eigenen Scheißwohnung, ich seh keinen Durchsuchungsbefehl, wollen Sie mich erschießen?«

Der Mann kam einen Schritt näher, und Lucas nahm die Hand aus der Tasche.

»Nein, aber ich kann Sie windelweich prügeln«, sagte Lucas. Der Mann und die Frau sahen beide weg. Wenn der tätowierte Mann angreifen sollte, würde er von ihnen keine Unterstützung bekommen. Yellow Hand würde dem Fremden höchstwahrscheinlich auch nicht helfen, also stand es Mann gegen Mann. Er wappnete sich.

»Ruhig, Shadow, du wirst doch nicht mit 'nem Bullen kämpfen«, sagte Yellow von der Matratze. »Du weißt doch, was dann passiert.«

Lucas sah von Yellow Hand zu dem tätowierten Mann und vermutete, daß der tätowierte Mann auf Bewährung draußen war.

»Kennen Sie Benton?« schnappte er. »War er Ihr Bewährungshelfer?«

»Nein, Mann, ich hab ihn nie gesehen«, sagte der tätowierte Mann, wandte sich etwas ab und machte die Augen zu. Die Spannung ließ nach.

»Ich will nur reden«, sagte Lucas nachgiebig.

»Sie wollen mit einer Pistole in der Tasche reden«, sagte der tätowierte Mann und wandte sich ihm wieder zu. »Wie alle Weißen.«

Er sah Lucas unverwandt an, und Lucas stellte fest, daß seine Augen hellgrau waren, so hell, daß es aussah, als würde grauer Star seine Pupillen überziehen. Der Körper des Mannes zitterte noch einmal und blieb dann in dumpfer Vibration, wie eine Gitarrensaite.

»Beruhige dich«, sagte Yellow Hand und rieb sich mit einer Hand das Gesicht. »Komm her und setz dich. Davenport will keinen Ärger mit dir.«

Es folgte ein weiterer Augenblick großer Anspannung, dann beruhigte sich der tätowierte Mann so plötzlich, wie er wütend geworden war, und lächelte. Seine Zähne wirkten in dem dunklen Gesicht erstaunlich weiß. »Klar. Mann, tut mir leid, aber Sie waren auf einmal da«, sagte er. Er senkte entschuldigend den Kopf.

Lucas wich ein paar Schritte zurück, er mißtraute dem plötzlichen Sinneswandel und betrachtete argwöhnisch die Augen. Hexenaugen. Der tätowierte Mann ging zu Yellow Hands Matratze und setzte sich auf eine Ecke. Lucas betrachtete ihn noch einen Moment, dann trat er dichter zu Yellow Hand, bis er über ihm stand. Er sprach zum Scheitel des Jungen.

»Was hast du gehört, Yellow Hand? Ich muß alles über Ray Cuervo wissen, und warum man ihm die Kehle durchgeschnitten hat. Alles über diesen Benton. Alles über Freunde von Bluebird.«

»Ich weiß nichts von dieser Scheiße«, sagte Yellow Hand. »Ich habe Bluebird vom Res gekannt.«

»Fort Thompson?«

»Klar, Mann. Seine Schwester und meine Mom sind immer zum Damm runter angeln gegangen.«

»Was hast du in letzter Zeit über ihn gehört?« Lucas griff nach unten, packte Yellow Hands Haar dicht über dem Ohr und zog ihm den Kopf zurück. »Spuck was aus, Yellow Hand. Sprich mit mir.«

»Ich weiß keinen Scheißdreck, Mann, das ist die Wahrheit«, sagte Yellow Hand mürrisch und riß sein Haar frei. Lucas kauerte sich nieder, damit er Yellow Hand direkt ins Gesicht sehen konnte. Der tätowierte Mann beobachtete Lucas' Gesicht über Yellow Hands Schulter hinweg.

»Paß auf. Als Benton ermordet wurde, hat man dich als Zeugen aufgegriffen«, sagte Lucas und bemühte sich um einen freundlichen Tonfall. »Steht im Protokoll. Ein paar Cops stellen eine Liste zusammen. Dein Name steht drauf. Das bedeutet, ein paar scharfe Hunde von der Überfall- und der Mordkommission werden dich besuchen kommen. Und die werden nicht so freundlich sein wie ich. Das sind keine verdammten Schmusekätzchen. Die nehmen keine Rücksicht auf dich, Yellow Hand. Wenn du mir was erzählst, kann ich sie abwimmeln. Aber dafür muß ich was in der Hand haben. Wenn nicht, werden sie denken, daß ich nicht genug Druck gemacht habe.«

»Ich könnte ins Res zurückgehen«, sagte Yellow Hand.

Lucas schüttelte den Kopf. »Was willst du im Res rauchen? Beifuß? Und was willst du machen, dich ins Stammesgeschäft schleichen und Ghettoblaster klauen? Komm schon, Yellow Hand. In der Stadt kannst du die vielen schönen K Marts abklappern. Und der Schneemann kommt jeden Abend vorbei. Scheiße, hast du Typen, die dir in Fort Thompson Crack verhökern?«

Eine Träne rann über Yellow Hands Gesicht, er schniefte. Lucas sah ihn an. »Was weißt du, Mann?« fragte Lucas wieder.

»Etwas habe ich gehört«, gab Yellow Hand zu. Er sah den tätowierten Mann an und hastig wieder weg. »Nicht viel. Und wahrscheinlich spielt es keine Rolle.«

»Laß hören. Das entscheide ich.«

»Erinnern Sie sich an den Kampf letzten Sommer? Vor zwei, drei Monaten, zwischen Rockern und Indianern in den Black Hills?«

»Ja, ich hab was darüber in der Zeitung gelesen.«

»Also, die Rocker kamen praktisch von überall. Sie haben diese große Rallye oben in Sturgis und schließen dafür eine Art Waffenstillstand. Da sind Angels und Outlaws und Banditos und Satan's Salves und jede Scheißgruppe. Ein ganzer Haufen von denen sitzt auf einem Campingplatz bei einem Ort namens Bear Butte. Sie nennen es den Campingplatz Bare Butt – Nacktarsch – und haben damit schon eine Menge Indianer verärgert.«

»Und was hat das mit Bluebird zu tun?«

»Lassen Sie mich ausreden, Mann«, sagte Yellow Hand wütend.

»Okay.«

»Manche von diesen Rockern betrinken sich nachts und rasen mit ihren Motorrädern den Berghang hoch. Dieser Berg ist ein heiliger Ort, und oben waren ein paar Medizinmänner mit einigen Männern, die nach Visionen suchten. Sie kamen runter, und sie hatten Gewehre. So hat der ganze Ärger angefangen.«

»Und Bluebird war dabei?« fragte Lucas.

»Das habe ich gehört. Er war bei denen, die auf der Suche nach Visionen waren. Und sie kamen mit Gewehren runter. Gestern, als der Typ in New York ermordet worden ist, war ich in Dork's Pool Hall – unten in der Lyndale.«

»Und?«

»Jemand hatte ein Bild von dieser Sache mit den Rockern aus der *Star Tribune* ausgeschnitten. Er hat es herumgezeigt. Man sah ein paar Cops und ein paar Rocker und die Medizinmänner. Einer der Männer mit Gewehr war Bluebird.«

»Okay, das ist immerhin etwas«, sagte Lucas und tätschelte Yellow Hands Knie.

»Großer Gott«, sagte der tätowierte Mann und sah Yellow Hand an.

»Was ist mit Ihnen?« fragte Lucas ihn. »Wo waren Sie während dieser ganzen Scheiße?«

»Ich bin gestern von Los Angeles zurückgekommen. Ich hab die Busfahrkarte immer noch über dem Bett hängen. Und ich hab nichts gehört, nur Mist.«

»Was für Mist?«

»Sie wissen schon, daß Bluebird durchgedreht und beschlossen hat, ein paar Weiße umzubringen, die ihm im Nacken saßen. Und was für 'ne tolle Sache das wäre. Alle sagen, daß es 'ne tolle Sache wäre.«

»Was wissen Sie über Bluebird?«

Der tätowierte Mann zuckte die Achseln. »Hab ihn nie kennengelernt. Ich kenne den Namen, aber ich komme aus Standing Rock. Ich war nie in Fort Thompson, nur einmal, zu einem Pauwau. Das liegt ja weit weg vom Schuß.«

Lucas sah ihn an und nickte. »Was haben Sie in Los Angeles gemacht?«

»Ich war nur da, um mich umzusehen, Sie wissen ja. Filmstars bewundern.« Er zuckte die Achseln.

»Na gut«, sagte Lucas nach einem Augenblick. Er sah auf Yellow Hand hinunter. Viel würde er nicht mehr herausbekommen. »Ihr zwei bleibt einen Moment hier sitzen, okay?«

Lucas trat zum Bett des tätowierten Mannes. Auf der anderen Seite, von der Tür nicht zu sehen, lag ein Weidenstab, um dessen Ende ein kleiner roter Fetzen geknotet war, ein zerknitterter Busfahrschein, wie es aussah, und ein Geldclip. In dem Clip befanden sich ein Führerschein aus South Dakota und ein Foto zwischen zwei Plastikplatten. Lucas bückte sich und hob es auf.

»Was machen Sie mit meinen Sachen, Mann?« sagte der tätowierte Mann. Er war wieder auf den Beinen und vibrierte.

»Nichts. Nur ansehen«, sagte Lucas. »Ist das das, wofür ich es halte?«

»Das ist ein Gebetsstock von einer alten Zeremonie unten am Fluß. Das ist mein Glücksbringer.«

»Okay.« Lucas hatte schon einmal einen gesehen. Er legte ihn vorsichtig auf die Matratze. Die Busfahrkarte stammte aus Los Angeles und trug das Datum von vor drei Tagen. Es konnte ein vorbereitetes Alibi sein, aber er hatte nicht den Eindruck. Der SoDak-Führerschein enthielt ein verwackeltes Foto des tätowierten Mannes in einem weißen T-Shirt. Die weißen Augen glitzerten wie Gewehrkugeln, wie die Augen von Jesse James auf Fotos aus dem neunzehnten Jahrhundert. Lucas überprüfte den Namen. »Shadow Love?« sagte er. »Das ist ein wunderschöner Name.«

»Danke«, sagte der tätowierte Mann. Sein Lächeln wirkte angeknipst wie der Lichtstrahl einer Taschenlampe.

Lucas betrachtete das verblichene Farbfoto. Eine Frau mittleren Alters in einem formlosen Kleid stand an einer Wäscheleine. Die Leine war zwischen einem Baum und der Ecke eines weißen Hauses gespannt. Im Hintergrund war ein Lattenzaun zu sehen, in der Ferne ein Fabrikschornstein. Eine Stadt, möglicherweise Minneapolis. Die Frau lachte und hielt ein Paar Jeans hoch, die stocksteif gefroren waren. Die Bäume im Hintergrund waren kahl, aber die Frau stand auf grünem Gras. Vorfrühling oder Spätherbst, dachte Lucas.

»Ist das deine Mom?« fragte er.
»Ja. Und?«
»Nichts und«, sagte Lucas. »Ein Typ, der ein Bild seiner Mom mit sich herumträgt, kann kein ganz schlechter Mensch sein.«

Nach dem Point gab Lucas auf, begab sich zum Rathaus zurück und machte nur einmal an einer öffentlichen Telefonzelle vor dem Star Tribune Halt.
»Archiv«, sagte sie. Sie war klein und unscheinbar und über Vierzig. Niemand in der Zeitung schenkte ihr Beachtung.
»Bist du allein?« fragte er.
»Ja.« Er konnte förmlich spüren, wie sie den Atem anhielt.
»Könntest du mir was raussuchen?«
»Schieß los«, sagte sie.
»Letzte Juliwoche, erste Augustwoche. Ein Kampf zwischen Rockern und Indianern in South Dakota.«
»Hast du ein Schlüsselwort?« fragte sie.
»Versuch es mit ›Bear Butte‹.« Lucas buchstabierte es ihr. Es folgte ein Augenblick des Schweigens.
»Drei Volltreffer«, sagte sie.
»Habt ihr Bildmaterial gebracht?« Wieder ein Augenblick Stille.
»Ja«, sagte sie. »Erster August. Drei Spalten, Seite drei.«
»Von euch oder AP?«
»Von uns.« Sie nannte den Namen des Fotografen.
»Besteht die Möglichkeit, einen Abzug zu bekommen?«
»Ich müßte ihn aus dem Archiv nehmen«, sagte sie mit gedämpfter Stimme.
»Könntest du das machen?«
Wieder verstrichen ein paar Sekunden. »Wo bist du?«
»Gleich unten an der Ecke, in meinem Auto.«
»Bin gleich da.«

Sloan verließ das Rathaus gerade, als Lucas eintraf.
»Es wird Winter«, sagte er, als sie auf dem Bürgersteig stehenblieben.

»Ist noch warm«, sagte Lucas.

»Ja, aber es wird schon dunkel«, sagte Sloan und sah die Straße hinauf. Autos fuhren mit eingeschalteten Scheinwerfern zur Interstate.

»Hast du heute was herausbekommen? Nachdem wir uns verabschiedet haben?«

»Nee.« Dann fing der andere Mann an zu strahlen. »Ich hab die Polizistin aus New York gesehen.«

Lucas grinste. »Lohnt es sich, sie anzusehen?«

»O ja. Sie hat Lippen, kann ich dir sagen. Sie hat einen leichten Überbiß und sie hat diesen sanften Gesichtsausdruck an sich, als ob sie, ich weiß auch nicht, als ob sie *stöhnen* würde oder so...«

»Herrgott, Sloan...«

»Warte, bis du sie gesehen hast«, sagte Sloan.

»Ist sie noch da?«

»Ja. Drinnen. Sie war heute morgen mit Shearson unterwegs.« Sloan lachte. »Der Loverboy. Der Dressman.«

»Hat er sie angebaggert?« fragte Lucas.

»Jede Wette«, sagte Sloan. »Als er zurückkam, hat er zwei Stunden lang höchst intensiv seine Akten durchgesehen. Sie saß rum und hat *cool* ausgesehen.«

»Hmm.« Aber Lucas grinste. »Wie ist sie mit Shearson zusammengekommen? Ich dachte, sie sollte mit dir herumfahren.«

»Nee. Shearson hat Lester einen geblasen und dafür gesorgt, daß er sie ihm zugeteilt hat. Damit er sie rumkutschieren kann.«

»Er ist so charmant«, sagte Lucas. Er sagte: »Schamand.«

»Guter Titel. Du solltest einen Song schreiben«, sagte Sloan und machte sich auf den Weg.

Lucas sah sie auf dem Flur vor den Büros der Mordkommission. Die Madonna vom Friedhof. Sie kam mit hohen Absätzen auf ihn zu, und als erstes bemerkte er ihre Beine, dann die dunklen, Seen gleichenden Augen. Er dachte an den tätowierten Mann, die glitzernden blassen Augen, wie Feuerstein – Augen, von denen man abprallte. Bei der Frau fiel man förmlich hinein. Sie trug eine Tweed-

jacke und einen Rock mit Rüschenbluse und schwarzer Krawatte. In einer Hand hatte sie einen Pappbecher voll Kaffee, und Lucas hielt ihr die Tür auf.
»Danke.« Sie lächelte und ging durch, Andersons Kabuff entgegen. Ihre Stimme war tief und geschmeidig.
»Hm«, sagte Lucas, der ihr folgte. Sie hatte das Haar zu einem etwas schiefen Knoten gebunden, ein paar lose Strähnen fielen ihr auf die Schultern.
»Ich gehe«, sagte sie zu Anderson und beugte sich in dessen Kabuff. »Wenn heute nacht was passiert, Sie haben ja meine Nummer.«
Anderson saß hinter dem IBM-Terminal und kaute auf einem Eßstäbchen. Die Überreste eines chinesischen Essens gerannen in weißen Styroporbehältern auf seinem Schreibtisch, in dem Büro stank es nach verkochten Wasserkastanien und Zigarren mit Rumaroma. »Okay. Mal sehen, ob wir morgen was Besseres für Sie finden können.«
»Danke, Harmon.«
Sie drehte sich um und stieß fast mit Lucas zusammen. Er nahm einen schwachen Geruch wahr, bei dem es sich weder um Kastanien noch um Zigarren handelte, sondern um etwas Teures aus Paris. Anderson sagte zu ihr: »Kennen Sie Lucas? Davenport?«
»Freut mich, Sie kennenzulernen«, sagte sie, trat zurück und hielt ihm die Hand hin. Lucas nahm sie, schüttelte sie einmal und lächelte höflich. Sie war größer, als er zuerst gedacht hatte. Große Brüste, etwas pummelig. »Sie sind der Typ, der den Werwolf zur Strecke gebracht hat?«
»Das ist er«, sagte Anderson hinter ihr. »Haben Sie was rausbekommen, Lucas?«
»Vielleicht«, sagte Lucas, der immer noch die Frau ansah. »Harmon hat Ihren Namen nicht erwähnt.«
»Lily Rothenburg«, sagte sie. »Lieutenant, New York Police Department.«
»Mordkommission?«
»Nein, ich arbeite bei der... in einem Revier in Greenwich Village.«

Andersons Kopf ging hin und her wie der eines Zuschauers bei einem Tennisspiel.

»Wie kommt es, daß Sie auf diesen Fall angesetzt wurden?« fragte Lucas. In Gedanken machte er Inventur. Er trug ein vierhundert Dollar teures Sportjackett von Brooks Brothers aus Tweed mit hellrosa Streifen, ein dunkelblaues Hemd, beige Hosen und Slipper. Er dachte, daß er ziemlich gut aussehen müßte.

»Lange Geschichte«, sagte sie. Sie nickte zu dem Couvert in seiner Hand. »Was haben Sie denn, wenn ich fragen darf?«

»Ein Foto von Bluebird, das am ersten August gemacht worden ist«, sagte er. Er nahm das Foto aus dem Umschlag und gab es ihr. »Er ist derjenige mit dem Gewehr über der Schulter.«

»Was sind das für Leute?« Eine Falte erschien auf ihrer Stirn und verband die buschigen dunklen Brauen miteinander.

»Eine Gruppe Sioux auf der Suche nach Visionen und ihre Medizinmänner. Ich weiß nicht, wer sie im einzelnen sind, aber sie sind bewaffnet, und Bluebird war vor einem Monat bei ihnen.«

Sie betrachtete ihn über den Rand des Bildes hinweg, und ihre Blicke klickten aufeinander wie Pennies in einer Geldbörse. »Könnte etwas sein«, sagte sie. »Wo haben Sie es her?«

»Freund«, sagte Lucas.

Sie wandte den Blick ab und drehte das Foto um. Die Überreste von Klebestreifen waren auf der Rückseite zu sehen. »Eine Zeitung«, sagte sie. »Können wir die anderen Aufnahmen des Films bekommen?«

»Glauben Sie, das lohnt sich?«

»Ja«, sagte sie. Sie legte den Zeigefinger auf den Kopf einer der Gestalten auf dem Foto. »Sehen Sie den Mann da?«

Lucas betrachtete das Foto noch einmal. Ihre Fingerspitze berührte den Kopf eines untersetzten Indianers, aber lediglich das Profil und ein Auge waren zu sehen. Der Rest wurde von einer anderen Gestalt im Vordergrund verdeckt.

»Was ist mit ihm?« Er nahm das Foto und betrachtete es eingehender.

»Das könnte unser Mann sein«, sagte sie. »Der Bursche, der Andretti umgebracht hat. Er sieht ihm ziemlich ähnlich, aber um sicher zu sein, brauche ich eine bessere Aufnahme.«

»Wow.« Anderson erhob sich von seinem Stuhl und riskierte ebenfalls einen Blick. Im Hintergrund war der Hügel des Bear Butte zu sehen, grau und düster, ein einsamer nördlicher Außenposten der Black Hills. Im Vordergrund hatte sich eine Gruppe Indianer in Baumwollhemden und Jeans hinter einem der älteren Medizinmänner versammelt. Die meisten Männer sahen auf eine Stelle links von der Kamera, zur Gruppe der Hilfssheriffs. Bluebird stand mit seiner Waffe da; er gehörte zu den wenigen, die mehr oder weniger direkt in die Kamera sahen.

»Wie kommen wir wieder an Ihren Freund ran und sehen, was auf den anderen Negativen ist?« fragte Lily.

»Ich rede heute abend mit dem Chief«, sagte Lucas. »Wir müssen uns morgen früh mit ein paar Leuten von der Zeitung treffen. Als allererstes.«

»Morgen?« fauchte sie fassungslos. »Herrgott, der Kerl ist gerade auf dem Weg hierher. Wir müssen das heute nacht anleiern.«

»Das wäre... schwierig«, sagte Lucas zögernd.

»Was ist daran schwierig? Wir beschaffen uns die Negative, machen Abzüge und suchen jemand, der den Namen des Mannes kennt.«

»Hören Sie, ich kenne die Zeitungen hier. Die brauchen drei Versammlungen und acht Gutachten, ehe sie uns die Bilder machen«, sagte Lucas. »Das passiert heute nacht nicht mehr. Die Negative bekommen wir unmöglich zu sehen.«

»Wenn wir genügend Dampf machen...«

»Wir sprechen hier von Bürokratie, klar? Wir können sie nicht schneller bewegen, als sie sich bewegen lassen will. Wenn wir heute nacht noch loslegen, ist die Chance groß, daß mein Freund auffliegt. Sie werden als erstes in ihren Akten nachsehen und feststellen, daß ihr Archivfoto verschwunden ist. Das will ich nicht. Ich will, daß es in die Akte zurückwandert.«

»Herrgott, ihr verfluchten...« Sie klappte den Mund zu.

»Lahmärsche?«

»Das wollte ich nicht sagen«, log sie.
»Papperlapapp. Ich will Ihnen was sagen. Ich erledige soviel wie möglich heute nacht. Wir werden die Zeitungsleute anrufen, alles erklären, sie können ihre Versammlungen abhalten, und wir sind morgen früh um acht bei ihnen und sehen die Abzüge.«

Ihre Augen suchten einen Moment in seinem Gesicht. »Ich weiß nicht«, sagte sie schließlich.

»Hören Sie«, sagte Lucas, bemüht, sie auf seine Seite zu ziehen. »Ihr Killer fährt eine Rostlaube. Selbst wenn er alles aus ihr rausholt, kann er nicht vor morgen abend hier sein. Außer er hat einen Fahrer zum Abwechseln, und sie fahren ununterbrochen Bleifuß.«

»Er war allein im Motel...«

»Also haben wir nichts zu verlieren«, sagte Lucas. »Und ich kann meinem Freund den Hals retten, was für mich Priorität hat.«

»Okay«, sagte Lily. Sie nickte, sah ihm direkt ins Gesicht und ging dann an ihm vorbei zur Tür. »Wir sehen uns morgen, Harmon.«

»Klar.« Anderson sah ihr nach, bis sie zur Tür draußen war. Als sie weg war, wandte er sich an Lucas, und ein kleines Lächeln spielte um seine Lippen.

»Sie haben diesen Gesichtsausdruck«, sagte er.

»Was soll das heißen?«

»Wie 'ne Menge Leute aussehen, wenn sie mit ihr gesprochen haben. Als hätte man Ihnen mit einem Vorschlaghammer auf die Stirn geschlagen«, sagte Anderson.

Daniel saß beim Abendessen.

»Was ist passiert?« fragte er, als Lucas sich ausgewiesen hatte.

»Wir haben ein Foto aus der *Star Tribune* gefunden«, sagte Lucas. Er erklärte den Rest.

»Und Lillian denkt, er könnte der Killer sein?«

»Ja.«

»Verdammt, das ist gut. Können wir uns zunutze machen. Ich rede mit den Leuten von der *Trib*«, sagte Daniel. »Wie sollten wir Ihrer Ansicht nach vorgehen?«

»Sagen Sie ihnen, wir brauchen die anderen Negative auf diesem Film und allen anderen Filmen, die sie haben. Heben Sie hervor, daß die Fotos während eines öffentlichen Ereignisses gemacht wurden, daß kein geheimes Material enthalten ist – nichts mit Informanten, nichts Vertrauliches. Sagen Sie ihnen, wenn sie uns helfen, Andrettis Mörder zu fassen, bekommen sie die Story von uns. Und sie haben schon die exklusiven Bilder, die den Mordfall aufklären geholfen haben.«
»Sie glauben nicht, daß sie uns mit dieser Vertraulichkeitsscheiße kommen?« fragte Daniel.
»Ich sehe keinen Grund dafür«, sagte Lucas. »Die Bilder sind nicht vertraulich. Und wir haben es hier mit der Ermordung eines bekannten Politikers zu tun, und nicht mit einer kleinen Pipisache wegen Anstiftung zum Aufruhr.«
»Okay. Ich ruf gleich an.«
»Wir brauchen sie so früh wie möglich.«
»Neun Uhr. Wir haben sie bis neun Uhr«, sagte Daniel.
Lucas legte auf und wählte das Archiv des *Star Tribune* an. Er gab seiner Freundin einen Abriß der Ereignisse und vereinbarte ein Treffen in der Nähe der Büros der Zeitung.
»Irgendwie aufregend«, flüsterte sie, als sie sich über sein Auto beugte. Er gab ihr das Couvert. »Als wäre man ein Maulwurf, wie bei John le Carré.«

Er ließ sie strahlend zurück und fuhr nach Hause.
Lucas wohnte in St. Paul. Vom Wohnzimmerfenster aus konnte er die Baumreihe am Ufer des Mississippi sehen und auf der anderen Seite die Lichter von Minneapolis. Er wohnte allein in einem Haus, das er einmal für zu groß gehalten hatte. Aber im Laufe der Jahre hatte er sich ausgedehnt. In der Doppelgarage stand ein alter Ford mit Allradantrieb, mit dem er aufs Land fuhr oder das Boot transportierte. Der Keller war vollgestopft mit Trainingsgeräten und Gewichten, einem Sandsack, einem Punching-Ball, Jagdausrüstung und einem Gewehrschrank, Werkzeug und einer Werkbank.
Das Wohnzimmer war mit einem Lederohrensessel möbliert, in

dem er träumen und Basketballspiele im Fernsehen ansehen konnte. Ein Schlafzimmer war für ihn, eins für Gäste. Aus einem dritten Schlafzimmer hatte er ein Arbeitszimmer gemacht – ein Schreibtisch aus Eiche und ein Bücherregal voller Nachschlagewerke.

Lucas erfand Spiele. Kriegsspiele, Fantasy-Spiele, Rollenspiele. Die Einnahmen der Spiele ermöglichten das Haus und den Porsche und eine Blockhütte an einem See im nördlichen Wisconsin. Er war seit drei Monaten mit einem Spiel beschäftigt, das er Drorg nannte. »Drorg« war ein erfundenes Wort, inspiriert von dem Wort *Cyborg*, das seinerseits eine Kontamination der beiden Worte *cybernetic organism* – kybernetischer Organismus – war. Cyborgs waren Menschen mit künstlichen Teilen. In Lucas' Spiel war ein Drorg ein Drogenorganismus, ein von Designerdrogen veränderter und verwandelter Mensch. So daß er im Dunkeln sehen und mit verbessertem Gehör per Sonar navigieren konnte, oder die Kraft eines Gorillas und die Reflexe einer Katze besaß. Und das Gehirn eines Genies.

Natürlich nicht alles auf einmal. Da setzte das Spiel ein. Und die Drogen waren nicht ungefährlich. Manche hatten Nebenwirkungen: Wollte man Superkräfte, wirkte sich das störend aus, wenn man Superintelligenz wollte. Entschied man sich für Superintelligenz, konnte einem die Droge in Wahnsinn und Selbstmord treiben, wenn man nicht rechtzeitig das Gegenmittel einnahm. Nahm man die Droge, die alles auf einmal bewirkte, brachte sie einen um, basta; aber vorher erlangte man Superkräfte und erlebte zuletzt unerträgliche Lust.

Das alles erforderte Arbeit. Zunächst einmal mußte die Grundhandlung geschrieben werden – Drorg war im Grunde genommen eine Suche, wie die meisten Fantasy-Rollenspiele. Darüber hinaus mußte er ein Punktesystem aufstellen, Gegenspieler erfinden, Pläne entwerfen. Der Verlag war begeistert und machte Druck. Sie wollten auch eine Computerspielversion herausbringen.

Daher saß Lucas seit drei Monaten an fünf oder sechs Nächten pro Woche im Arbeitszimmer und entwarf im Lampenschein sein Schema. Er hörte Rock-Classics, trank ab und zu ein Bier, aber hauptsächlich dachte er sich eine Geschichte über Informationsbürokratien, Konzernkriege, geknechtete Unterschichten und Drorgkrieger aus. Er wußte nicht, woher die Geschichte kam, aber die Worte waren jeden Abend da.

Als er zu Hause war, stellte Lucas das Auto in die Garage, ging rein und schob ein tiefgekühltes Hähnchengericht in die Mikrowelle. In den fünf Minuten, bis es soweit war, machte er einen Rundgang durchs Haus, holte die Zeitung von der vorderen Veranda und wusch sich die Hände. Er hatte sämtliche Pommes frites und drei der vier Hähnchenbällchen gegessen – er wußte nicht, von welchem Teil sie genau stammten, aber es waren Knochen darin –, als Lily Rothenburgs Gesicht vor seinem geistigen Auge auftauchte.

Sie kam aus dem Nichts; er hatte nicht an sie gedacht, aber plötzlich war sie da, wie ein Foto, das auf den Tisch geworfen worden war. Eine große Frau, dachte er. Etwas zu schwer und nicht sein Typ; er stand auf die Sportlerinnen, die kleinen muskulösen Turnerinnen, die langen schlanken Läuferinnen.

Überhaupt nicht sein Typ.

Lily.

6

Mit fünfzehn war Leo Clark ein Trinker. Mit vierzig hatte er zweiundzwanzig Jahre auf der Straße verbracht und Fünf- und Zehncentstücke von den reichen Einwohnern von Minneapolis und St. Paul erbettelt. Ein vergeudetes Leben.

Dann wurden er und ein anderer Trinker, ein Weißer, in einer bitterkalten Nacht in St. Paul nach einem Streit mit einem Angestellten aus dem Obdachlosenasyl hinausgeworfen. Sie statteten einem Spirituosenladen einen Besuch ab und kauften zwei Flaschen Rye-Whiskey. Nach einigem Hin und Her gingen sie zu den Bahngleisen hinunter. Dort war ein alter Tunnel zugenagelt worden, aber die Bretter waren lose. Sie brachen sie auf und krochen hinein.

In dieser Nacht ging Leo noch einmal hinaus, fand kreosolbehandelte Holzscheite entlang den Schienen, schleifte sie zum Tunnel zurück und machte ein Feuer an. Die beiden Männer tranken im stinkenden Rauch den Rest Whiskey. Ihre Wangen, Hände und Mägen fühlten sich an, als stünden sie in Flammen, aber ihre Beine und Füße waren Eisklötze.

Der weiße Mann hatte eine Idee. Bei den Klippen am Mississippi, sagte er, gab es Sturmüberläufe, die ins Tunnelsystem unter der Stadt führten. Wenn sie dort reinkriechen konnten, konnten sie sich auf Dampfleitungen legen. In den Tunnels würde es so warm sein wie im Asyl, und es würde sie keine zehn Cent kosten. Sie konnten sich Coleman-Laternen besorgen, ein paar Bücher...

Als Leo Clark am nächsten Morgen aufwachte, war der weiße Mann tot. Er lag mit dem Gesicht nach unten auf dem kalten Boden und hatte im Sterben konvulsivisch ein paar Bissen Erde geschluckt: Sein Mund war halb voll öligem Dreck. Leo Clark konnte ein Auge von ihm sehen. Es war offen und so flach, silbern und blank wie das Zehncentstück, das ihn der Aufenthalt in den Abwasserrohren nicht kosten würde.

»Er ist in einer Scheißhöhle gestorben, Mann; sie haben ihn in einem elenden Erdloch krepieren lassen«, sagte Leo zu den Polizisten. Den Polizisten war das scheißegal. Und allen anderen auch: Der Leichnam wurde nicht abgeholt und schließlich in einem Massengrab verscharrt. Der Gerichtsmediziner bewahrte Röntgenaufnahmen der Zähne auf – für den unwahrscheinlichen Fall, daß eines Tages jemand auftauchen und nach dem Toten suchen würde.

Nachdem der weiße Mann in der Höhle gestorben war, hörte Leo Clark auf zu trinken. Nicht auf einen Schlag, aber ein Jahr später war er trocken. Er zog nach Westen, ins Res zurück. Er wurde zu einem spirituellen Mann, aber voll verzehrendem Haß auf Menschen, die andere Menschen in Erdlöchern sterben ließen. Er war sechsundvierzig Jahre alt und hatte Gesicht und Hände wie aus Eiche, als er die Crows kennenlernte.

Leo Clark versteckte sich in der Ecke einer spärlich erleuchteten Parkrampe zwischen der Stoßstange eines Nissan Maxima und der

Außenwand der Rampe. Er war dreißig Schritte von der verschlossenen Stahltür entfernt, die in das Gebäude hineinführte.

Vor ein paar Minuten hatte er ein Stück bis zwölf Pfund erprobte Faserangelschnur um den Türknauf geschlungen. Er hatte sie bis zum unteren Ende der Tür gezogen, mit einem Stück Magic Klebeband festgeklebt und bis zu dem Maxima aufgerollt. Im spärlichen Licht war die Leine nicht zu sehen. Er wartete, bis jemand durch die Tür ging – hinein, hoffte er, aber heraus war auch gut, solange der Betreffende nicht zu dem Maxima kam. Das wäre peinlich.

Leo Clark lag in den Gerüchen von Abgasen und Öl und dachte über seine Mission nach. Als er Ray Cuervo getötet hatte, war Angst das vorherrschende Gefühl gewesen – Angst vor dem Versagen, Angst vor den Cops. Er hatte Ray persönlich gekannt, hatte unter dessen Habgier gelitten, und Haß und Wut waren auch da gewesen. Aber dieser Richter? Der Richter war von einer Ölgesellschaft bei einem Gerichtsverfahren wegen illegaler Entsorgung von hochgiftigen Abfällen im Lost Tree Reservat bestochen worden. Das *wußte* Leo Clark, aber er *fühlte* es nicht. Er spürte nur den Raum in seiner Brust. Eine... Traurigkeit? War es das, was er spürte?

Er hatte geglaubt, seine Jahre auf der Straße hätten das alles ausgebrannt: daß er außer den elementaren Emotionen zum Überleben alle Gefühle verloren hatte. Angst. Haß. Wut. Er wußte nicht, ob diese Entdeckung, diese Erneuerung der Gefühle, diese *Traurigkeit* eine Gabe oder ein Fluch war. Er würde darüber nachdenken müssen: Leo Clark war ein umsichtiger Mann.

Was den Richter anbetraf, war alles einerlei. Er war verurteilt worden und würde sterben.

Leo Clark wartete zwanzig Minuten, als ein Auto auf halbem Weg die Garage entlang in eine freie Parklücke bog. Eine Frau. Er konnte die hohen Absätze auf dem Beton klacken hören. Sie hatte die Schlüssel in der Hand. Sie machte die Tür zu dem Gebäude auf, trat ein. Die Tür fiel langsam zu. Leo zog an der Schnur, riß das Magic Klebeband ab, spannte die Leine, ließ die Tür zufallen... aber nicht so weit, daß sie einrastete. Er hielt die Schnur gespannt, wartete, wartete, ließ der Frau Zeit für den Aufzug und hoffte, niemand würde aus dem Gebäude herauskommen...

Nach drei Minuten schlüpfte er hinter dem Auto vor. Er hielt die Schnur gespannt, ging zur Tür und zog sie auf. In der Fahrstuhlhalle war niemand. Er trat ein, ging an den Fahrstühlen vorbei zur Feuertreppe und hinauf.

Der Richter wohnte im sechsten Stock in einem von drei Apartments. Leo lauschte an der Feuertür, hörte nichts. Machte die Tür auf, sah hinein, betrat den menschenleeren Flur. Sechs C. Er fand die Tür und klopfte leise, obwohl er sicher war, daß niemand da war. Keine Antwort. Nach einem weiteren hastigen Blick in alle Richtungen nahm er eine Brechstange aus der Jacke, schob sie in den Spalt zwischen Tür und Rahmen und übte langsam Druck aus. Die Tür hielt, hielt, dann war ein leises, splitterndes Geräusch zu hören, und sie sprang auf. Leo betrat das dunkle Zimmer. Fand einen Sessel, setzte sich und ließ sich von der Traurigkeit durchströmen.

Richter Merrill Ball und seine Freundin, die Cindy hieß, kamen ein paar Minuten nach ein Uhr morgens heim. Der Richter hatte schon den Schlüssel ins Schloß gesteckt, als er den Schaden an der Tür bemerkte.

»Herrgott, sieht aus, als...«, fing er an, aber dann flog die Tür auf und er war starr vor Schreck. Leo Clark stand da, die langen schwarzen Zöpfe hingen ihm auf die Brust, die Augen waren aufgerissen und quollen aus den Höhlen, der Mund war halb offen und eine Hand zuckte nach oben. Und in dieser Hand war das rasiermesserscharfe Steinmesser...

Eine Stunde später saß Leo Clark auf einem Rastplatz der I-35 nördlich von Oklahoma City am Steuer seines Autos und weinte.

Shadow Love ging gegen den Wind; er hatte die Schultern gekrümmt und lief geduckt, seine Turnschuhe zertraten die herabgefallenen Ahornblätter. Der schwarze Fleck schwebte vor ihm.

Der schwarze Fleck.

Als Shadow Love noch ein Kind war, hatte seine Mutter ihn einmal ins Haus einer Nachbarin mitgenommen. In dem Haus roch es nach Propangas und gekochtem Gemüse, und er konnte sich an die dicken weißen Beine der Nachbarin erinnern, als sie sich schluchzend auf den Küchentisch setzte. Ihr Mann hatte einen schwarzen Fleck auf der Lunge. So groß wie ein Zehncentstück. Man konnte nichts machen, sagte die Frau. Ihm das Leben schön machen, sagten die Ärzte. Shadow Love konnte sich erinnern, wie seine Mutter der anderen Frau den Arm um die Schultern gelegt hatte...

Und jetzt hatte er einen Namen für das Ding in seinem Verstand. Der schwarze Fleck.

Manchmal sprachen die unsichtbaren Wesen zu seiner Mutter, zupften sie an den Armen, im Gesicht, am Kleid und sogar an den Schuhen, um ihre Aufmerksamkeit auf sich zu lenken, um ihr zu sagen, was Shadow Love getan hatte. Er konnte sich nicht erinnern, daß er das alles getan hatte, aber die unsichtbaren Wesen behaupteten es. Sie irrten sich nie, sagte Rosie Love. Sie sahen alles, wußten alles. Seine Mutter verprügelte ihn mit einem Besenstiel für alles, was er getan hatte. Sie jagte hinter ihm her und schlug ihn auf Rükken, Schultern, Beine. Danach, wenn die unsichtbaren Wesen fort waren, nahm sie ihn schluchzend in die Arme, bat ihn um Verzeihung und versuchte, die Blutergüsse wegzuwischen, als wären sie Schuhcreme...

Der schwarze Fleck war mit den unsichtbaren Wesen gekommen. Wenn Shadow Love wütend wurde, tauchte der schwarze Fleck vor seinen Augen auf, ein Loch in der Welt. Er erzählte seiner Mutter nie etwas von dem schwarzen Fleck: Sie würde es den unsichtbaren Wesen erzählen, und diese würden seine Bestrafung verlangen. Und aus demselben Grund zeigte er auch nie seinen Zorn. Trotz war die schlimmste Sünde von allen, und die unsichtbaren Wesen würden nach seinem Blut heulen.

Irgendwann kamen die unsichtbaren Wesen nicht mehr. Seine Mutter hatte sie mit Alkohol umgebracht, dachte Shadow Love. Ihre Anfälle von Trunkenheit waren schlimm genug, aber nicht annähernd so schlimm wie die unsichtbaren Wesen. Die unsichtbaren Wesen waren zwar gegangen, aber der schwarze Fleck blieb...

Und jetzt schwebte er vor Shadow Loves Augen. Der Scheißbulle. Davenport. Behandelte sie wie Dreck. Kam rein und zeigte mit dem Finger auf ihn. Ließ sie sich hinsetzen. Wie einen dressierten Hund. *Sitz*, hatte er gesagt. *Sprich*, hatte er gesagt. *Mach Männchen.*

Der schwarze Fleck wuchs, und Shadow Love fühlte sich schwindlig, so gedemütigt war er. Wie ein *Hund*. Er lief schneller, bis er fast rannte, dann machte er langsamer, warf den Kopf zurück und knurrte – laut. *Verdammter Hund*. Er ballte eine Faust und schlug sich auf den Wangenknochen; fest. Der Schmerz drang durch seine Wut. Der schwarze Fleck schrumpfte.

Wie ein verdammter Hund, du bist gekrochen wie ein verdammter Hund...

Shadow Love war nicht dumm. Seine Väter führten ihren Krieg und würden ihn brauchen. Er durfte sich nicht von den Bullen festnehmen lassen, nicht wegen etwas so Albernem wie einem Faustkampf. Aber es fraß in ihm, wie Davenport ihn behandelt hatte. Ihn gezwungen hatte, *artig* zu sein...

Shadow Love kaufte eine Pistole von einem Einbrecher, einem Teenager. Keine besondere Waffe, aber er brauchte auch keine besondere Waffe. Er gab dem Jungen zwanzig Dollar, steckte die Pistole in den Hosenbund und ging zum Point zurück. Er brauchte eine neue Bleibe, dachte er. Er konnte nicht bei seinen Vätern einziehen, die hausten schon beengt in einer winzigen Unterkunft. Außerdem wollten sie ihn nicht bei ihrem Krieg dabeihaben.

Eine Bleibe. Als er das letzte Mal in der Stadt war, wäre er zu Ray Cuervo gegangen...

Yellow Hand hatte einen erbärmlichen Tag hinter sich. Davenport hatte ihn eingeläutet, als er ihn, Yellow Hand, aus seiner Benommenheit gekickt hatte. Eine Benommenheit, die ihm teuer gewesen war. Je länger er schlief, desto länger konnte er sein Problem hinausschieben. Yellow Hand brauchte sein Crack. Er schürzte die Oberlippe, biß hinein, dachte an den Schuß...

Als Davenport weg war, hatte Shadow Love Stiefel und Jacke angezogen und war ohne ein Wort gegangen. Die alte weiße Frau war auf die Matratze zurückgesunken und schnarchte bald wieder neben ihrem Mann, der überhaupt nicht aufgewacht war. Yellow Hand hatte es eine halbe Stunde später geschafft, auf die Straße zu gehen. Er stöberte im hiesigen K Mart herum, ging aber unverrichteter Dinge wieder, weil er das Gefühl hatte, beobachtet zu werden. Ebenso erging es ihm in einem Target-Geschäft. Nichts Offensichtliches, nur weiße Männer mit Kunstseidenkrawatten...

Er wünschte sich, Gineele und Howdy wären noch in der Stadt. Wenn Gineele und Howdy nicht nach Florida gegangen wären, wären sie alle reich.

Gineele war rabenschwarz. Wenn sie arbeitete, hatte sie das Haar zu Zöpfchen geflochten und leuchtend rosa Lippenstift aufgelegt. Sie hatte ein häßliche Narbe auf der rechten Wange, Folge eines unüberlegten Streits mit einem Mann, der einen Dosenöffner in der Hand gehabt hatte. Die Narbe machte allen eine Scheißangst.

Wenn Gineele schlimm war, dann war Howdy ein Alptraum. Howdy war weiß, so weiß, daß er aussah, als wäre er angestrichen worden. Ein rascher Blick auf seinen Körper erweckte den Eindruck, als würde dieser Junge etwas Schreckliches schnüffeln. Vielleicht Äther. Oder Flugzeugtreibstoff. Giftmüll. Wie auch immer, er hatte die Augen stets aufgerissen, den Mund immer offen, und seine Zunge schnellte wie die einer Schlange darin herum. Als Ergänzung zu seinem wahnsinnigen Gesicht trug Howdy Stahlringe um den Hals, schwarze Lederbänder mit Stacheln an den Handgelenken und kniehohe Lederstiefel. Er war zwanzig Jahre alt – seiner Haltung sah man seine Jugend an –, aber sein Haar war schlohweiß und fein wie gesponnene Seide. Wenn Howdy und Gineele in einen K Mart kamen, drehten die Weißen mit den Kunstseidenkrawatten durch. Während die zwei Lockvögel durch den Supermarkt schlenderten, konnte Yellow Hand tonnenweise Ghettoblaster rausschleifen.

Herrgott. Yellow Hand brauchte sie wirklich...

Eine Stunde nachdem er losgezogen war, konnte er in einem Walgreen's Drugstore einen Radiowecker und drei Taschenrechner abstauben. Er tauschte sie gegen ein Piece ein, rauchte es und entschwebte ins Niemandsland. Aber es war ein verdorbener Trip, denn schon während er abhob sah er die kalte Wirklichkeit des Crashs voraus.

Am Spätnachmittag versuchte er, in einer Tankstelle eine Werkzeugkiste zu stehlen. Er schaffte es fast. Als er um die Ecke wollte, sah ihn ein Typ an den Zapfsäulen und fing an zu schreien. Die Kiste war zu schwer, um mit ihr laufen zu können, daher ließ er sie fallen und jagte seinen Arsch zwei Blocks weit durch Hinterhöfe. Der Tankwart rief die Cops, und Yellow Hand lag eine Stunde unter einem Bootsanhänger, während ein Streifenwagen durch das Viertel kreuzte. Als er zum Point zurückging, war es schon dunkel. Er mußte nachdenken. Er hatte nur noch zwei Tage im Point; dann brauchte er Geld für die Miete. Die Nächte wurden kalt.

Shadow Love rauchte eine Zigarette, als Yellow Hand hereinkam.
»Leihst du mir ein paar Dollar?« bettelte Yellow Hand.
»Ich hab kein Geld für Crack übrig«, sagte Shadow Love. Er griff nach einer Packung Marlboro. »Ich kann dir was zu rauchen geben.«
»He, Mann, ich würd' kein Crack kaufen«, winselte Yellow Hand. »Ich muß was essen. Ich hab den ganzen Tag nichts gegessen.« Er nahm die Zigarette, und Shadow Love hielt ihm ein Papierstreichholz hin.
»Ich sag dir was«, meinte Shadow Love nach einem Moment und fixierte Yellow Hand mit seinen blassen Augen. »Wir können zur Tacobude an der Uferstraße gehen. Ich kauf dir ein halbes Dutzend Tacos.«
»Das ist weit, Mann«, beschwerte sich Yellow Hand.
»Dann leck mich«, sagte Shadow Love. »Ich gehe. Danke, daß ich bei dir bleiben durfte.« Er hatte Yellow Hand drei Dollar für die Benutzung der Matratze bezahlt.
»Schon gut, schon gut«, sagte Yellow Hand. »Ich komme mit. Ich hab so einen verdammten Hunger...«
Sie gingen langsam und brauchten zwanzig Minuten vom Point zum Mississippi. Der Fluß lag dreißig Meter unter ihnen, und Shadow Love ging schräg den Hang hinunter.

»Wo gehst du hin, Mann?« fragte Yellow Hand verwirrt.

»Zum Wasser runter. Komm mit. So ist es nicht viel weiter.« Shadow Love dachte an Yellow Hand und Davenport. Yellow Hand hatte dem Bullen von dem Zeitungsartikel erzählt: Das war ein Ding. Der schwarze Fleck tauchte auf.

»Wir müssen wieder raufklettern, Mann«, beschwerte sich Yellow Hand.

»Komm schon«, schnauzte Shadow Love. Der schwarze Fleck schwebte vor ihm. Sein Herz klopfte, zunehmende Kraft strömte wie Gold durch sein Blut. Er sagte nichts mehr. Yellow Hand sah unentschlossen zu den Straßenlaternen zurück, schließlich folgte er ihm und maulte dabei unablässig vor sich hin.

Sie überquerten eine Zufahrtsstraße zum Fluß und gingen weiter zum Wasser hinunter, wo das Ufer von einer Betonmauer verstärkt wurde. Shadow Love stieg auf die Mauer, atmete die Flußluft ein und wieder aus. Roch stark. Er wandte sich an Yellow Hand, der hinter ihm auf die Mauer geklettert war.

»Von hier unten sehen die Lichter toll aus, was?« fragte Shadow Love. »Sieh dir die Spiegelungen im Wasser an.«

»Ganz gut«, sagte Yellow Hand verblüfft.

»Sieh da rüber, unter die Brücke«, sagte Shadow Love.

Yellow Hand drehte sich um. Shadow Love kam näher und holte die Pistole aus dem Bund. Er hielt sie hinter Yellow Hands Ohr, wartete eine köstliche Sekunde, dann noch eine, und eine dritte, genoß den Kitzel der Tat; als er sie nicht mehr aushalten konnte, die lustvolle Spannung, drückte er ab.

Ein scharfes *Pop* war zu hören, und Yellow Hand sackte wie eine Marionette, deren Fäden durchgeschnitten worden waren, in sich zusammen. Shadow Love hatte gewollt, daß der Leichnam in den Fluß fallen sollte. Statt dessen landete er auf der Betonmauer. Er brauchte eine Weile, bis er ihn von der Kante ins Wasser gestoßen hatte.

Yellow Hands Hemd bauschte sich um den Körper auf, hielt ihn oben, ein weißer Klumpen in der Strömung. Dann stieg eine Luftblase hoch, noch eine, und Yellow Hand war verschwunden.

Ein Verräter am Volk. Der Mann, der den Cop auf das Bild von Bluebird aufmerksam gemacht hatte.

Während Leo Clark auf dem Rastplatz saß und weinte, saß Shadow Love in der Tacobude, aß heißhungrig und war wie ein Wolf über sein Essen gebeugt. Sein ganzer Körper sang nach dem Mord.

7

Lucas arbeitete bis vier Uhr morgens an Drorg, um acht rief Daniel an. Als das Telefon läutete, rollte sich Lucas auf die Seite und tastete auf dem Nachttisch herum wie ein ertrinkender Schwimmer. Er traf das Telefon, der Hörer fiel auf den Boden, und er brauchte noch einen Moment, bis er ihn gefunden hatte.

»Davenport? Verdammt, was...?«

»Hab das Telefon fallen lassen«, sagte Lucas verschlafen. »Was ist passiert?«

»Sie haben wieder einen umgelegt. Einen Bundesrichter in Oklahoma City.«

»Scheiße.« Lucas gähnte und stand auf. »Wie es sich anhört, ist der Täter entkommen.«

»Ja. Er hatte Zöpfe wie...«

»...der, der Cuervo umgelegt hat. Also müssen es mindestens drei sein, Bluebird mitgerechnet.«

»Richtig. Anderson holt aus den Polizisten in Oklahoma raus, was er kann. Und die Bilder – die bekommen wir um neun. Wir treffen uns in Winks Büro.«

»Keine Probleme?«

»Ach, wir müssen uns den üblichen Scheiß anhören, aber wir bekommen sie«, sagte Daniel.

»Jemand sollte Lily anrufen«, sagte Lucas.

»Meine Sekretärin kümmert sich darum. Noch etwas...«

»Was?«

»Das FBI hat sich eingeschaltet.«

Lucas stöhnte. »Nein, bitte nicht...«

»Doch. Mit beiden Beinen. Sie haben es vor einer Stunde bekanntgegeben. Ich habe mit dem zuständigen Agenten in Minneapolis gesprochen, und der hat gesagt, Lawrence Duberville Clay selbst interessiert sich für die Sache.«

»Arschloch. Können wir sie aus den Ermittlungen raushalten? Die Typen könnten einen feuchten Traum versauen.«

»Ich werde vorschlagen, sie sollen sich auf geheime Ermittlungen konzentrieren, aber das klappt garantiert nicht«, sagte Daniel. »Clay denkt, er kann auf der Verbrechensbekämpfung ins Büro des Bundesstaatsanwalts reiten, vielleicht sogar in das des Präsidenten. Die Zeitungen bezeichnen die Morde als ›hausgemachten Terrorismus‹. Damit kreuzt er hundertprozentig hier auf, wie damals, als er zu der Drogenrazzia nach Chicago gekommen und nach L. A. gereist ist, als sie die Green Army haben hochgehen lassen. Wenn er hierher kommt, wird er auf *action* aus sein.«

»Der Arsch soll sich seine eigene *action* besorgen.«

»Versuchen Sie, nett zu sein, okay? Und in der Zwischenzeit holen wir diese Bilder von der *Trib* und durchkämmen die Straßen. Wenn wir die Wichser dingfest machen, hat Lawrence Duberville keinen Grund, sich herzubemühen.«

Sie trafen sich im Büro von Louis Wink, dem billardkugelkahlen Chefredakteur der *Star Tribune*, mit den leitenden Angestellten der Zeitung. Harold Probst, der Herausgeber, und Kelly Lawrence, die Leiterin der Lokalredaktion, waren anwesend. Lily traf an Daniels Arm ein, sein Ellbogen, stellte Lucas fest, drückte gegen Lilys Brust. Daniel trug einen grauen Anzug, der buchstäblich das Ebenbild von Winks Anzug war, und ein selbstgefälliges Lächeln zur Schau. Die Versammlung dauerte zehn Minuten.

»Der Grund für meine Einwände ist der, daß die Frage aufgeworfen wird, ob wir Handlanger der Polizei sind. Das schadet unserer Glaubwürdigkeit«, sagte die rundgesichtige Lawrence.

»Bei wem?« fragte Lily aufgebracht. Sie trug eine grobe Seidenbluse und einen anderen Tweedrock. Sie hatte entweder den besten

Teint der Welt oder konnte das beste Make-up der Welt auftragen, dachte Lucas.

»Bei den Leuten auf der Straße«, sagte die Leiterin der Lokalredaktion. Lawrence trug ein zerknittertes Baumwollkleid, dessen Blau nicht zu ihren Augen paßte. Lily sah soviel besser aus, daß sich Lucas wünschte, sie hätte draußen gewartet.

»Ach, dummes Zeug«, fauchte Lily. »Sie haben dieses ganze große Gebäude voll Yuppies in Turnschuhen und machen sich Sorgen um ihren Ruf bei den Leuten auf der Straße? Um alles in der Welt!«

»Sachte«, sagte Lucas beschwichtigend. »Sie hat recht. Es ist eine kitzlige Frage.«

»Wir würden nicht einmal darum bitten, wenn die Verbrechen nicht so gräßlich wären. Gestern nacht haben sie einen Bundesrichter umgebracht; abgeschlachtet. Sie haben einen der klügsten aufstrebenden Politiker des Landes ermordet – und zwei Menschen hier«, sagte Daniel mit zuckersüßer Stimme. Er wandte sich an Lily. »Tatsache ist, die Presse befindet sich in einer ziemlich prekären Situation.«

Er wandte sich wieder an Wink und Probst, die die Macht hatten. »Wir möchten nur das Gesicht des Mannes sehen, den Lily für den Mörder aus New York hält. Und wir wollen die Leute um ihn herum sehen, damit wir ihnen Fragen stellen können. Sie hätten ebenso alle Bilder in der Zeitung abdrucken können, wo jeder sie sehen kann. Sie haben niemand Vertraulichkeit zugesichert. Gewissermaßen haben alle schon durch ihre Anwesenheit bei dieser Auseinandersetzung die Aufmerksamkeit auf sich gelenkt.«

»Das stimmt«, sagte Probst. Eine Spur Zorn huschte über Winks Gesicht. Probst kam aus der Anzeigenabteilung.

»Und Sie bekommen eine Riesenstory dadurch«, warf Lucas ein. »Sie können sie der *Pioneer Press* voll in den Arsch schieben.«

Lawrence, die Lokalredakteurin, strahlte, aber Lily schäumte weiter. »Und wenn nicht, gehen wir vor Gericht und kriegen sie auch so bei Ihnen raus«, fauchte sie.

»He...« Wink richtete sich auf.

Daniel schaltete sich ein, ehe Wink mehr sagen konnte. Er deutete mit einem Finger auf Lilys Gesicht und sagte: »Nein, das werden wir nicht, Lieutenant. Wenn sie sich in diesem Zimmer gegen uns entscheiden, sehen wir uns nach anderen Bildern um, aber wir gehen nicht vor Gericht. Und wenn Sie jetzt keine Ruhe geben, schaffe ich Ihren Arsch schneller nach New York zurück als Sie ›Avenue of the Americans‹ sagen können.«

Lily machte den Mund auf und klappte ihn ebenso schnell wieder zu. »Okay«, sagte sie. Sie sah Wink an. »Entschuldigung.«

Daniel schenkte Wink sein charmantestes Lächeln und sagte: »*Bitte?*«

»Ich glaube... wir sollten die Abzüge reinholen«, sagte Wink. Er nickte Lawrence zu. »Holen Sie sie.«

Sie saßen alle stumm wartend da, bis die Lokalredakteurin mit drei Umschlägen zurückkam, die sie Wink reichte. Wink machte einen auf, holte einen Satz Fotos zwanzig mal fünfundzwanzig heraus, betrachtete sie und gab sie Daniel. Daniel schob sie Lily über den Tisch zu; diese stand auf, breitete sie aus und studierte sie.

»Er ist es«, sagte sie nach einem Augenblick. Sie tippte auf eines der Gesichter. »Das ist mein Mann.«

Sie bekamen zwei Sätze Abzüge und blieben an der Straßenecke stehen, ehe Daniel zum Rathaus zurückkehrte.

»Larry Hart kommt heute nachmittag rüber. Er mußte seine Arbeit verteilen«, sagte Daniel zu Lucas. »Ich gebe ihm einen Satz Abzüge. Vielleicht kennt er jemand.«

»Gut. Und ich zeige meine ein bißchen rum.«

Daniel nickte und sah Lily an. »Sie sollten Ihr Temperament im Zaum halten. Sie hätten es uns fast vermasselt.«

»Zeitungsleute gehen mir auf den Keks«, sagte sie. »Sie haben sich herumschubsen lassen.«

»Ich habe mich nicht herumschubsen lassen. Alle haben gewußt, was passieren würde. Wir mußten nur das Ritual beachten«, sagte Daniel nachsichtig.

»Okay. Es ist Ihr Revier. Ich entschuldige mich«, sagte sie.

»Dazu haben Sie auch allen Grund. Und weil ich ein toller Hecht bin, nehme ich die Entschuldigung an«, sagte Daniel und ging über die Straße.

Lily sah ihm nach. »Eine harte Nuß«, sagte sie nach einem Augenblick.

»Er ist in Ordnung. Kann ein Arschloch sein, aber dumm ist er nicht«, sagte Lucas.

»Und wer ist dieser Larry Hart?« fragte Lily.

»Ein Typ von der Wohlfahrt, ein Sioux. Guter Mann, kennt die Straße, kennt wahrscheinlich tausend Indianer. Eine einigermaßen große Nummer in der Indianerpolitik. Er hat eine Menge Artikel geschrieben, besucht sämtliche Pauwaus und so weiter.«

»Wir brauchen ihn. Ich war gestern sechs Stunden auf der Straße und habe nichts rausgekriegt. Der Kerl, mit dem ich unterwegs war...«

»Shearson?«

»Ja. Der hätte einen Indianer nicht von einem Hydranten unterscheiden können. Herrgott, es war fast peinlich«, sagte sie kopfschüttelnd.

»Sie ziehen nicht mehr mit ihm los?«

»Nein.« Sie sah ihn ohne die Spur eines Lächelns an. »Abgesehen von seinem schmerzlich unzureichenden IQ, hatten wir gestern noch ein kleines Problem.«

»Nun...«

»Ich hab mir gedacht, ich könnte mit Ihnen fahren. Sie zeigen die Bilder herum, richtig?«

»Ja.« Lucas kratzte sich am Kopf. Es gefiel ihm nicht, mit jemand zusammen zu arbeiten: Manchmal machte er Geschäfte, die unter vier Augen bleiben sollten. Aber Lily kam aus New York und dürfte deshalb eigentlich kein Problem sein. »Na gut, meinetwegen. Ich parke da hinten.«

»Alle sagen, Sie haben die besten Kontakte zur Indianergemeinde«, sagte Lily, als sie losgingen. Lucas sah sie unverwandt an und stolperte über eine lose Steinplatte im Bürgersteig. Sie grinste, sah aber weiter geradeaus.

»Ich kenne etwa acht Leute. Vielleicht zehn. Und nicht besonders gut«, sagte Lucas, als er sich wieder gefangen hatte.
»Sie haben das Bild aus einer Zeitung rangeschafft«, sagte sie.
»Ich hatte jemand, den ich unter Druck setzen konnte.« Lucas trat vom Bordstein und ging um die Schnauze des Porsche herum. Lily ging hinter ihm.
»Äh, da«, sagte er und deutete auf die Beifahrertür.
Sie sah überrascht auf den 911 hinunter. »Ist das Ihr Auto?«
»Klar.«
»Ich dachte, wir würden über die Straße gehen«, sagte sie, als sie wieder an den Bordstein trat.
Lucas stieg ein und stieß die Tür auf; sie kletterte herein und legte den Sicherheitsgurt an. »In New York hätten nicht viele Polizisten den Mumm, mit einem Porsche herumzufahren. Alle würden denken, sie werden geschmiert«, sagte sie
»Ich hab selbst etwas Geld«, sagte Lucas.
»Trotzdem mußten Sie nicht gerade einen Porsche damit kaufen«, sagte Lily steif. »Sie würden für zehn bis fünfzehntausend ein super Auto bekommen und könnten die restlichen zwanzig- oder dreißigtausend wohltätigen Zwecken stiften. Sie könnten es den Barmherzigen Schwestern geben.«
»Ich hab darüber nachgedacht«, sagte Lucas. Er machte mit dem Porsche einen verbotenen U-turn und zog ihn in der Zwanzig-Meilen-Zone auf vierzig. »Aber ich hab beschlossen, scheiß drauf.«
Lily warf den Kopf zurück und lachte. Lucas grinste sie an und dachte, sie schleppte vielleicht ein paar Pfund zuviel mit sich herum, aber das war vielleicht gar nicht so schlecht.

Sie brachten die Fotos zum Indianerzentrum, zeigten sie herum. Zwei Männer auf dem Foto waren vom Sehen, aber nicht namentlich bekannt. Niemand wußte, wo sie wohnten. Lucas rief Anderson an, erzählte ihm von den bescheidenen Ergebnissen, und Anderson versprach, mehr Fotos unters Volk zu bringen.
Nachdem sie das Indianerzentrum verlassen hatten, fuhren sie zu einem vornehmlich von Indianern bewohnten öffentlichen Miets-

haus, wo Lucas zwei alte Männer kannte, die als Hausmeister arbeiteten. Sie konnten niemand identifizieren. Die feindselige Stimmung war fast greifbar.

»Sie mögen keine Cops«, sagte Lily, als sie gingen.

»Niemand hier mag Cops«, sagte Lucas und sah zu dem halbverfallenen Gebäude zurück. »Wenn sie uns sehen, dann meistens, wie wir im Winter ihre Autos abschleppen. Sie mögen uns nicht, aber wenigstens sind sie nicht gegen uns. Aber das hier ist etwas anderes. Diesmal sind sie gegen uns.«

»Vielleicht haben sie ihre Gründe«, sagte Lily. Sie sah durchs Fenster zu einer Gruppe Indianerkinder, die auf der Veranda eines abgehalfterten Holzhauses saßen. »Diese Kinder müßten in der Schule sein. Wir haben es hier mit einem sauberen Slum zu tun, Davenport. Die Straßen werden zweimal wöchentlich gefegt, aber die Menschen sind im Arsch.«

Den Rest des Morgens verbrachten sie damit, Lucas' Indianerbekannten die Fotos zu zeigen. Lily folgte ihm, sagte wenig, studierte die Gesichter der Indianer, hörte ihnen zu, und die Indianer betrachteten sie neugierig.

»Sie denken, Sie könnten Indianerin sein oder Halbindianerin, aber sie sind nicht sicher, bis sie Ihre Stimme hören«, sagte Lucas zwischendurch im Auto. »Sie sehen ein bißchen indianisch aus.«

»Ich höre mich aber nicht indianisch an.«

»Sie hören sich nach Lawn Guyland an.«

»Auf Long Island gibt es ein Indianerreservat«, sagte sie.

»Ohne Scheiß? Die Leute würde ich gern mal sprechen hören...«

Am späten Vormittag fuhr Lucas zu Yellow Hands Apartment im Point und beschrieb ihn Lily unterwegs. Draußen, auf dem Bürgersteig, lockerte er die P 7 im Halfter.

»Gibt es Ärger?« fragte sie.

»Ich bezweifle es«, sagte er. »Aber man kann nie wissen.«

»Okay.« Als sie eingetreten waren, steckte sie die Hand in eine muffähnliche Öffnung ihrer Umhängetasche, holte einen kurzen Colt Officer's Model .45 heraus und schob eine Patrone in die Kammer.

»Ein Fünfundvierziger?« sagte Lucas, als sie ihn wieder in die Handtasche schob.

»Ich bin nicht kräftig genug, mit irgendwelchen Arschlöchern zu kämpfen«, sagte sie schlicht. »Wenn ich auf jemand schieße, dann muß er umkippen. Nicht, daß die P 7 keine hübsche nette Waffe wäre. Aber für ernsthafte Arbeit ist sie ein bißchen zu mickrig.«

»Wenn man schießen kann nicht«, preßte Lucas zwischen den Zähnen hervor, während er die Treppe hinaufging.

»Ich kann einer fliegenden Taube ein Auge ausschießen«, sagte sie. »Ohne eine Feder zu treffen.«

Die Tür im Obergeschoß war offen. Niemand zu Hause. Lucas zwängte sich hinein und stapfte durch ein Gewirr von Papier, Orangenschalen und leeren Minipäckchen Ketchup von McDonalds.

»Hier war er«, sagte Lucas und trat gegen Yellow Hands Matratze.

»Scheinen ausgezogen zu sein«, sagte Lily. Sie stieß eines der leeren Ketchuppäckchen mit der Schuhspitze an. Obdachlose stahlen sie aus Imbißrestaurants und benützten das Ketchup, um Tomatensuppe zu machen. »Sie scheinen dringend Geld zu brauchen.«

»Crackheads«, sagte Lucas.

Lily nickte. Sie nahm den Colt aus der Handtasche, zog das Magazin heraus, steckte es zwischen Zeige- und Ringfinger der rechten Hand, hielt die freie Hand unter den Auswurf und zog den Schlitten durch. Die Patrone fiel ihr aus der Kammer auf die Handfläche. Sie schob sie wieder ins Magazin und führte das Magazin in den Griff der Pistole ein. Sie machte es geschmeidig, ohne nachzudenken, stellte Lucas fest. Sie mußte einige Zeit mit der Waffe geübt haben.

»Das Problem mit Magazinwaffen«, sagte Lucas, »besteht darin, daß etwas passiert und man mit einer leeren Kammer dasteht.«

»Nicht wenn man nicht völlig verstört ist«, sagte sie. Sie sah sich in dem Unrat um. »Ich habe gelernt, vorbereitet zu sein.«

Lucas blieb stehen und hob etwas auf, das fast unter Yellow Hands Matratze verborgen war, wo sie die Wand berührte.

Lily fragte: »Was?« und er warf es ihr zu. Sie drehte das Ding in den Händen. »'ne Crackpfeife. Sie haben gesagt, daß er ein Crackhead ist.«

»Ja. Ich frage mich nur, warum er sie hiergelassen hat. Ich kann mir nicht vorstellen, daß er ohne sie weggegangen ist. Und sein ganzer anderer Kram ist verschwunden.«

»Ich weiß nicht. Alles in Ordnung damit. Noch«, sagte Lily. Sie warf die Glaspfeife hin, trat darauf und zerbrach sie knirschend.

Als sie wieder auf der Straße waren, schlug Lucas einen Besuch in Ray Cuervos Vermietungsbüro vor. Wenn sich jemand dort um den Laden kümmerte, sagte er Lily, war vielleicht in Erfahrung zu bringen, wohin Yellow Hand gegangen war. Sie nickte. »Ich komme mit«, sagte sie.

»Ich hoffe, der Scheißer ist nicht ins Res zurückgegangen«, sagte Lucas, als sie wieder ins Auto einstiegen. »Dort wäre Yellow Hand verflucht schwer zu finden, wenn er nicht gefunden werden will.«

Lucas war im Lauf der Jahre ein paarmal in Cuervos Büro gewesen. In dem schäbigen Treppenhaus, das dorthin führte, hatte sich nichts verändert. Das Gebäude hatte einen permanent üblen Mundgeruch, der sich aus abgestandenem Urin, feuchtem Verputz und Katzenscheiße zusammensetzte. Als Lucas oben ankam, ging die Tür von Cuervos Büro auf, soweit es die Kette zuließ, und eine Frau sah durch den Spalt heraus.

»Wer sind Sie?« fragte Lucas.

»Harriet Cuervo«, bellte die Frau. Lucas konnte nur ihre Augen sehen, die die Farbe in Säure gewaschener Jeans hatten, und den blassen Halbmond eines Gesichts. »Und wer, zum Teufel, sind Sie, daß Sie das fragen?«

»Polizei«, sagte Lucas. Er fischte die Marke aus der Manteltasche und zeigte sie ihr. Lily wartete eine Stufe tiefer hinter ihm. »Wir haben nicht gewußt, daß Sie Rays Geschäft übernommen haben.«

»Dann wissen Sie's jetzt«, grunzte die Frau. Die Kette wurde klirrend entfernt, die Tür aufgerissen. Von der Ermordung ihres Mannes zeugte noch ein schwacher Fleck auf dem Boden; Harriet Cuervo stand mittendrin. Sie trug ein bedrucktes Kleid, das gerade vom Hals bis zu den Knien fiel. »Ich hab den anderen Cops schon alles gesagt, was ich weiß«, sagte sie grob.

»Wir suchen nach anderen Informationen«, sagte Lucas. Die Frau ging um Cuervos alten Schreibtisch herum. Lucas betrat das Büro und sah sich um. Etwas hatte sich verändert, etwas stimmte nicht, aber er kam nicht drauf. »Wir wollten nach einem seiner Mieter fragen.«

»Und was wollen Sie wissen?« fragte sie. Sie war einen Meter siebzig groß und wog schätzungsweise hundert Pfund, alles Haut und Knochen. Über und unter den Lippen hatte sie vertikale Linien, als wären sie einmal zugenäht gewesen.

»Haben Sie einen Mieter namens Yellow Hand unten im Point?«

»Klar. Yellow Hand.« Sie schlug ein Buch auf und glitt mit dem Finger eine offene Spalte hinunter. »Hat bis morgen bezahlt.«

»Sie haben ihn gestern oder heute nicht gesehen?«

»Scheiße, ich führ keine Anwesenheitsliste. Ich vermiete nur die Scheißwohnungen«, sagte sie. »Wenn ich morgen das Geld nicht habe, fliegt er raus. Heute ist mir egal, was er macht.«

»Sie haben ihn also nicht gesehen?«

»Nee.« Sie sah an Lucas vorbei zu Lily. »Ist sie auch 'n Cop?«

»Ja.«

Cuervo musterte Lily von oben bis unten. »Ziemlich gut angezogen für 'nen Cop«, schniefte sie.

»Wenn Yellow Hand nicht bezahlt, gehen Sie dann persönlich hin und werfen ihn raus?« fragte Lily neugierig.

»Ich hab 'nen Partner«, sagte Cuervo.

»Wer ist das?« fragte Lucas.

»Bald Peterson.«

»Ach ja? Ich dachte, der hätte die Stadt verlassen.«

»Der ist wieder da. Kennen Sie ihn?«

»Klar. Schon lange.«

»Sagen Sie...« Harriet Cuervo kniff die Augen zusammen, sie machte mit Zeigefinger und Daumen eine Pistole und richtete sie auf Lucas' Herz. »Sie sind doch nicht der Bulle, der ihn verprügelt hat, oder? Vor Jahren? Der ihn fast zum Krüppel geschlagen hat?«

»Wir hatten Meinungsverschiedenheiten«, sagte Lucas. »Bestellen Sie ihm schöne Grüße von mir.« Er machte einen Schritt zur

Tür. »Was ist mit einem Burschen namens Shadow Love? Haben Sie den gesehen?«

»Shadow Love? Von dem hab ich nie gehört.«

»Er hat im Point gewohnt...«

Sie zuckte die Achseln. »Von mir hat er nichts gemietet«, sagte sie. »Einer der anderen Pißköpfe muß ihn reingelassen haben. Sie wissen ja, wie das ist.«

»Klar«, sagte Lucas und drehte sich wieder um. »Tut mir leid, das mit Ray.«

»Schön, daß jemand so denkt, mir tut's nämlich nicht leid«, sagte Harriet Cuervo nüchtern. Zum ersten Mal zeigte ihr Gesicht eine Regung. »Ich habe überlegt, woran ich mich bei Ray am besten erinnere. Eine Sache, verstehen Sie? Und wissen Sie, was mir da eingefallen ist? Er hatte eine Menge Pornokassetten. Eine hieß *Airtight Brunette*. Wissen Sie, was das ist, eine Airtight Brunette? Das ist eine, die überall einen drin hat, wenn sie wissen, was ich meine. Drei Typen. Jedenfalls war seine Lieblingsstelle, als ein Typ der Brünetten auf die Brust 'jakuliert hat. Das hat er immer wieder laufen lassen, hin und her, hin und her. Jedesmal, wenn er den Recorder abgeschaltet und zurückgespult hat, kam das normale Fernsehprogramm. Und wissen Sie, was das war?«

»Äh, nein, keine Ahnung«, sagte Lucas. Er warf Lily einen raschen Blick zu, doch die betrachtete Cuervo fasziniert.

»*Sesamstraße*. Samson hat rausbekommen, wie der Arzt einem den Blutdruck mißt. Also 'jakuliert der Typ der Brünetten auf die Brust und dann kommt Samson. Er 'jakuliert wieder, und wieder Samson. So ging das fünfzehn Minuten lang. 'Jakulieren, Samson, 'jakulieren, Samson.«

Sie hörte kurz auf zu sprechen, um Luft zu holen. »Das«, sagte sie, »ist mir von Ray im Gedächtnis geblieben.«

»Okay. Nun, Himmel, wir müssen weiter«, sagte Lucas verzweifelt. Er schubste Lily zur Tür hinaus auf die Treppe. Sie waren zehn Stufen unten, als Harriet Cuervo auf den Treppenabsatz kam.

»Ich wollte Kinder haben«, rief sie ihnen nach.

Lily grinste ihn an, als sie zum Auto zurückgingen. »Nettes Mädchen«, sagte sie. »Wir haben in New York nichts Besseres.«
»Verdammte Schlampe«, knurrte Lucas.
»Haben Sie den Kalender gesehen? Große Bubiknackärsche?«
Lucas schnippte mit den Fingern. »Ich wußte, daß etwas in dem Büro anders war«, sagte er. »Ray hatte einen alten Kalender von *Sports Illustrated* – mit Badeanzügen. Eine Aufnahme mit nassem T-Shirt. Wirklich große... äh...«
»Titten?«
»Richtig. Es war jedenfalls immer dasselbe Bild. Er hatte eins gefunden, das ihm gefiel, und das ließ er einfach hängen.«
»Wir haben also einen Wechsel in der Geschäftsführung, aber keinen Wechsel des Stils«, sagte Lily.
»Stimmt genau.«

Im Auto sah Lucas auf die Uhr. Sie waren seit drei Stunden unterwegs. »Wir sollten ans Essen denken.«
»Gibt es hier in der Stadt ein Deli?« fragte Lily.
Lucas grinste sie an. »Heimweh?«
»Das ist es nicht«, sagte sie. »Ich esse schon zu lange Hotelfraß. Alles schmeckt nach Hafermehl.«
»Na gut, ein Deli«, willigte Lucas ein. »Ein paar Blocks von meinem Haus in St. Paul entfernt ist eins. Hat auch ein Restaurant im hinteren Bereich.«
Sie fuhren auf der Lake nach Osten über den Mississippi und danach am Fluß entlang nach Süden, durch einen Wald von Ahorn, Ulmen und Eichen, und an einigen Colleges vorbei.
»Alles religiöse Colleges. Höchste Jungfrauendichte in den Twin Cities«, sagte Lucas.
»Und das in Ihrer Nachbarschaft. Was für eine Schande; und was für eine Aufgabe«, sagte sie.
»Was soll das heißen?« fragte Lucas.
»Als ich den Leuten gesagt habe, ich würde mit Ihnen fahren, haben mich alle so eigentümlich angesehen. Als wollten sie sagen: Oh-ooh, in den Händen von Lothario.«

»Dummes Zeug«, sagte Lucas.

Das Deli befand sich in einem gelben Steinhaus mit einem Parkplatz dahinter. Als sie aus dem Auto ausstiegen, beobachtete eine alte Frau sie, die am Ende einer ganzen Gewürzgurke knabberte. Lilys Gesicht leuchtete, als sie das sah.

»Diese Gurke... Es besteht eine winzige Chance, daß dieses Lokal in Ordnung ist«, sagte sie. Drinnen studierte sie die Sandwichkarte und bestellte eine Corned beef/Käse-Kombination mit Salatblatt, als Beilage Pommes, einen gemischten Salat und Perrier mit Johannisbeergeschmack.

»Tausend Kalorien«, sagte sie fünf Minuten später reumütig und sah auf das braune Plastiktablett hinab, das der Mann an der Theke gerade gebracht hatte. Er schnaubte, als er sich umdrehte. »Was denn, glauben Sie, es sind mehr als tausend?« rief sie ihm nach.

»Süße, das Sandwich hat sechs- bis siebenhundert, und das ist nur die Hälfte«, sagte er.

»Ich will gar nichts davon hören«, sagte Lily und wandte sich wieder dem Essen zu.

Lucas bekam Wurst auf Roggenbrot, eine Tüte Kartoffelchips und eine Diät-Cola; er führte Lily nach hinten.

»Ich bin gefräßig«, sagte sie, als sie in die Nische schlüpften. »Wenn sie mich beerdigen, werde ich zweihundert Pfund wiegen.«

»Sie sehen gut aus«, sagte Lucas.

Sie sah auf. »Mit zehn Pfund weniger würde ich toll aussehen.«

»Ich bleibe bei meiner ursprünglichen Feststellung.«

Lily beschäftigte sich mit dem Essen und wich seinem Blick aus. »Nun«, sagte sie einen Moment später. »Ich habe gehört, Sie sind vor kurzem Vater geworden, aber nicht verheiratet.«

»Stimmt.«

»Ist Ihnen das nicht ein bißchen peinlich?« Sie leckte sich einen Klecks Mayonnaise von der Oberlippe.

»Nö. Ich wollte heiraten, aber die Frau wollte nicht. Wir sind immer noch mehr oder weniger zusammen. Wir leben aber nicht zusammen.«

»Wann haben Sie sie das letzte Mal gefragt, ob sie Sie heiraten will?« fragte Lily.

»Nun, ich habe sie einmal pro Woche gefragt, aber schließlich habe ich eine Art unbefristetes Angebot gemacht.«

»Lieben Sie sie?«

»Klar«, sagte Lucas und nickte.

»Liebt sie Sie auch?«

»Sie sagt es.«

»Warum heiratet sie Sie dann nicht?« fragte Lily.

»Sie meint, ich würde einen tollen Vater, aber einen beschissenen Ehemann abgeben.«

»Hmm.« Lily biß ein großes Stück von ihrem Sandwich ab, kaute nachdenklich, sah ihn an. »Nun«, sagte sie, als sie geschluckt hatte, »hört sich auch ganz so an, als hätten Sie genügend nebenher laufen.«

»Seit sie schwanger wurde, nicht mehr«, sagte Lucas. »Vorher...«

»Ein wenig?«

»Ja.« Er grinste. »Dann und wann.«

»Was ist mit Ihnen?« fragte Lucas. »Sie tragen einen Ring.«

»Ja.« Sie biß eine Fritte ab. »Mein Mann ist Professor für Soziologie an der Universität von New York. Er hat Unterlagen für die Andrettis erarbeitet. Das ist ein Grund, warum ich hier bin. Ich kenne die Familie.«

»Anständiger Kerl?«

»Ja, für einen Politiker glaube ich schon.«

»Ich habe Ihren Mann gemeint.«

»David? David ist toll«, sagte Lily nachdrücklich. »Er ist der sanfteste Mensch, den ich kenne. Ich habe ihn kennengelernt, als ich auf dem College war. Er war Assistent, ich besuchte die Vorlesungen. Das war etwa zu der Zeit, als an der Columbia alles drunter und drüber ging, die Leute auf die Straße zogen, McCarthy sich um die Präsidentschaft bewarb... Schöne Zeiten. Interessante Zeiten.«

»Und Sie haben gleich nach dem College geheiratet?«

»Vor dem Abschluß. Dann hab ich mein Diplom gemacht, mich

aufgrund eines speziellen Programms, Frauen einzustellen, bei der Polizei beworben, und da bin ich.«

»Hm. Sieh einer an.« Lucas sah sie ein paar Augenblicke an, aß den letzten Chip und zwängte sich aus der Nische. »Bin gleich wieder da.«

Sie haben Probleme, Lily und David, dachte er, während er zum Tresen ging. Er bestellte noch eine Tüte Chips und eine Diät-Cola. *Sie hat ihn gern, empfindet aber keine Leidenschaft.* Als er sich umdrehte, beobachtete sie Passanten auf der Straße – ein Streifen Sonnenschein fiel quer über den Tisch und ihre Hände. *Sie ist wunderschön*, dachte er.

Als er wieder zum Tisch kam, leckte sie sich die Fingerspitzen. »Fertig«, sagte sie. »Wohin jetzt?«

»Muß eine Nonne besuchen.«

»Wie bitte?«

Eine über zwei Meter große Alabasterstatue der Jungfrau Maria hing über der Einfahrt. Lily sah zweifelnd hinauf.

»Ich war noch nie in einem Nonnenkloster«, sagte sie.

»Das ist kein Nonnenkloster«, sagte Lucas. »Es ist ein College.«

»Sie haben gesagt, hier wohnen Nonnen.«

»Auf der anderen Seite des Campus ist ein Wohnheim«, sagte Lucas.

»Wie kommt es, daß ihre Augen so zurückgedreht sind?« fragte Lily, die immer noch zu der Jungfrau hochsah.

»Die Ekstase vollkommener Gnade«, schlug Lucas vor.

»Was macht sie mit der Schlange?« Der Schwanz einer Schlange war unter den Sandalen der Jungfrau zu sehen. Der Leib der Schlange wand sich an einem ihrer bekleideten Beine hoch und war bereit, auf Kniehöhe zuzubeißen.

»Sie zertritt sie. Das ist der Teufel.«

»Hm. Sieht aus wie ein Ermittler in meiner Abteilung. Die Schlange, meine ich.«

Lucas hatte mit Elle Kruger die Grundschule besucht. Sie hatten im Laufe der Jahre Kontakt miteinander gehabt, Lucas bei der Polizei von Minneapolis, Elle Kruger als Psychologin und Barmherzige Schwester. Ihr Büro lag im dritten Stock der Albertus Magnus Hall. Lucas führte Lily einen langen, kühlen Flur entlang, in dem ihre Schritte hallten. An Elles Bürotür klopfte er einmal an, machte die Tür auf und sah hinein.

»Wird auch Zeit«, sagte Elle Kruger. Sie war Traditionalistin und trug das schwarze Gewand mit dem Rosenkranz, der neben ihrer Hand herabhing.

»Verkehr«, sagte Lucas als Entschuldigung. Er trat ein, Lily dicht hinter ihm. »Elle, das ist Lieutenant Lily Rothenburg von der New Yorker Polizei, die hier ist und im Mordfall John Andretti ermittelt. Lily, das ist meine Freundin Schwester Mary Joseph. Sie ist die Oberseelenklempnerin hier.«

»Freut mich, Sie kennenzulernen, Lily«, sagte Elle und streckte eine knochige Hand aus.

Lily nahm sie lächelnd. »Lucas hat mir gesagt, Sie haben ihm bei einigen seiner Fälle geholfen.«

»Wenn ich konnte. Aber meistens spielen wir«, sagte Elle.

Lily sah Lucas an, und Lucas erklärte: »Wir haben eine Spielgruppe, die sich einmal pro Woche trifft.«

»Das ist interessant«, sagte Lily und sah von einem zum anderen. »Wie Dungeons und Dragons?«

»Nein, keine Rollenspiele«, sagte Elle. »Historische Rekonstruktion. Lassen Sie sich von Lucas von seinem Gettysburg erzählen. Wir haben es letztes Jahr dreimal gespielt, und jedesmal war das Ergebnis grundverschieden. Letztesmal ist Bobby Lee fast bis nach Philadelphia vorgedrungen.«

»Ich muß noch etwas wegen diesem verdammten Stuart unternehmen«, sagte Lucas zu der Nonne. »Wenn er zu früh losgelassen wird, versaut er sämtliche Berechnungen. Ich habe daran gedacht...«

»Kein Gespräch über Spiele«, sagte Elle. »Gehen wir Eis essen.«

»Eis?« sagte Lily. Sie hielt eine Hand vor den Mund, um einen leisen Rülpser zu verdecken. »Hört sich prima an.«

Während sie den Flur entlang gingen, wandte sich Lily an Elle und fragte: »Was haben Sie damit gemeint, ›sein Gettysburg‹? Hat Lucas das Spiel gemacht, oder was?«

Elle zog eine Braue hoch. »Unser Knabe ist ein berühmter Spieleerfinder. Haben Sie das nicht gewußt?«

»Nein«, sagte Lily und sah Lucas an.

»Das ist er eindeutig«, sagte Elle. »So ist er reich geworden.«

»Sind Sie reich?« wandte sich Lily an Lucas.

»Nein«, sagte Lucas. Er schüttelte den Kopf.

»Er ist reich, glauben Sie mir«, sagte Elle mit scheinheiliger Vertraulichkeit zu Lily. »Letztes Jahr hat er mir eine Goldkette gekauft, die im ganzen Flügel des Wohnheims einen Skandal verursacht hat.«

»Ich glaube, bei dem guten deutschstämmigen katholischen Mädchen macht sich der Einfluß des Irischen bemerkbar«, sagte Lucas.

»Des Irischen?«

»Das Schmeicheln.« Lucas wandte sich an Lily und sagte mit einem Bühnenflüstern: »Ich würde in Gegenwart einer Nonne nie ein Wort wie ›Bockmist‹ in den Mund nehmen.«

Sie saßen in einer Nische der Eisdiele, Lucas und Lily nebeneinander, Elle gegenüber. Elle aß einen Eisbecher mit heißer Schokoladensauce, während sich Lily über einen Bananensplit hergemacht hatte. Lucas blies in eine Tasse Kaffee und dachte an Lilys warmen Schenkel an seinem.

»Ihr arbeitet also am Fall Andretti«, drängte Elle sie.

»Wir haben es mit einer Art Verschwörung zu tun«, sagte Lily.

»Der Indianer, der die Männer in Minneapolis getötet hat, und der Indianer, der Andretti umgebracht hat?«

»Ja«, sagte Lucas. »Aber wir glauben, die Männer in Minneapolis sind von zwei verschiedenen Tätern umgebracht worden. Und jetzt der Richter in Oklahoma City...«

»Ich habe nichts gehört...«

»Gestern nacht... ich habe mich gefragt... mit was für einer Gruppe könnten wir es zu tun haben? Wenn es eine Gruppe ist.«

»Religiös«, antwortete Elle sofort.

»Religiös?«

»Es gibt nicht viel auf der Welt, das eine Mordverschwörung zusammenhalten kann. Haß allein reicht nicht aus, weil er zu unbestimmt und nicht intellektuell genug ist. Es muß eine positive Energie mit im Spiel sein. Die fließt für gewöhnlich aus der Religion. Es ist schwer, ohne komplizierte Motivation intellektuell und mörderisch zugleich zu sein.«

»Was ist mit diesen Gruppen, die sich im Gefängnis bilden?« fragte Lily. »Sie wissen schon, eine Gruppe Männer findet sich zusammen und fängt an, Panzerwagen zu überfallen...«

»...um Geld für eine Sache zu bekommen. Hinter der für gewöhnlich eine quasi-religiöse Doktrin steckt. Rettet die weiße Rasse vor Bastardisierung mit Schwarzen, Arabern, Juden, was auch immer. Dasselbe findet man bei radikalen linken Gruppen und sogar bei den Gruppen oder Duos psychotischer Killer, mit denen Sie es ab und an zu tun haben. Ein religiöser Aspekt, ein gemeinsames Gefühl, unterdrückt zu sein. Normalerweise gehört eine Messiasfigur dazu, die den anderen sagt, daß es gerechtfertigt ist, zu töten. Das ist notwendig.«

»Einer meiner Kontakte in der Indianergemeinde hat gesagt, daß Bluebird...«

»War das der Mann, der in Minneapolis getötet worden ist?« unterbrach ihn Elle.

»Ja. Er hat gesagt, Bluebird war ein Mann, der nach Religion gesucht hat.«

»Ich würde sagen, er hat sie gefunden«, sagte Elle. Sie hatte sich die Maraschinokirsche bis zum Schluß aufgehoben; jetzt aß sie sie und genoß den süßen Geschmack.

»Weißt du, wie Maraschinokirschen gemacht werden?« fragte Lucas und bedeckte die Hände mit den Augen, als sie verschwand.

»Ich will es gar nicht wissen«, sagte Elle. Sie deutete mit dem langen Löffel auf Lucas' Nase. »Wenn eine Gruppe für diese Morde verantwortlich ist, gehören wahrscheinlich nicht mehr als ein Dutzend Mitglieder dazu, und das wäre schon extrem. Wahrscheinlicher handelt es sich um fünf oder sechs. Höchstens.«

»Sechs? Herrgott«, stieß Lily hervor. »Bitte entschuldigen Sie. Aber sechs?«

»Wie groß sind die Chancen, daß es drei sind?« fragte Lucas. »Bluebird und der Mann in New York und der Mann in Oklahoma?«

Elle neigte den Kopf nach hinten, sah zur Decke und überlegte. »Nein, das glaube ich nicht, aber wer weiß? Ich habe das Gefühl... diese Männer in New York und Oklahoma, sie haben weite Wege zurückgelegt, um die Morde zu begehen, wenn sie von hier gekommen sind. Wenn sie Bluebird gekannt haben. Ich habe das Gefühl, daß sie geschickt worden sind... daß sie Missionen ausführen. Bluebird war offenbar bereit zu sterben. Das ist typischer für Menschen, die sich als Teil eines Prozesses sehen und nicht als letzte Chance zurückzuschlagen.«

»Also sind es mehr?«

»Ja. Aber es gibt eine Obergrenze. So etwas wie eine umfassende kriminelle Verschwörung gibt es nicht. Jedenfalls keine geheime. Ich denke, Adolf Hitler und seine Handlanger waren eine umfassende kriminelle Verschwörung, aber die haben die Mithilfe einer ganzen Nation gebraucht, um sie durchzuziehen.«

»Also haben wir mindestens noch zwei oder drei, möglicherweise sechs bis acht«, sagte Lucas. »Die wahrscheinlich von einer Art religiösem Wahn zusammengehalten werden.«

»Stimmt genau«, sagte Elle. »Wenn du der Sache ein Ende machen willst, dann mußt du den Prediger finden.«

Im Auto, auf dem Weg in Lucas' Büro, sah Lily ihn prüfend an.

»Ich habe das Gefühl, ich werde prüfend angesehen«, sagte Lucas.

»Sie haben interessante Freunde«, sagte Lily.

Er zuckte die Achseln. »Ich bin Polizist.«

»Sie erfinden Spiele und spielen sie mit Nonnen?«

»He, ich bin ein wilder Bursche.« Er sah sie über die Sonnenbrille hinweg an, blinzelte und konzentrierte sich wieder auf den Verkehr.

»Oooh, Mr. Cool«, sagte sie. »Meine Schenkel werden ganz heiß.«

Lucas dachte: Meine auch. Er sah sie rasch an, aber sie wandte sich ab und errötete bis zum Hals. Sie wußte, was er dachte, und sie war sich seiner in der Nische bewußt gewesen...

Zu Hause trug Larry Hart Cowboystiefel, Blue jeans und Baumwollhemden mit Schnurkrawatten. Die Schnurkrawatten hatten stets eine Silberspange mit einem Stück Türkis. Er hätte dieses Ensemble mit einem Jackett zur Arbeit tragen können, aber das machte er nie. Er trug braune Anzüge mit Krawatten in verschiedenen Braun- und Goldtönen, dazu braune Lederschuhe. Im Hochsommer, wenn die Temperaturen bis auf vierzig Grad stiegen, schwitzte sich Hart in den winzigen Wohnungen seiner Fürsorgeempfänger zu Tode, trug aber immer einen braunen Anzug.
Lucas hatte ihn einmal gefragt, warum. Hart hatte die Achseln gezuckt und gesagt: »Es gefällt mir.« Gemeint hatte er: *Ich muß es.*
Hart zwängte sich in die Paßform eines städtischen Angestellten. Das klappte nie richtig, so sehr er sich auch bemühte. Ein brauner Anzug konnte unmöglich seine Herkunft verbergen. Hart hatte breite Schultern und war kräftig gebaut, mit schwarzen Augen und grauen Strähnen ihm Haar. Er war ein Sioux. Hart hatte die meisten Klienten bei der Wohlfahrt. Viele weigerten sich standhaft, mit jemand anderem zu reden.
»Lucas, Baby, was ist denn los?« fragte Hart. Lucas lümmelte sich auf seinem Bürostuhl mit den Füßen auf dem Rand eines Papierkorbs, während Lily ein paar Zentimeter hierhin und ein paar Zentimeter dorthin auf einem Stuhl mit Rollen hin und her fuhr. Hart betrat das winzige Büro und ließ seinen massigen Körper auf eine Ecke von Lucas' Schreibtisch sinken.
»Larry Hart, Lily Rothenburg, NYPD«, sagte Lucas und machte die entsprechenden Gesten.
»Schön, Sie kennenzulernen«, sagte Lily an Hart gewandt. »Waren Sie unterwegs?«
»Jawoll. Unten auf der Franklin...«
Hart war mit den Fotos durch die Indianergemeinde gezogen. Zwei der Männer kannte er selbst.

»Bear ist in Rosebud, Elk Walking ebenso«, sagte Hart. »Sie sind ziemlich hart, aber nicht verrückt. Ich kann mir nicht vorstellen, daß sie in so etwas verwickelt sind.«

»Sonst haben Sie niemand auf den Bildern erkannt?« fragte Lily.

»Keine Namen, aber ein paar Gesichter kenne ich. Ein paar Jungs habe ich im Indianerzentrum gesehen. Sie haben Anderson nach einem gefragt. Gegen den habe ich letztes Jahr Basketball gespielt.«

»Können wir die Mannschaftsaufstellung bekommen?«

»Die wechseln dauernd«, sagte Hart. »aber wenn ich rumfrage, könnte ich wahrscheinlich herausbekommen, wer er ist. Einige Gesichter habe ich bei Pauwaus gesehen, in Upper Sioux, Flandreau, Sisseton, Rosebud, überall in der Gegend.«

»Alles Sioux?« fragte Lucas.

»Ich glaube ja, bis auf einen. Geben Sie mir die Bilder noch mal, mal sehen...« Hart blätterte den Stapel Fotos mit dem Daumen durch, bis er das gefunden hatte, das er wollte. Er deutete mit dem Finger auf das Gesicht eines Mannes. »Der hier ist ein Chippewa. Seinen Namen kenne ich nicht, Jack irgendwer, so was wie Jack Bordeaux. Ich glaube, er kommt aus White Earth, aber ich bin nicht sicher.«

»Also wie können wir etwas über Lilys Mann herausfinden?« fragte Lucas.

»In SoDak wohnen ein paar Leute, die ihn wahrscheinlich kennen. Hilfssheriffs. Ich habe Daniel die Namen genannt, er hat sie angerufen, sie fahren heute abend nach Rapid City. Ich nehme das Flugzeug um sechs Uhr. Ich müßte gegen halb acht in Rapid City sein. Ich nehme die Bilder mit.«

»Glauben Sie, die kennen alle Männer?« fragte Lily.

»Die meisten. Sie versuchen festzuhalten, wer Waffen besitzt«, sagte Hart.

»Warum schicken wir die Bilder nicht einfach per Kabel...?«

»Die Techniker sind der Meinung, dabei verlieren wir zuviel Auflösung. Wir haben entschieden, daß es das Beste ist, wenn ich gehe. Ich könnte eine Zeitlang mit ihnen reden.«

»Klingt nicht schlecht«, sagte Lily.

»Was ist mit diesem Computerstammbaum, den Sie basteln. Man hat mir gesagt, Sie haben eine ganze Menge Familienkram über die Sioux aus Minnesota. Irgendwas über Bluebird oder Yellow Hand?«

»Bluebird habe ich nachgeschlagen. Er ist so ziemlich der letzte der Familie. Eine Menge Bluebirds sind nach Osten gezogen und haben bei den Mohawks eingeheiratet und so. In Crow Creek und Niobrara gibt es noch eine Menge Yellow Hands. Das waren Indianer von Minnesota, ehe sie vertrieben wurden. Aber ich kenne den Yellow Hand, mit dem Sie gesprochen haben. Er hat kaum etwas mit den anderen Yellow Hands zu tun. Er ist eine Niete.«

»Sonst nichts?«

»Leider nein.« Hart sah auf die Uhr. »Ich muß das Flugzeug kriegen.«

»Wann werden Sie es wissen? Wegen den Bildern?« fragte Lily.

»Etwa fünf Minuten, nachdem ich aus dem Flugzeug ausgestiegen bin. Soll ich heute abend anrufen?«

»Könnten Sie das? Ich komme hierher und warte auf den Anruf«, sagte Lucas.

»Ich auch«, fügte Lily hinzu.

»Gegen halb acht dürften wir es wissen«, sagte Hart.

»Und was jetzt?« fragte Lily. Sie standen auf dem Bürgersteig. Hart war auf dem Weg zum Flughafen, er fuhr in einem Streifenwagen.

Lucas sah auf die Uhr. »Ich muß nach meinem Kind sehen und etwas essen«, sagte er. »Treffen wir uns um sieben wieder hier? Wir können auf Larrys Anruf warten und uns überlegen, was wir morgen machen.«

»Kommt drauf an, was er rauskriegt«, sagte Lily.

»Ja«, sagte Lucas und ließ den Schlüsselring um einen Finger kreisen. »Soll ich Sie zum Hotel fahren?«

»Nein, danke.« Sie wandte sich lächelnd ab. »Es ist ein hübscher Spaziergang.«

Als Lucas eintraf, krabbelte Sarah auf dem Teppich im Wohnzimmer herum. Er ließ sich auf Hände und Knie nieder, so daß seine Krawatte am Boden schleifte, und spielte Fangen mit ihr. Zuerst wich er zurück, und sie krabbelte zu ihm und blubberte; dann wich sie mit großen Augen zurück und er folgte ihr.

»Es wäre viel schöner, wenn du nicht diese große Beule am Arsch hättest«, sagte Jennifer von der Küche. Lucas griff hinter sich, zog die P 7 aus dem Halfter und legte sie auf den Beistelltisch.

»Himmel, doch nicht da«, sagte Jennifer erschrocken. »Sie könnte sich hochziehen und sie nehmen.«

»Sie kann sich noch nicht hochziehen«, wandte Lucas ein.

»Aber bald. Das ist eine schlechte Angewohnheit.«

»Okay.« Lucas stand auf, schob die Pistole wieder ins Halfter und wirbelte seine Tochter hoch, die in Erwartung des Flugs schon vor Aufregung gezittert hatte. Er wiegte sie in den Armen, während er zur Tür ging und sich am Türrahmen anlehnte. »Haben wir ein Problem?«

Jennifer machte einen Salat. Sie drehte den Kopf herum. »Nein. Wenn du keins hast.«

»Ich bin gerade reingekommen, und mir geht es blendend«, sagte Lucas. »Du hörst dich ein bißchen gestreßt an.«

»Überhaupt nicht. Ich will nur nicht, daß Waffen im Haus rumliegen.«

»Klar«, sagte er. »Komm, Sarah, Zeit fürs Bett. Außerdem ist deine Mom eine Brummbärin.«

Lucas wartete beim Essen darauf und studierte Jennifers Gesicht. Etwas lag in der Luft.

»Schon was über den Kerl aus New York?« fragte Jennifer schließlich. Gerüchte über die Versammlung im *Star Tribune* kursierten in sämtlichen Medien. Daniel hatte schon ein halbes Dutzend Anfragen abgeschmettert, aber es war unvermeidlich, daß etwas nach außen drang. Jennifer, die einen Anruf von ihrem Ex-Partner bei TV 3 bekommen hatte, hatte den Nachmittag über alte Informanten angerufen. Als Lucas eintraf, kannte sie den größten Teil der Geschichte.

»Vielleicht. Ich bekomme um halb acht einen Anruf.«
»Du gehst nochmal hin?«
»Ja. Gegen sieben.«
»Wenn Kennedy dich vom Sender anruft, könntest du ihm was für die Zehn-Uhr-Nachrichten geben?«
»Er muß mit Daniel sprechen«, sagte Lucas.
»Wird er heute abend da sein?«
»Nein, ich glaube nicht.«
»Was ist mit dieser neuen Polizistin aus New York?«
Lucas dachte: Aha, und sagte: »Die ist da.«
»Ich habe gehört, sie sieht blendend aus«, sagte Jennifer. Sie sah von ihrem Teller auf und Lucas direkt in die Augen.
»Ziemlich gut«, sagte Lucas. »Vielleicht ein wenig pummelig... Ist das ein Problem? Mit wem ich arbeite?«
»Nein, nein.« Jennifer sah wieder auf ihren Teller. »Da ist noch etwas.«
»Okay«, sagte Lucas und legte die Gabel weg. »Raus damit.«
»Ein Mann vom Sender will mit mir ausgehen.«
»Wer?«
»Mark Seeton.«
»Was hast du gesagt?«
»Ich habe gesagt... ich würde ihm Bescheid geben.«
»Möchtest du gehen?«
Jennifer stand auf, nahm ihren Teller und trug ihn zur Spüle. »Ja, ich glaube schon«, sagte sie. »Nichts Besonderes. Mark ist ein netter Kerl. Er möchte, daß ihn jemand ins Konzert begleitet.«
Lucas zuckte die Achseln. »Dann geh.«
Sie sah ihn von der Seite an. »Es würde dir nichts ausmachen?«
»Es würde mir etwas ausmachen. Ich würde dich nur nicht daran hindern wollen.«
»Himmel, das ist schlimmer, als würdest du mich daran hindern«, sagte sie und stemmte eine Faust an die Hüfte. »Du versuchst, mir Schuldgefühle einzureden, Davenport.«
»Paß auf, wenn du gehen willst, geh«, sagte Lucas. »Du weißt, ich werde nicht mit dir ins Konzert gehen. Nicht regelmäßig.«

»Es ist einfach so, du hast deine Freunde, die Sache, die du tust, die Spiele, das Angeln, die Arbeit bei der Polizei... mich und Sarah. Du siehst so oder so fast täglich jemanden. Ich sehe kaum jemanden, außer bei der Arbeit. Und du weißt, ich mag Musik...«

»Dann geh«, sagte Lucas kurz angebunden. Er grinste. »Mark Seeton kann ich ertragen, ich mache mir keine Sorgen«, sagte er. Er deutete mit dem Finger auf sie. »Aber ich will auch keinen Mist mehr über diese Polizistin aus New York hören. Sie *sieht* gut aus, aber sie ist auch glücklich mit einem hochkarätigen Professor an der Uni New York verheiratet. Shearson hat gestern versucht, sich an sie ranzumachen, und heute trägt er seine Eier im Lunchpaket herum.«

»Du protestierst zu laut«, sagte Jennifer.

»Nein, gar nicht. Aber du suchst nach einer Ausrede...«

»Streiten wir nicht, okay?«

»Gehen wir noch ins Bett?« fragte Lucas.

»Da könntest du Glück haben«, sagte Jennifer. »Aber ein bißchen Romantik könnte nicht schaden.«

Lily hatte einen kurzen weißen Streifen auf der Oberlippe, als sie wieder in Lucas' Büro kam. Sie waren allein in dem winzigen Büro, die Tür zum Flur stand offen.

»Haben Sie ein Glas Milch getrunken?«

Sie legte den Kopf schief. »Sie sind auch noch Hellseher, richtig? Zusätzlich zum Spieleerfinden und Geldverdienen.«

Er grinste, streckte den Arm aus und strich ihr mit dem Daumen über die Oberlippe. »Nein, Sie haben nur einen kleinen Milchrand hier. Wie meine Tochter.«

»Wie heißt sie denn? Ihre Tochter?«

»Sarah.«

»Wir haben einen Marc und einen Sam«, sagte Lily. »Marc ist jetzt fünfzehn, das kann ich manchmal nicht glauben. Er kommt in die High School und spielt Football. Sam ist dreizehn.«

»Sie haben einen fünfzehnjährigen Sohn?« fragte Lucas. »Wie alt sind Sie eigentlich?«

»Neununddreißig.«
»Ich dachte, sie sind vierunddreißig.«
»O la la, ein Gentleman«, lachte Lily. »Und Sie?«
»Einundvierzig.«
»Armer Kerl. Ihre Tochter wird sich mit sämtlichen Heavy Metal Kids der Schule rumtreiben, und Sie werden zu alt und gebrechlich sein, etwas dagegen zu unternehmen.«
»Ich freue mich auf meine gebrechlichen Jahre«, sagte Lucas. »In einem guten Ledersessel sitzen, Gedichte lesen. Zur Blockhütte fahren, auf dem Steg sitzen, die untergehende Sonne betrachten...«
»Mit offenem Hosenschlitz und raushängendem Pimmel, weil Sie senil sind und nicht mehr wissen, wie man sich anzieht...«
»Herrgott, ich kann die Schmeichelei nicht mehr ertragen«, sagte Lucas und lachte unwillkürlich.
»Sie waren ja kurz davor, abzuheben mit diesem Renten-Blödsinn«, sagte Lily trocken.
Hart rief Viertel vor acht vom Flughafen in Rapid City an. »Sie haben ihn gleich erkannt«, sagte er. »Sein Name ist Bill Hood. Er ist ein Sioux aus Rosebud, hat aber vor ein paar Jahren eine Chippewa geheiratet. Er lebt in Minnesota. Irgendwo in der Gegend von Red Lake, glauben sie.«
»Was?« sagte Lily. Das Büro hatte keinen Zweitanschluß, sie sah nur Lucas' Gesicht.
Lucas nickte ihr zu und sagte ins Telefon: »Was ist mit den anderen? Haben Sie noch mehr Namen?«
»Ja, sie kennen eine ganze Menge der Leute. Während der Unruhen mit den Rockern haben sie eine Menge Personalien festgestellt. Ich gebe sie Anderson, damit er sie durch den Computer jagen kann.«
»Was?« fragte Lily noch einmal, als Lucas den Hörer aufgelegt hatte.
»Ihr Mann heißt Bill Hood. Angeblich lebt er irgendwo oben in der Gegend von Red Lake...«
»Wo ist Red Lake?« fragte sie.
»Das ist ein Reservat im Norden.«

»Gehen wir. Wir müssen noch bei mir vorbei...«

»Sachte. Wir haben eine Menge zu tun. Wir fangen heute abend noch bei der Personenidentifizierung an, ob die wissen, wo er genau wohnt. Die Indianer ziehen immer zwischen hier und dem Res herum. Könnte sein, daß er hier bei Bluebird gewesen ist. Wenn nicht, nehmen wir mit Leuten im Norden Kontakt auf und gehen dann. Wenn wir heute nacht hinfahren, würden wir die meiste Zeit im Dunkeln tappen.«

Lily stand auf, stemmte die Hände an die Hüften und beugte sich zu ihm. »Warum wartet ihr eigentlich immer einen Tag? Herrgott, in New York...«

»Sie sind nicht in New York. Wenn Sie in New York irgendwo hin wollen, nehmen Sie ein Taxi. Wissen Sie, wie weit Red Lake von hier entfernt ist?«

»Nein. Weiß ich nicht.«

»Etwa so weit wie von New York nach Washington D. C. Das ist nicht nur eine Taxifahrt. Ich erledige heute nacht ein paar Anrufe, und morgen...«

»Fahren wir.«

8

»Schon gehört?« rief sie.

Lily kam ihm auf dem Flur entgegen; in einer Hand hielt sie einen Stapel Papiere. Bisher hatte sie immer nur einen blaßrosa Lippenstift getragen, und auch davon nur einen Hauch. Heute morgen war ihr Lippenstift grell und blutrot, die Farbe von Gewalt auf der Straße und von grobem Sex. Auch das Haar hatte sie anders frisiert; schwarze Locken fielen ihr in die Stirn, und sie sah darunter hervor wie die böse Stiefmutter in *Schneewittchen*.

»Was?« Lucas trug einen Pappbecher in der Mikrowelle gemachten Kaffee und hatte eine *Trib* unter dem Arm.

»Wir haben Roger Hood gefunden. Hier in der Stadt. Anderson

hat sich heute morgen ganz früh an den Computer gesetzt«, sagte sie. Bei ihren Papieren handelte es sich um Computerausdrucke mit handgeschriebenen blauen Notizen am Rand. Sie sah auf den obersten. »Hood hat in einem Ort namens Bemidji gewohnt. Das ist nicht im Reservat, aber nicht weit davon entfernt.«

»Ja, das ist gleich bei Red Lake«, sagte Lucas. Er machte die Metalltür seines Büros auf und ging vor.

»Aber wir haben ein Problem«, sagte Lily, die sich auf den zweiten Stuhl im Büro setzte. Lucas stellte den Kaffee auf den Schreibtisch, zog den Mantel aus, hängte ihn an einen Haken und setzte sich. »Folgendes ist passiert...«

Lucas rieb sich das Gesicht, sie runzelte die Stirn. »Stimmt was nicht?«

»Mein Gesicht tut weh«, sagte Lucas.

»Ihr Gesicht tut weh?«

»Es ist empfindlich gegen Morgenlicht. Ich glaube, mein Großvater war ein Vampir.«

Sie sah ihn einen Augenblick an, dann schüttelte sie den Kopf. »Mein Gott...«

»Was haben wir für ein Problem?« drängte Lucas und unterdrückte ein Gähnen.

Das brachte sie wieder aufs Thema. »Hood fährt nicht sein eigenes Auto. Er ist als Besitzer eines 1988er Ford Tempo mit Allradantrieb eingetragen. Rot. Das Auto steht noch in seinem ehemaligen Haus in Bemidji bei seiner Frau und dem Kind. Die Polizei in Bemidji hat so was wie 'nen Informanten in der Gegend – die Schwägerin eines Polizisten –, und das rote Auto war die ganze Zeit da. Wir sind nicht sicher, womit Hood dieses Motel in Jersey verlassen hat, aber es war groß und alt. Möglicherweise ein 79er Buick oder Oldsmobil. Ziemlich verrostet.«

»Also können wir ihn jetzt nicht auf dem Highway identifizieren.«

»Leider. Aber...« Sie blätterte die Ausdrucke durch. »Anderson hat seine Daten im Computer abgerufen und mit der Staatspolizei gesprochen. Hood hat 'nen Führerschein aus Minnesota, aber keinen Zweitwagen angemeldet. Also hat Anderson alles andere im Computer überprüft, und *bingo*. Hat ihn als Angeklagten in einem unbedeutenden Gerichtsverfahren aufgeführt gefunden. Er hat mal einen Fernseher gekauft und konnte die Raten nicht bezahlen.«

»Und seine Adresse war in den Akten.«

»Nee. Anderson mußte Sears anrufen. Sie haben die Adresse in ihrem Buchhaltungscomputer abgerufen. Es ist ein Apartment in der Lyndale Street.«

»Lyndale Avenue«, sagte Lucas. Er hatte sich gespannt nach vorne gebeugt.

»Ist doch egal. Wichtig ist, das Apartment ist an einen Mann namens Thomas Peck vermietet. Sloan und ein paar Jungs von der Drogenfahndung sind gerade in der Gegend und versuchen, dahinter zu kommen.«

»Vielleicht ist er umgezogen.«

»Möglich, aber Peck ist seit zwei Jahren als Anwohner geführt. Vielleicht wohnt Hood mit ihm zusammen.«

»Hm.« Lucas dachte darüber nach, während sie vornübergebeugt dasaß und auf einen Kommentar wartete. »Sind Sie sicher, daß Sie den richtigen Bill Hood haben? Es muß eine Menge geben...«

»Ja, wir sind sicher. Die Buchhaltung von Sears hatte eine Adressenänderung.«

»Dann wette ich, daß er immer noch in der Wohnung haust«, sagte Lucas. »Wir haben eine Spur, und wenn man eine Spur hat...«

»...läuft alles wie am Schnürchen«, sagte Lily.

Lily war nicht selbst nach Hood suchen gegangen, sagte sie, weil Daniel die Polizeipräsenz in der Gegend auf ein Minimum reduzieren wollte. »Das FBI treibt sich überall rum. Sie müssen ein halbes Dutzend Agenten auf die Indianer angesetzt haben«, sagte sie.

»Wird er ihnen nicht erzählen, daß wir Hood identifiziert haben?«

»Doch. Er hat schon mit einem gesprochen.« Sie sah auf die Uhr. »In einer halben Stunde findet eine Konferenz statt. Wir sollen dabei sein. Sloan müßte wieder da sein, und Larry Hart kommt ir-

gendwann heute vormittag zurück«, sagte Lily. Sie vibrierte vor Energie. »Verdammt, ich hatte schon Angst, ich würde einen Monat hier sein. Ich könnte morgen raus sein, wenn wir ihn schnappen.«
»Hat Daniel gesagt, wer der Typ vom FBI ist?« fragte Lucas.
»Oh, ja. Ein Mann namens...« Sie sah auf ihre Notizen. »Kieffer.«
»Oh-ooh.«
»Nicht gut?« Sie sah zu ihm auf, worauf er stirnrunzelnd den Kopf schüttelte.
»Er kann mich nicht leiden und ich ihn nicht. Gary Kieffer ist ein ausgesprochen rechtschaffener Mann. Ausgesprochen rechtschaffen.«
»Dann legen Sie Ihr falsches Lächeln auf, weil wir uns in siebenundzwanzig Minuten mit ihm treffen werden.« Sie sah wieder auf die Uhr, dann auf seinen fast leeren Kaffeebecher. »Wo bekommen wir mehr Kaffee und ein anständiges Teilchen?«

Sie gingen durch den Tunnel vom Rathaus zum Verwaltungszentrum von Hennepin County, fuhren mit zwei Rolltreppen zur Skyway-Ebene und schritten den Skyway entlang zum Pillsbury Building. Sie stand auf der Rolltreppe eine Stufe über ihm, sah ihm direkt in die Augen und fragte ihn, ob er eine lange Nacht hinter sich hatte.
»Nicht besonders.« Er sah sie an. »Warum?«
»Sie sehen ziemlich fertig aus.«
»Normalerweise stehe ich nicht so früh auf. Normalerweise komme ich erst gegen Mittag richtig in Schwung.« Er gähnte, um es zu beweisen.
»Und Ihre Freundin? Ist sie auch ein Nachtmensch?«
»Klar. Sie hat ihr halbes Leben Reportagen für die Zehn-Uhr-Nachrichten gemacht, was bedeutet, sie hatte gegen elf Feierabend. So haben wir uns kennengelernt. Wir sind uns mitten in der Nacht in einem Restaurant über den Weg gelaufen.«
Als sie den Skyway entlanggingen, betrachtete Lily die glänzenden Wolkenkratzer der Innenstadt jenseits der Glasscheibe, Monu-

mente der Buntglasindustrie. »Ich war noch nie in diesem Teil des Landes«, sagte sie. »Damals am College, als ich auf dem Hippie-Trip war, habe ich ein paar Reisen quer durch das Land gemacht, aber wir gingen immer über den Süden. Durch Iowa oder Missouri – auf dem Weg nach Kalifornien.«

»Minnesota liegt nicht am Weg, das stimmt«, gab Lucas zu. »Der Lake Michigan hängt so weit nach unten und schneidet uns ab, ebenso Wisconsin und die beiden Dakotas. Man muß schon hierher kommen wollen. Und ich nehme an, Sie verlassen den Mittelpunkt des Universums nicht oft.«

»Ab und zu schon«, sagte sie nachsichtig und biß nicht auf den Köder an. »Aber normalerweise nur in den Ferien, zu den Bahamas oder den Keys oder nach Bermuda. Einmal waren wir in Hawaii. In den mittleren Teil des Landes kommen wir einfach nie.«

»Hier ist der letzte Vorposten der amerikanischen Zivilisation, wissen Sie – hier, zwischen den Bergen«, sagte Lucas und sah zu den Fenstern hinaus. »Der größte Teil der Bevölkerung kann lesen und schreiben, die meisten Menschen haben noch Vertrauen zu ihren Regierungen, und die meisten Regierungen sind soweit ganz brauchbar. Die Bürger kontrollieren die Straßen. Wir haben Armut, aber im Rahmen. Wir haben Drogen, aber das haben wir noch einigermaßen im Griff. Es geht.«

»Sie meinen wie Detroit?«

»Ein paar Stellen sind außer Kontrolle...«

»Und South Chicago und Gary und East St. Louis...«

»...aber im großen und ganzen ist es nicht schlecht. Man hat das Gefühl, daß niemand so richtig weiß, was in New York und Los Angeles los ist und es auch keinen so richtig interessiert. Die Politiker dort müssen lügen und stehlen, um gewählt zu werden.«

»Ich glaube, mein Gehirn würde schrumpfen und absterben, wenn ich hier leben müßte. Es ist so verdammt friedlich, ich wüßte nicht, was ich machen soll«, sagte Lily. Sie betrachtete ein Straßenreinigungsfahrzeug unten. »Als ich ankam, war es spät, nach Mitternacht. Ich hab mir am Flughafen ein Taxi genommen und bin stadteinwärts gefahren und habe Frauen gesehen, die allein unterwegs waren oder an Haltestellen auf Busse gewartet haben. Überall. Mein Gott. Das war so ein... seltsamer Anblick.«

»Hmm«, sagte Lucas.

Sie verließen den Skyway und fuhren mit der Rolltreppe zur Hauptetage des Pillsbury Building. »Sie haben einen kleinen Knutschfleck am Hals«, sagte sie heiter. »Ich dachte, vielleicht sehen Sie deshalb so müde aus.«

Sie ließen sich in der Imbißabteilung einer Bäckerei nieder, Lily aß ein süßes Stück und trank ein Glas Milch, Lucas sah über eine Tasse Kaffee hinweg zum Fenster hinaus.

»Ich wäre gern mit Sloan da draußen«, sagte sie schließlich.

»Warum? Er kommt allein zurecht.« Lucas trank von dem kochend heißen Kaffee.

»Ich wäre es einfach gern. Ich hab schon ein paar ziemlich ernste Situationen gemeistert.«

»Wir auch. Wir sind nicht New York, aber wir sind auch nicht gerade der Arsch der Welt«, sagte Lucas.

»Ja, ich weiß...«

»Sloan kann gut mit Leuten reden. Er wird es schon rauskriegen.«

»Schon gut, schon gut«, sagte sie plötzlich gereizt. »Es ist eben sehr wichtig für mich.«

»Für uns ist es auch sehr wichtig. Sämtliche Medien hängen uns im Nacken; Herrgott, die Straße vor dem Revier hat heute morgen ausgesehen wie der Presseparkplatz einer politischen Veranstaltung.«

»Das ist etwas anderes«, beharrte sie. »Andretti war eine bedeutende Persönlichkeit...«

»Wir schaffen es«, sagte Lucas schneidend.

»*Sie* schaffen nicht viel. Um Himmels willen, Sie waren heute erst um zehn da. Ich bin zwei Stunden herumgestanden.«

»Ich hatte Sie nicht gebeten, auf mich zu warten, und ich habe Ihnen gesagt, daß ich nachts arbeite.«

»Ich habe nur kein gutes Gefühl dabei. Ihr Typen...«

»Und wenn die Zeitungen nicht lügen, habt ihr Typen aus New York auch genügend Fälle versaut«, unterbrach Lucas sie, indem er ihr ins Wort fiel. »Wenn ihr nicht vorsätzlich einen schwarzen Jungen umpustet, nehmt ihr Geld von einem verfluchten Crackdealer. Wir sind nicht nur ziemlich gut, wir haben auch eine saubere Weste...«

»Ich habe nie auch nur einen Pfennig von jemand genommen«, sagte Lily mit schroffer Stimme. Sie beugte sich über den Tisch, die Zähne fest zusammengebissen.

»Das hab ich auch nicht gesagt, ich habe...«

»Der Teufel soll Sie holen, Davenport, ich will nur diesen Hurensohn zu fassen kriegen, und das nächste, was ich höre, ist, daß New Yorker Cops Schmiergelder nehmen...« Sie warf eine Papierserviette auf den Tisch, nahm das Teilchen und ihre Milch, stand auf und ging weg.

»He, Lily«, sagte Lucas. »Herrgott noch mal.«

Gary Kieffer konnte Lucas nicht ausstehen und gab sich keine Mühe, das zu verbergen. Er wartete in Daniels Büro, als Lily eintraf, dicht gefolgt von Lucas. Er und Lucas nickten einander zu.

»Wo ist Daniel?« fragte Lily.

»Irgendwo«, sagte Kieffer kalt. Er trug einen marineblauen Anzug, Krawatte mit Windsorknoten und auf Hochglanz polierte schwarze Lackschuhe.

»Ich geh nachsehen«, knurrte Lucas. Er wich aus dem Büro zurück und sah Lily an. Sie warf die Handtasche auf den Stuhl neben dem von Kieffer und setzte sich.

»Sie müssen die Polizistin aus New York sein«, sagte Kieffer und musterte sie.

»Ja. Lily Rothenburg. Lieutenant.«

»Gary Kieffer.« Sie schüttelten einander die Hand, er mit übertriebener Behutsamkeit. Kieffer trug eine dicke Brille, seine große rote Nase war von alten Aknenarben übersät. Er faltete die Hände vor dem Bauch.

»Was ist zwischen Ihnen und Davenport?« fragte Lily. »Man spürt da eine gewisse Kälte...«

Kieffers blaue Augen wurden von der dicken Brille verzerrt und sahen fast flüssig aus, wie Eiswürfel in einem Gin Tonic. Er war Anfang Fünfzig, das Gesicht von Wetter und Streß zerfurcht. Er schwieg einen Augenblick, dann fragte er: »Sind Sie befreundet?«

»Nein. Wir sind nicht befreundet. Ich habe ihn erst vor zwei Tagen kennengelernt«, sagte sie.

»Ich rede nicht gern über jemand hinter seinem Rücken«, sagte Kieffer.

»Hören Sie, ich muß mit ihm zusammenarbeiten«, drängte Lily.

»Er ist ein Cowboy«, fuhr Kieffer fort. Er senkte die Stimme ein wenig und sah sich in dem Büro um, als würde er Abhöranlagen suchen. »Das ist meine Einschätzung. Er hat sechs Menschen erschossen. Getötet. Ich glaube, es gibt keinen Beamten in Minnesota, einschließlich des SWAT-Teams, der mehr als zwei erschossen hat. Und keinen FBI-Mann. Vielleicht niemand im ganzen Land. Und wissen Sie warum? Woanders läuft es meistens so, daß jemand, der zwei Menschen getötet hat, einen Schreibtischjob bekommt. Sie lassen ihn nicht mehr raus. Sie machen sich Sorgen, mit was für einem sie da zusammenarbeiten. Aber bei Davenport nicht. Er macht, was er will. Und manchmal ist das eben, Menschen zu töten.«

»Nun, soweit ich weiß, ist er auf seinem Gebiet...«

»Ja, ja, das sagen alle. Das sagen die Nachrichtenleute. Er hat die Medienleute in der Tasche, die Reporter. Sie sagen, er macht Drogenfahndung, er macht Sitte, er stellt Ermittlungen über brutale Kriminelle an. Ich sage, er ist ein Revolverheld, und das gefällt mir nicht. Abgesehen von Davenport gibt es keine Todesstrafe in Minnesota. Er ist ein Revolverheld, schlicht und einfach.«

Lily dachte darüber nach. Ein Revolverheld. Sie sah ein, daß er das in sich hatte. Sie mußte vorsichtig sein. Aber auch Revolvermänner waren zu gebrauchen... Kieffer sah starr geradeaus auf die Fotos an Daniels Wand und hing seinen eigenen Gedanken über Davenport nach.

Lucas kam einen Augenblick später zurück, gefolgt von Daniel, der eine Tasse Kaffee trug. Sloan und ein zweiter Cop – unrasiert und wie ein Parkwächter gekleidet – folgten einen Schritt hinter Daniel.

Alle nannten den zweiten Cop Del, aber niemand stellte ihn Lily vor. Sie vermutete, daß er ein V-Mann von der Drogenfahndung oder Ermittlungsabteilung war.

»Also, was haben wir?« fragte Daniel, während er sich an seinen Schreibtisch setzte. Er sah in seine Klimabox, dann klappte er sie zu.

»Wir haben eine Karte. Lassen Sie mich die Situation erklären«, sagte Sloan. Er ging zu Daniels Schreibtisch und rollte eine Karte aus dem Büro des Stadtplaners aus.

Billy Hood hatte Bemidji offenbar vor einem Jahr verlassen, war in die Twin Cities gekommen und hatte zusammen mit zwei Freunden eine Wohnung genommen. Das Apartment lag Parterre an der Ecke des Hauses gleich rechts vom Eingang. Eine unauffällige, anonyme Befragung des älteren Hausmeisterehepaars hatte ergeben, daß seine beiden Mitbewohner anwesend waren. Hood selbst war seit über einer Woche fort, etwa zehn Tage, aber seine Kleidung war noch in der Wohnung.

»Wie groß ist die Chance, einen Durchsuchungsbefehl zu bekommen?« fragte Lucas.

»Wenn Lily schwört, daß sie begründeten Verdacht hat, Hood könnte der Mann sein, der Andretti ermordet hat, kein Problem«, sagte Daniel.

»Das Problem ist, wir haben die beiden Männer, die bei ihm wohnen«, sagte Sloan. »Gegen sie haben wir nichts in der Hand, daher können wir nicht einfach die Tür eintreten und sie hochgehen lassen. Aber wenn wir hingehen und uns nett mit ihnen unterhalten und sie gehören mit zu der Verschwörung, was dann? Vielleicht ruft Hood sie jeden Abend an, um herauszufinden, was los ist. Sie könnten einen Code vereinbart haben, um ihn zu warnen...«

»Also was schlagen Sie vor?« fragte Daniel.

Der Cop namens Del deutete auf die Karte. »Sehen Sie dieses Haus auf der anderen Straßenseite? Wir können eine Wohnung im Erdgeschoß bekommen und uns dort einrichten. Es führen nur zwei Wege aus Hoods Haus heraus – und beide können wir von der Wohnung gegenüber einsehen. Wir finden, das Beste wäre, einen

Beobachtungsposten einzurichten. Und dann schnappen wir ihn je nachdem, wie er eintrifft, wenn er reingeht oder wieder rauskommt.«

»Was meinen Sie damit, ›wie er eintrifft‹?« fragte Daniel und sah wieder von der Karte auf.

»Es sind nicht viele Autos auf der Straße. Er könnte direkt vor der Tür halten, aussteigen und reingehen. Falls er verrückt ist, wollen wir in einer Position sein, wo wir ihn überraschen können. Sie wissen schon, zwei Männer gehen die Straße entlang und unterhalten sich, und wenn sie bei ihm sind, peng! Auf den Boden werfen, Handschellen anlegen.«

»Wir könnten jemand drinnen postieren«, sagte Daniel, aber Del schüttelte schon den Kopf.

»Wir müssen uns über die verdammten Mitbewohner Gedanken machen. Möglicherweise auch über andere in dem Haus. Wenn er irgendwie vorher gewarnt wird, würden wir es nie erfahren. Wir könnten das Gebäude dort beobachten, während er in San Juan am Strand liegt.«

Sie unterhielten sich noch fünf Minuten, schließlich nickte Daniel. »Na gut«, fügte er sich und stand auf. »Sieht so aus, als hätten Sie recht. Was meinen Sie, wann wird er zurückkommen?«

»Nicht vor heute abend, selbst wenn er wie verrückt fährt«, sagte Sloan. »Er müßte sechs- bis siebenhundert Meilen täglich zurücklegen, wenn er bis heute abend hier sein will. New York sagt, er fährt ein altes Auto.«

»Das haben wir in seinem Motel erfahren«, sagte Lily.

Lucas sah Daniel an. »Wenn man sicher sein könnte, daß die beiden anderen nicht zu Hause sind, wäre es vielleicht vorteilhaft, sich einmal dort umzusehen«, sagte er. »Wir könnten nach Waffen suchen und nach Hinweisen, wo er sich momentan aufhält.«

»Sprechen Sie etwa von einem illegalen Eindringen?« stieß Kieffer plötzlich hervor. Es waren seine ersten Worte seit Beginn der Versammlung; alle drehten sich zu ihm um.

»Nein, Gary, keineswegs«, sagte Daniel prompt. »Alles wird mit rechten Dingen zugehen. Aber ich nehme an, Lieutenant Davenport schlägt vor, anstatt die Tür einzutreten, dort reinzugehen, ohne Spuren zu hinterlassen.«

»Das kommt einer illegalen Durchsuchung sehr, sehr nahe. Sie wissen, daß Durchsuchungen angekündigt werden müssen...«

»He, regen Sie sich ab, alles wird von einem Richter abgesegnet werden, okay?« sagte Daniel und rang Kieffer mit Blicken nieder. »Und wenn nicht, wäre es immer noch besser, als das Risiko einzugehen, daß einer meiner Männer erschossen wird.«

Kieffer grunzte mißfällig. »Damit habe ich nichts zu tun. Meiner Meinung nach ist es ein schlechtes Vorgehen. Und ich bin der Meinung, wir sollten ihn in dem Moment schnappen, wo wir ihn sehen. Ein paar Leute in Autos postieren, ihn festnehmen. Oder wenn er bis in die Wohnung kommt, die Tür eintreten. Wir könnten einen Suchtrupp dort postieren, die Tür aufmachen und wären drinnen, ehe sie sich's versehen...«

»Und wenn er bereit ist zu sterben? Wie Bluebird?« fragte Lucas. »Sie können über jemand herfallen, aber wenn er bereit ist zu sterben und zur Waffe greift, was machen Sie dann? Sie erschießen ihn. Es ist mir scheißegal, ob Sie ihn erschießen, aber vorher will ich mit ihm reden.«

Kieffer schüttelte den Kopf. »Ein schlechter Plan«, sagte er. »Er wird entkommen. Ich sage das fürs Protokoll.«

»Lassen Sie mich wissen, wann das Protokoll veröffentlicht wird«, sagte Lucas.

Lily grinste, ohne nachzudenken, verkniff es sich aber sofort, als Lucas sie ansah. Sie war immer noch wütend.

Daniel wandte sich an Del. »Die beiden anderen. Die Mitbewohner. Was wissen wir über die?«

»Einer arbeitet in einer Bäckerei. Einer ist arbeitslos. Er verbringt die meiste Zeit in einem Fitneßstudio beim Gewichtheben. Angeblich steht er Kunststudenten Modell, Riesenskandal im ganzen Haus. Sie wissen schon, nackt. Jedenfalls haben wir das vom Hausmeister gehört.«

»Können Sie sie ausfindig machen und je einen Mann auf sie ansetzen?«

»Ich denke schon.«
»Dann machen Sie das. Lily, wir brauchen Sie für den Durchsuchungsbefehl.« Daniel sah Lucas an. »Und Sie machen sich besser Gedanken, wie Sie reinkommen. Ich möchte, daß Sie die Durchsuchung vornehmen.«
Kieffer stand auf und ging zur Tür. »Ich weiß nichts davon«, sagte er und ging.

Lucas hielt Del auf dem Flur an.
»Wie wollen wir es durchziehen?« fragte er.
»Ich könnte einen Schlüssel besorgen...«
»Das wäre schneller als ein Elektrodietrich. Der Scheißdietrich hört sich an, als würde man ein ganzes Tablett Besteck fallenlassen.«
»Ich rede mit dem Hausmeister...«
»Habt ihr was gegen sie in der Hand?« fragte Lucas.
»Ein bißchen«, sagte Del. »Sie dealen mit ein bißchen Gras durch die Hintertür, um die Sozialversicherung des Alten aufzubessern.«
»Okay. Wenn sie die Klappe halten. Gehen Sie jetzt gleich wieder hin?«
»Ja.«
»Ich muß noch in meinem Büro vorbei, einen Kassettenrecorder und eine Polaroid holen. Ich komme gleich nach.«

Das Haus gegenüber dem von Hood hatte einen Zugang in der hinteren Gasse. Lucas stellte den Porsche einen Block entfernt ab und ging zu Fuß. Del wartete schon mit dem Schlüssel.
»Der Bäcker hat die halbe Schicht hinter sich. Er hat um vier Feierabend. Der andere ist im Studio. Er macht seine Übungen und hat Dave gesagt, daß er sich nach dem Training immer noch in den Whirlpool setzt, also wird er so schnell nicht aufkreuzen.« Del gab Lucas einen Yale-Schlüssel. »Der Durchsuchungsbefehl ist unterwegs. Daniel hat gesagt, Sie sollen ihn in eine von Hoods Manteltaschen stecken, bevor Sie gehen. Vielleicht in einen Parka oder so, wo er nicht gleich nachsieht.«

Lily kam fünf Minuten später mit Sloan.
»Wir haben den Durchsuchungsbefehl«, sagte sie zu Lucas. Sie machte keine Anstalten, ihn ihm zu geben. »Ich komme mit.«
»Vergessen Sie's.«
»Ich komme mit«, beharrte sie. »Er ist mein Mann, und zu zweit können wir die Wohnung schneller durchsuchen als einer allein.«
»Keine schlechte Idee«, sagte Del. »Nichts für ungut, Mann, aber Sie riechen irgendwie nach einem Bullen. Wenn Sie jemand auf dem Flur sieht, bevor Sie drinnen sind... Lily wär so eine Art Tarnung.«
Lucas sah von Lily zu Del und wieder zurück. »Na gut«, sagte er. »Gehen wir.«

»Ich hoffe, es pennt keiner hier. Sie wissen schon, ein Gast«, sagte Lily, als sie über die Straße gingen. Hoods Haus war aus rotem Sandstein erbaut; auf den Holzfenstern war trockener Schimmel zu sehen.
»Keine Angst, ich gebe Ihnen Deckung«, sagte Lucas. Er wollte es leichthin sagen als Scherz, aber es hörte sich *macho* an.
Sie sah ihn an. »Manchmal sind Sie ein richtiges Arschloch, wissen Sie das?«
»Sollte ein Witz sein.«
»Ja, schon gut.« Sie wandte den Blick ab.
Lucas schüttelte den Kopf. Er machte überhaupt nichts richtig. Er folgte ihr die Treppe hinauf ins Haus. Erste Tür rechts. Er klopfte einmal. Keine Antwort. Noch einmal. Keine Antwort. Er steckte den Schlüssel ins Schloß, machte die Tür einen Spalt auf. Lily sah den Flur entlang und suchte die anderen Türen nach Beobachtern ab.
»Hallo?« Lucas sagte es laut, aber nicht zu laut. Dann pfiff er. »Hier, Junge. Hierher, Hundchen.«
Nach einigen Sekunden der Stille sagte Lily: »Niemand zu Hause.«
»Wahrscheinlich liegt ein verdammter Rottweiler unter dem Bett – mit herausgeschnittener Zunge, damit es besonders gemein wird«, sagte Lucas. Er stieß die Tür auf, und sie traten ein.

»Eine sagenhafte Tür«, sagte Lucas, während er sie zumachte.
»Was?«
»Das ist ein altes Haus. Sie haben immer noch die ursprünglichen Türen hier – Eiche oder Walnuß massiv, oder sowas«, sagte Lucas und klopfte mit den Knöcheln gegen die Tür. »Wenn Mietwohnungen einmal so alt sind, hat der eine oder andere Vermieter die ursprünglichen Türen normalerweise schon herausgerissen und verkauft. Sie sind wahrscheinlich soviel wert wie das ganze Mietshaus.«
Sie waren im Wohnzimmer. Zwei klapprige Stühle, ein Fernsehsessel mit fleckigem Überzug, der braune Metallwürfel eines in die Jahre gekommenen Farbfernsehers. Zwei Sitzkissen aus rotem Vinyl lagen vor dem Fernseher auf dem Boden, aus denen kleine weiße Styroporperlen auf den Holzboden tröpfelten. In der Wohnung roch es nach einer Art Stew oder Suppe – möglicherweise Linsen. Weiße Bohnen.
Lucas ging bei der raschen Durchsuchung der Wohnung voran, sah in zwei Schlafzimmer, eine winzige Küche mit abblätterndem Linoleumboden und einem Gasherd aus den dreißiger Jahren mit Klappdeckel.
»Woher wissen wir, welches Hoods Zimmer ist?« fragte Lily.
»Sehen Sie sich den Kram auf den Kommoden an«, sagte Lucas. »Irgendein Mist ist da immer dabei.«
»Hört sich ganz so an, als würden Sie das öfter machen«, sagte sie.
»Ich unterhalte mich häufig mit Einbrechern«, sagte Lucas und unterdrückte ein Grinsen. Er ging zu einem Schlafzimmer.
»Was soll ich tun?« fragte Lily.
»In der Küche und ums Telefon herum nachsehen«, sagte Lucas. Er nahm den Kassettenrecorder aus der Tasche. »Drücken Sie zum Aufnehmen die rote Taste. Diktieren Sie sämtliche Telefonnummern, die Sie aufgeschrieben finden. Jede Uhrzeit, jeden Ortsnamen. Alle, wo sich Hood aufgehalten haben könnte.«
Im ersten Schlafzimmer standen ein Bett und eine gebrechliche Kommode. Das Bett war nicht gemacht, das Bettzeug zu einem Haufen aufgeschichtet. Lucas bückte sich und sah darunter. Dort standen mehrere Kartons, aber eine dicke Staubschicht deutete dar-

auf hin, daß sie schon lange nicht mehr vorgeholt worden waren. Er stand auf und ging zu der Kommode, die sechs Schubladen hatte. Notizen, Kreditkartenbelege von Tankstellen, Kassenzettel, Kugelschreiber, Büroklammern und Pennies lagen darauf herum. Er sah auf den Belegen nach. Thomas Peck. Der falsche. Lucas suchte rasch in Kommode und Schrank nach einer Waffe. Nichts.

Im zweiten Schlafzimmer standen zwei Betten, keine Kommode. Sämtliche Kleidungsstücke waren in Kisten verstaut, manche aus Plastik, zur Aufbewahrung, manche aus Pappe – Umzugskartons. Persönliche Papiere waren auf einem Fenstersims neben einem Bett verstreut. Er hob einen Brief auf und las die Adresse: Billy Hood. Der Absender war in Bemidji, die Handschrift weiblich. Wahrscheinlich seine Frau. Lucas überflog den Brief, aber es handelte sich größtenteils um eine Litanei von Beschwerden, gefolgt von einer Bitte um Geld für sie und die Tochter.

Er ging rasch die neben dem Bett gestapelten Kisten durch. Eine war voller Unterwäsche und Socken, in einer zweiten befanden sich einige abgetragene Jeans und zwei Gürtel. In der dritten Winterhemden, Pullover und Angora-Unterwäsche.

In diesem Schlafzimmer stand ein Schrank. Die Tür stand offen, Lucas klopfte die Hemden und Jacketts ab, die im Inneren hingen. Nichts. Er ließ sich auf die Knie nieder, schob Kleidungsstücke beiseite und überprüfte den Boden. Ein Sears Repetiergewehr Kaliber .30-30 mit Unterhebel. Er schob den Repetierhebel nach unten. Ungeladen. Neben dem Kolben stand eine Packung Munition. Er stand auf, sah sich um, entdeckte eine zerrissene Unterhose.

»Was machen Sie?« Lily stand in der Tür.

»Ich hab ein Gewehr gefunden. Ich werde es verstopfen. Was haben Sie in der Küche entdeckt?« Er riß ein Stück Stoff aus der Unterhose.

Beim Telefon waren ein paar Telefonnummern auf Zetteln. »Die hab ich.«

»Sehen Sie in allen Schubladen nach.«

»Hab ich. Ich habe den Terminkalender durchgeblättert, in einer Art Ablagekorb für alles gekramt und eine Schublade voll Plunder durchwühlt. Und das Telefonbuch. Hinten war eine Nummer mit rotem Kugelschreiber eingetragen, und gleich neben dem Buch lag ein roter Kugelschreiber, also könnte sie ziemlich neu sein...« Sie studierte ein Blatt Papier in ihrer Hand. »Vorwahl sechs-eins-vier. Das sind die Twin Cities, richtig? Vielleicht...«

»Nein, wir haben sechs-eins-zwo«, sagte Lucas. »Keine Ahnung, wo sechs-eins-vier ist. Sind Sie sicher, daß es sechs-eins-vier war?«

»Klar...« Sie verschwand, und Lucas formte einen festen runden Ball aus dem Stoff und schob ihn mit einem Kugelschreiber in die Mündung. Das Material war dicht zusammengepreßt, nach sechs oder sieben Zentimetern konnte er es nicht mehr weiter drücken. Er legte das Gewehr zufrieden wieder in den Schrank zurück und machte die Tür zu.

»Diese Sechs-eins-vier-Vorwahl ist das südwestliche Ohio«, sagte Lily von der Tür. Sie sah ins Telefonbuch.

»Das könnte auf seinem Rückweg liegen«, sagte Lucas.

»Ich laß die Nummer von jemand überprüfen«, sagte Lily. Sie klappte das Telefonbuch zu. »Was noch?«

»Sehen Sie in den Wohnzimmerschränken nach. Ich mach hier weiter.«

Unter Hoods Bett stand eine Kiste. Lucas zog sie vor. Ein Fotoalbum, offenbar ein paar Jahre alt und eingestaubt. Er blätterte es durch und schob es wieder unter das Bett. Einen Augenblick später rief Lily: »Schrotflinte!« Lucas betrat das Wohnzimmer, als sie gerade eine alte einläufige Flinte Kaliber zwölf aufklappte.

»Scheiße«, sagte Lucas. »Hat keinen Zweck, die zu verstopfen. Wenn er die Patrone einlegt, sieht er durch den Lauf.«

»Ich seh keine Patronen«, sagte Lily. »Sollen wir sie mitnehmen?«

»Besser nicht. Wenn seine Zimmergenossen mit drinstecken, sollte lieber nichts fehlen...«

Lucas ging wieder in das Schlafzimmer und sah die Kartons des anderen Mannes durch. Nichts Interessantes, keine Briefe oder Notizen, die die anderen enger mit Hood in Verbindung brachten. Er ging wieder ins Wohnzimmer. »Lily?«

»Im Bad«, rief sie. »Noch was gefunden?«
»Nein. Und Sie?« Er steckte den Kopf ins Bad und stellte fest, daß sie sorgfältig den Medizinschrank durchsah.
»Nichts Ernstes.« Sie nahm eine Packung verschreibungspflichtiger Medikamente aus dem Schränkchen und betrachtete sie mit gerunzelter Stirn. »Hier ist was Verschreibungspflichtiges für Hood. Starkes Zeug, aber ich sehe nicht, wie man es mißbrauchen könnte.«
»Was ist es?«
»Ein Antiallergicum. Auf dem Etikett steht, es ist gegen Bienenstiche. Mein Vater hat es auch benützt. Er war allergisch gegen Bienen und Feuerameisen. Wenn er gestochen wurde, schwoll sein ganzer Körper an. Er hatte immer eine Heidenangst davor, weil er dachte, er würde ersticken. Und wenn er seine Medizin nicht zur Hand gehabt hätte, wäre das durchaus möglich gewesen. Die Schwellung kann die Luftröhre abdrücken...«
Lucas zuckte die Achseln. »Nützt uns nichts.«
Lily stellte das Plastikfläschchen Tabletten wieder in den Schrank, machte ihn zu und folgte Lucas ins Wohnzimmer. »Noch was?«
»Wohl nicht«, sagte Lucas. »Wir haben ein Gewehr unbrauchbar gemacht. Ich hoffe, sie haben keine Munition für die Schrotflinte.«
»Hab keine gesehen. Machen Sie Bilder?«
»Ja. Nur ein paar.« Lucas machte ein halbes Dutzend Polaroids von den Zimmern und schritt die Abmessungen des Wohnzimmers ab, die er auf Band diktierte.
»Wissen Sie, wir könnten die Wohnung wirklich noch einmal gründlicher durchsuchen«, schlug Lily vor.
»Lieber nicht. Mehr als bei einer schnellen Durchsuchung findet man selten«, sagte Lucas. »Wenn man in einem fremden Haus ist, sollte man nichts forcieren. Alles Mögliche kann passieren. Freunde kommen unerwartet vorbei. Verwandte. Rein und raus.«
»Sie hören sich immer mehr nach einem erfahrenen...«
Lucas zuckte die Achseln. »Haben Sie den Durchsuchungsbefehl?«
»Oh, klar.« Lily nahm ihn aus der Handtasche und steckte ihn in die Tasche eines Wintermantels im Wohnzimmerschrank. »Wir sa-

gen dem Richter, wir haben ihn an eine Stelle getan, wo er ihn bestimmt finden wird. Natürlich muß er den Mantel zuerst anziehen.«
»Aber wahrscheinlich erst im Winter...«
»Der auch nicht mehr so weit entfernt ist«, sagte Lily.
»Na gut«, sagte Lucas. »Haben wir etwas verändert?«
»Mir fällt nichts auf«, sagte Lily.
»Ich will einen letzten Blick ins Schlafzimmer werfen.« Er ging ins Schlafzimmer, sah sich um und machte schließlich die Schranktür einen Spalt auf. »Ich werde nachlässig«, sagte er. »Die verdammte Tür war offen, als ich reingekommen bin, und ich hab sie zugemacht.«
Lily sah ihn eigentümlich an. Lucas sagte: »Was ist?«
»Irgendwie bin ich beeindruckt«, gab sie zu. »Sie sind wirklich ziemlich gut bei so was.«
»Das ist das Netteste, das Sie je zu mir gesagt haben.«
Sie grinste und zuckte die Achseln. »Ich bin eben nicht nachtragend.«
»Tut mir leid, daß ich Sie heute morgen so angefahren habe«, sagte Lucas, die Worte stürzten aus ihm hervor. »Vormittags darf man mich nicht ernst nehmen. Ich bin kein Tagmensch.«
»Ich hätte nicht auf Ihnen herumhacken dürfen«, sagte sie. »Ich will nur diesen Job erledigen.«
»Vertragen wir uns wieder?«
Sie drehte sich zur Tür und kehrte ihm den Rücken zu.
»Von mir aus«, sagte sie. »Machen wir, daß wir rauskommen.« Sie machte die Tür auf und sah den Flur entlang.
»Die Luft ist rein«, sagte sie.
Lucas stand dicht hinter ihr. »Wenn wir uns wieder vertragen, sollten wir es aber auch richtig machen«, sagte er.
Sie drehte sich zu ihm um. »Was?«
Er beugte sich vor und küßte sie auf den Mund, und der Kuß wurde einen Sekundenbruchteil erwidert, ein Gegendruck mit einer Spur Leidenschaft. Dann wich sie zurück und ging aufgewühlt durch den Flur.
»Lassen Sie den Quatsch«, sagte sie.

Es war ein Fußmarsch von fünf Minuten den Block entlang, um die Ecke, durch die Gasse in die Überwachungswohnung. Lily hielt den Kopf abgewandt und wollte offenbar nur die Mietshausfassaden studieren. Ein- oder zweimal spürte Lucas, wie sie ihn an- und gleich wieder wegsah. Er spürte immer noch die Berührung ihrer Lippen auf seinen.

»Wie ist es gelaufen?« wollte Del wissen, als sie wieder in dem Apartment waren. Sloan stand auf und kam zu ihnen geschlendert. Ein dritter Detective war hinzugestoßen und saß auf einem Aluminiumklappstuhl; er las ein Buch und warf ab und zu einen Blick auf die Straße. Ein Mann im grauen Anzug saß auf einem Gartenstuhl beim Fenster. Er las ein gebundenes Buch und rauchte Pfeife.

»Wir haben zwei Gewehre gefunden und eins unbrauchbar gemacht«, sagte Lucas. Flüsternd fügte er hinzu: »FBI?«

Del nickte und sah zu dem FBI-Agenten im grauen Anzug. »Beobachter«, murmelte Del. Mit lauter Stimme sagte er: »Sonst noch was?«

»Eine Telefonnummer«, sagte Lily. »Ich rufe Anderson an, mal sehen, wie schnell er die Nummer in Ohio herausfinden kann.«

Anderson rief Kieffer an, und Kieffer rief Washington an. Washington machte drei Anrufe. Zehn Minuten nachdem Lily mit Anderson gesprochen hatte, bekam Kieffer einen Anruf von dem zuständigen Agenten in Columbus, Ohio. Die Nummer gehörte einem Motel an der Interstate 70 bei Columbus. Eine Stunde später zeigte ein FBI-Agent dem Motelbesitzer ein Kabelfoto von Hood. Der Besitzer nickte, er erinnerte sich an das Gesicht und sagte, Hood hätte in der Nacht zuvor dort übernachtet. Der Besitzer schlug die Eintragung nach, die mit Bill Harris unterschrieben war. Die Autonummer war notiert, aber eine Überprüfung ergab, daß das Schild nicht in Minnesota ausgegeben worden war.

»Er ist vorsichtig«, sagte Anderson. Sie hatten sich in Daniels Büro versammelt.

»Aber er trödelt nicht rum«, sagte Kieffer.

»Er müßte hier sein. Jedenfalls nicht mehr weit«, sagte Lily und sah von Lucas zu Anderson zu Daniel zu Kieffer.

Kieffer nickte. »Heute nacht spät oder irgendwann morgen, wenn er draufdrückt. Er hat noch Chicago vor sich. Entweder muß er es umfahren oder mittendurch... er müßte rasen wie verrückt, wenn er es bis heute abend schaffen will. Wahrscheinlicher ist, daß er heute bis Madison fährt und morgen erst in den Cities eintrifft.«

»Wie weit ist Madison entfernt?« fragte Lily.

»Fünf Stunden.«

»Er hat es eilig«, sagte sie. »Also könnte er heute nacht eintreffen...«

»Wir bleiben auf der Hut«, sagte Daniel. Er sah sich um. »Sonst noch was?«

»Mir fällt nichts ein«, sagte Daniel. »Lily?«

»Wir müssen wohl warten«, sagte Lily.

9

Lily ging mit Del, dem V-Mann, wieder auf Beobachtungsposten, während Lucas das Ergebnis der Durchsuchung auf dem Durchsuchungsbefehl eintrug. Als er fertig war, kam Larry Hart mit einer Tasche zur Tür herein.

»Noch was?« fragte Lucas.

»Nur ein paar Gerüchte«, sagte Hart und stellte die Tasche an der Wand ab. »Zur Zeit der Rockerkämpfe ging etwas Unheimliches vor sich. Oben auf dem Standing Rock wurde ein Sonnentanz abgehalten, doch das ist allgemein bekannt. Aber gleichzeitig fand auf dem Bear Butte eine Zeremonie statt. Eine Mitternachtsmesse. Erzählt man.«

»Namen?«

»Nein. Aber die Leute dort hören sich um.«

Hart meldete sich bei Anderson, dann ging er nach Hause und

nahm ein Bad. Lucas heftete das Ergebnis der Durchsuchung ab, ging über die Straße zu einem Kiosk und kaufte ein halbes Dutzend Zeitschriften; danach machte er sich auf den Weg zum Indian Country.

Del schlief auf einer Luftmatratze und hatte den Mund halb offen. Er sah genau wie ein Penner aus, dachte Lucas. Zwei Männer der Drogenfahndung saßen auf identischen Alustühlen und beobachteten die Straße. Neben dem Polizisten links stand ein Wasserkühler, aus einem Transistorradio tönte »Brown Sugar«. Der Mann vom FBI war fort, aber sein Stuhl stand noch da: Auf der Lehne stand L. L. BEAN. Lily saß auf einem Stapel Zeitungen und lehnte an der Wand.

»Ihr seid vielleicht eine Bande Clowns«, sagte Lucas, als er hereinkam.

»Leck mich, Davenport«, sagten die beiden Beobachtungsposten unisono.

»Dem schließe ich mich an«, sagte Lily.

»Jederzeit, überall«, sagte Lucas. Die Polizisten lachten, und Lily sagte: »Meinen Sie mich oder die da?«

»Die da«, sagte Lucas. »Duane hat so einen süßen Arsch.«

»Nimmt mir eine Last von der Seele«, sagte Lily.

»Lädt *mir* eine auf«, sagte Duane, der dicke Beobachtungsposten.

»Nichts los?« fragte Lucas.

»Jede Menge Dope«, sagte Duane. »Hat mich ziemlich überrascht. Aus dieser Gegend hören wir sonst nicht viel.«

»Wir kennen nicht allzu viele Indianer«, sagte Lucas. Er sah sich in der leeren Wohnung um. »Wo ist der Fed?«

»Weggegangen. Hat gesagt, daß er wiederkommt. Scheint ziemlich eigen zu sein, wenn es um seinen Stuhl geht, falls Sie daran gedacht haben«, sagte der dünne Polizist.

»Tatsächlich?«

»Zeitungsstapel sind auf dem Flur«, sagte Lily.

In einem Magazin war eine Debatte über automatische Zehn-Millimeter-Pistolen abgedruckt. Ein Autor war der Meinung, sie wären die perfekte Verteidigungsmunition, da sie die doppelte Mündungsenergie einer normalen Neun-Millimeter und .45er ACP-Patrone brachten und fast zweieinhalbmal soviel wie die .357er Magnum. Der Gegner des Autors, ein Cop aus Los Angeles, vertrat die Ansicht, die Zehn-Millimeter wäre ein wenig *zu* heiß und würde nicht nur ein Loch durch das Ziel machen, sondern auch noch durch die Leute an der zwei Blocks entfernten Bushaltestelle. Lucas konnte den Einzelheiten nicht folgen. Seine Gedanken schweiften immer wieder zur Form von Lilys Hals ab, den Umrissen ihrer Wangen im Halbprofil, der Krümmung ihrer Handgelenke. Ihren Lippen. Er erinnerte sich, daß Sloan etwas von ihrem Überbiß gesagt hatte, lächelte in sich hinein und nagte an seiner eigenen Lippe.

»Warum lächeln Sie?« fragte Lily.

»Nichts«, sagte Lucas. »Zeitschrift.«

Sie stand auf, streckte sich, gähnte und kam herüber. »Scharf-scharf-scharf«, sagte sie. »Ist das eine Zehn-MM?«

Lucas schlug die Zeitschrift zu. »Blödmänner«, sagte er.

Anderson rief kurz nach ein Uhr über Funk an. Der Killer aus Oklahoma City war wie vom Erdboden verschwunden. Kieffer hatte mit FBI-Agenten in South Dakota wegen der Gerüchte über eine mitternächtliche Zeremonie gesprochen, die Hart gehört hatte, fügte Anderson hinzu, aber niemand wußte etwas.

»Die Frage ist, ob es so etwas überhaupt gegeben hat«, sagte er.

»Was meinen Sie damit?«

»Kieffer hat mit dem Leiter der Ermittlungen da draußen gesprochen, und der meint, die Gerüchte seien wegen der Auseinandersetzungen mit den Rockern entstanden. Die Rocker haben angeblich Lagerfeuer gesehen und Trommelmusik gehört, und so weiter – und daraus entstanden letztlich die Gerüchte über geheime Zusammenkünfte.«

»Also könnte das wieder eine Sackgasse sein«, sagte Lily.

»Das meint Kieffer auch.«

»Ich könnte mir *The Young and the Restless* ansehen«, sagte Lily zwanzig Minuten später.

»Spazierengehen?« schlug Lucas vor.
»Na gut. Nehmen Sie ein Walkie-talkie mit.«
Sie gingen durch die Gasse, zwei Blocks weiter zu einem 7-Eleven Supermarkt, kauften Diet Cokes und gingen wieder zurück.
»So scheißlangweilig«, beschwerte sich Lily.
»Sie müssen nicht dort rumsitzen. Wahrscheinlich kommt er vor heute abend nicht zurück«, sagte Lucas.
»Ich finde, ich sollte dort sein«, sagte Lily. »Er ist mein Mann.«
Auf dem Rückweg holte Lucas ein kleines Waffenreinigungsset aus dem Porsche. In der Wohnung breitete er Zeitungen auf dem Boden aus, setzte sich mit übergeschlagenen Beinen hin, zerlegte seine P 7 und machte sie sauber. Lily setzte sich ein paar Minuten auf ihren Stapel Zeitungen, dann kam sie zu ihm.
»Stört es Sie, wenn ich es auch benutze?« fragte sie, nachdem sie ihm einen Augenblick zugesehen hatte.
»Nur zu.«
»Danke.« Sie holte die Fünfundvierziger aus der Handtasche, zog das Magazin heraus, vergewisserte sich, daß die Kammer leer war und zerlegte die Waffe anschließend. »Ich breche mir einmal pro Woche einen Fingernagel an dieser verfluchten Laufmuffe ab«, sagte sie. Sie streckte konzentriert die Zunge heraus, zog die Muffe über den Zapfen der Feder und holte die Feder heraus.
»Geben Sie mir das Nitro«, sagte sie.
Lucas reichte ihr die Reinigungsflüssigkeit.
»Das Zeug riecht besser als Benzin«, sagte sie. »Ich könnte direkt zum Schnüffler werden.«
»Ich krieg Kopfschmerzen davon«, sagte Lucas. »Es riecht zwar gut, aber ich kann nicht damit umgehen.« Er stellte fest, daß ihre Fünfundvierziger schon vor dem Reinigen makellos sauber war. Seine P 7 hatte es eigentlich auch nicht nötig, aber so hatte er was zu tun.
»Schon mal mit einer P 7 geschossen?« fragte er beiläufig.
»Die andere. Die achtschüssige. Die große, so wie Ihre, hat eine Menge Feuerkraft, aber ich bekomme die Hand nicht um den Kolben. Außerdem mag ich nicht, wie sie in der Hand liegt. Zu fett.«

»Sie haben aber auch nicht gerade ein Kinderspielzeug«, sagte er und nickte zu ihrem Colt.

»Nein, aber der Kolben ist anders geformt. Schlanker. Das brauche ich. Ist einfacher zu handhaben.«

»Diese Single-action-Waffen mag ich nicht für den Einsatz auf der Straße«, sagte Lucas im Plauderton. »Beim Schießen auf Zielscheiben sind sie prima, aber wenn es nur darum geht, jemanden am Körper zu treffen, sind mir die Double-action lieber.«

»Sie könnten eine der Fünfundvierziger Smiths versuchen.«

»Das sollen gute Waffen sein«, stimmte Lucas zu. »Wahrscheinlich hätte ich eine, wenn die P 7 nicht zuerst rausgekommen wäre... Wieso sind Sie nie auf eine Smith umgestiegen?«

»Nun, ich finde, diese hier paßt einfach gut zu mir. Als ich noch Wettschießen gemacht habe, habe ich eine 1911 von Springfield Armory in achtunddreißig Super benützt. Die Fünfundvierziger will ich für die Straße, aber die Wettbewerbe... die Waffe fühlt sich freundlicher an.«

»Sie haben Wettschießen gemacht?« fragte Lucas. Die Polizisten am Fenster, die nicht richtig zugehört hatten, sahen plötzlich auf, als sie den Unterton in Lucas' Stimme hörten.

»Ich war zwei Jahre New Yorker Meisterin im Combat-Schießen bei den Frauen«, sagte Lily. »Ich mußte aufhören damit, weil es zuviel Zeit gekostet hat. Aber hin und wieder schieße ich noch ein bißchen.«

»Sie müssen ziemlich gut sein«, sagte Lucas. Die Polizisten am Fenster sahen einander an. Eine Wette.

»Wahrscheinlich besser als alle, die Sie kennen«, sagte sie beiläufig.

Lucas schnaubte, worauf sie ihn anblinzelte.

»Was? Glauben Sie, Sie können es mit mir aufnehmen?«

»Mit Ihnen?« fragte Lucas. Es sah aus, als verzöge er den Mund ein bißchen.

Lily, deren Interesse geweckt war, richtete sich auf. »Schon mal an einem Wettschießen teilgenommen?«

Er zuckte die Achseln. »Ab und zu.«

»Gewonnen?«
»Manchmal. Hab sogar auch eine 1911 benützt.«
»Combat oder auf Zielscheiben?«
»Von beidem etwas«, sagte er.
»Und Sie glauben, Sie können es mit mir aufnehmen?«
»Ich kann es mit den meisten aufnehmen«, sagte Lucas.
Sie sah ihn an, studierte sein Gesicht, und der Hauch eines Lächelns umspielte ihre Mundwinkel. »Was Sie da so von sich geben, wollen Sie da auch Ihr Geld drauf setzen?«
Jetzt war es an Lucas, sie anzusehen und die Herausforderung abzuwägen. »Klar«, sagte er schließlich. »Jederzeit, überall.«
Lily bemerkte, daß die Polizisten am Fenster sie ansahen.
»Er will mich ködern, richtig?« sagte sie. »Er ist der unübertroffene nordamerikanische Champion oder so.«
»Ich weiß nicht, ich hab ihn nie schießen gesehen«, sagte einer der Polizisten.
Lily sah ihn mit zusammengekniffenen Augen an, schätzte die Wahrscheinlichkeit ab, daß er log, und wandte sich dann wieder an Lucas. »Gut«, sagte sie. »Wo schießen wir?«

Sie schossen in einem Polizeischießstand im Keller eines Reviergebäudes auf Outers Pistolenzielscheiben, Einzelfeuer, fünfundzwanzig Fuß Entfernung. Auf dem Gesicht jedes Ziels waren sieben konzentrische Ringe aufgemalt. Die drei äußeren Ringe waren markiert, aber nicht gefärbt, die vier inneren Ringe – 7, 8, 9 und 10 – waren schwarz. Der innerste Ring, die 10, war etwas kleiner als ein Zehncentstück.
»Hübsche Anlage«, sagte Lily, als Lucas das Licht einschaltete. Ein Deputy vom Hennepin County wollte gerade gehen, als sie gekommen waren. Als er hörte, was sie vorhatten, bestand er darauf, Schiedsrichter zu sein.
Lily legte ihr Walkie-talkie auf den Sims des Schießstands, holte die Fünfundvierziger aus der Handtasche, hielt sie in beiden Händen und sah über Kimme und Korn den Schießstand hinunter. »Stellen wir die Zielscheiben auf.«

»Die P 7 ist nicht gerade eine Pistole fürs Scheibenschießen«, sagte Lucas. Er blinzelte den Schießstand entlang. »Und das Licht hier drinnen hat mir auch nie gefallen.«

»Kalte Füße?« fragte Lily.

»Ich mache Konversation«, sagte er. »Ich wünschte nur, ich hätte meine Gold Cup. Damit würde ich mich wohler fühlen. Außerdem würde sie ein größeres Loch ins Papier machen. So groß wie Ihre Pistole. Wenn Sie so gut sind, wie Sie sagen, könnte das den entscheidenden Unterschied machen.«

»Wenn die zusätzlichen achtzehn hundertstel Zentimeter Sie nervös machen, können Sie immer noch kneifen«, sagte Lily. Sie schob ein Magazin in den Colt und ließ eine Patrone in die Kammer schnellen. »Und ich habe auch nicht meine Scheibenpistolen dabei.«

»Scheißegal. Wir werfen eine Münze, wer anfängt«, sagte Lucas. Er suchte in seiner Tasche nach einem Vierteldollar.

»Wieviel?« fragte Lily.

»Muß soviel sein, daß man es spürt«, sagte Lucas. »Und es sollte wirklichkeitsnah wirken. Schlagen Sie was vor.«

»Die zwei besten von drei Runden... Hundert Dollar.«

»Das ist nicht genug«, sagte Lucas und zielte wieder mit der P 7. »Ich hatte an tausend gedacht.«

»Lächerlich«, sagte Lily und legte den Kopf zurück. Der Deputy beobachtete sie jetzt aufrichtig interessiert. Die Geschichte würde im Büro des Sheriffs und bei der städtischen Polizei und wahrscheinlich überall in St. Paul die Runde machen, noch ehe die Nacht vorbei war. »Sie versuchen es mit Psychoterror, Davenport. Mehr als hundert kann ich mir nicht leisten. Ich bin kein reicher Spieleerfinder.«

»He, Dick«, sagte Lucas zu dem Deputy. »Lily läßt mich nicht die Zielscheiben aufstellen, würden Sie vielleicht...«

»Klar...«

Der Deputy fuhr die Zielscheiben auf fünfundzwanzig Fuß Entfernung. Lucas trat dichter zu Lily und sprach mit leiser Stimme. »Ich sag Ihnen was. Wenn Sie gewinnen, bekommen Sie die hundert.

Wenn ich gewinne, bekomme ich noch einen Kuß. Zeit und Ort meiner Wahl.«

Sie stemmte die Hände in die Hüften. »Das ist das Kindischste, was ich je gehört habe. Sie sind zu alt für sowas, Davenport. Sie haben Falten im Gesicht. Ihr Haar wird grau.«

Lucas errötete, grinste aber trotz seiner Verlegenheit. Dick kam zu ihnen zurück. »Kann sein, daß es kindisch ist«, sagte er, »aber ich will es so. Es sei denn, Sie sind ein feiges Huhn.«

»Sie können einem wirklich auf dem Kopf rumtanzen, was?«

»Gack-gack-gack«, sagte er und ahmte das Gackern eines Huhns nach.

»Der Teufel soll Sie holen, Davenport«, sagte sie.

»Vielleicht verbringen wir ja nur einen netten Nachmittag auf dem Schießstand. Wir müssen kein Wettschießen machen. Ich meine, wenn Sie kalte Füße haben.«

»Leck mich.«

»Jederzeit, überall.«

»Was sind Sie doch für ein Arschloch«, murmelte sie.

»Was heißt das?« fragte Lucas.

»Es heißt, die Wette gilt«, sagte sie.

Lucas warf den Vierteldollar und gewann. Sie feuerten fünf Schuß zur Übung ab. Keiner zeigte dem anderen die Zielscheibe.

»Fertig?« fragte Lucas.

»Fertig.«

Lucas feuerte als erster, fünf Schüsse. Er benützte beide Hände, die rechte stützte er mit der linken, die linke Körperhälfte ganz leicht nach vorne gedreht. Er ließ beide Augen offen. Lily sah, daß er ins Schwarze getroffen hatte, aber nicht, wie nahe er dem 10er Ring in der Mitte war. Als Lucas fertig war, trat sie an die Linie und nahm dieselbe Haltung wie Lucas ein. Sie feuerte ihren ersten Schuß ab, sagte »Scheiße« und feuerte die restlichen vier.

»Problem?« fragte Lucas, als sie die Waffe nach dem letzten Schuß sinken ließ.

»Ich glaube, der erste Schuß war daneben«, sagte sie. Der Deputy rollte die Zielscheiben zur Standlinie. Zwei von Lucas Schüssen hatten den 10er Ring getroffen. Der dritte und vierte zählten neun, der fünfte war im 8er. Sechsundvierzig.

Drei Schüsse von Lilys Fünfundvierziger hatten die Mitte der Zielscheibe durchlöchert, der vierte war im Neuner, aber der Fehlschuß in der 4. Dreiundvierzig.

»Ohne den Fehlschuß hätte ich gewonnen«, sagte Lily. Sie hörte sich an, als wäre sie wütend auf sich selbst.

»Wenn Schweine Flügel hätten, könnten sie fliegen«, sagte Lucas.

»Das ist mein schlechtestes Ergebnis dieses Jahr.«

»Das liegt an den nicht gerade idealen Bedingungen, Scheibenschießen mit einer Waffe, die man sonst nicht auf dem Schießstand benutzt«, sagte Lucas. »Damit fallt ihr Scheibenschützen immer wieder rein.«

»Ich bin kein Scheibenschütze«, sagte sie, jetzt wütend auf Lucas. »Stellen wir neue Zielscheiben auf, ja?«

»Himmel, worum haben Sie denn gewettet? Muß ja allerhand sein, hnh?« fragte der Deputy und sah von einem zum anderen.

»Stimmt«, sagte Lily. »Hundert Dollar und Davenports Ehre. Er verliert so oder so.«

»Hnnh?«

»Vergessen Sie's.«

Lucas grinste, als er mit Nachladen fertig war. »Fauch, fauch, fauch«, sagte er kaum hörbar.

»Nur weiter so«, preßte sie zwischen den Zähnen hervor.

»Tut mir leid. Ich wollte keinen Psychoterror mehr machen«, sagte er und versuchte genau das. »Diesmal schießen Sie zuerst.«

Sie feuerte fünf Schuß ab, und alle fünf machten einen guten Eindruck. Diesesmal lächelte sie ihn an und sagte: »Ich habe gerade fünfzig geschossen, jedenfalls dicht dran. Schreiben Sie sich das hinter die Ohren, Arschloch.«

»Temperament, Temperament...«

Lucas feuerte seine fünf. Nach dem letzten Schuß sah er sie an und sagte: »Wenn ich Sie damit nicht geschlagen habe, lecke ich Sie im Schaufenster von Saks' im Arsch.«

»Zusatzwette?« fragte sie, ehe der Deputy die Zielschieben herzog. »Ich wette fünfzig Dollar, daß ich diese Runde gewonnen habe. Und kommen Sie mir nicht wieder mit irgendwelchem anderem Scheiß.«

»Schon gut«, sagte er. »Fünfzig.«

Dick zog die Zielscheiben ein und pfiff durch die Zähne. »Die muß ich ganz genau zählen«, sagte er.

Alle zehn Schuß waren im Schwarzen. Dick breitete die Zielscheiben auf einer Werkbank aus und fing an zu zählen, Lily und Lucas sahen ihm über die Schulter.

»Moment mal«, sagte Lucas, als der Deputy eine acht aufschrieb.

»Kein Wort, kapiert«, sagte Lily und deutete mit dem Finger auf Lucas' Nase.

Der Deputy zählte die Ergebnisse zusammen, drehte sich zu Lucas um und sagte: »Sie schulden der Lady fünfzig Mäuse. Ich habe siebenundvierzig zu sechsundvierzig gezählt.«

»Dummes Zeug. Zeigen Sie mal diese...«

Lucas zählte achtundvierzig zu siebenundvierzig. Er nahm zwei Zwanziger und einen Zehner aus der Brieftasche und gab sie ihr.

»Das stinkt mir«, sagte er mit gepreßter Stimme.

»Ich hoffe, Ihre Hand zittert nicht, wenn Ihnen was stinkt«, sagte sie zuckersüß.

»Bestimmt nicht«, versprach er.

Bei der dritten Runde schoß Lucas als erster. Alle fünf Schüsse machten einen guten Eindruck, daher drehte er sich zu ihr um und nickte. »Wenn Sie mich diesmal schlagen, haben Sie es verdient. Diesmal habe ich die fünfzig.«

»Wir werden sehen«, sagte sie.

Sie feuerte ihre fünf, dann folgten sie Dick zu den Zielscheiben. Er pfiff und schüttelte den Kopf. »Herrgott. Sie beide...«

Er brauchte fünf Minuten zum Zählen, dann sah er Lily an. »Ich glaube, er hat Sie, Lily, Lieutenant. Entweder ein Punkt, oder zwei...«

»Lassen Sie sehen...«

Lily ging zu den Scheiben, zählte und bewegte dabei die Lippen.

»Das kann ich nicht glauben«, grunzte sie. »Ich schieße zwei der schlechtesten Runden meiner ganzen Laufbahn, und Sie schlagen mich um einen Punkt.«

Lucas grinste. »Ich kassiere heute abend«, sagte er.

Sie sah ihn einen Moment an, dann sagte sie: »Doppelt oder nichts. Eine Runde, fünf Schüsse.«

Lucas dachte darüber nach. »Ich bin so ganz zufrieden.«

»Klar, vielleicht, aber die Frage ist: Sind Sie gierig genug, daß Sie noch mehr wollen? Und haben Sie den Mumm dazu?« sagte Lily.

»Ich bin zufrieden«, wiederholte er.

»Stellen Sie sich vor, wie glücklich Sie sein werden, wenn Sie gewinnen.«

Lucas sah sie einen Augenblick an, dann sagte er: »Ein Schuß. Nur einer. Doppelt oder nichts.«

»Abgemacht«, sagte sie. »Sie schießen zuerst.«

Dick legte eine neue Zielscheibe ein. Als er aus dem Weg war, stellte sich Lucas seitlich in eine einhändige Schußposition, hob die P 7 hoch, ließ sie sinken, kratzte sich an der Stirn, hob die Waffe wieder, atmete halb aus und schoß.

»Der war gut«, sagte er.

»Ich dachte, Sie machen nur Combatschießen.«

»Meistens«, sagte er. Dann fügte er unschuldig hinzu: »Aber ich war eigentlich besser im Scheibenschießen.«

Sie nahm ihre beidhändige Stellung ein und drückte ab. »Minimal nach links.«

»Dann habe ich gewonnen.«

»Wir sollten nachsehen.« Sie sahen nach. Lucas Schuß saß genau im 10er Ring. Lilys Schuß zählte neun. »Verdammt«, sagte sie.

Vor dem Revier wurde es bereits dunkel. Sie bogen um die Ecke des Parkplatzes und waren einen Moment allein.

»Also«, sagte sie.

Er betrachtete ihre großen, dunklen Augen und die vollen Brüste unter der Tweedjacke, sah auf sie herab und schüttelte den Kopf. »Später.«

»Gottverdammt, Davenport...« Aber Lucas machte schon die Autotür auf. Fünfzehn Minuten später waren sie wieder im Beobachtungsposten, und Lily schäumte.
»Was war los?« fragte Lucas, als sie das Zimmer betraten. Der Campingstuhl des FBI-Agenten war nicht mehr da.
»Totenstill«, sagte einer der Polizisten. Del schlief immer noch.
»Wer hat gewonnen?«
»Er«, sagte Lily verdrossen. »Zwei Punkte von hundertfünfzig.«
»Gut«, sagte der dickere der beiden Polizisten. Er streckte die Hand aus, der andere Polizist gab ihm einen Dollar.
»Was denn, einen ganzen Dollar?« sagte Lucas. »Ich bin tief beeindruckt.«

Die Straße war völlig menschenleer. Manchmal schien es, als würde eine Stunde vergehen, bis wieder einmal ein Auto vorbeifuhr. Sloan kam vorbei, beobachtete eine Stunde und sagte schließlich: »Warum nehmt ihr nicht ein Walkie-talkie und kommt mit zum King's Place? Meine Frau trifft sich dort mit mir. Es ist etwa zwei Minuten entfernt.«
»Was ist das?« fragte Lily.
»Eine Tex-Mex-Cowboy-Holzfäller-Bar auf der Hennepin. Sie dulden keine Schlägereien, sie haben eine Band und köstliche Tacos, drei für einen Dollar«, sagte Sloan.
»Essen«, sagte Lily.
Lily ging davon aus, daß Lucas seine Belohnung am Auto, im Dunkeln kassieren würde, aber er ging ihr wieder aus dem Weg.
»Herrgott, manchmal sind Sie echt ein Arschloch«, sagte sie.
»Sie sind so ungeduldig«, sagte er. »Warum können Sie sich nicht entspannen?«
»Ich will zahlen und es hinter mich bringen.«
»Wir haben viel Zeit«, sagte er. »Wir haben die ganze Nacht.«
»Von wegen die ganze Nacht«, sagte sie.

In der Bar hingen dreißigpfündige Hechte und Hirschgeweihe an der Wand, ein ausgestopfter schwarzer Bär stand im Eingang und ein Kaktus aus Holz in der Mitte eines Zimmers voller Picknicktische. In einer Ecke klimperte eine dreiköpfige mexikanische Rock-Band, der Krug Schmidt-Bier kostete zwei Dollar.

Sloan brachte alles ins Rollen, indem er eine Runde Krüge bestellte, was lediglich Lily übertrieben fand. Die Band spielte eine Südlich-der-Grenze-Version von »Little Deuce Coupe«.

»Tanzen wir«, sagte Lucas und zog Lily von ihrem Krug und den Tacos weg. »Los doch, sie spielen Rock'n'Roll.« Lucas tanzte mit Lily und dann mit der Frau eines hiesigen Cowboys, während der Cowboy mit Lily tanzte. Dann tanzte Lily mit Sloan und Lucas mit einer großen einzelnen Frau, deren Hochfrisur gerade in Auflösung begriffen war, während Sloans Frau mit dem Cowboy tanzte. Dann dasselbe noch einmal. Lily kicherte, als sie schließlich wieder zum Tisch gingen. Lucas winkte der Kellnerin und deutete auf Lilys Krug.

»Noch 'ne Runde«, rief Lucas.

»Sie wollen mich betrunken machen, Davenport«, sagte Lily. Ihre Stimme war klar, aber ihre Augen zu unruhig. »Was wahrscheinlich auch klappen wird.«

Sloan lachte übermäßig und fing mit der zweiten Runde an.

Um Mitternacht riefen sie im Beobachtungszimmer an. Nichts. Hoods Mitbewohner waren zuhause. Die Lichter waren aus. Um ein Uhr riefen sie noch einmal an. Nichts.

»Was wollen Sie tun?« fragte Lucas, als das King's zumachte.

»Keine Ahnung. Ich glaube, Sie bringen mich besser ins Hotel. Ich glaube nicht, daß er so spät noch fährt.«

Lucas parkte den Porsche auf dem Hotelparkplatz und sprang hinaus.

»Zeit zu zahlen?« fragte Lily.

»Ja.«

Ein halbes Dutzend Gäste gingen über den Parkplatz, einige mehr kamen und gingen.

»Dies ist keine Einladung, ich möchte daher nicht, daß Sie etwas hineininterpretieren...«

»Ja?«

»Sie können so lange mit raufkommen, bis die Schulden bezahlt sind.«

Sie fuhren ohne ein Wort mit dem Fahrstuhl hoch, und als sie den Flur entlang zu ihrem Zimmer gingen, kam sich Lucas immer linkischer vor. Als sie die Tür zugemacht hatte, war es dunkel drinnen. Lucas tastete nach dem Lichtschalter, aber sie hielt seine Hand fest.

»Nicht. Lassen Sie sich auszahlen, und dann gehen Sie.«

»Ich komme mir plötzlich wie ein kompletter Idiot vor«, sagte Lucas verlegen.

»Bringen wir es hinter uns«, sagte sie ein wenig betrunken.

Er berührte sie in der Dunkelheit, zog sie an sich und küßte sie. Sie lag nur kurz in seinen Armen, dann erwiderte sie den Kuß mit aller Macht, stieß ihn gegen die Tür, preßte Gesicht und Becken an ihn und umklammerte mit den Händen seinen Brustkasten. Sie berührten einander lange Zeit, dann zog sie die Lippen weg, drückte sich noch fester an ihn und stöhnte: »Mein Gott.«

Lucas hielt sie einen Augenblick fest, dann flüsterte er ihr ins Ohr: »Doppelt oder nichts«, berührte wieder ihre Lippen, bewegte sich in einem engen Kreis mit ihr, spürte das Bett in den Kniekehlen, ließ sich darauf fallen und zog sie mit sich. Er rechnete damit, daß sie Widerstand leisten würde, aber sie folgte. Sie drehte sich auf die Seite, hielt ihn fest, küßte ihn wieder auf die Lippen, dann auf den Mundwinkel, und Lucas rollte sich halb auf sie, zog an ihrem Hemd, zupfte es aus der Hose, glitt mit der Hand darunter, kämpfte mit dem Büstenhalter, wand schließlich die Hand auf ihren Rücken, machte den BH auf und nahm eine ihrer Brüste in die Hand...

»O Gott«, sagte sie und krümmte sich an ihn. »Herrgott, Davenport...«

Er ertastete ihren Gürtel, riß ihn auf, glitt mit der Hand in ihre Hose, unter den Saum der Unterhose, tiefer, zum heißen, feuchten Zentrum...

»Ah, Herrgott«, sagte sie, rollte von ihm fort und stieß seine Hand weg und sank von der Bettkante herab auf den Boden.

»Was denn?« Es war stockdunkel in dem Zimmer, und Lucas war benommen von der plötzlichen Gegenwehr. »Lily...«

»Mein Gott, Lucas, wir können nicht... es tut mir leid, ich mache keine Spielchen mit Ihnen. Herrje, es tut mir leid.«
»Lily...«
»Lucas, Sie bringen mich zum Weinen, gehen Sie...«
»Himmel, lassen Sie das.« Lucas stand auf, stopfte sein Hemd wieder in die Hose und stellte fest, daß ihm ein Schuh fehlte. Er tastete einen Moment im Dunkeln, fand das Licht. Lily saß auf der anderen Seite des Bettes auf dem Boden und hielt ihr Hemd um sich geschlungen.
»Tut mir leid«, sagte sie. Ihre Augen waren schwarz vor Zerknirschung. »Ich kann einfach nicht.«
»Macht nichts«, sagte Lucas und versuchte, wieder zu Atem zu kommen. Er lachte fast. »Mein verdammter Schuh ist nicht da.«
Lily sah mit zerquältem Gesicht um das Bett herum und sagte: »Unter dem Vorhang. Hinter Ihnen.«
»Okay. Hab ihn.«
»Tut mir leid.«
»Hören Sie, Lily, was immer Sie wollen, okay? Ich meine, ich gehe auf mein Zimmer, jage mir eine Kugel durch den Kopf, um Druck abzulassen, aber machen Sie sich deswegen keine Gedanken.«
Sie lächelte schüchtern. »Sie sind ein netter Kerl. Wir sehen uns morgen.«
»Klar. Wenn ich es überlebe.«
Als er fort war, zog sich Lily aus, ging unter die Dusche und ließ Wasser über Brüste und Rücken strömen. Nach ein paar Minuten reduzierte sie langsam die Temperatur, bis sie schließlich den Eindruck hatte, als stünde sie unter einem Wasserfall von Eiswasser.
Sie ging nüchtern ins Bett. Und kurz bevor sie einschlief, mußte sie an den letzten Schuß denken. Hatte sie gezuckt? Oder hatte sie absichtlich danebengeschossen?
Lily Rothenburg, treue Ehefrau, schlief mit Verlangen im Herzen ein.

10

Es klopfte ein paar Minuten nach zehn Uhr. Sam Crow spülte eine Kaffeetasse im Spülbecken in der Küche. Als es klopfte, hörte er damit auf und sah hoch. Aaron Crow saß vor einer verkratzten Schreibmaschine und hackte eine Pressemitteilung zu dem Mord in Oklahoma. Shadow Love war im Bad. Als es klopfte, ging Aaron zur Tür und sprach durch sie hindurch.
»Wer ist da?«
»Billy.«
Billy. Aaron machte sich am Schloß zu schaffen und zog die Tür auf. Billy Hood stand o-beinig mit seinen Cowboystiefeln auf dem Flur und hatte einen verbeulten, wasserfleckigen Stetson auf dem Kopf. Sein kantiges Gesicht war abgespannt und blaß. Er machte einen Schritt vorwärts, und Aaron umarmte ihn und hob ihn von den Füßen.
»Verdammt, Billy«, sagte er. Er konnte das Steinmesser unter Billys Hemd baumeln spüren.
»Mir geht es schlecht, Mann«, sagte Billy, als Aaron ihn losließ. »Mann, mir ist es den ganzen Rückweg beschissen gegangen. Ich muß ständig daran denken.«
»Weil du ein spiritueller Mann bist.«
»Ich komme mir nicht besonders spirituell vor. Ich habe dem Typ den Hals durchgeschnitten«, sagte Billy und kam weiter ins Zimmer. Aaron sah auf den Flur und machte die Tür zu.
»Einem weißen Mann«, sagte Aaron.
»Einem Mann«, sagte Shadow Love aus dem Bad. Er stand direkt in der Tür und hatte die Arme ein wenig abgespreizt wie ein Revolverheld. Seine Wangen waren hohl. Die weißen Augen gingen in den Winkeln in die Höhe wie die eines hungrigen Wolfs. »Mach keine kleine Sache daraus.«
»Ich meine nicht, daß es eine Kleinigkeit ist«, sagte Aaron. »Ich meine nur, daß es etwas anderes ist. Billy hat den Feind in einem Krieg getötet.«

»Ein Mann ist ein Mann«, beharrte Shadow Love. »Das ist völlig gleich.«

»Und ein Indianer ist ein Indianer; es ist ein Unterschied, zu unserem Volk zu gehören«, schaltete sich Sam ein. »Ein Grund, warum Aaron dich nicht einsetzt, ist der, daß du den Unterschied zwischen Krieg und Mord nicht begreifst.«

Die beiden Crows hatten Stellung gegen ihren Sohn bezogen. Hood sprengte sie.

»Alle suchen nach mir«, sagte er. Billy sah ängstlich aus, wie ein Kaninchen, das gejagt worden ist, bis es keinen Ausweg mehr sieht. »Nach mir und Leo. Herrgott, ich hab das von Leo und dem Richter gehört. Er hat ihn umgebracht, Mann. Habt ihr schon was von ihm gehört?«

»Nein. Wir machen uns Sorgen. Sie haben ihn nicht geschnappt, aber wir haben auch noch nichts von ihm gehört.«

»Es sei denn, sie haben ihn, geben es aber nicht bekannt, damit sie ihn unter Druck setzen können«, sagte Shadow Love.

»Das glaube ich nicht. Die Sache schlägt solche Wellen, daß sie nichts geheimhalten können«, sagte Sam Crow.

Billy nahm den Hut ab, warf ihn auf einen Stuhl und strich sich mit einer Hand das Haar zurück. »Wir sind stündlich im Radio. In allen Zeitungen von hier bis New York. In jeder Stadt, durch die ich gekommen bin.«

»Sie kennen unsere Namen nicht«, sagte Sam.

»Sie haben uns mit Tony Bluebird in Verbindung gebracht. Sie werden hier in den Twin Cities nach uns suchen.«

»Das wird ihnen nichts nützen, wenn sie nicht wissen, wer du bist, Billy«, sagte Aaron und versuchte, ihn zu beruhigen. »In den Cities leben zwanzigtausend Indianer. Woher sollen sie wissen, wer es war? Und wir haben gewußt, daß sie dich mit Bluebird in Verbindung bringen würden; genau darum ging es ja.«

»Sie werden herausfinden, wer du bist«, sagte Shadow Love. Seine Stimme war zornig und kalt. Er sah die Crows an. »Es wird Zeit für euch zwei, daß ihr in das sichere Haus geht und von hier verschwindet. Wenn ihr überleben wollt.«

»Zu früh«, sagte Sam. »Wenn es uns hier zu heiß wird, gehen wir in das sichere Haus. Nicht vorher. Wenn wir zu früh gehen und es passiert nichts, werden wir sorglos. Wir spielen herum, und jemand wird uns sehen.«

»Und sie haben nach wie vor keine Namen, sie können Billy oder Leo nicht identifizieren.«

Shadow Love kam weiter ins Haus, legte Billy Hood eine Hand auf die Schulter und achtete nicht auf seine Väter. »Ich will dir was sagen: Sie kriegen deinen Namen raus. Und den von Leo. Mit der Zeit werden sie uns alle schnappen. Sie haben Aufnahmen einer Kamera in dem Gebäude, wo du Andretti umgebracht hast, also haben sie dein Gesicht. Die Bullen werden das Bild nehmen und herumzeigen und Druck machen wie verrückt, und schließlich wird es ihnen jemand sagen. Und es gibt eine Zeugin, die Leo gesehen hat. Die lassen sie wahrscheinlich gerade eben das Verbrecheralbum durchsehen.«

»Bist du die große Autorität?« fragte Aaron sarkastisch. »Kennst du alle Regeln?«

»Ich kenne genug«, sagte Shadow Love. Seine Augen waren weiß und milchig, wie Marmorsplitter von einem Grabstein. »Ich bin seit ich sieben war auf der Straße. Ich weiß, wie die Bullen arbeiten. Sie stochern, stochern, stochern, reden, reden, reden. Die kriegen es raus.«

»Das kannst du nicht wissen...«

»Sei kein altes Weib, Vater«, schnappte Shadow Love. »Es ist gefährlich.« Er sah dem anderen Mann einen Moment in die Augen, dann wandte er sich wieder an Billy. »Jemand wird es ihnen sagen. Früher oder später wird jemand uns alle verraten. Ich habe einen der Bullen getroffen, der mit den Ermittlungen zu tun hat. Er ist ein Jäger, das riecht man. Er ist hinter uns her, und er ist kein Vetter eines Sheriffs aus South Dakota, kein verblödeter Hinterwäldler, der sich Polizist nennt. Er ist ein harter Mann. Und wenn der uns nicht erwischt, erwischt uns ein anderer. Früher oder später. Jeder hier in diesem Zimmer ist ein Toter auf Urlaub.«

Billy Hood sah Shadow Love einen Moment in die Augen, dann

nickte er und schien größer zu werden. »Du hast recht«, sagte er mit plötzlich ruhiger Stimme. »Ich sollte noch einen töten, solange ich noch kann. Bevor sie mich erwischen.«
 Sam schlug ihm auf den Rücken. »Gut. Wir haben ein Opfer.«
 »Wo ist John? Unterwegs?«
 »Ja. Draußen in Brookings.«
 »O Gott, ist er hinter Linstad her?«
 »Ja.«
 »Das ist ein großer Fisch«, sagte Billy. Er strich mit einer Hand durchs Haar. »Ich muß nach Hause, eine Weile schlafen. Vielleicht fahre ich nach Norden, Ginny und das Mädchen besuchen, wißt ihr. Morgen oder übermorgen.«
 »Kommt mit uns runter zum Fluß«, schlug Sam vor. »Wir machen ein Schwitzbad. Hinterher wird es dir hundert Prozent besser gehen. Wir haben auch Schlafsäcke und zwei Zelte. Du kannst auf der Insel schlafen.«
 »Na gut«, nickte Billy. »Mein Hintern hat Schwielen, Mann...«
 »Und wir müssen über einen Mann in Milwaukee sprechen«, sagte Sam. »Den Mann, der an einer Strategie arbeitet, etwas gegen die Landrechte im Norden zu unternehmen. Kluger Bursche...«
 »Ich weiß nicht, ob ich es nochmal mit dem Messer machen kann, Mann. Dieser Andretti – dem ist das Blut wie aus einem Schlauch aus dem Hals gespritzt.« Billy hörte sich wieder unsicher an, daher brachte Sam ihn mit einer Handbewegung zum Schweigen.
 »Das Messer ist gut, weil es für die Leute und die Medien eine Botschaft bedeutet«, sagte er. »Aber es ist nicht wichtig. Nimm in Milwaukee eine Pistole. Ein Gewehr. Wichtig ist nur, der Mann muß sterben.«
 Aaron nickte. »Trag das Messer um den Hals. Wenn du erwischt wirst, reicht das.«
 »Ich werde nicht erwischt«, sagte Billy. Seine Stimme war leise und zitterte, aber er riß sich zusammen. »Wenn ich nicht entkommen kann, mache ich es wie Bluebird.«
 Sie unterhielten sich noch eine Viertelstunde, während Aaron getrockneten Beifuß und Weide einpackte, die er für das Schwitzbad

brauchte. Sam konnte ohne ein Kissen nicht schlafen, daher nahm er eins vom Bett mit. Sie gingen schon zur Tür raus, als das Telefon läutete.

Aaron nahm ab, sagte Hallo, hörte einen Moment zu, lächelte und sagte: »Leo, verdammt. Wir haben uns Sorgen gemacht...«

Leo Clark rief aus Wichita an. Oklahoma City war Kriegsgebiet, erklärte er. Polizei und FBI trieben sich in der Indianergemeinde herum. Er hatte die Stadt sofort nach der Tat verlassen, sich am nächsten Tag im Haus eines Freundes versteckt, die Haare schneiden lassen und war dann weiter nach Wichita gefahren.

»Was ist bei euch los?« fragte Leo.

»Nicht viel. Aber es wimmelt von FBI-Agenten. Also ist es nur eine Frage der Zeit...«

»Ich wünschte, wir würden hören...«

»Die Medien sprechen von *Krieg*, also ist wenigstens das rübergekommen.«

»Wir müssen weiter Gas geben...«

»Ja. Was hat der Richter gesagt, bevor du ihn erledigt hast?« sagte Aaron. Er hörte konzentriert zu, schließlich sagte er: »Okay, ich werde einen Teil für die Presseerklärung verwenden, damit sie wissen, es stimmt... und ich baue ein Zitat von dir ein, wie vereinbart.«

Sie sprachen noch eine Minute, dann legte Aaron auf. »Er ist auf dem Weg hierher«, sagte er. »Hat sich die Haare schneiden lassen. Keine Zöpfe mehr.«

»Schade«, sagte Sam. »Der Junge hatte tolle Haare.«

»Jetzt nicht mehr. Er hat die Seiten kahlrasiert und oben einen Bürstenschnitt«, sagte Aaron Crow kichernd. »Er sagt, er sieht aus wie ein Arsch von den Marines.«

Die Sauna befand sich auf der Insel unter Fort Snelling, wo der Minnesota und der Mississippi sich vereinten, auf Boden, in dem Sioux-Gebeine aus dem Todeslager ruhten. Aaron Crow konnte sie hier spüren, sie weinten immer noch und rissen wie Angelhaken an seinem Fleisch. Sam Crow hielt ihn fest und fürchtete, seine andere Hälfte könnte an gebrochenem Herzen sterben. Billy Hood betete und schwitzte, betete und schwitzte, bis Angst und Qual der Ermordung Andrettis aus ihm in den Boden geströmt waren. Shadow Love saß düster in der Hitze und beobachtete die anderen. Auch er spürte die Gebeine im Boden, aber er betete kein Wort.

Lange nach Mitternacht saßen sie am Flußufer und sahen auf das vorbeiströmende Wasser. Billy zündete sich mit einem Zippo-Feuerzeug eine Zigarette an und inhalierte.

»Einen Menschen umzubringen ist viel schwerer, als ich gedacht habe. Es zu *tun*, ist nicht so schwer, aber hinterher. Es zu tun, das ist so, als wenn man einem Huhn mit dem Beil den Kopf abhackt. Man tut es eben. Erst später, als ich drüber nachgedacht habe, hab ich Angst gekriegt.«

»Du denkst zuviel nach«, sagte Shadow Love. »Ich habe drei getötet. Das Gefühl ist nicht schlecht; es ist sogar ziemlich gut. Man gewinnt. Man schickt wieder eins von den Arschlöchern direkt in die Hölle.«

»Du hast drei getötet?« fragte Aaron schneidend. »Ich weiß nur von zweien: einen in South Dakota, einen in Los Angeles – den Drogenmann und den Nazi.«

»Es gibt noch einen«, sagte Shadow Love. »Ich habe seinen Leichnam unter der Lake Street Bridge in den Fluß geworfen.« Er deutete zum Fluß. »Vielleicht treibt er gerade vorbei, während wir rauchen.«

Die Crows sahen einander an; eine Träne rann Aarons Gesicht hinab. Sam wischte sie mit dem Daumen weg.

»Warum?« fragte Aaron seinen Sohn.

»Weil er ein Verräter war.«

»Du meinst, er war einer von uns?« Aarons Stimme schwoll vor Schmerz und Furcht an.

»Ein Verräter«, sagte Shadow Love. »Er hat die Polizei auf Bluebird gehetzt.«

Aaron sprang auf, legte die Hände an die Schläfen und drückte. »Nein, nein, nein, nein, nein...«

»Es war Yellow Hand aus Fort Thompson«, sagte Shadow Love.

»Ich kann die Gebeine hören«, stöhnte Aaron. »Yellow Hands

Leute waren freie Krieger. Sie sind für uns gestorben, und jetzt haben wir einen von ihnen getötet. Sie schreien nach uns...«

Shadow Love stand auf und spie in den Fluß. »Ein Mann ist ein Mann, das ist alles«, sagte er. »Nur ein verdammtes Stück Fleisch. Ich versuche, euch den Rücken frei zu halten, und nicht einmal dafür seid ihr dankbar.«

Billy Hood konnte in einem geliehenen Schlafsack nie richtig schlafen. Er wachte noch vor der Dämmerung mit Schmerzen im Nacken auf. Die Crows und Shadow Love schliefen noch, aber er kroch aus dem Zelt, zündete die Coleman-Laterne an, schlich leise in den Wald, grub ein Kotloch und benützte es. Als er fertig war, kickte er Erde über das Loch und fing an, Holz zu sammeln.

Am Ufer entlang verlief ein Dschungel abgestorbener Bäume. Hood sammelte ein Dutzend Stücke so lang und dick wie sein Unterarm und trug sie zum Lager zurück. Mit Zweigen und fingerdicken Ästen bildete er ein zeltförmiges Feuer, fächelte ihm Luft zu, wartete bis es gut brannte, schichtete dickere Scheite auf und stellte ein Stahlgitter darüber. Die Crows hatten eine blau emaillierte Blechkaffeekanne im Wagen, dazu ein Glas Instant-Kaffee. Er holte sie, füllte die Kanne mit Wasser aus dem Krug, schüttete Kaffee hinein, bis es ihm genug vorkam, und stellte sie auf das Gitter.

»Gottverdammt.« Aaron Crow bewegte sich. »Nichts riecht so gut wie frischer Kaffee.«

»Ich hab jede Menge hier draußen«, sagte Billy.

Aaron kam in einem T-Shirt mit V-Ausschnitt und grünen Boxershorts aus dem Zelt. »Tassen sind in der Kühltasche hinten auf dem Wagen«, sagte er.

Billy nickte und ging sie holen. Aaron sah nach Osten, aber von der Sonne war nichts zu sehen. Er schnupperte, und die Luft roch nach Morgen, nach Tau und Flußschlamm und kochendem Kaffee. Als Billy zurückkam, regten sich auch Sam und Shadow Love.

»John müßte inzwischen in Brookings sein«, sagte Billy.

»Ja.« Aaron holte die Kaffeekanne mit einem Topflappen vom Feuer und schenkte zwei Tassen ein. »Was hast du vor?«

»Ich fahr nach Hause, wasch mich, schlaf vielleicht ein paar Stunden und fahr dann nach Bemidji, Ginny und das Kind besuchen. Ich ruf dich an«, sagte Billy.

»Hast du über Milwaukee nachgedacht?« fragte Aaron.

»Die ganze Nacht.« Billy trank einen Schluck brühend heißen Kaffee und sah Aaron über den Rand der Tasse hinweg an. »Ich glaube, daß ich damit zurechtkommen werde. Das Schwitzen hat geholfen.«

Aaron sah zu der Sauna zurück. »Schwitzen hilft immer. Schwitzbäder würden Krebs heilen, wenn man ihnen eine Chance geben würde.«

Billy nickte, aber nach einem Augenblick sagte er: »Bei Shadow scheint es nicht zu helfen. Nichts für ungut, Aaron, aber der Junge ist völlig verrückt.«

11

Das Telefon weckte Lucas kurz vor sechs.

»Davenport«, grunzte er.

»Del hier. Billy Hood ist gerade in das Haus gegangen.«

Lucas richtete sich auf. »Sicher, daß er es ist?«

»Kein Zweifel, Mann. Er ist es. Er hat angehalten, ist ausgestiegen und reingegangen, ehe wir was unternehmen konnten. Sie sollten machen, daß Sie hierher kommen.«

»Haben Sie Lily angerufen?« Lucas schob einen Finger hinter den Schlafzimmervorhang und sah hinaus. Noch dunkel.

»Sie ist die nächste auf unserer Liste.«

»Ich ruf sie an. Melden Sie sich bei Daniel.«

»Schon passiert. Er hat gesagt, den Plan durchführen, wie besprochen«, sagte Del.

»Was ist mit den Feebs?«

»Der Typ hier hat seinen AIC angerufen.«

Lily nahm nach dem dritten Läuten ab, ihre Stimme krächzte wie ein rostiges Tor.
»Sind Sie wach?« fragte Lucas.
»Was wollen Sie, Davenport?«
»Ich dachte mir, ich ruf mal an und erkundige mich, ob Sie nackt schlafen.«
»Herr im Himmel, haben Sie den Verstand verloren? Wieviel Uhr...?«
»Billy Hood ist gerade in sein Apartment gegangen.«
»Was?«
»Ich hol Sie in zehn Minuten vor Ihrem Hotel ab. Zehn bis fünfzehn. Putzen Sie sich die Zähne, duschen Sie, kommen Sie runter...«
»Zehn Minuten«, sagte sie.

Lucas duschte, putzte sich die Zähne, zog Jeans, ein Sweatshirt und eine Baumwolljacke an und war fünf Minuten nach dem Gespräch mit Lily draußen. Die Stoßzeit fing an: Er fuhr mit dem Porsche die Cretin Avenue entlang, meistens auf der falschen Straßenseite, ignorierte eine rote Ampel und schaffte es bei dreien eben noch bei gelb. Er lenkte das Auto auf die I-94 und schaffte es zwölf Minuten, nachdem er den Hörer aufgelegt hatte, bei Lilys Hotel zu sein. Sie kam gerade zur Tür heraus, als er einparkte.
»Kein Zweifel an der Identität?« schnappte sie.
»Nein.« Er sah sie an. »Sie sind etwas blaß.«
»Zu früh. Außerdem ist mir ein bißchen flau. Ich habe mich gefragt, ob ich mir ein Brötchen in der Cafeteria holen soll, es dann aber doch lieber gelassen«, sagte sie. Ihre Stimme war geschäftsmäßig. Sie sah ihm nicht in die Augen.
»Sie haben gestern abend ganz schön zugeschlagen.«
»Ein bißchen zu schön. Ich fand nett... Sie wissen schon.«
»Sie waren heiß«, sagte Lucas unverblümt, aber lächelnd.
Sie errötete heftig. »Herrgott, Davenport, können Sie mich nicht in Ruhe lassen?«
»Nein.«

»Ich sollte nicht mit Ihnen fahren«, sagte sie und sah zum Fenster hinaus.

»Sie wollten es gestern nacht machen. Sie haben gekniffen. Damit kann ich leben. Die große Frage ist...«

»Ja?«

»Können Sie es?«

Sie sah ihn an und sagte mit einem Anflug von Hohn in der Stimme: »Aha, der große Liebhaber spricht...«

»Großer Liebhaber, dummes Zeug«, sagte Lucas. »Sie waren scharf. Das hat sich nicht erst ergeben, seit Sie mich kennengelernt haben.«

»Ich bin aber...« fing sie an.

»...sehr glücklich verheiratet«, vollendeten sie beide gleichzeitig.

»Ich will Sie so sehr«, sagte Lucas. »Mir ist zumute, als würde ich verbrennen.«

»Herrgott, ich weiß davon nichts.«

Lucas berührte sie am Unterarm. »Wenn Sie es wirklich... völlig ausschließen wollen... sollten wir vielleicht mit anderen Partnern zusammenarbeiten.«

Sie schloß gar nichts aus. Sie wechselte das Thema.

»Warum haben Sie sich Hood nicht sofort gegriffen, als er ankam? War es so, wie Sie gedacht haben...?«

Ein halbes Dutzend Detectives und der FBI-Agent warteten in der Wohnung, als Lucas und Lily eintrafen. Del nahm sie beiseite. Er war hellwach.

»Okay. Ich habe mit Daniel gesprochen, wir waren uns alle einig. Wir warten, bis der Bäcker zur Arbeit geht. Er geht halb acht, zwanzig vor acht, um den Dreh, aus dem Haus.«

Lucas sah auf die Uhr. Zwanzig nach sechs.

»Der andere, der Gewichtheber, bei dem wissen wir nicht, wann er geht«, fuhr Del fort. »Der Hausmeister sagt, manchmal ist er schon um neun weg, aber an manchen Tagen schläft er bis Mittag. So lange können wir nicht warten. Wir haben uns überlegt, wo Hood um sechs eingetroffen ist, ist er wahrscheinlich ziemlich fertig. Vielleicht die ganze Nacht gefahren. Wie auch immer, die Chance ist groß, daß er schläft. Daher machen wir es folgendermaßen: Wir gehen rein und setzen ihr Telefon außer Betrieb, falls noch jemand in dem Haus zu ihnen gehört. Dann schicken wir ein Team ins Haus, vier Mann, und setzen ein Mikrofon an die Tür. Hören eine Weile zu. Wer wach ist. Und wenn der Bäcker die Tür aufmacht und rauskommen will, packen wir ihn und peng – sind wir drin.«

»Himmel, wenn Hood wach ist und die Waffe in Griffweite hat...«

»Er wird kaum Zeit haben, danach zu greifen«, sagte Del zuversichtlich. »Kennen Sie diesen Jack Dionosopoulos, den großen Griechen von der ERU? Hat in St. Thomas Football gespielt.«

»Ja.« Lucas nickte.

»Er geht als erster rein, mit leeren Händen. Wenn Hood mit der Waffe drinnen wartet, haben wir keine Wahl. Jack läßt sich fallen, und der zweite Mann erledigt Hood mit der Schrotflinte. Wenn er keine Waffe hat, überwältigt Jack ihn. Wenn er ihn nicht sehen kann, stürmt er ins Schlafzimmer. Setzt ihn außer Gefecht. Hood ist nicht so groß...«

»Jack geht ein Risiko ein...«

»Er hat die volle Ausrüstung an. Er denkt, er spielt wieder bei St. Thomas.«

»Ich weiß nicht«, sagte Lucas. »Es ist Ihr Einsatz, aber es hört sich ganz danach an, als hätte Jack zu lange ohne Helm gespielt.«

»Er hat es schon mal gemacht. Dieselbe Situation. Bandenmitglied, das wir zum Reden gebraucht haben. Hatte eine Waffe im Gürtel, als Jack reinkam. Und hatte nie die Chance, sie zu ziehen. Jack war über ihm wie der Zorn Gottes.«

»Und wir sitzen wieder mal rum«, sagte Lily und beobachtete das Gebäude gegenüber durch die Jalousie.

»Nicht hier«, sagte Del. »Wir haben Ihre Zeichnung des Apartments der ERU gegeben – sie sammeln sich in der Werkstatt der Amoco-Tankstelle drei Blocks entfernt. Sie müssen hin und mit ihnen über das Apartment reden.«

»Gut«, sagte Lucas. »Rufen Sie an, wenn sich was tut.«

»Del ist für diese Tageszeit verdammt wach«, sagte Lily auf dem Weg zum Treffen mit der ERU.
»Hm.« Lucas sah sie an.
»Steckt er vielleicht seine Nase in Beweismittel? Gestern hat er so fest geschlafen, daß es irgendwie nach einem chemischen Crash ausgesehen hat.«
Lucas schüttelte den Kopf. »Kein Koks«, murmelte er.
»Was anderes?«
Lucas zuckte die Achseln. »Man erzählt sich Geschichten«, sagte er mit gedämpfter Stimme. »Möglicherweise pfeift er von Zeit zu Zeit eine Black Beauty ein.«
»Schätzungsweise stündlich«, sagte sie leise.

Die ERU machte den Eindruck einer Footballmannschaft. Sie waren eingestimmt, bereit und redeten geistesabwesend wie eine Mannschaft, die sich schon auf das Spiel konzentriert. Der Plan der Wohnung war mit schwarzem Stift auf eine Plastikplatte aufgemalt worden. Die Polaroidfotos, die Lucas in dem Apartment gemacht hatte, waren an einer Seite festgeklebt. Er verbrachte ein paar Minuten damit, Stühle, Sofas, Tische und Teppiche einzuzeichnen.
»Was für ein Teppich ist das? Liegt er lose?« wollte Dionosopoulos wissen. »Ich will nicht da reinstürmen und auf den Arsch fallen.«
»Das hast du doch in St. Thomas auch gemacht«, sagte einer der ERU-Männer.
»Fick dich und alle heidnischen Lutheraner«, sagte Dionosopoulos im Plauderton. »Was ist mit dem Teppich, Lucas?«
»Er ist klein, mehr kann ich Ihnen nicht sagen. Ich weiß nicht, ich würde sagen, seien Sie vorsichtig, Sie könnten ausrutschen...«
»Es ist einer dieser alten falschen Perserteppiche, wissen Sie, man kann die Fäden sehen«, sagte Lily. »Ich glaube, er wird rutschen.«
»Okay.«
»Lucas?« Eines der anderen Teammitglieder kam näher. »Del hat eben angerufen. Er hört sich unheimlich an, Mann, aber er sagt, Sie

sollen Ihren Arsch in Bewegung setzen und zum Beobachtungsposten kommen, und zwar sofort.«
»Was meinen Sie damit, ›unheimlich‹?« fragte Lucas.
»Er flüstert, Mann. Über Funk...«

Del empfing ihn auf dem Flur vor der Wohnung. Seine Augen sahen wie weiße Pokerchips aus Plastik aus.
»Was ist?« fragte Lucas.
»Die Feds sind hier. Sie haben einen Sturmtrupp, der auf dem Weg hierher ist.«
»Was?« Lucas drängte sich in das Apartment. Der Agent-in-charge von Minneapolis stand am Fenster neben dem anderen FBI-Agent. Beide trugen Kopfhörer und sahen über die Straße.
»Scheiße, was geht hier vor?« fragte Lucas.
»Wer sind Sie?« fragte der AIC kalt.
»Davenport, Lieutenant, Polizei von Minneapolis. Wir haben den Schauplatz umstellt...«
»Es ist nicht mehr Ihr Schauplatz, Lieutenant. Wenn Sie das bezweifeln, schlage ich vor, Sie rufen Ihren Chief an...«
»Leute auf der Straße«, stieß einer der Detectives plötzlich hervor. »Leute auf der Straße.«
»Scheißkerl«, sagte Del, »Scheißkerl...«
Lucas sah durch die Jalousie. Lily stand an seiner Schulter. Sechs Männer waren auf der Straße, zwei in langen Mänteln, vier mit kugelsicheren Westen. Drei der gepanzerten Männer und einer im Mantel gingen die Stufen des Mietshauses hoch; der andere Mann im Mantel wartete vor der Treppe, der letzte Gepanzerte postierte sich an der Ecke des Hauses. Einer der Männer auf der Treppe ließ kurz vor Betreten des Hauses eine Schrotflinte sehen. Der Mann im Mantel drehte sich zu dem Beobachtungsposten um. Kieffer.
»O nein, nein«, sagte Lily. »Er hat ein AVON, sie wollen die Tür mit AVONs aufschießen.«
»Die kriegen sie nie auf, Mann«, sagte Lucas verzweifelt zum AIC. »Die Tür ist Eiche massiv. Rufen Sie sie zurück, Mann, die kriegen sie nie auf.«

»Was?« Der AIC blickte nicht durch, daher sagte Lily: »Die Tür kriegen Sie mit AVONs nicht auf.«

Lucas drehte sich um, lief aus der Wohnung und den Flur entlang zum Eingang des Hauses. Er konnte Del singen hören: »*Scheißkerle, Scheißkerle...*«

Lucas platzte zur Eingangstür hinaus und erschreckte den FBI-Mann auf der Straße. Der FBI-Mann griff zur Hüfte, und Lucas schlug einen Haken und schrie: »Nein, nein...«

Ein Bumm war zu hören, dann ein zweites und ein drittes, keine knallenden Laute, sondern dumpfes, hallendes *Bumm-Bumm-Bumm*, als würde jemand in der Ferne eine Pauke schlagen. Lucas blieb stehen, wartete eine Sekunde, zwei, drei; dann wieder *Bumm, Bumm...* und dann eine Pistole, ein schärferer Laut, peitschend, sechs, sieben Schuß, dann eine Pause, dann eine seltsam knirschende Explosion...

»Polizei Minneapolis«, rief Lucas dem FBI-Mann an der Treppe zu. Lily war jetzt bei ihm, sie gingen gemeinsam über die Straße. Der FBI-Mann hielt ihnen eine Hand entgegen, aber als die Pistolenschüsse ertönten, drehte er sich um und betrachtete das Gebäude.

»Verschwinden Sie von der Straße, Dummkopf«, schrie Lucas. »Das ist Hood mit einer Pistole. Wenn er ans Fenster kommt, sind Sie ein totes Arschloch.«

Lucas und Lily gingen über den Bürgersteig zum Gebäude, bis sie unmittelbar vor der Treppe standen. Der FBI-Mann kam herüber und stellte sich zu ihnen; jetzt hatte er die Pistole gezückt. Im Flur wurden Rufe laut.

»Sie haben ihn«, sagte der Agent und sah sie an. Er klang unsicher.

»Unsinn«, sagte Lily. »Sie sind gar nicht erst reingekommen. Wenn Sie ein Funkgerät haben, rufen Sie besser die Notärzte, es hört sich nämlich ganz so an, als hätte Hood ein Blutbad angerichtet...«

Die Haustür ging auf, und Kieffer kam geduckt und mit gezückter Pistole die Treppe herunter.

»Was ist los, was ist los?« brüllte der Agent im kugelsicheren Anzug an der Ecke.
»Zurück, zurück«, schrie Kieffer. »Er hat Geiseln!«
»Kieffer, Sie blödes Arschloch...« schrie Lucas.
»Verschwinden Sie von hier, Davenport, dies ist ein FBI-Einsatz.«
»Lecken Sie mich am Arsch, Wichser...«
»Ich buchte Sie ein, Davenport.«
»Kommen Sie her, dann können Sie mich einbuchten, weil ich einem FBI-Agenten in den Arsch getreten habe, genau das werde ich nämlich tun«, brüllte Lucas zurück. »Sie dämlicher Pisser...«

Das FBI-Team und die Einsatzteams der Polizei von Minneapolis stabilisierten das Gebiet und scheuchten die Bewohner aus dem Mietshaus und den angrenzenden Gebäuden. Der Geiselexperte der Stadt richtete ein mobiles Telefon ein, um Hood anzurufen.

Als Lucas und Lily in die Wohnung zurückkamen, redete Daniel mit dem AIC und Sloan lehnte an der Wand und hörte zu.

»...im Fernsehen genau erklären, was passiert ist«, dröhnte Daniel heuchlerisch. »Wir hatten substantielle Erfahrungen mit dieser Art von Situation, wir hatten den Schauplatz vorbereitet und stabilisiert, wir hatten einen hervorragenden Einsatzplan, den unsere besten Mitarbeiter ausgearbeitet hatten. Und plötzlich, ohne vorherige Absprache und ohne Hintergrundinformationen – Informationen, die wir besaßen; wir wußten, daß die Tür mit AVONs nicht aufzukriegen war, aus diesem Grund haben wir sie gar nicht erst eingesetzt – plötzlich übernimmt ein FBI-Team den Oberbefehl und startet prompt einen Einsatz, den ich nur als dilettantisch bezeichnen kann und gefährdet nicht nur das Leben zahlreicher Polizeibeamter und unschuldiger Menschen in den angrenzenden Apartments, sondern verspielt auch die Möglichkeit, Bill Hood lebend festzunehmen und hinter das Geheimnis dieser schrecklichen Verschwörung zu kommen, die so viele Menschen das Leben gekostet hat...«

»Es hätte hinhauen müssen«, sagte der AIC verbittert.

Daniel gab den Predigerton auf und wurde scharf. »Unsinn. Wissen Sie, ich hätte mir nie träumen lassen, daß Sie so etwas versuchen würden. Ich habe Sie für zu schlau gehalten. Wenn Sie mit Ihrem Team zu uns gekommen wären, sich Zeit gelassen und mit uns geredet hätten, hätten wir eine gemeinsame Aktion machen und Sie hätten den Ruhm einheimsen können. Aber so, wie es gelaufen ist... werde ich nicht dafür geradestehen.«

»Könnten bitte alle mal rausgehen? Nur eine Minute«, fragte der AIC laut. »Alle?«

»Lucas, Sie bleiben«, sagte Daniel.

Als die anderen Polizisten gegangen waren, sah der AIC kurz zu Lucas und dann zu Daniel.

»Brauchen Sie einen Zeugen?«

»Kann nie schaden.«

»Na gut, was wollen Sie?«

»Ich weiß nicht. Wahrscheinlich möchte ich Ihre Billigung und aktive Befürwortung für ein halbes Dutzend Anträge auf Bundesunterstützung zur Verbrechensbekämpfung...«

»Kein Problem...«

»...und einen Draht in Ihre Datenspeicher. Wenn ich Sie wegen etwas anrufe, will ich alles erfahren, was Sie wissen, und keine faulen Ausreden.«

»Großer Gott, Daniel.«

»Sie können mir einen Brief in dieser Richtung schreiben.«

»Nichts Schriftliches...«

»Wenn ich nichts Schriftliches bekomme, gibt es keine Abmachung.«

Der AIC schwitzte. Er hätte einen Coup landen können. Statt dessen war er für ein Desaster verantwortlich. »Na gut«, sagte er schließlich. »Ich muß Ihnen vertrauen.«

»He, wir sind doch immer Freunde gewesen«, sagte Daniel und klopfte dem FBI-Mann auf den Rücken.

»Lassen Sie das«, sagte der FBI-Mann und duckte sich weg. »Der verdammte Clay. Er ruft mich alle fünfzehn Minuten an und schreit nach *action*. Er kommt hierher, wissen Sie. Und er wird seine Scheißpistole unter der Achsel haben, das Arschloch.«

»Ich bedaure Sie so sehr«, sagte Daniel.
»Ist mir scheißegal«, sagte der AIC. »Finden Sie nur etwas, damit ich aus dem Schneider bin.«
»Ich glaube, das können wir«, sagte Daniel. Er sah Lucas an. »Wir sagen, Minneapolis hat die Sache geplant und wir haben uns der Mithilfe von FBI-Experten versichert, um die Sache durchzuziehen. Als das nicht möglich war, haben wir auf einen Alternativplan zurückgegriffen und Beamte der Stadt gebeten, über eine Aufgabe zu verhandeln.«
»Das kauft uns das Scheißfernsehen nie ab«, sagte der Agent unglücklich.
»Wenn wir es beide behaupten, was haben sie für eine Wahl?«

Del, Lily und Sloan standen beisammen im Flur, als Lucas und Daniel die Wohnung verließen.
»Was machen wir?« fragte Del.
»Einen Kuhhandel«, sagte Daniel.
»Ich hoffe, Sie haben eine Menge bekommen«, sagte Del.
»Wir können zufrieden sein, wenn wir Hood da raus bekommen«, sagte Daniel.
»Vielleicht war dies nicht der Zeitpunkt für einen Kuhhandel«, sagte Sloan. »Vielleicht wäre es an der Zeit gewesen, es so zu erzählen, wie es passiert ist.«
Daniel schüttelte den Kopf. »Man feilscht immer«, sagte er.
»Immer«, sagte Lucas.
Lily und Del nickten, Sloan zuckte die Achseln.

Hood hatte siebenmal mit einer großkalibrigen Pistole durch die Eichentür geschossen, nachdem es den AVON-Salven nicht gelungen war, sie aufzublasen. Als sie sahen, daß die Tür nicht nachgeben würde, hatten die Agenten sich zurückgezogen, daher war niemand verletzt worden. Die Schüsse hörten auf, es folgte eine seltsame Explosion, dann Stille.
Zwanzig Minuten nach dem versuchten Eindringen, als Daniel immer noch mit dem Agent-in-charge sprach, rief der Geiselexperte

der Polizei Hood an. Hood nahm ab, sagte, er käme nicht raus, aber seine Freunde in der Wohnung hätten nichts damit zu tun.
»Kennen Sie mich?« fragte er.
»Ja, wir hatten Sie identifiziert, Billy«, sagte der Unterhändler. »Aber das waren nicht wir an der Tür, das war eine andere *Agentur*.«
»Das FBI...«
»Wir versuchen nur, alle dort rauszubekommen, auch Sie, ohne daß jemand verletzt wird...«
»Die Jungs hier, die haben nichts damit zu tun.«
»Können Sie sie rausschicken?«
»Klar, aber ich will nicht, daß die Weißen sie abschießen. Kapiert? Die Scheiß-FBI-Leute knallen uns ab wie räudige Hunde.«
»Wenn Sie sie rausschicken, garantiere ich, daß ihnen nichts geschieht.«
»Ich frage sie«, sagte Hood. »Sie haben Angst. Sie schlafen, und plötzlich versucht jemand, die Scheißwohnung in die Luft zu jagen, klar?«
»Ich garantiere...«
»Ich frage sie. Rufen Sie in zwei Minuten wieder an.« Er legte auf.

»Was ist los?« fragte Lucas. Er und Lily hatten das Gebäude umrundet und waren zum Auto des Unterhändlers gekommen.
»Ich glaube, er läßt die beiden anderen raus.«
»Einfach so?«
»Einfach so. Er betrachtet sie nicht als Geiseln.«
»Sind sie auch nicht. Es sind seine Freunde.«
»Was ist mit Daniel?« fragte der Unterhändler.
»Die Feebs sind raus«, sagte Lucas.
»*Prima.*«
Der Unterhändler rief nach etwas mehr als zwei Minuten wieder an.
»Sie kommen raus, aber sie müssen durchs Fenster kommen. Die Scheißtür ist total im Arsch, wir kriegen sie nicht auf«, sagte Hood.
»Gut. Prima. Brechen Sie das Fenster auf, was immer Sie wollen.«

»Sagen Sie es den weißen Jungs, damit sie nicht abgeknallt werden.«

»Ich gebe es gleich weiter. Lassen Sie uns eine Minute Zeit, dann schicken Sie sie raus. Und Sie sollten auch darüber nachdenken, Billy; wir wollen Ihnen wirklich nichts tun.«

»Sparen Sie sich den Mist und geben Sie durch, daß die beiden nicht erschossen werden«, sagte Hood und legte auf.

»Die beiden Typen kommen raus«, sagte der Unterhändler dem Funker neben ihm. »Weitergeben.«

Lily und Lucas standen noch bei dem Auto, als vor ihren Augen ein Stuhl durchs Fenster geflogen kam und Scherben mit einem Besen aus dem Fensterrahmen gestoßen wurden. Danach wurde eine Decke über die Fensterbank geworfen. Der erste Mann stand im Fenster, sprang die eineinhalb Meter zum Bürgersteig herunter und lief die Straße entlang auf die wartenden Polizeiautos zu. Ein Streifenpolizist ging ihm entgegen, als er die Autoblockade passierte.

Lily sah ihn an und schüttelte den Kopf. »Kenne ich nicht«, sagte sie. »Der war auf keinem Foto.«

Der zweite Mann folgte eine halbe Minute später, setzte sich auf die Fensterbank, ließ die Beine herunterbaumeln, sagte etwas in die Wohnung hinein. Nach wenigen Sekunden zuckte er die Achseln, sprang herunter und ging zur Polizeiabsperrung. Der Unterhändler griff wieder zum Telefon.

»Billy? Billy? Reden Sie mit mir, Mann. Reden Sie mit mir... Kommen Sie schon, Sie wissen, daß das nicht richtig ist. Das war das FBI, wir haben die Wichser fortgeschickt... ich weiß, ich weiß... Nein, verdammt, das mache ich nicht und die Männer hier machen es nicht. Sagen Sie mal... Billy? Billy?« Er schüttelte den Kopf und ließ den Hörer in den Schoß sinken. »Scheiße, er hat aufgelegt.«

»Was hat er gesagt?« fragte Lily.

»Er sagt, wir Weißen würden ihn abknallen«, sagte der Unterhändler. Der Unterhändler, ein untersetzter Schwarzer, lächelte, hob den Hörer hoch und wählte wieder. »Wahrscheinlich hat er recht, verdammte weiße Jungs mit ihren Knarren.«

Die Leitung war besetzt.

»Wo ist das Register, das Anderson angelegt hat?« fragte der Unterhändler seinen Funker. Der Funker gab ihm ein Notizbuch. »Rufen Sie die Telefongesellschaft an, erzählen Sie ihnen, was hier los ist und fragen Sie, wohin der Anruf geht.«

»Überprüfen Sie seine Familie«, schlug Lucas vor. »Die Nummer müßte drin sein.«

Der Unterhändler fand die Nummer in Bemidji in Andersons Notizbuch, wählte und stellte fest, daß dort auch besetzt war. »Das ist es«, sagte er. »Wir sollten jemand zum Sheriff schicken, damit der nach der Frau sieht. Vielleicht wollen wir mit ihr reden. Wir können sie dazu bringen, hier anzurufen und uns dann einschalten, damit wir mithören können, was sie miteinander reden.«

Ein Polizist in Zivil kam herbeigeeilt. »Einer der beiden andern sagt, daß Hood mit einem Gewehr schießen wollte, das explodiert ist. Er ist verletzt. Er hat eine Schnittwunde im Gesicht und blutet. Der Mann meint, daß es nicht allzu schlimm ist.«

Lucas sah Lily an, worauf Lily grinste und nickte.

Fünf Minuten später kam der Unterhändler wieder durch.

»Sie können nicht raus, Billy. Es kann nur passieren, daß noch jemand verletzt wird. Wir stellen Ihnen einen Anwalt, umsonst, wir bringen Ihnen... Scheiße.«

»Versuchen wir's mit seiner Frau?« schlug Lucas vor.

»Was ist mit den beiden, die rausgekommen sind?« fragte Lily. »Vielleicht können sie helfen...«

Kieffer kam zum Auto. »Ich dachte, Sie wären hier raus«, sagte Lucas und verstellte ihm den Weg.

»Wir beobachten«, sagte Kieffer verbittert.

»Beobachten Sie meinen Arsch.« Lucas stand direkt vor Kieffer, Brust an Brust.

»Fassen Sie mich nicht an, Davenport«, sagte Kieffer. »Ich lasse Sie einbuchten...«

»Ich fasse Sie an«, sagte Lily und drängte sich zwischen sie. Lucas wich widerwillig einen Schritt zurück. »Wollen Sie mich jetzt wegen Tätlichkeit einlochen? Ich bin nicht so höflich wie diese Arsch-

löcher aus Minneapolis, Kieffer, und ich muß mich auch nicht an irgendwelche Abmachungen von Daniel halten. *Ich* kann mit den Fernsehtypen reden.«
»Scheiß drauf«, sagte Kieffer und entfernte sich. »Ich beobachte.«

Der Unterhändler versuchte es noch einmal; diesmal sprach er länger. »Sie können uns vertrauen... Moment mal, lassen Sie mich mit jemand reden...«
Schließlich wandte er sich an Lucas, hielt die Sprechmuschel zu und sagte: »Kennen Sie irgendwelche Indianer?«
»Ein paar.«
»Wollen Sie es versuchen? Er hat Angst. Erwähnen Sie die Leute, die Sie kennen...«
Lucas nahm den Hörer. »Billy Hood. Hier spricht Lucas Davenport von der Polizei von Minneapolis. Hören Sie, kennen Sie Dick Yellow Hand, einen Freund von Bluebird? Oder Chief Dooley, den Barbier? Kennen Sie Earl und Betty May? Das sind Freunde von mir, Mann. Sie machen sich Sorgen um Sie. Und ich mache mir auch Sorgen. Sie können da drinnen nichts tun. Sie werden nur verletzt werden. Wenn Sie rauskommen, werden Sie okay sein. Ich schwöre es.«
Ein Augenblick herrschte Stille. Dann sagte Hood: »Sie kennen Earl und Betty?«
»Klar, Mann. Sie können sie anrufen. Die werden Ihnen sagen, daß ich okay bin.«
»Sind Sie ein Weißer?«
»Ja, klar, aber ich will keinem was tun. Kommen Sie raus, Billy. Ich schwöre bei Gott, niemand wird auf Sie schießen. Kommen Sie raus, dann können wir alle nach Hause gehen.«
»Lassen Sie mich darüber nachdenken, Mann. Lassen Sie mich nachdenken, okay?«
»Okay, Billy.« Die Verbindung wurde unterbrochen.

»Was?« fragte Lucas den Unterhändler, der über Kopfhörer mitgehört hatte.

»Kann sein, daß er diese Leute anruft. Earl und Betty, waren das ihre Namen?«

»Ja. Jeder kennt sie.«

»Wir geben ihm zwei Minuten, dann versuchen wir es wieder.«

Zwei Minuten später war besetzt. Nach dreien kamen sie durch. Der Unterhändler sagte ein paar Worte, dann gab er Lucas den Hörer.

»Ist das der Mann, der Earl und Betty kennt?« fragte Hood.

»Ja, Davenport«, sagte Lucas.

»Ich komm raus, aber Sie müssen hier raufkommen und mich holen. Wenn ich einfach rauskomme, knallt mich einer von den weißen Jungs ab.«

»Nein, das werden sie nicht, Billy ... Hören Sie ...« Lucas kauerte sich über das Telefon.

»Dummes Zeug, Mann, erzählen Sie mir keinen Scheiß. Die Jungs sind schon lange gegen mich. Seit meiner Geburt, Mann. Sie warten nur. Ich habe nichts gegen Sie, also sind Sie sicher. Wenn Sie mich wollen, dann kommen Sie hier rauf.«

Lucas sah den Unterhändler an. »Was meinen Sie?«

»Er hat den Mann in New York umgebracht«, sagte der Unterhändler. »Er hat versucht, das FBI-Team zu töten.«

»Er hatte Grund dazu. Vielleicht will er wirklich nur den Schutz.«

»Er hat Angst«, stimmte der Unterhändler zu.

»Was werden Sie machen?« fragte Hood.

»Bleiben Sie einen Moment dran, wir unterhalten uns«, sagte Lucas. Er sah Lily an. »Es gibt vielleicht keine andere Möglichkeit, ihn lebend zu bekommen.«

»Sie müßten den Verstand verloren haben, wenn Sie da reingehen würden«, wandte Lily ein. »Wir kriegen ihn. Früher oder später muß er rauskommen, und keiner wird verletzt. Keiner hier draußen ...«

»Wir müssen mit ihm reden.«

»Ich muß nicht mit ihm reden«, sagte sie. »Ich muß ihn nur auf jeden Fall haben. Tot oder lebendig.«

»Ist Ihnen egal, ob wir den Rest der Gruppe schnappen?« fragte Lucas.

»Nein. Theoretisch nicht. Aber Hood ist mein Mann. Wenn er versorgt ist, liegt der Rest bei Ihnen und den Feebs.«

Kieffer stand ein Stück vom Auto entfernt und sah über die Straße zu der Wohnung. »Es erfordert Mumm, da reinzugehen«, sagte er.

Sein Tonfall war zweifelnd, als wäre er nicht sicher, ob Lucas es machen würde.

»He, es geht hier nicht um Mumm«, sagte der Unterhändler mit zorniger Stimme.

»Was sollte die dumme Bemerkung, Kieffer?« fragte Lily und drehte sich mit den Händen an den Hüften zu Kieffer um.

»Ruhig«, sagte Lucas und winkte ab. Er sah Kieffer nicht an, sondern blickte an dem Unterhändler vorbei zum Fenster der Wohnung. Da das Glas herausgebrochen war, war es nur ein schwarzes Rechteck im roten Sandstein. »Ich versuch's.«

»Verdammt, Davenport, Sie sind verrückt«, sagte Lily. Aber dann sagte sie: »Sprechen Sie durch das Fenster mit ihm. Gehen Sie nicht rein, sprechen Sie nur über den Sims.«

Lucas griff zum Telefon. »Billy? Ich bin bereit, Mann.«

»Dann kommen Sie?«

»Sie verarschen mich nicht?«

»Nein. Ich will nur nicht, daß einer von den weißen Jungs mich abknallt, Mann.«

»Sie sehen ihn von der anderen Straßenseite. Sie haben ein Gewehr auf ihn gerichtet. Er ist mitten im Zimmer«, sagte der Funker leise, während er im Kopfhörer lauschte. »Del sagt, wenn Sie dort sind, und er versucht irgendwas, lassen Sie sich einfach unters Fenster fallen; wir mähen ihn um.«

»Okay.« Lucas sah Lily an, nickte und sagte ins Telefon: »Ich komme jetzt, Billy. Ich bin auf der Straße, rechts von Ihnen, wenn Sie aus dem Fenster sehen.«

»Los doch, Mann. Es wird langsam alt.«

Lucas trat hinter dem Auto hervor, breitete die Arme aus und hielt die Hände auf Schulterhöhe.

»Okay, Mann«, rief er durchs Fenster.

Er ging langsam, mit ausgebreiteten Armen die Straße entlang und spürte, wie zwei Dutzend Augenpaare ihn beobachteten. Es war ein kühler Tag, aber er konnte Schweiß auf dem Rücken spüren. Eine Reihe blauweißer Tauben beobachtete ihn von einem roten Ziegeldach ein Stück die Straße hinunter. Auf einem anderen Dach, neben einem Kamin und außerhalb von Hoods Sehbereich, lauerte ein Mann des ERU mit einer M-16 in einem Fenster. Der Polizeifunk stieß unverständliche Sätze in die Morgenluft. Lucas hatte dreißig Schritte zurückgelegt.

»Kommen Sie, Sie sind okay«, rief Hood durchs Fenster. Lucas kam näher und hielt die Hände immer noch von den Seiten abgespreizt. Als er fünf Schritte vom Fenster entfernt war, rief Hood erneut. »Kommen Sie gerade her. Ich bin links, ich will nicht sehen, wie eine Waffe auf mich gerichtet ist. Ich bin echt fertig, Mann.«

Lucas berührte die Fassade des Gebäudes und streckte sich zum Fenster hoch. Er sah in einem spitzen Winkel hinein und konnte lediglich einen zertrümmerten Stuhl sehen. Er bewegte sich ein wenig weiter in die Fensteröffnung. Niemand war in seinem Sehbereich. Das rote Sitzkissen lag mitten auf dem Fußboden und hatte eine Delle, als hätte sich jemand darauf geworfen.

»Ich gebe auf, Mann«, sagte Hood. Seine Stimme kam von rechts, aber Lucas konnte ihn immer noch nicht sehen. Noch einen Schritt.

»Ich will, daß Sie reinkommen«, sagte Hood.

»Das kann ich nicht, Billy«, sagte Lucas.

»Sie locken mich in die Falle, Mann. Sie machen mich zur Zielscheibe. Wenn ich ans Fenster komme, bin ich tot, richtig?«

»Ich schwöre bei Gott, Billy...«

»Sie müssen nicht bei Gott schwören. Kommen Sie einfach aufs Fenster rauf. Ich bin da. Ich will, daß Sie direkt vor mir sind, Mann, damit die weißen Jungs mich nicht abknallen.«

Lucas drehte sich einmal um, murmelte »Scheiß drauf«, legte die Hände auf den Fenstersims und zog sich hoch. Als er auf den Sims kletterte, war Hood plötzlich da, den Rücken an die Außenwand gepreßt. Er sah Lucas über die Schrotflinte hinweg an.

»Kommen Sie weiter rein«, sagte er. Die Mündung der Schrotflinte folgte Lucas' Kopf wie ein stählernes Auge.
»Kommen Sie schon, Mann«, sagte Lucas. Im Schrank bei der Schrotflinte waren keine Patronen gewesen. Da Hood sie in der Hand hielt, hatte er die Munition entweder gefunden oder bluffte mit einer leeren Waffe. Warum sollte er bluffen? Er hatte eine Pistole benützt; jeder mußte glauben, daß die Pistole geladen war...
»Das wird doch nichts.«
»Seien Sie still«, sagte Hood. Seine Nerven waren zum Zerreißen gespannt, er hatte Angst. »Rein mit Ihnen.«
Lucas sprang vom Fensterbrett herunter.
»Hat einer von euch Klugscheißerbullen mein Gewehr versaut? Das waren Sie, richtig?«
»Ich weiß nichts von einem Gewehr«, sagte Lucas. Hoods Gesicht blutete aus einer langen Schnittwunde über einem Auge. Auf dem Boden neben seinem Fuß lag eine Fünfundvierziger mit aufgeklappter Kammer. Keine Munition mehr, überlegte Lucas.
»Hab das Scheißgewehr abgedrückt und mir fast das Gesicht weggepustet. Da war ein Lappen drin«, sagte Hood.
»Davon weiß ich nichts«, sagte Lucas. Er konnte spüren, wie die P 7 in seinem Rücken drückte.
»Dummes Zeug«, fauchte Hood. »Aber ich *weiß*, daß Sie von denen hier nichts gewußt haben...«
Er hielt den Lauf der Schrotflinte weiter auf Lucas' Kopf gerichtet, machte aber die Hand unter dem vorderen Ende auf. In dieser Hand hatte er zwei Patronen.
»Rehposten«, sagte Hood. »Hatte ich bei den Patronen für die Dreißig-Dreißiger. Hat jemand übersehen, hm?«
»Billy...« setzte Lucas an. Innerlich verfluchte er sich dafür, daß er die .30-30er Munition nicht mitgenommen oder wenigstens in den Karton gesehen hatte. »So kommen Sie hier nicht raus...«
»Rehposten nützen nichts, wenn die Wichser da draußen M-16er haben, aber mit dieser Flinte komm ich hier raus, weil ich Sie habe, weißer Junge«, sagte er. Er gestikulierte mit der Flinte. »Legen Sie sich hin. Auf den Boden.«

»Billy, ich hab Ihnen vertraut, Mann. Das bringt nichts.« Lucas spürte, wie sich Schweiß auf seinen Schläfen bildete, spürte die Wärme unter den Achseln.

»Na gut, ich hab gelogen, Arschloch«, sagte Hood. »Runter mit Ihnen, verdammt.« Er senkte den Lauf der Schrotflinte zwei Zentimeter, um *runter* anzudeuten.

Lucas ließ sich auf die Knie nieder und überlegte, ob er nach der P 7 greifen sollte, aber die Mündung der Schrotflinte war unerbittlich auf ihn gerichtet.

»Halten Sie die Hände vom Körper weg...«

Von draußen rief der Leiter des ERU-Teams über Megaphon: »Kommen Sie raus? Alles in Ordnung?«

»Alles prima«, rief Hood zurück. »Wir unterhalten uns. Lassen Sie uns reden.«

»Sie können nichts tun, was Ihnen weiterhelfen wird«, begann Lucas.

»Auf den Bauch, verdammt«, schnappte Hood.

Lucas ließ sich auf den Boden nieder. Dort roch es nach Großstadtschmutz. Sandkörner schnitten ihm ins Kinn.

»Ich will Ihnen sagen, was wir tun, damit Sie mir keinen Scheiß bauen«, sagte Hood. Schweiß rann ihm am Gesicht hinab, und Lucas konnte seine Angst riechen. »Ich richte die Waffe auf Sie und marschiere mit Ihnen hier raus. Wir nehmen ein Auto und fahren am Mississippi entlang zum Res. Unterwegs steige ich irgendwo aus und verschwinde im Wald. Und wenn ich erst mal im Wald bin, hab ich's geschafft, Mann.«

»Sie werden mit Hunden nach Ihnen suchen...«

»Sollen sie. Es werden überall Indianer sein, die die verdammten Hunde zu Tode scheuchen, Mann. Da unten in den Sümpfen werden die mich nie kriegen.« Lucas spürte, wie Hood näher zu ihm kam, dann berührte die Mündung der Schrotflinte ihn am Hinterkopf. »Nur damit Sie wissen, daß ich hier bin. Ich will, daß Sie das Gesicht gerade nach unten halten, bis ich Ihnen etwas anderes sage.«

Lucas lag mit dem Gesicht nach unten da und dachte immerzu an die Waffe in seinem Hosenbund. Hood machte etwas hinter ihm, aber er konnte nicht sehen, was. Ein reißender Laut war zu hören, und Lucas versuchte, den Kopf zu drehen, aber Hood sagte: »He!« und Lucas drehte ihn wieder zurück. »Ich muß atmen«, sagte Lucas.

»Sie können atmen, verarschen Sie mich nicht... Jetzt werden Sie gleich das Gewehr am Kopf spüren. Ich nehme an, Sie haben eine Waffe, und wahrscheinlich sind Sie so ein Karate-Experte, aber wenn Sie auch nur einen Mucks machen, puste ich Ihnen Ihr verfluchtes Gehirn raus... Ich hab den Finger am Abzug und entsichert, kapiert?«

»Kapiert«, sagte Lucas.

Er spürte die kalte Berührung der Mündung auf der Haut hinter dem Ohr. »Und jetzt heben Sie den Kopf nach hinten, bis Sie vom Boden wegsehen. Sehen Sie in die Küche, aber bewegen Sie nur Ihren Kopf«, sagte Hood. Lucas hob den Kopf, einen Augenblick später schlang Hood ihm eine Lage Klebeband um die Stirn, dann noch eine. Lucas knirschte mit den Zähnen.

»Die Gewehrmündung ist jetzt an Ihrem Kopf festgeklebt«, sagte Hood, als er fertig war. Seine Stimme klang eine Spur weniger gepreßt. »Wenn einer von den weißen Jungs auf mich schießt, sind Sie ein toter Mann. Wenn irgendwas passiert, sind Sie ein toter Mann. Eine Fingerkrümmung am Abzug, und Sie sind futsch, Mann. Kapiert, was ich gesagt habe? Lichter aus.« Eine dritte und vierte Bahn Klebeband wurde über die beiden ersten gelegt. Die letzte Bahn deckte teilweise Lucas' linkes Auge zu. Er konnte spüren, wie die Knöpfe seines Hemds gegen die Brust drücken, und plötzlich hatte er Schwierigkeiten zu atmen.

»Herrgott, Mann, seien Sie vorsichtig«, sagte er und bemühte sich, ein Winseln aus seiner Stimme zu verbannen.

»Nur die Ruhe, Mann... Und jetzt hoch.«

Lucas stemmte sich auf Hände und Knie und stand zitternd auf. Die Gewehrmündung folgte ihm direkt hinter dem rechten Ohr.

»Alles in Ordnung?« rief der Einsatzleiter der ERU.

»Alles klar, du Wichser«, rief Hood zurück. »Wir kommen in einer Minute raus.« Er wandte sich wieder an Lucas. »Mein Auto ist im Arsch. Ich brauche ein Bullenauto und etwas Zeit. Wir gehen raus und holen es uns.«

»Erzählen Sie ihnen, was Sie machen«, sagte Lucas. Das Gewicht der Flinte zog seinen Kopf auf die Seite. Das Band über dem linken Auge klebte am Lid, und plötzlich mußte er sich gegen einen Anfall von Klaustrophobie wehren. »Wenn sie mich mit erhobenen Händen vor Ihnen hergehen sehen, wird vielleicht jemand, der nicht sehen kann, was vor sich geht, auf Sie schießen.«

»Sagen Sie es ihnen«, meinte Hood. »Ihnen werden sie glauben. Rüber ans Fenster.«

Lucas ging zum Fenster. Hood hielt ihn mit der linken Hand am Kragen gepackt. Die Schrotflinte hielt er in der rechten und schubste Lucas damit zum Fenstersims.

»Nicht schießen«, schrie Lucas, während er an die Öffnung trat. Er hielt die Arme über den Kopf, die Finger abgespreizt. »Nicht schießen, verdammt. Er hat mir eine Schrotflinte am Kopf festgeklebt. Nicht schießen.«

In der Wohnung gegenüber war eine Bewegung zu sehen, nur ein Flackern hinter dem Fenster. Hood zog ihn näher; die Schrotflinte schnitt ihm hinter dem Ohr ins Fleisch.

»Billy...« tönte es über Megaphon.

»Ich will ein Auto, Mann«, brüllte Hood. Er schubste Lucas weiter, bis dieser auf der Fensterbank saß. Dann kletterte er vorsichtig, vorsichtig neben ihn. »Sie springen zuerst runter«, sagte er.

»Himmel«, sagte Lucas. »Bloß keine falsche Bewegung.«

»Runter.«

Lucas sprang die eineinhalb Meter hinunter, federte mit den Knien und machte bei der Landung die Augen zu. Die Welt war noch da. Hood landete neben ihm. Lucas holte noch einmal Luft. »Ich will ein Bullenauto und, daß mir jeder aus dem Weg geht«, schrie Hood.

»Billy, das wird Ihnen nichts nützen, es ist doch alles so prima gelaufen«, rief der Einsatzleiter. Das Megaphon dröhnte in Lucas' Ohren. Er betrachtete die Straße, die Autoabsperrung, die Leute, die halb sichtbar dahinter standen, und fragte sich, ob sie plötzlich verlöschen würden und Lucas Davenport eine tote Hülle auf dem kalten Boden wäre, wo eine Menschenmenge auf ihn herabstarrte...

»Gebt mir nur das Auto, Mann, bringt ein Auto hierher.« Hood wurde wieder nervös, seine Stimme kreischte fast in blinder Panik.

»Gebt ihm das Scheißauto«, rief Lucas. Er nahm den Geruch von Pinien wahr. Es waren keine Pinien hier; überhaupt keine Vegetation, aber der Geruch von Pinien drang dennoch durch, als wäre er in seiner Blockhütte in Wisconsin. Ein Refrain ging Lucas durch den Kopf, *Noch nicht, bitte noch nicht,* aber der kalte Kreis der Schrotflintenmündung drückte sich in das Fleisch hinter seinem Ohr...

»Okay, okay, okay, wir fordern ein Auto an, ganz ruhig, Billy, wir wollen nicht, daß noch jemand verletzt wird...«

»Wo ist das Auto?« kreischte Hood. »Wo ist das Auto?« Er riß an der Schrotflinte, und Lucas' Kopf schnappte zurück.

»Ruhig, Mann, ganz ruhig«, sagte Lucas, dem das Herz bis zum Hals schlug. Sein Hals tat weh, sein Kopf tat weh, und Hood drückte sich an ihn wie ein unerwünschter Partner bei einem dreibeinigen Rennen. »Wenn Sie dieses Ding aus Versehen abfeuern, sind Sie ein totes Arschloch, genau wie ich.«

»Schnauze«, fauchte Hood.

»Sie können ein Auto haben, Herrgott, bleiben Sie ruhig«, rief der Einsatzleiter der ERU. Er war direkt gegenüber auf der anderen Straßenseite. »Nehmen Sie das Auto rechts von Ihnen, rechts von Ihnen. Sehen Sie den Polizisten, der aussteigt? Die Schlüssel stecken.«

Hood drehte sich um und sah hin, und Lucas drehte sich mit ihm. Das Auto war neben dem des Geiselexperten. Lucas konnte Lily dahinter sehen.

»Okay, wir gehen zum Auto!« rief Hood dem Einsatzleiter zu. Sie schritten seitlich, wie Krabben, langsam, die Schrotflinte drückte... Zwanzig Schritte vom Auto entfernt.

»Billy? Billy? Ich bin der Mann vom Telefon. Wir haben einen Arzt hier«, rief der Unterhändler. Er ging einen Schritt von seinem Auto weg, und Lucas fiel auf, daß er seine Waffe abgelegt hatte. »Wir haben eine Ärztin hier, eine eingetragene Psychologin, wir wollen, daß Sie mit ihr reden...«

Lily trat hinter dem Auto hervor und stellte sich neben den Unterhändler; sie umklammerte die Handtasche mit beiden Händen. Sie sah wie eine sehr verängstigte Krankenschwester aus.

»Wir haben sie geholt, damit sie sich vergewissert, daß mit Ihnen alles in Ordnung ist. Sie sagt, sie will mit Ihnen fahren, falls es Probleme gibt, sie will reden...«

»Ich will nicht reden, Mann, ich will nur das Auto.« Hood stieß Lucas an, und Lucas, dessen Kopf durch die Schrotflinte unnatürlich gekrümmt wurde, ging seitwärts weiter.

»Ich kann Ihnen helfen«, rief Lily. Sie war fünfzehn Schritte entfernt.

»Ich will Sie nicht, Mann«, sagte Hood. Er schwitzte, und der Geruch seines Angstschweißes hüllte ihn ein. »Gehen Sie mir bloß aus dem Weg.«

»Hören Sie, Billy, Sie müssen mir zuhören. Bitte? Ich habe mit vielen Indianern gearbeitet, und was Sie hier machen, tut kein Indianer.« Sie kam einen Schritt näher, dann noch einen, und durch ihre eigene Bewegung Richtung Auto war sie jetzt nur noch weniger als zehn Schritte entfernt.

»Bleiben Sie mir bloß vom Leibe, klar?« sagte Hood verzweifelt. »Ich brauche keinen Scheißpsychofritzen, okay?«

»Billy, bitte...« sagte Lily mit flehentlicher Stimme. Sechs Schritte. Sie ließ die Handtasche am Schultergurt baumeln und gestikulierte mit einer Hand, während sie mit der anderen zum Jackett griff. »Lassen Sie mich...« Plötzlich war ihre Stimme nicht mehr beschwörend, sondern drängend. »Billy, Sie haben ein Problem. Okay? Ich will Ihnen davon erzählen, okay? Sie haben ein Problem, von dem Sie nichts wissen. Im Ernst. Billy, auf Ihrem Haar sitzt eine Wespe. Über dem rechten Ohr. Wenn sie sticht, drücken Sie nicht ab, es ist nur eine Wespe... Wir wollen keine Tragödie.«

»Eine Wespe, Mann... wo ist sie?« Hood blieb stehen, und plötzlich klang seine Stimme gepreßt. Lucas mußte blitzartig an das Antiallergicum in Hoods Medizinschränkchen denken.

»Auf Ihrem Haar, dicht über dem rechten Ohr, sie krabbelt in Richtung Ohr...«

Hood hatte die linke Hand um Lucas' Hals, und Lucas spürte, wie der Kolben des Gewehrs in die Höhe ging, als Hood versuchte, die nichtexistierende Wespe mit der Gewehrhand wegzuscheuchen. Da er den Finger am Abzug hatte, kam er nicht ganz an das Ohr heran; einen Sekundenbruchteil nahm er, ohne nachzudenken, den Finger vom Abzug und griff sich an den Kopf. In diesem Augenblick griff sich Lily mit der rechten Hand an den Bauch – mit der Hand, die die ganze Zeit nervös am Knopf des Jacketts gezupft hatte, und holte eine gespannte Fünfundvierziger hervor. Sie brachte sie so schnell auf Hoods Kopf in Anschlag, als wäre die Waffe ein Wurfpfeil, und Hood sah sie gerade noch rechtzeitig, daß er zusammenzucken konnte. Lucas machte die Augen zu und drehte sich weg; die Fünfundvierziger ging los, Lucas spürte einen heißen Hauch im Gesicht, als hätte ihn eine Handvoll Sand getroffen. Hood sackte rückwärts zu Boden, während Lucas auf die Knie sank und schrie: »Nehmt sie weg nehmt sie weg nehmt sie weg nehmt sie weg.«

Der Unterhändler kniete sich neben ihn und sagte: »Alles in Ordnung, alles in Ordnung.« Eine Hand packte den Kolben der Schrotflinte, hielt sie, und Lucas, der keuchend atmete, sagte: »Nehmt sie weg, nehmt sie weg.« Das Schnippen einer Schere war zu hören, dann war die Mündung nicht mehr da.

Nun war wieder alles scharf und deutlich, der Asphalt unter seinen Knien, der Geruch von Teer und Müll, die Geräusche der Funkgeräte, ein laufender ERU-Officer, Lilys »Mein Gott, mein Gott«, das Knie des Einsatzleiters neben seinem Gesicht, Billy Hoods verdrehter Turnschuh im Schmutz. Dann kam Lucas' Frühstück hoch, und er kniete vor Billy Hoods Apartment und würgte und würgte; und als er nichts mehr erbrechen konnte, krümmte er die Schultern unter trockenen Krämpfen, die seinen Magen folterten. Mitglieder des ERU-Teams versammelten sich um den Leichnam, und irgendwo konnte er eine Frau über das Rufen und Schwatzen hinweg wimmern hören. Der Einsatzleiter hatte ihm eine Hand auf den Nacken gelegt, sie war warm auf Lucas' kalter Haut. Er hörte jemand die Schrotflinte aufklappen; eine grüne Schrotpatrone fiel heraus.

Als die Magenkrämpfe aufhörten und er sich wieder unter Kontrolle hatte, drehte Lucas den Kopf und sah Billy Hoods Gesicht. Es war eingedrückt, als hätte ihn jemand mit einem Hammer geschlagen.

»Ein Schuß in den Zehner-Ring«, sagte Lily. Sie stand über ihm, ihr Gesicht war leichenblaß, und sah auf Hood herunter. »Genau in den Nasenansatz.« Ihre Stimme war zwar mutig, aber sie hörte sich unsagbar traurig an. Lucas stemmte sich auf Knie und Hände, dann unsicher auf die Füße.

Der Einsatzleiter half ihm, das Klebeband vom Kopf zu entfernen, drehte sich um und sah Lily an. »Sind Sie okay?« fragte er.

»Klar«, antwortete Lily.

»Und Sie?« wandte sich der Unterhändler an Lucas.

»Scheiße, nein.« Lucas machte ein paar unsichere Schritte, worauf Lily ihm einen Arm um die Taille legte. »Könnte ein paar Minuten dauern. Ich war so gut wie tot.«

»Vielleicht hätte er Sie gehen lassen«, sagte Lily und drehte sich zu Hoods Leichnam um.

»Vielleicht, aber das glaube ich nicht. Billy Hood war ein wütender Mann«, sagte Lucas. »Er war bereit zu sterben, und er wollte nicht allein gehen.«

Er blieb stehen, drehte sich um und betrachtete wie Lily den Leichnam. Hoods Gesicht war im Tod nicht friedlich. Es war einfach nur tot und leer, wie eine zusammengedrückte Bierdose am Straßenrand. Rotglühende Wut spülte durch Lucas hindurch.

»Gottverdammt, wir hätten ihn gebraucht. Der Wichser hätte reden müssen, die dumme Sau. Die dumme Sau, warum hat er das gemacht?« Er brüllte, und das gesamte ERU-Team sah ihn an.

Lily nahm ihn fester um die Taille und schob ihn behutsam in Richtung des Hauses auf der anderen Straßenseite.

»Habe ich schon ›Danke‹ gesagt?« fragte Lucas und sah Lily an.

»Noch nicht.«

»Sie hätten mir das Gehirn rauspusten können, Rothenburg. Und mir klebt aller möglicher Dreck im Gesicht.«

»Ich schieße zu gut, als daß ich Sie hätte treffen können. Und der

Dreck in Ihrem Gesicht ist besser als Schrotkugeln hinter dem Ohr«, sagte sie.
»Danke. Sie haben meinen Arsch gerettet.«
»Ich akzeptiere Ihre hilflose Dankbarkeit, die zwar keineswegs ausreicht...«
»Ich gebe Ihnen alle Dankbarkeit die Sie ertragen können, das wissen Sie«, sagte er. Ihr Haar strich über seine Wange.
»Scheißmänner«, murmelte sie.

12

Lucas saß auf einem Stapel Zeitungen.
»Alles in Ordnung?« fragte Daniel, der neben ihm hockte. Lily merkte, daß er behutsam sein wollte, aber nicht wußte wie.
»Gleich wieder«, sagte Lucas.
Larry Hart kam herein, sah sie und blieb stehen. »Das gesamte Viertel ist von den Medien umzingelt«, sagte er. »Kanal 8 hatte eine Kamera auf einem Dach in der Straße. Sie haben die ganze Sache live gesendet. Alle werden nach Ihnen und Lily Ausschau halten.«
»Scheiß drauf«, sagte Lucas, der die Ellbogen auf den Beinen und den Kopf zwischen den Knien hatte. »Hat jemand mit Jennifer gesprochen?«
»Ich hab sie gleich angerufen, als Lily Hood erledigt hatte«, sagte Daniel. »Sie saß vorm Fernsehen. Hat sich ziemlich gelassen angehört. Sie hat sogar versucht, ein paar Einzelheiten für ihren Sender aus mir rauszukitzeln.«
»Typisch Jennifer«, sagte Lucas. Er dachte an die Schrotflinte hinter seinem Ohr und umklammerte die Knie. »Wenn Sie jemand hätten, der den Porsche zu mir nach Hause fahren kann, vielleicht kann ich mich in einem Streifenwagen verdrücken...«
»Sloan nimmt ihn mit«, sagte Daniel. Lucas nickte und kramte die Schlüssel aus der Tasche. »Wir haben ein neues Problem. Ich behellige Sie ungern damit...«

»Herrgott, was denn noch?«
»Die Wasserpolizei von St. Paul hat heute vormittag eine Leiche beim Ford-Damm gefunden. Hing an einem Pfeiler. Ein Indianer. Ausweis auf den Namen Richard Yellow Hand.«
»O Scheiße«, sagte Lucas.
»Wir möchten, daß Sie ihn sich ansehen. Wir sind noch nicht sicher... nun, eigentlich sind wir ziemlich sicher, aber er war ihr Spitzel, daher...«
»Schon gut, schon gut, schon gut...«
»Ich komme mit, wenn Sie wollen«, sagte Lily.
»Äh, Sie lieber nicht«, sagte Daniel und sah zu ihr hoch. »Wir müssen ein paar Schußberichte schreiben. Und Sie müssen mit unserem Anwalt reden, da Sie keine in Minnesota zugelassene Polizistin sind...«
»Was...?«
»Nein, es wird keine Probleme geben«, sagte Daniel hastig. »Aber wir müssen einen Berg Papierkram erledigen. Himmel, wenn ich nur eine Zigarre hätte.«
»Ich identifiziere also die Leiche...«, sagte Lucas.
»Da wäre noch etwas«, sagte Daniel fast widerwillig. »Sie haben noch einen umgebracht.«
»Noch einen?« fragte Lily. »Wo?«
»Brookings, South Dakota. Kommt gerade rein. Den Bundesstaatsanwalt höchstpersönlich. Sie hatten eine Art Erntedankfest mit Polkatänzern. Der Mann, der Bundesanwalt, hat diesen Polkatanz immer besucht, weil er wußte, er würde ins Lokalfernsehen kommen. Ein Schütze hat auf ihn gewartet.«
»Unser Freund mit den Zöpfen?« fragte Hart.
»Nein. Und den Kerl haben sie. Sie haben ihn angeschossen. Momentan liegt er auf der Intensivstation. Ein Cowboy hat ihn gesehen, das Gewehr aus dem Pick-up geholt und ihm eine verpaßt.«
»Okay. Schöne Scheiße. Trotzdem sollte ich mir zuerst Yellow Hand ansehen. Wenn es Yellow Hand ist. Ich kann mir keine Gedanken über die Sache in SoDak machen, noch nicht.« Lucas stand auf, ging einen Halbkreis und blieb an der Tür stehen. Lily, Daniel

und Hart sahen ihn besorgt an, da versuchte er zu lächeln. »Ihr seht aus wie Dorothy, der Löwe und der Blechholzfäller. Nur Mut.«

»Na und, sind Sie dann der Zauberer Oz?« fragte Lily immer noch besorgt.

»Ich fühle mich mehr wie die Böse Hexe, nachdem das Haus über ihr zusammengebrochen ist«, sagte Lucas. Er hob eine Hand. »Auf bald.«

Der Leichnam von Yellow Hand befand sich im Büro des Gerichtsmediziners von Ramsey County, wo er mit dem Gesicht nach oben auf einem rostfreien Edelstahltisch lag. Lucas haßte Wasserleichen. Sie sahen nicht mehr wie Menschen aus. Sie sahen... geschmolzen aus.

»Yellow Hand?« fragte der Assistent des Gerichtsmediziners.

Lucas sah dem geschmolzenen Ding ins Gesicht. Yellow Hands Augen waren offen und aufgedunsen und hatten keine Pupillen; sie erinnerten an Milchplastikbeutel. Seine Gesichtszüge waren verzerrt, manche betont, andere nicht. Aber das Ding war noch zu erkennen. Er wandte sich ab. »Ja. Yellow Hand. Er hat Verwandte in Fort Thompson, das ist in South Dakota. Seine Mutter, glaube ich.«

»Wir rufen an...«

»Haben Sie schon eine Todesursache?« fragte Lucas.

»Wir haben ihn uns kurz angesehen. Er hat ein Loch im Schädel. Wie bei einer chinesischen Hinrichtung, eine Kugel. Das ist aber noch nicht offiziell: Vielleicht ist er nicht an der Wunde gestorben, er könnte ertrunken sein...«

»Aber er wurde angeschossen?«

»Sieht so aus...«

Sloan traf mit dem Porsche ein, als Lucas vor seinem Haus aus dem Streifenwagen ausstieg.

»Was für ein Auto«, sagte Sloan begeistert. »Hundertfünfundfünfzig Meilen auf der Interstate, ich konnte es kaum glauben...« Er sah Lucas ins Gesicht. »He, war nur Spaß«, sagte er. »Herrgott, alles klar? Sie sehen beschissen aus.«

»War ein schlechter Tag. Und dabei ist noch nicht mal Mittag«, sagte Lucas und bemühte sich um einen humorvollen Klang seiner Stimme. Es gelang ihm nicht.
»War es...?«
»Ja. Es war Yellow Hand.«
Sloan gab ihm die Schlüssel und sagte, Lily würde bis über beide Ohren in Papierkram stecken. Zwei hiesige Fernsehsender und einer aus New York hätten schon gefragt, warum sie hier in Minneapolis eine Waffe getragen habe. Daniel kümmere sich darum, sagte Sloan.
»Nun, ich muß los, wenn ich mit dem Streifenwagen zurückfahren soll«, meinte Sloan.
»Ja. Danke, daß Sie das Auto gebracht haben.«
»Gern geschehen...« Sloan schien ihn nicht allein lassen zu wollen, aber Lucas drehte ihm den Rücken zu und ging zum Haus. Als er die Eingangstür aufschloß, konnte er das Telefon läuten hören. Der Anrufbeantworter schaltete sich ein, ehe er dort war. Jennifer Careys Stimme sagte: »Es ist zehn Uhr achtundzwanzig. Wir haben etwas über die Hood-Sache gesendet. Ruf mich an...«
Lucas nahm den Hörer ab. »Puh. Bist du noch da?«
»Lucas? Wann bist du reingekommen?«
»Gerade eben. Bleib einen Augenblick dran, ich muß die Tür zumachen.«
Als er wieder am Telefon war, beschwerte sich Jennifer: »Hol dich der Teufel, Davenport, ich bin fast verrückt geworden. Ich habe mit Daniel gesprochen und der hat gesagt, er wüßte nicht, wo du steckst, aber daß es dir gut geht.«
»Mir geht es prima. Nein, mir geht es nicht prima, ich bin etwas daneben. Wo bist du?«
»Im Sender. Als ich rausgefunden habe, was los war – übrigens danke, daß du nicht angerufen hast, Acht hat uns ganz schön in den Arsch getreten, und weil alle wissen, daß wir zusammen sind, sehen sie mich hier an, als wäre ich eine außerirdische Kröte...«
»Ja, ja. Wo ist das Baby?« fragte Lucas.
»Ich habe Ellen angerufen, die College-Schülerin. Sie hat sie. Sie

kann so lange wie nötig bleiben. Sie kann auch über Nacht bleiben, wenn es sein muß.«

»Kannst du später rüberkommen?«

»Geht es dir gut?« fragte sie.

»Klar. Aber ich könnte etwas Unterstützung gebrauchen.«

»Hier ist die Hölle los. Hast du von Elmer Linstad in South Dakota gehört?«

»Ja. Der Bundesanwalt.«

»Tot wie eine Makrele. Der Mann, den sie angeschossen haben, dieser Liss...«

»Halt, halt, jetzt bist du mir voraus. Wer ist er?«

»Ein Indianer namens John Liss. Er stammt von hier, aus den Cities. Er ist im OP, aber man sagt, er kommt durch. Sie überlegen sich, ob sie mich am Spätnachmittag ins Flugzeug setzen. Ich soll dort ein Team leiten...«

»Okay.« Lucas versuchte, die Enttäuschung nicht durchklingen zu lassen.

»...aber ich könnte mich gegen Mittag loseisen.«

»Ich würde dich gerne sehen«, sagte Lucas. »Irgendwie ist mir komisch zumute.«

»Wenn wir ein Team hinschicken, könntest du reden...?«

»Nein, das kann ich nicht, Jen. Wirklich nicht. Sag ihnen, ich bin nicht da. Ich zieh den Telefonstecker raus. Ich muß mich hinlegen.«

»Na gut... ich liebe dich.«

Lucas schleppte sich ins Bett, konnte aber nicht einschlafen. Seine Gedanken wirbelten wild durcheinander, er konnte den Druck der Mündung hinter dem Ohr spüren, das grotesk aufgedunsene Gesicht von Yellow Hand schwebte vor seinen Augen...

Er lag flach auf dem Rücken und schwitzte. Er drehte den Kopf und sah auf die Uhr. Er war länger als eine Stunde im Bett; er mußte geschlafen haben, er mußte eingenickt sein, ihm kam es wie fünf Minuten vor...

Lucas richtete sich auf und zuckte zusammen, als er die Kopfschmerzen spürte. Er ging in die Küche, holte sich eine Flasche Mi-

neralwasser mit Zitronengeschmack aus dem Kühlschrank und begab sich unsicher in sein Arbeitszimmer. Der Anrufbeantworter blinkte ihm entgegen: acht Nachrichten. Er drückte den Play-Knopf. Sechs Anrufe kamen von Fernsehsendern und den beiden Lokalzeitungen. Einer von Daniel, der letzte von Lily. Er rief sie zurück.
»Ich stecke bis zum Hals in Papierkram«, sagte sie.
»Habe ich gehört.«
»Und ich habe morgen früh eine Anhörung...«
»Vielleicht Mittagessen?«
»Ich ruf Sie an.«
»Ich bin unterwegs. Aber ich hab ein Funkgerät dabei.«
Daniel hatte angerufen, weil er wissen wollte, wie es ihm ging. »Wir haben die Feebs bei den Eiern«, sagte er. »Ein Team bearbeitet die Leute in Hoods Mietshaus und seine Zimmergenossen; Sloan und Anderson suchen nach Material über diesen Typen in South Dakota. Haben Sie gehört, daß er von hier ist?«
»Ja. Jen hat es mir gesagt.«
»Okay. Hören Sie, ich muß gehen. Entspannen Sie sich. Wir haben alles im Griff.«
Als er das Gespräch mit Daniel beendet hatte, schenkte Lucas Mineralwasser in einen Tumbler ein, und dann drei Fingerbreit Tanqueray. Die Mischung ergab einen schlechten Gin Tonic. Er saß in der Küche und schüttete ihn hinunter. Verdammter Yellow Hand. Hood und die Schrotflinte. Er hob die Hand und rieb die Stelle, wo die Schrotflinte gewesen war, dann ging er unsicher ins Bad zurück und unter die Dusche. Der Alkohol wirkte in ihm, das heiße Wasser prasselte ihm ins Gesicht, aber die Bilder von Hood und Yellow Hand wollten nicht verschwinden.
Er war fertig mit Duschen und trocknete sich gerade ab, als es an der Tür läutete. Er schlang das Handtuch um die Taille, stapfte durch die Küche und sah zum Fenster hinaus auf die Veranda.
Jennifer.
»Hi«, sagte sie und sah ihn an. »Immer noch okay?«
»Bißchen beschwipst«, sagte er.

Eine Sorgenfalte erschien zwischen ihren Augenbrauen; sie beugte sich nach vorne und küßte ihn. »Gin«, sagte sie. »Das hätte ich nie für möglich gehalten.«
»Ich bin kaputt«, sagte er und versuchte zu grinsen.
»Komm mit«, sagte sie und zupfte an seinem Handtuch. »Mal sehen, ob wir dich wieder hinkriegen.«

Die Nachmittagssonne sank unter die Dächer und zündete den Vorhang in Lucas' Schlafzimmer an. Jennifer schubste ihn zur Seite und schwang die Beine vom Bett; sie drehte sich um und sagte: »Das war... Wahnsinn.«
»Ich weiß nicht, ob ich noch lebe«, sagte Lucas. »Himmel, ich könnte eine Zigarette vertragen.«
»Hast du Angst gehabt?«
»Ich war wie gelähmt. Ich wollte ihn anflehen, aber... es war nur... ich weiß nicht, es hätte keinen Zweck gehabt... ich wollte das Ding nur los sein...«
»Diese Polizistin aus New York...«
»Lily...«
»Ja. Sie haben eine Pressekonferenz abgehalten, eine kurze, mit ihr und Daniel und Larry Hart. Sie sieht hart aus«, sagte Jennifer. »Sie sieht aus, als könnte sie dein Typ sein.«
»Das kümmert mich einen Scheiß«, grunzte Lucas. »Das Beste an ihr ist, daß sie Combatschießen macht. Sie hat Billy Hood den Fünfundvierziger innerhalb einer Zehntelsekunde ins Gesicht gehalten. Bumm. *Adios*, Arschloch.«
»Sie sah ziemlich hübsch aus«, sagte Jennifer.
»Herrgott, ja. Sie sieht ziemlich hübsch aus. Ein bißchen pummelig, aber hübsch.«
»Pummelig sieht sie aus«, stimmte Jennifer zu. Jennifer trainierte jeden Morgen ernsthaft in einem Fitneßstudio.
»Sie ißt alles in ihrer Reichweite«, sagte Lucas. »Herrgott, ich wünschte mir, ich würde noch rauchen.«
»Demnach geht es dir gut...«
»Mir ist so was noch nie passiert«, sagte er verwirrt. »Scheiße, ich

war schon ab und zu dicht dran, zum Beispiel beim Werwolf, da war ich fast tot. Aber dies hat mich... ich weiß nicht.«

Sie strich ihm über das noch feuchte Haar, und er fragte: »Bist du mit ihm ausgegangen? Ins Konzert?«

»Ja.«

»Wie war es?«

»Ganz schön«, sagte sie. »Ich gehe wieder mit ihm hin, wenn er mich fragt, aber ich werde nicht mit ihm schlafen.«

»Anständig von dir, mir das zu sagen.«

»Er ist einfach zu nett«, sagte Jennifer. »Keine harten Kanten. Er hat allem zugestimmt, was ich gesagt habe.«

»Wahrscheinlich hat er einen Riemen wie ein Deckhengst aus Tennessee.«

Jennifer runzelte die Stirn. »Männer machen sich Gedanken über den letzten Scheiß«, sagte sie.

»Ich mache mir keine Gedanken.«

»Klar doch. Darum hast du das gesagt«, sagte sie. »Wie auch immer, selbst wenn ich mit ihm schlafen wollte, würde ich es noch eine Weile verschieben. Ich sehe mir ständig das Baby an und denke, daß ich es noch mal machen möchte. Mit demselben Daddy.«

Lucas drehte sich auf die Seite und küßte sie auf die Stirn.

»Ich stehe dir zur Verfügung, wann immer du willst. Bald?«

»Ich denke ja. In zwei, drei Monaten. Diesmal lasse ich dich wissen, wenn ich die Pille absetze.«

Er küßte sie wieder und strich mit der Hand über ihre Brust, umkreiste die Brustwarze und drückte sie mit der Handfläche.

»Ich hätte gern einen Jungen«, sagte sie.

»Was auch immer«, sagte Lucas. »Mir wäre noch eine Tochter auch recht.«

»Vielleicht könnten wir es vorziehen. Vielleicht nächsten Monat.«

»Ich bin allzeit bereit«, sagte er.

Sie lachte, schüttelte den Kopf und sah auf die Uhr. »Glaubst du, du könntest noch etwas Unterstützung vertragen? Ich habe gerade noch Zeit.«

»Himmel, ich weiß nicht, ich werde älter...«

Sie schliefen noch einmal miteinander, zärtlicher, und später, als sich Jennifer anzog, sagte Lucas heiser: »Ich wollte nicht, daß die Welt verschwindet. Ich hätte es nicht gemerkt, aber ich dachte ständig... ich weiß nicht einmal, ob ich es gedacht habe, aber ich habe es gespürt... ich wollte mehr. Mehr Leben. Herrgott, ich hatte solche Angst, ich würde einfach verschwinden, wie eine Seifenblase...«

Als Jennifer zum Flughafen aufgebrochen war, versuchte Lucas wieder zu schlafen. Da es ihm nicht gelang, schaltete er den Fernseher ein und sah die Nachrichten aus Sioux Falls. John Liss hatte seine Operation überstanden; er würde überleben, aber nie wieder gehen können. Der Schuß des Cowboys hatte die Wirbelsäule dicht über den Hüften verletzt. Sie zeigten die Aufnahme der Schießerei noch einmal, dann ein drittes Mal, in Zeitlupe, und dann kam ein Schnitt auf ein Bild von Lawrence Duberville Clay. Es war ein sattsam bekanntes Bild, der Direktor in Hemdsärmeln am Hafen von Chicago, wo er eine Kokainrazzia leitete. Unter dem Arm hatte er eine riesige automatische Pistole Marke Desert Eagle in einem kostbaren Halfter.

»In diesem Zusammenhang kündigte FBI-Direktor Lawrence Duberville Clay an, daß er persönlich nach Brookings gehen und die Ermittlungen überwachen werde; er sagte weiter, er werde ein befristetes nationales FBI-Hauptquartier in Minneapolis einrichten, bis die Verschwörer gefaßt sind«, sagte die Nachrichtensprecherin. »Clay sagte, der Umzug müßte in den nächsten zwei oder drei Tagen zu bewerkstelligen sein. Es ist das dritte Mal, daß der Chef des FBI persönlich an einer Ermittlung teilnimmt. Sein Vorgehen wird als Bemühung gedeutet, nachdrücklich zu betonen, welche Bedeutung seine Behörde dem Krieg gegen das Verbrechen beimißt...«

Lucas drückte auf die Fernbedienung, worauf Clays Gesicht verschwand. Drei Uhr. Er stand auf, dachte nach und ging dann in die Küche, um den Rest Tanqueray zu trinken.

13

Shadow Love sah den Tod von Billy Hood im Fernseher in der Ecke des Lake Street Grill. Die Kamera war einen ganzen Block vom Schauplatz entfernt, aber hoch, daher war alles so deutlich wie ein Spiel in *Monday Night Football*.

Billy und der Jäger-Cop. Die Frau mit der Handtasche. Billy bewegt sich. Warum hat er das getan? Warum hat er den Finger vom Abzug genommen? Die Hand der Frau mit der Pistole schnellt hoch. Der Schuß, Billy klappt zusammen wie eine Flickenpuppe, Davenport kniet auf dem Gehweg und kotzt...

Shadow Love sah es einmal, sah es noch einmal, sah es ein drittes Mal, weil der Sender das Band immer wieder wiederholte. »*Die nachfolgende Nachrichtensendung zeigt Bilder von Gewalt und Tod und ist für Kinder nicht geeignet. Sollten sich Kinder vor dem Fernseher aufhalten...*«

Und dann eine hastige Pressekonferenz am Schauplatz der Schießerei. Larry Hart: »*...haben Beweise gesammelt, daß die Täter nicht nur Weiße töten, sondern auch einen von uns getötet haben, einen Dakota-Mann aus Fort Thompson, Yellow Hand...*«

Larry Hart im Fernsehen. Schwitzend. Flehend. Die Hände ringend wie Judas Ischariot.

Der schwarze Fleck kam zum Vorschein, zuckte, wuchs, verdunkelte ihm die Sicht. Shadow Love versuchte, ihn wegzublinzeln, aber die Wut regte sich in seiner Brust.

Judas. Schwitzend, flehend...

Harts Gesicht verschwand binnen eines elektronischen Augenblicks und wurde von dem der Nachrichtensprecherin ersetzt. »Wie wir soeben erfahren haben, wurde in Brookings, South Dakota, ein weiterer Anschlag verübt, der offenbar im Zusammenhang mit den Morden der Gruppe indianischer Extremisten steht, die für den Tod eines Wohlfahrtsbeamten in New York und eines Bundesrichters in Oklahoma verantwortlich sind. Ziel des Anschlags in South Dakota war Elmer Linstad, der Generalstaatsanwalt des Staates...«

Die Frau machte eine Pause, sah auf den Schreibtisch und wieder hoch. »CBS News meldet soeben, daß Elmer Linstad, Generalstaatsanwalt von South Dakota, dem Anschlag in Brookings, South Dakota, zum Opfer gefallen ist. Der Attentäter wurde von einem Zuschauer angeschossen und in ein Krankenhaus in Brookings eingeliefert...«

»Billy ist tot und John ist angeschossen worden.« Shadow Love, der eine lange Pappschachtel trug, drängte ins Apartment. Er kickte die Tür zu und warf die Schachtel auf das Sofa. Auf einem Etikett seitlich an der Schachtel stand VORHANGSTANGEN.
»Was?« Die Crows sahen ihn erschrocken an.
»Seid ihr taub?« fragte Shadow Love. »Ich habe gesagt, Billy ist tot. John ist angeschossen worden. Kam im Fernsehen.«
Die Wohnung der Crows besaß einen Fernseher, aber tagsüber schalteten sie ihn selten ein. Das taten sie jetzt und die Wiederholungen liefen.
William Two Horses Hood, sagte der Sprecher, war ohne jeden Zweifel als Mörder von John Andretti, dem Wohlfahrtsbeamten von New York City, identifiziert worden. Er war von einer New Yorker Polizeibeamtin erschossen worden, nachdem er einen Polizisten aus Minneapolis als Geisel genommen hatte. Der Polizist war unverletzt. John Liss, ein Sioux aus Minneapolis, stand in einem Krankenhaus in Brookings unter Bewachung...
»Das ist der Jäger-Cop«, sagte Shadow Love und klopfte auf den Bildschirm, als die Szene mit Lucas gesendet wurde.
»Drecksack«, flüsterte Sam, während sie die Nachrichten verfolgten. Aaron fing an zu weinen, worauf Sam ihm auf die Schulter klopfte. Sie sahen sich das Band noch einmal an, dann das Attentat auf Linstad, und zuletzt eine Wiederholung der Pressekonferenz auf der Straße mit Larry Hart.
Sam sah seinen Vetter an. »Kennst du ihn noch? Das ist einer der Wapeton-Harts, der Sohn von Carl und Mary.«
»Ja. Gute Menschen«, sagte Aaron. Er wandte sich an Shadow Love. »Arbeitet er mit diesem Polizisten zusammen?«

»Ja. Und alle mögen ihn, Larry Hart. Ich war mit ihm in der Schule. In der Schule mochten ihn alle. Und heute mögen ihn auch alle. Der Jäger und Hart und diese Hure aus New York, die werden uns finden. Viele kennen die Crows, haben uns wahrscheinlich auf der Straße gesehen, und sie werden reden...«

»Das weißt du nicht«, sagte Aaron.

»O doch. So wie ich gewußt habe, daß sie Billy finden würden. Wenn sie uns nicht durch Zufall finden, wird uns jemand verpfeifen. Und es könnte einer von euch sein, oder Leo oder John, oder eine ihrer Frauen.«

»Das würde niemand tun...« widersprach Aaron.

»Aber klar doch, wenn dieser Jäger die richtigen Knöpfe drückt«, sagte Shadow Love.

»Und von uns allen wärst du der einzige, der nicht zusammenbrechen würde?«

»Ganz recht«, sagte Shadow Love. »Denn wißt ihr, womit man die Leute ködert? Liebe. Das machen sich die Cops zunutze. Sie sagen: *Hilf deinem Freund; verrate ihn.* Sie fangen Sam und wollen Aaron. Also verkünden sie in den Nachrichten, daß Sam im Sterben liegt und sich wünscht, daß sein Vetter an seinem Totenbett betet... Würdest du hingehen oder nicht?«

Aaron antwortete nicht.

»Ich würde uns nie verraten, weil ich niemanden habe, den ich liebe«, sagte Shadow Love mit verhaltener Traurigkeit. »Manchmal... wünschte ich mir, ich könnte es. Wißt ihr, ich habe nie mit jemandem gelacht. Ich habe noch nie Fang-mich-fick-mich mit einer Tussie gespielt. Die einzige, die sie gegen mich hätten verwenden können, war Mama. Und wo sie tot ist, können sie keinen Druck auf mich ausüben.«

Nach einem Augenblick sagte Aaron: »Das ist das Schrecklichste, das ich je gehört habe.« Hinter ihm nickte Sam, und Shadow Love wandte sich ab.

»So ist es aber«, sagte er.

Aaron sagte mit tränenüberströmtem Gesicht: »Alle sind fort. Nur Leo ist noch da.«

»Und wir«, sagte Sam.

Aaron nickte. »Wenn Clay nicht nach South Dakota herkommt, wird einer von uns nach Milwaukee gehen müssen.«

Sam sah unwillkürlich zu Shadow Love, nur ein ganz kurzer Blick, aber Aaron sah es. »Nein«, sagte er.

»Warum nicht?« fragte Shadow Love mit einer Stimme, die so schneidend wie eine Axt war. »Ich gehöre zur Gruppe; ich habe ein Steinmesser.«

»Diese Aktion ist nichts für dich. Wenn du helfen willst, geh nach Rosebud und rede mit den Ältesten. Lerne etwas.«

»Ihr wollt mich nicht hier haben«, sagte Shadow Love.

»Ganz recht«, sagte Aaron.

»Ihr Arschlöcher!« brüllte Shadow Love. »Ihr verfluchten Arschlöcher!«

»Halt, halt, halt...« sagte Sam und deutete auf den Fernseher.

Clay und seine Waffe: »...persönlich nach Brookings gehen und ein vorübergehendes Hauptquartier in Minneapolis einrichten will. Es ist das dritte Mal...«

Augenblicklich schlug die Stimmung um.

»Der Hurensohn kommt«, johlte Sam. »Das Schwein ist im Anmarsch.«

Sie nahmen eine schweigsame Mahlzeit ein, saßen zu dritt um einen wackligen Tisch herum und aßen Sandwiches mit Senf und Campbells Hühnersuppe mit Nudeln.

»Also, was nun?« fragte Shadow Love. »Es wimmelt von Bullen, und das FBI ist auch da. In ein paar Tagen können wir nicht mehr auf die Straße.«

Aaron sah Sam an. »Ich ruf Barbara an. Ich sage ihr, wir kommen vielleicht. Ich will nicht zu früh gehen; wenn wir Mist bauen und raus gehen, sieht uns niemand.«

»Wenn du nicht nach Bear Butte gehst, solltest du mit zu Barbara kommen«, sagte Sam zu Shadow Love. »Sie tut so, als wärst du ihr Sohn.«

Shadow Love nickte. »Ja. Ich habe sie besucht, bevor ich nach

L. A. gegangen bin. Ich weiß nicht... wir würden sie in Gefahr bringen.«

»Das weiß sie«, sagte Aaron Crow. »Wir waren schon früher auf der Flucht. Sie sagt, wir sind willkommen, was auch passieren mag.«

»Sie hat nicht gewußt, was ihr vorhattet...«

»Sie nimmt uns auf«, sagte Sam.

»Außerdem hat sie einen tollen Arsch«, sagte Aaron grinsend.

Sam schnaubte und wurde sogar ein bißchen rot. Er und Barbara waren ein Liebespaar gewesen. Als er vor einem Monat mit ihr telefoniert hatte, war es mit keinem Wort erwähnt worden, aber er wußte, es würde wieder anfangen. Er freute sich darauf. »Eifersucht. Das ist ein häßlicher Anblick«, sagte er in die Suppe.

Shadow Love ging zum Sofa, hob die Pappschachtel auf und öffnete sie. Im Inneren befand sich ein schwarz mattiertes Sturmgewehr. Er holte es aus der Schachtel. »M-15«, sagte er. Er zielte auf eine Straßenlampe vor dem Fenster.

»Wo hast du das her? Und wofür brauchst du es?« fragte Sam Crow.

»Habe ich auf der Straße gekauft. Für den Cop – vielleicht. Oder für Hart.«

Aaron war zum Herd gegangen und wollte nach der Teekanne greifen. Er blieb abrupt stehen und wirbelte zu seinem Sohn herum. »Nein. Nicht Hart. Du tötest keinen aus dem Volk«, sagte er wütend.

Shadow Love sah ihn mit einem kalten Funkeln in den Augen an. »Ich mache das, was ich für richtig halte. Ihr und Sam seid euch dauernd uneins und handelt trotzdem.«

»Wir sind uns immer einig, bevor wir etwas unternehmen«, sagte Aaron.

»Das ist ein Luxus, den ihr euch nicht lange leisten könnt. Ihr könnt streiten. Ihr könnt herumsitzen und nachdenken. Ihr könnt Scheiße bauen. Ich versuche, euch etwas Zeit zu verschaffen.«

»Das wollen wir nicht«, sagte Aaron schäumend.

Shadow Love schüttelte den Kopf, zielte wieder zum Fenster hinaus und drückte ab. Das *Klick* hing zwischen ihnen in der Luft.

14

Hart fragte sich durch ein hauptsächlich von Indianern bewohntes Mietshaus, während Sloan Hintergrundinformationen über John Liss sammelte. Lucas, der gegen einen fürchterlichen Kater zu kämpfen hatte, machte die Runde durch Friseurläden, Bars, Schnellimbißbuden und Absteigen.

Kurz nach Mittag rief Lucas die Zentrale an und fragte nach Lily, erfuhr aber, daß sie immer noch in der Besprechung mit dem Staatsanwalt des County war. Er machte vor einem Arby's halt, bestellte ein Roastbeefsandwich und nahm es mit nach draußen. Er lehnte an seinem Auto, als sein Piepser ertönte und er die Schrotflinte wieder hinter dem Ohr spürte. Er ließ fast das Sandwich fallen. Er stand wie gelähmt da, das kalte Metall drückte an seinen Kopf und Hoods Apartment stieg vor seinen Augen empor, der Kreis der Streifenwagen, die knisternden Funkgeräte... Wenige Sekunden später verblaßte alles und Lucas stolperte vom Auto weg und fiel förmlich auf einen pilzförmigen Betonhocker. Er saß ein paar Augenblicke schwitzend da, dann stand er auf, ging zitternd zum Auto und fuhr wieder los.

Eine halbe Stunde später bekam er von der Zentrale eine Nummer, die er anrufen sollte. Lilys Hotel. Lucas rief von einer Zelle aus an, die sich gegenüber von einem Lederwarengeschäft befand, dessen Leuchtreklame handgefertigte Gürtel anpries.

»Mittagessen?« fragte Lucas, als Lily hallo gesagt hatte.

»Ich kann nicht«, sagte sie. Es folgte ein Augenblick Stille, dann sagte sie: »Ich fahre nach Hause.«

Lucas dachte darüber nach; er betrachtete zuerst das Reklameschild und dann den Hörer in seiner Hand. Nach ein paar Sekunden sagte er: »Ich dachte mir, Sie würden vielleicht bleiben, zu sehen, was weiter passiert.«

»Ich habe daran gedacht, aber... als ich mit dem County-Staatsanwalt fertig war, habe ich mich erkundigt, wann ein Flug zurück geht. Ich hatte an heute abend gedacht, aber man sagte mir, es wäre noch ein Platz frei in der Maschine um halb zwei. Ich habe ein Taxi bestellt...«

»Ich könnte vorbeikommen...«

»Nein, nicht«, sagte Lily hastig. »Es wäre mir wirklich lieber, wenn Sie nicht kämen.«

»Herrgott, Lily...«

»Tut mir leid«, sagte sie. Nach einem Augenblick des Schweigens beendete sie den Satz. »Ich hoffe, es geht Ihnen gut. Und wir sehen uns. Vielleicht. Sie wissen schon, eines Tages.«

»Okay«, sagte er.

»Gut. Tschüs.«

»Tschüs.«

Sie legte auf, und Lucas lehnte sich an die Zelle. »Verdammt«, sagte er laut.

Zwei junge Mädchen mit Schulbüchern gingen vorbei. Sie hörten ihn, sahen in seine Richtung und eilten weiter. Lucas ging langsam zum Auto zurück und war verwirrt und nicht sicher, ob er Enttäuschung oder Erleichterung empfand. Er verbrachte noch eine Stunde damit, durch Bars, Mietshäuser und Geschäfte der Lake Street zu streichen und nach einem Anhaltspunkt, einem Hinweis, einem Gerücht, irgend etwas, zu suchen. Er blieb erfolglos; und obwohl er ein paar Namen von Leuten genannt bekam, bei denen er weiter nachfragen sollte, war er nicht mit dem Herzen bei der Sache. Er sah auf die Uhr. Zehn nach zwei. Jetzt war sie schon in der Luft und auf dem Weg nach New York. Lily.

Daniel war in seinem Büro. Er hatte die Neonröhre an der Decke ausgeschaltet und saß in einem gelblichen Lichtkreis, den eine altmodische Schreibtischlampe warf. Larry Hart saß auf einem Stuhl vor dem Schreibtisch, Sloan, Lester und Anderson daneben. Lucas nahm den letzten Stuhl.

»Nichts?« fragte Daniel.

»Überhaupt nichts«, sagte Hart. Lucas schüttelte den Kopf und setzte sich.

»Über Liss haben wir etwas rausgekriegt. Er hat für eine Metallfirma in Golden Valley gearbeitet. Sie sagten, er wäre ein netter Kerl gewesen, aber unheimlich, Sie wissen schon, in Indianerdingen.«

»Große Hilfe«, sagte Anderson.

Sloan zuckte die Achseln. »Ich habe die Namen von ein paar Freunden von ihm, die kann ich Ihnen geben, vielleicht hat der Computer etwas über sie.«

»Familie?« fragte Lucas.

»Frau und Kind. Die Frau arbeitet in verschiedenen Jobs. Kontrolle bei Target, nachts Verkäuferin in einem Holiday-Laden, Teilzeit. Und sie haben einen Jungen. Harold Richard, genannt Harry Dick, siebzehn. Er ist ein Problemfall, nimmt Drogen. War ein halbes dutzendmal auf dem Revier, kleinere Diebstähle, Besitz von Pot, Besitz von Crack. Kleinkram.«

»Das war's?« fragte Daniel.

»Sorry«, entschuldigte sich Sloan. »Wir haben getan, was wir konnten.«

»Was ist mit Liss selbst? Kriegen sie aus dem was raus?«

»Nee«, sagte Anderson. »Fünfzehn Minuten, nachdem Liss niedergeschossen worden war, ist Len Meadows mit seinem Privatjet von Chicago hingeflogen. Und als erstes hat er erreicht, daß kein Cop mehr mit seinem Klienten in Berührung kommt.«

»Fünfzehn Minuten? Hat Meadows es vorher gewußt?« fragte Lucas.

»Es waren eigentlich keine fünfzehn Minuten...« setzte Sloan an.

Hart unterbrach ihn. »Das Büro des Fire Creek Reservats ist in Brookings. Als sie von der Schießerei erfahren haben, bekamen sie Angst, was passieren könnte. Sie haben Meadows' Büro angerufen. Er hatte schon Rechtsfälle für sie übernommen. Darauf ließ Meadows seine Leute herumfragen und arbeitete mit den Informationen, die er aus dem Fernsehen bekam. Sie haben herausgefunden, wer Liss' Frau ist. Meadows hat sie angerufen – sie heißt übrigens Louise – und ihr seine Dienste angeboten. Sie hat ja gesagt, also ist er nach Brookings geflogen. Als Liss aufgewacht ist, nachdem die Ärzte mit ihm fertig waren, ist Meadows reingegangen und hat mit ihm gesprochen. Das war's. Keine Polizisten mehr.«

»Verdammt«, sagte Lucas und biß sich auf die Lippe. »Meadows ist ziemlich gut.«

»Er ist ein Riesenarschloch«, sagte Lester.

»Frank, *Sie sind* ein Arschloch, aber es hat nie jemand gesagt, daß Sie nicht ziemlich gut wären«, sagte Daniel.

»Doch, ich einmal«, meinte Sloan. »Er hat mich eingeteilt, Diebstähle in Supermärkten zu untersuchen.«

Lester grinste. »Würde ich jederzeit wieder machen«, sagte er.

»Das Problem mit Meadows ist, er läßt sich auf keinen Handel ein«, sagte Lucas. »Er ist Ideologe. Er zieht das Kruzifix der außergerichtlichen Einigung vor.«

Darüber brüteten sie alle ein paar Minuten, dann sagte Daniel: »Unsere indianischen Freunde geben inzwischen Pressemitteilungen heraus.«

»Wie bitte?« fragte Hart.

»Wir haben eine Presseerklärung. Besser gesagt, die Medien haben Presseerklärungen. Alle – Zeitungen, Fernsehsender, Radio WCCO. Wir haben Kopien. Angeblich stammen sie von den Killern«, sagte Daniel.

Lucas richtete sich auf. »Wann ist das passiert?«

»Sie sind mit der Morgenpost gekommen.« Daniel verteilte Fotokopien der Presseerklärung. »Kanal 8 war für die Mittagsnachrichten auf der Straße unterwegs, hat Indianer die Erklärung lesen lassen und gefragt, ob sie zustimmen.«

Lucas nickte abwesend, während er las. Die Verfasser übernahmen die Verantwortung für alle vier Morde, die beiden in den Cities und die in New York und Oklahoma City. Vom Billings-Mord stand nichts darin, demnach waren sie vorher abgeschickt worden. Die Morde sollten den Auftakt eines neuen Aufstands gegen die weiße Tyrannei bilden. Es folgten wenig überzeugende Zitate des Attentäters von Oklahoma, aber auch Einzelheiten über Oklahoma, die Lucas noch nicht gesehen hatte.

»Diese Oklahoma-Geschichte...« sagte er und sah zu Daniel auf. Der Chief nickte. »Stimmt alles.«

»Hm.« Er las die Erklärung zu Ende, betrachtete das zweite Blatt, das Daniel ihm gegeben hatte, eine Kopie des Umschlags, in dem die Presseerklärung eingetroffen war, und sagte noch einmal: »Hm.«

»Interessanter Umschlag«, bemerkte Sloan.

»Ja.«

»Was ist das?« fragte Hart. Er hatte die Presseerklärung gelesen und wandte sich jetzt dem Umschlag zu.

»Sehen Sie sich den Poststempel an«, sagte Lucas. »Minneapolis.«

Anderson sah auf. »Wir haben schon vermutet, daß sie von hier operieren.«

»Jetzt wissen es alle«, sagte Daniel. »Damit wird der Druck noch größer.«

»Was sie gestern abend über Yellow Hand im Fernsehen gebracht haben, daß wir die Schuld dieser Gruppe in die Schuhe geschoben haben, der Schuß ist nach hinten losgegangen«, sagte Hart. »Viele Leute haben Yellow Hand gekannt. Sie wissen, daß er ein Crackhead war. Sie denken sich, daß er von einem Dealer oder einem anderen Crackhead getötet worden ist. Eine Art Rip-off. Sie halten die Fernsehmeldung für Blödsinn, den die weißen Bullen verzapfen.«

»Scheiße«, sagte Daniel. Er schürzte die Lippen, dann sah er Lucas an. »Vorschläge? Wir müssen etwas unternehmen.«

Lucas zuckte die Achseln. »Wir könnten es mit Geld versuchen. Da draußen leben eine Menge arme Leute. Etwas Bares wird vielleicht die Stimmung heben.«

»Das ist widerlich«, wandte Hart ein.

»Wir sind kurz davor, von den Medien gelyncht zu werden«, fauchte Daniel. Er sah Lucas an. »Wieviel?«

»Ich weiß nicht. Es wird eine Reise ohne Ziel, einfach nur herumsuchen. Aber ich weiß nicht, was wir sonst machen könnten. Ich habe kein Netz bei den Indianern. Wenn es ein Problem bei den Farbigen gibt, kann ich mit zweihundert Leuten reden. Aber bei den Indianern...«

»Sie machen sich keine Freunde, wenn Sie Geld verteilen«, beharrte Hart. »Das ist zu... weiß. Wird das Volk sagen. Daß es typisch für den weißen Mann ist. Sie haben Ärger, dann ziehen sie los und kaufen sich einen Indianer.«

»Es ist also nicht der beste Weg. Die Frage ist, funktioniert es?« sagte Daniel. »Wir können uns später darüber Gedanken machen, die Beziehungen zur Gemeinde wieder aufzubauen. Besonders, wo wir sowieso keine haben.«

Hart zuckte die Achseln. »Es gibt immer Leute, die für Geld reden. Darin unterscheiden sich Indianer nicht von allen anderen.«

Daniel nickte. »Und wir haben einen Geldgeber«, sagte er. »Wir müssen nicht mal den Schmiergeldfonds anzapfen.«

»Was für einen?« fragte Lucas.

»Die Familie Andretti. Als bekannt wurde, daß wir Billy Hood erwischt haben, hat der alte Andretti höchstpersönlich uns für unsere Hilfe gedankt...« Er runzelte die Stirn, als ihm etwas einfiel, und sah Lucas an. »Wo ist Lily? Ich habe sie nicht gesehen.«

»Zurück nach New York«, sagte Lucas. »Sie war hier fertig.«

»Verdammt, warum hat sie sich nicht bei mir abgemeldet?« fragte Daniel gereizt. »Nun, dann muß sie eben zurückkommen.«

»Was?«

»Die Andrettis haben sich wie die Schneekönige darüber gefreut, daß wir Hood erwischt haben, aber sie wollen sich nicht mehr, wie sich der Alte ausgedrückt hat, mit ›kleinen Fischen‹ zufriedengeben. Er hat das NYPD davon überzeugt, daß Lily als Beobachterin hier bleiben sollte, bis die ganze verrückte Bande erledigt ist.«

»Also kommt sie zurück?« fragte Lucas.

»Ich gehe davon aus, daß sie morgen wieder hier sein wird, so heiß wie die Andrettis sind«, sagte Daniel. »Aber das soll jetzt nicht interessieren. Anderson hat angefangen, eine Datei aus verschiedenen Verhören zu bilden...«

Daniel redete weiter, aber Lucas bekam nicht mehr mit, was er sagte. Ein langsames Feuer der Vorfreude breitete sich in Brust und Bauch aus. Lillian Rothenburg, NYPD. Lucas biß sich auf die Lippe und sah in eine dunkle Ecke von Daniels Büro, während der Chief weiterplapperte.

Lily.

Einen Moment später wurde ihm klar, daß Daniel aufgehört hatte zu reden und ihn ansah.

»Was ist?« fragte Daniel.

»Ich habe gerade eine Idee«, sagte Lucas. »Aber ich will noch nicht darüber sprechen.«

Eine Stunde nach Einbruch der Dunkelheit fand Lucas Elwood Stone, der unter einer Straßenlaterne in der Lyndale Avenue stand. Dieses Mal machte sich Stone nicht die Mühe wegzulaufen.

»Scheiße, was wollen Sie denn, Davenport?« Stone trug eine Sonnenbrille und eine braune Fliegerlederjacke. Er sah wie eine Reklame für den Ganoven-Mietdienst aus. »Ich hab nichts.«

Lucas gab ihm einen Stapel Fotos. »Kennst du den Typ?«

Stone betrachtete sie. »Hab ich vielleicht schon mal gesehen«, sagte er.

»Nennt man ihn Harry Dick?«

»Ja. Hab ich vielleicht schon mal gesehen«, wiederholte Stone. »Was wollen Sie?«

»Ich will gar nichts, Elwood«, sagte Lucas. »Ich will nur, daß du dem Jungen zwei Eight-Balls auf Kredit gibst.«

»Scheiße, Mann...« Stone wandte sich ab, sah die Straße hinauf und schnitt in seiner Fassungslosigkeit fast komische Grimassen. »Mann, ich geb kein' Kredit, Mann. Einem Crackhead? Sind Sie irre?«

»Nun, Elwood, es verhält sich folgendermaßen. Entweder du gibst Harry einen kleinen Kredit – und zwar morgen –, oder ich gehe zur Drogenfahndung und wir schaffen deinen kleinen runden Arsch von der Straße. Du wirst rund um die Uhr jemanden im Nakken sitzen haben.«

»Scheiße...«

»Oder ich kann mit der Drogenfahndung reden und ihnen sagen, daß du vorübergehend auf der Liste meiner Spitzel stehst. Ich gebe dir den Status für, sagen wir... zwei Monate? Wie wäre das?«

»Warum ich?«

»Weil ich dich kenne.«

Stone überlegte. Wenn er auf die Spitzel-Liste kam, wäre er damit wirksam vor Strafverfolgung geschützt. Es war eine Gelegenheit,

die man sich nicht entgehen lassen konnte, so lange es niemand rausbekam.
»Okay«, sagte Stone nach einem Augenblick. »Aber es muß unter uns bleiben. Sie sagen der Drogenfahndung nichts, aber wenn ich geschnappt werde, gehen Sie dazwischen.«
Lucas nickte. »Klar wie Kloßbrühe.«
»Und wo finde ich diesen Wichser Harry Dick? Schließlich weiß ich nicht, wo er wohnt.«
»Wir spüren ihn für dich auf. Gib mir deine Nummer, dann ruf ich dich an. Morgen. Wahrscheinlich am frühen Nachmittag.«
Stone sah ihn noch einmal lange an, dann nickte er. »Einverstanden.«

15

Lucas verteilte zwischen zehn Uhr und Mittag tausend Dollar auf der Straße, dann fuhr er in einem Dienstwagen zum Flughafen. Unterwegs rief ihn Sloan an.
»Er ist da«, sagte Sloan. »Ich habe mit der Nachbarin nebenan gesprochen. Sie sagt, normalerweise ist er am frühen Nachmittag weg. Schläft lange und geht normalerweise zwischen eins und zwei. Seine Mutter ist nach South Dakota gegangen, ihren Mann besuchen.«
»Gut. Behalten Sie das Haus im Auge«, sagte Lucas. »Haben Sie die Nummer unseres Freundes?«
»Klar.«
»Lilys Flugzeug ist pünktlich, was bedeutet, ich müßte vor eins zu Ihnen stoßen. Wenn unser Junge vorher spazieren geht, schnappen Sie ihn. Kein Herumalbern.«
»Kapiert. Äh, unser kleiner indianischer Helfer...«
»Ich hol ihn ab. Keine Sorge wegen Larry.«
»Er könnte ein Problem werden, so wie er spricht«, warnte Sloan.
»Ich kümmere mich darum«, sagte Lucas.

Hart wehrte sich verbissen gegen den Plan, Geld auf der Straße zu verteilen, und drohte damit, er würde kündigen. Daniel ging zum Direktor der Wohlfahrt, worauf Hart einen Anruf bekam.

Als Lucas an diesem Morgen mit ihm redete, schien Hart mehr traurig als wütend zu sein, aber Wut war auch dabei.

»Das könnte mich für alle Zeiten in die Scheiße reiten«, sagte er. »Bei den Indianern.«

»Sie bringen Leute um, Larry«, sagte Lucas. »Dem müssen wir ein Ende machen.«

»Es ist nicht richtig«, sagte Hart.

Und als Lucas den Vorschlag machte, Harold Richard Liss aufzugreifen, lachte Hart ungläubig.

»Verarschen Sie mich nicht, Lucas«, sagte er. »Sie stellen dem Jungen eine Falle. Sie jubeln ihm Stoff unter.«

»Nein, nein, es war ein echter Tip«, log Lucas.

»Quatsch, Mann...«

Dabei hatten sie es belassen, Hart war mit einer Tasche voller Geld und wachsendem Zorn ins Indian Country gegangen. Man würde mit ihm fertig werden, dachte Lucas. Er liebte seinen Job so sehr, daß er ihn nicht riskieren würde. Er würde sich wieder beruhigen lassen...

Lilys Flugzeug war etwas zu früh. Er fand sie in der Gepäckausgabe, wo sie das Förderband mit der unterdrückten Verlegenheit von jemand beobachtete, der den Eindruck hat, als wäre er verladen worden.

»Himmel, ich habe Sie am Flugsteig verpaßt«, sagte Lucas und eilte zu ihr. Sie trug eine beige Seidenbluse mit Tweedrock und Jacke und dunkle Lederschuhe mit Pfennigabsätzen. Sie war wunderschön, und Lucas hatte Mühe, die Worte herauszubringen.

»Verdammt, Davenport«, sagte sie.

»Was?«

»Nichts. Es war nur ein allgemeines ›Verdammt‹. Wegen allem.« Sie stellte sich auf Zehenspitzen und hauchte ihm einen Kuß auf die Wange. »Ich wollte nicht zurückkommen.«

»Mmm.«

»Da ist eine Tasche«, sagte sie. Sie hielt einen Koffer an, den Lucas vom Förderband hob. »Und die andere kommt gerade durch.«

Lilys zweite Reisetasche kam an, Lucas nahm beide und ging zur Parkrampe voraus. Auf dem Weg dorthin sah er auf sie hinab und sagte: »Wie geht es Ihnen?«

»Ungefähr so wie gestern«, sagte sie mit gelindem Sarkasmus und blinzelte, als ihr das Sonnenlicht draußen ins Gesicht schien. »Ich war hier raus. Fertig. Aufgabe erledigt. Ich betrat unsere Wohnung, machte die Tür auf, und das Telefon läutete. David war unter der Dusche, daher habe ich abgenommen. Es war ein Deputy-Commissioner. Er sagte: ›Verdammt, was haben Sie denn hier zu suchen?‹«

»Netter Kerl«, sagte Lucas.

»Wenn es akademische Titel für Arschlöcher geben würde, wäre er Doktor für alles«, sagte Lily.

»Und wie war David?« fragte Lucas, als würde er ihren Mann kennen.

»Beim ersten Mal nicht so toll, weil er etwas übererregt war, aber danach war er riesig«, sagte sie. Sie sah zu ihm auf und errötete plötzlich.

»Frauen sind in solchen Sprüchen nicht gut«, sagte Lucas. »War aber kein schlechter Versuch.«

Sie blieben vor dem grauen Ford stehen, und Lily zog eine Augenbraue hoch.

»Wir haben was am Laufen«, sagte Lucas. »Wir haben es sogar ziemlich eilig. Ich erzähle Ihnen unterwegs davon.« Mit Hart war es schlimmer. Er hatte versucht, einigen seiner Kontakte Geld anzubieten, und alles, behauptete er, hatte sich verändert. Er würde zum Paria werden. Der Indianer, der Leute kaufte. Und er machte sich Sorgen um Harold Richard Liss.

»Mann, das gefällt mir nicht, das gefällt mir nicht.« Er saß auf dem Rücksitz und verdrehte die Hände. Tränen liefen ihm übers Gesicht. Er wischte sie mit dem Ärmel seiner Tweedjacke ab.

»Er ist ein mieser Krimineller, Larry«, sagte Lucas ärgerlich. »Himmel Herrgott, hören Sie auf zu jammern...«

»Ich jammere nicht, Mann, ich...«

Lucas fuhr gemächlich mit dem Ford. Hundert Meter vor ihnen schlenderte Harold Richard Liss die Lake Street entlang und betrachtete Schaufenster. »Er hat sein Geld damit verdient, daß er Chloroform an Kinder verkauft hat. Und Klebstoff«, sagte Lucas.

»Es ist trotzdem nicht richtig, Mann. Er ist nur ein Teenager.« Hart zitterte.

»Es ist doch nur ein paar Tage«, sagte Lucas.

»Trotzdem ist es nicht richtig.«

»Larry...«, begann Lucas verzweifelt. Lily berührte ihn an der Schulter, damit er schwieg, drehte sich um und sah über den Sitz.

»Es besteht ein großer Unterschied zwischen Polizeiarbeit und Wohlfahrtsarbeit«, sagte sie zu Hart, Gesicht und Stimme sanft und mitfühlend. »Wir stehen in mancherlei Hinsicht auf verschiedenen Seiten. Ich glaube, Ihnen wäre wohler zumute, wenn wir Sie einfach absetzen würden.«

»Wir könnten seine Hilfe brauchen«, wandte Lucas ein und sah zur Seite zu Lily.

»Ich bin keine große Hilfe, Mann«, sagte Hart. Seine Stimme hatte einen neuen Klang, den eines Gefangenen, der einen Ausweg sieht. »Ich meine, ich habe ihn für Sie aufgespürt. Ich versteh keinen Scheißdreck von Observierung. Und es ist auch nicht so, daß Sie ihn verhören müßten.«

Lucas dachte darüber nach, seufzte und griff zum Funkgerät. »He, Sloan, hier Davenport. Haben Sie ihn noch?«

Sloan antwortete: »Klar, kein Problem. Was gibt's?«

»Ich setze Larry ab. Keine Bange, wenn Sie uns anhalten sehen.«

»Okay. Ich bleib an Harry dran.«

Lucas fuhr an den Straßenrand, Hart beeilte sich auszusteigen. »Danke, Mann«, sagte er und bückte sich über das Fenster der Fahrerseite. »Ich meine, es tut mir leid...«

»Schon gut, Larry. Wir sehen uns in der Stadt«, sagte Lucas.

»Klar, Mann. Und danke, Lily.«

Sie fuhren vom Straßenrand an, und Lucas sagte zu Lily: »Ich hoffe, wir brauchen ihn nicht, um mit dem Jungen zu reden.«

»Kaum. Wie er sagte, Sie haben ja nicht vor, den Jungen zu verhören.«

»Hmm.«

Lucas beobachtete Hart im Rückspiegel. Hart sah ihnen nach, wie sie die Straße entlangtuckerten und Harry verfolgten. Dann drehte sich Hart um und bog um eine Ecke. Vor ihnen blieb Harry an einer Straßenkreuzung stehen und sprach mit einem dicken Weißen in einem schwarzen Parka. Der Parka war eine Jahreszeit zu dick, man trug ihn im Januar, wenn die Temperaturen auf unter zehn Grad minus sanken. Harry und der Weiße wechselten ein paar Worte, der Weiße schüttelte den Kopf, Harry fing an zu betteln. Der Weiße schüttelte noch einmal den Kopf und ging fort. Harry sagte noch etwas, dann drehte er sich verdrossen um und stapfte die Straße entlang.

»Dealer«, sagte Lily.

»Ja. Donny Ellis. Er trägt diesen Parka bis Juni und holt ihn im September wieder raus. Er pißt darin und wäscht sich nie. Man sollte besser nicht in Lee von ihm stehen.«

»Das wird schiefgehen, Lucas... niemand hat jemals jemand soviel Crack auf Kredit verkauft. Besonders nicht...«

»He, wir müssen niemand überzeugen. Es ist nur... Okay, da ist Stone...« Lucas griff zum Funkgerät und sagte: »Stone ist gerade um die Ecke gekommen.«

»Hab ihn«, sagte Sloan.

Lucas sah Lily an. »Wissen Sie was? Wir hätten uns Larry schon früher vom Hals schaffen sollen. Er ist der Typ, der zur Menschenrechtskommission gehen könnte.«

»Vielleicht, aber das glaube ich nicht. Darum hat er geschwitzt«, sagte sie. Sie verfolgte, wie Elwood Stone auf Harry Dick zuging, der immer noch auf dem Bürgersteig schlurfte. »Es ist ja nicht so, daß wir mit dem jungen Liss was vorhaben. Wir halten ihn ein paar Tage fest und kicken ihn dann aus dem System raus. Ich habe den Eindruck von Larry Hart, als würde seine Karriere ihm alles bedeuten. Er hat Erfolg. Er verdient Geld. Die Leute mögen ihn. Sie sind von ihm abhängig. Wenn er hier einen Schnitzer machen würde, wäre er auf der schwarzen Liste der Stadt. Ende der Karriere. Zurück ins Res. Ich glaube nicht, daß er das riskieren würde. Nicht, wenn wir den Jungen nach ein paar Tagen wieder auf die Straße setzen.«

»Okay.«

»Aber er *wird* sich wie ein kleines Stück Scheiße vorkommen«, fügte Lily hinzu. »Wir haben ihn gezwungen, zwischen seinem Job und seinem Volk zu entscheiden, und er ist schlau genug, daß er das kapiert. Er wird Ihnen nie wieder trauen.«

»Ich weiß«, sagte Lucas unbehaglich. »Verdammt. Ich hasse es, Leute zu verheizen.«

»Beruflich oder persönlich?«

»Beides«, sagte Lucas, den die Frage verwirrte.

»Ich meine, stinkt es Ihnen, jemand zu verheizen, weil Sie einen Kontaktmann verlieren oder weil Sie einen Freund verlieren?«

Er dachte darüber nach und sagte einen Moment später: »Ich weiß nicht.« Ein Stück die Straße rauf erblickte Harry Elwood Stone und ging etwas schneller. Stone war einer der schärfsten Dealer auf der Straße, aber fragen konnte nicht schaden. Er brauchte nur eine Kostprobe. Nur eine Kostprobe, damit er über die Runden kam.

»Sie reden«, sagte Sloan über Funk. »Der verdammte Stone benimmt sich, als wär er auf dem Broadway.«

»Ich habe ihm gesagt, er soll es nicht übertreiben«, flüsterte Lucas Lily zu. Lucas war auf einen Parkplatz gefahren und konnte von der Fahrerseite nicht sehr gut sehen. Er drängte sich gegen Lily, die das Gesicht ans Beifahrerfenster gedrückt hatte, und ließ die Hand auf ihren Schenkel sinken.

»Vorsicht!«

»Was?«

»Die Hand, Davenport...«

»Herrgott, Lily.«

»Es geht los«, sagte sie.

»Es geht los«, sagte Sloan. »Er hat es.«

»Schnappen wir ihn uns«, sagte Lucas.

Sloan kam von Westen, Lucas von Osten. Sloan fuhr vor Harry auf den Gehweg, Lucas machte einen U-turn und hielt im Parkverbot beim Hydranten hinter ihm. Harry grinste noch, hatte die Hand noch in der Jackentasche, als Sloan aus dem Auto sprang. Er war nur noch fünf Meter von ihm entfernt, als Harry aufging, daß etwas nicht stimmte. Er drehte sich um, wollte weglaufen und wäre beinahe gegen Lucas geprallt, der sich ihm von hinten näherte. Lily blieb auf der Straße stehen und verhinderte einen Ausfall zur Seite. Lucas packte Harry am Mantelkragen und sagte: »Hoppla.« Eine Sekunde später hatte Sloan ihn am Arm.

»He, Mann«, setzte Harry an, aber er wußte, daß er dran war.

»Los, an die Wand«, sagte Lucas. Sie stießen ihn an die Wand. Sloan tastete ihn ab und fand die Tütchen in seiner Tasche.

»Ach du Scheiße«, sagte Sloan. »Wir haben einen Dealer erwischt.«

Er machte die Hände auf und zeigte Lucas die beiden Eight-Balls.

»Scheiße, Mann, ich bin kein Dealer...«

»'ne Viertelunze schneeweißes Kokain«, sagte Lucas zu Harry. »Das ist eine Dealer-Ration, Junge. Das ist garantiert Knast.«

»Ich bin Jugendlicher, Mann, sehen Sie in meinem Ausweis nach.« Harry war alt genug, daß er sich Sorgen machte.

»Ein mutmaßlicher Dealer kriegt keinen Jugendschutz«, sagte Lucas. »Es sei denn, du wärst zehn Jahre alt. Siehst aber älter aus.«

»O Mann«, stöhnte Harry. »Ich hab's grade bekommen. Ein Typ hat es mir gegeben...«

»Klar doch«, sagte Sloan skeptisch. »Er hat es dir echt gegeben. Er hat es dir glatt in den Arsch gegeben.« Er zerrte einen Arm herunter, während Lucas den anderen festhielt, dann legte Sloan ihm Handschellen an. »Sie haben das Recht zu schweigen...«

Daniel wollte soviel Druck wie möglich machen. Wenn sie warteten, dachte er, würde Len Meadows Liss' Familie organisieren und um sich scharen.

»Sie können nach Sioux Falls fliegen und ein Auto mieten...«, fing Daniel an.

»Von wegen fliegen«, sagte Lucas. »Ich fahre. Wir können in vier Stunden dort sein. Wenn wir auf ein Flugzeug warten und dann von Sioux Falls einen Wagen nehmen würden, wären wir auch nicht schneller.«

»Kommen Sie mit?« Daniel zog eine Augenbraue hoch und sah Lily an.

»Ja. Wir müssen mit dieser Louise Liss verhandeln. Das kann eine Frau vielleicht besser.«

»Okay. Aber springt mit dieser Liss nicht zu hart um, klar? Die ganze Sache steht auf wackligen Füßen. Larry Hart scheißt Backsteine. Er hat Angst«, sagte Daniel. »Und schlimmer, er ist stinksauer.«

»Können Sie mit ihm reden?«

»Habe ich schon und werde ich wieder. Ich sage ihm, wenn wir was aus Liss herausbekommen, kann ich ihn wieder zu seiner Arbeit bei der Wohlfahrt schicken...«

Sie nahmen nur Sachen für eine Nacht mit nach Brookings. Wenn sie die Informationen nicht gleich in der ersten Nacht bekamen, hatte es wenig Sinn, eine zweite zu bleiben.

»Ihre Freundin... Jennifer. Sie ist in Brookings, richtig?«

»Ja. Sie haben ein Team hingeschickt. Sie ist Producer.« Sie überquerten den Minnesota River bei Shakopee. Ein Schwarm kanadischer Wildgänse stand am Flußufer und sah dem fließenden Wasser nach. Lucas sagte: »Gänse.«

»Mmm. Übernachten Sie bei ihr?«

»Was?«

»Jennifer. Schlafen Sie bei ihr?«

Lucas schaltete herunter, als sie in die Stadt fuhren und sich einer Ampel näherten. Er sah sie an, dann bog er bei Rot rechts ab. »Nein. Es wäre mir lieber, wenn sie nicht erfährt, daß ich da bin. Sie kann irgendwie meine Gedanken lesen. Wenn sie mich sieht, dann weiß sie, daß etwas im Busch ist.«

»Wissen Sie, wo sie wohnt?«

»Klar. Draußen an der Interstate von Sioux Falls. Die Polizei von

Brookings hat mir gesagt, daß Louise Liss in einer Absteige in der Innenstadt wohnt. Ich dachte, wir übernachten auch dort.«

Sie fuhren durch die Stadt Sleepy Eye am Highway 14, als sie einen Mann in Radfahrerkluft auf einem Fahrrad überholten: grüngestreiftes Polohemd, schwarze Rennshorts, weißer Helm. Es war kühl, aber seine Beine waren nackt und pumpten wie Motorkolben. Lucas vermutete, daß er die Geschwindigkeitsbegrenzung der Innenstadt überschritt.

»Er sieht wie David aus«, sagte Lily. »Mein Mann.«

»David ist Radrennfahrer?«

»Ja. Früher sogar ziemlich ernsthaft.« Sie drehte den Kopf und sah dem Radfahrer nach. »Er war jeden Samstag mit einer Gruppe unterwegs, und sie fuhren hundert Meilen. Manchmal zweihundert.«

»Himmel. Er muß ja toll in Form sein.«

»Ja.« Sie betrachtete die Geschäftsfassaden der kleinen Stadt. »Fahrräder langweilen mich zu Tode, um die Wahrheit zu sagen. Sie gehen dauernd kaputt, und man muß sie reparieren. Und wenn sie nicht kaputt sind, muß man an ihnen rumschrauben, damit sie genau richtig eingestellt sind. Und die Reifen sind ständig platt.«

»Darum habe ich mir einen Porsche gekauft«, sagte Lucas.

»Ein Porsche ist wahrscheinlich auch billiger«, sagte Lily. »Diese verfluchten Rennräder kosten ein Vermögen. Und man kann nicht nur eins haben.«

Ein paar Minuten später waren sie wieder auf dem Land und kamen an einer Herde schwarzweißer Milchkühe vorbei.

»Hübsche Kühe«, sagte sie. »Was für eine Rasse?«

»Keinen blassen Schimmer«, sagte Lucas.

»Was denn?« fragte sie amüsiert. »Sie stammen aus Minnesota. Sie sollten sich mit Kühen auskennen.«

»Die Bauernlümmel drüben in Wisconsin kennen sich mit Kühen aus. Ich bin ein Großstadtkind«, sagte er. »Wenn ich raten müßte, würde ich sagen, es sind Holsteiner.«

»Warum?«

»Weil das die einzige Sorte Kühe ist, die ich kenne. Moment mal. Es gibt auch Guernseys und Jerseys. Aber ich glaube nicht, daß die scheckig sind.«
»Braune Schweizer«, sagte Lily.
»Was?«
»Das ist auch eine Kuh.«
»Ich dachte, das wär ein Käse«, sagte Lucas.
»Glaube ich nicht... Da sind wieder welche.« Sie betrachtete die Kuhherde, die die Wiese herunter zum Stall trottete – einzeln und zu zweit, wie Touristen, die zum Bus zurückkehren, und ihre Schatten folgten ihnen. »David kennt die Namen von allem möglichen. Man fährt in die Berge und sagt: ›Was ist das für ein Baum?‹ Und er antwortet: ›Das ist eine Silbereiche‹, oder: ›Das ist eine Douglasfichte.‹ Ich habe gedacht, daß er dummes Zeug erzählt, daher hab ich es mal nachgeprüft. Er hatte immer recht.«
»Ich glaube, das würde ich nicht aushalten«, sagte Lucas.
»Er ist wirklich klug«, sagte sie. »Vielleicht der klügste Mann, den ich je näher kennengelernt habe.«
»Hört sich an wie der verfluchte Mahatma Gandhi.«
»Was?«
»Sie haben einmal gesagt, daß er der sanfteste Mann ist, den Sie je kennengelernt haben. Und jetzt sagen Sie, daß er der klügste ist.«
»Er ist wirklich ein toller Typ.«
»Ja. Ich bezweifle, daß Gandhi Rennrad gefahren ist, also hat er einen Punkt Vorsprung...«
»Ich glaube, ich will nicht weiter darüber sprechen.«
»Na gut.«
Aber ein paar Minuten später sagte sie: »Manchmal weiß ich einfach nicht...«
»Was?«
»Er ist so ausgeglichen. David. Friedlich. Manchmal...«
»Langweilt er Sie zu Tode«, schlug Lucas vor.
»Nein, nein... ich denke nur manchmal, ich bin so versorgt, daß ich es kaum ertragen kann. Er ist so ein netter Mann. Und ich hänge am Küchenschrank herum und esse zuviel und trage eine Waffe und

habe Menschen erschossen... Als ich nach Hause kam, ist er richtig ausgerastet. Ich meine, er wollte alles darüber wissen. Er hat eine Freundin zu uns bestellt, Shirley Anstein, Seelenklempnerin, die sich vergewissern sollte, daß mit mir alles in Ordnung ist. Als er hörte, daß ich wieder hierher komme, ist er rasend geworden. Er hat gesagt, ich würde mich ruinieren.«

»Glauben Sie, daß er mit dieser Anstein vögelt?«

»Mit Shirley?« Sie lachte. »Glaube ich nicht. Sie ist um die achtundsechzig. Sie ist wie eine Adoptivmutter.«

»Also ist er treu.«

»O ja. Er ist so treu, daß es fast mit zu dem Gewicht beiträgt, das auf meinen Schultern ruht. Nicht einmal das kann ich abschütteln.«

»Walnut Grove«, sagte Lily, die das Straßenschild betrachtete, als sie den Rand einer weiteren Kleinstadt passierten. Die Sonne neigte sich dem Horizont entgegen. Es würde dunkel sein, bevor sie nach Brookings kamen. »Als Kind habe ich die Bücher von Laura Ingalls Wilder gelesen. Die haben mir gefallen. Dann haben sie die Fernsehserie gedreht, Sie wissen schon, *Unsere kleine Farm*. Ich war erwachsen, und die Sendung war reichlich albern, aber ich habe sie mir trotzdem angesehen, wegen Laura... Die Serie spielte in einem Ort namens Walnut Grove.«

»Das ist hier«, sagte Lucas.

»Was?« Lily betrachtete das Schild noch einmal. »Derselbe Ort?«

»Klar.«

»Himmel...« Sie sah zum Fenster hinaus, während sie durch den Ort fuhren, und sah eine kleine Präriestadt, ein wenig schäbig, sehr ruhig, mit Nebenstraßen, in denen sich Huckleberry Finn wohlgefühlt hätte. Als sie die Stadt hinter sich gelassen hatten, sah sie immer noch zurück und sagte: »Walnut Grove... Verdammt. Wissen Sie, wenn man an die Jahre denkt, die verstrichen sind, sieht es genau richtig aus.«

Sie fanden Louise Liss über das Brookings Police Department und fuhren zu ihrem Motel. Sie war in der Cafeteria, saß für sich allein und starrte in ein Glas Cola. Sie war übergewichtig und verbraucht und hatte müde, rotgeränderte Augen. Sie hat geweint, dachte Lucas.

»Das wird schlimm«, murmelte Lily.

»Bringen wir sie in ihr Zimmer«, sagte Lucas.

»Ich rede«, sagte Lily.

Sie gingen die paar Schritte zum Tisch, wo Lily den Ausweis aus der Tasche zog. »Mrs. Liss?«

Louise Liss sah auf. Ihre Augen waren ausdruckslos, benommen. »Wer sind Sie?«

»Wir sind von der Polizei, Mrs. Liss. Ich bin Lily Rothenburg, das ist Mr. Lucas Davenport aus Minneapolis...«

»Ich soll nicht mit der Polizei sprechen«, sagte Louise abweisend. »Mr. Meadows sagt, ich soll nicht...«

»Mrs. Liss, wir wollen nicht über Ihren Mann mit Ihnen sprechen. Wir wollen uns über Ihren Sohn Harold unterhalten.« Lily hörte sich an wie eine Mutter, dachte Lucas, und dann fiel ihm ein, daß sie ja eine war.

»Harold?« Louise griff nach dem Colaglas, ihre Knöchel wurden weiß. »Was ist mit Harold passiert? Harold geht es gut, ich habe mit ihm gesprochen, bevor ich gegangen bin...«

»Ich finde, wir sollten uns in Ihrem Zimmer unterhalten...« Lily ging ein paar Schritte vom Tisch weg, Louise schlüpfte aus der Nische und folgte ihr.

»Ihre Handtasche«, sagte Lucas.

Sie griff nach ihrer Handtasche und sagte dabei: »Was ist passiert, was ist passiert?« Und fing an zu weinen. Der Kassierer beobachtete sie. Lucas gab ihm drei Dollar, zeigte seine Marke und sagte: »Polizei.«

Vor der Cafeteria gingen sie zu ihrem Zimmer. Louise packte Lily am Mantel und sagte: »Bitte...«

»Er wurde wegen Kokainbesitz verhaftet, Mrs. Liss.«

»Kokain...« Plötzlich riß sie sich zusammen und sah Lucas an; ihre Stimme wurde schrill. »Das haben Sie getan, richtig? Sie haben meinen Jungen reingelegt, um an John ranzukommen.«

»Nein, nein«, sagte Lucas und versuchte, weiter mit ihr zum Zimmer zu gehen. »Er wird es Ihnen selbst sagen. Die Drogenfahndung hat gesehen, wie er mit einem Dealer gesprochen hat. Sie haben ihn angehalten und zwei Eight-Balls in seinen Taschen gefunden...«
»Eight-Balls?«
»Päckchen von einer Achtelunze, das sind fast zehn Gramm. Eine Menge Kokain, Mrs. Liss.« Sie waren vor ihrem Zimmer, und sie schloß die Tür mit ihrem Schlüssel auf. Lily folgte ihr nach drinnen, Lucas machte die Tür hinter sich zu. Louise setzte sich aufs Bett. »Man nennt das eine präsumtive Menge. Bei so einer großen Menge Kokain geht das Gesetz davon aus, daß er dealen wollte, und das ist ein Verbrechen.«
»Er ist erst siebzehn«, sagte Louise. Sie schien kaum den Kopf heben zu können.
Lucas machte ein bekümmertes Gesicht. »Mit soviel Kokain im Besitz wird der County-Anwalt ihn wie einen Erwachsenen vor Gericht stellen. Wenn er verurteilt wird, sitzt er mindestens drei Jahre im Gefängnis.«
Das Blut wich aus Louises Gesicht. »Was wollen Sie?« flüsterte sie.
»Wir sind nicht von der Drogenfahndung«, sagte Lily. Sie setzte sich neben Louise aufs Bett und berührte sie an der Schulter. »Wir untersuchen diese Morde der Indianer, auch den Ihres Mannes. Aber heute nachmittag kam einer von der Drogenfahndung, ein Mann namens Sloan, zu uns rein und sagte: ›Wißt ihr was? Der Mann, den sie in South Dakota gefaßt haben? Der den Bundesanwalt erschossen hat? Wir haben gerade seinen Sohn hopps genommen.‹ Und dann sagte er: ›Sieht so aus, als würde die ganze Familie nichts taugen.‹«
»Wir taugen etwas«, protestierte Louise. »Ich arbeite hart...«
»Nun, wir haben noch etwas Spielraum bei Ihrem Sohn Harold«, sagte Lily mit leiser Stimme. »Das Gericht könnte ihn als Jugendlichen behandeln. Aber wir müssen der Drogenfahndung etwas sagen. Gründe. Wir haben gesagt: ›Nun, sein Vater weigert sich zu reden, und das ist viel wichtiger als noch eine Anklage wegen Drogen-

besitz.‹ Wir haben gesagt: ›Wenn wir ihn dazu bringen, nur ein paar Kleinigkeiten auszuspucken, könntet ihr Harold dann als Jugendlichen behandeln?‹ Die Leute von der Drogenfahndung haben darüber nachgedacht, wir haben mit dem Chief gesprochen, und sie sagten: ›Ja.‹ Offen gesagt, nur darum sind wir hier. Um zu sehen, ob wir uns einigen können.«

»Sie wollen, daß John seine Freunde verrät«, sagte Louise verbittert. »Daß er sein Volk verrät.«

»Wir wollen nicht, daß noch mehr Morde geschehen«, sagte Lucas. »Mehr wollen wir nicht. Wir wollen sie aufhalten.«

Louise Liss hatte die Hände an die Wange gehalten, während sie sich den Vorschlag angehört hatte; jetzt ließ sie sie in den Schoß sinken. Es war eine Geste entweder der Verzweiflung oder der Unterwerfung. Lily beugte sich dichter zu ihr. »Hat Ihre Familie nicht schon genug bezahlt? Ihr Mann muß ins Gefängnis. Er wird nie wieder gehen können. Die Leute, die hinter allem stecken, die wandern nicht ins Gefängnis, die laufen immer noch frei herum. *Laufen herum, Louise.*«

»Ich selbst weiß nichts...« sagte sie zögernd.

»Könnten Sie mit John reden?« fragte Lily sanft.

»Es wäre schon gut, wenn er uns nur ein paar Namen nennen würde. Wir brauchen keine Einzelheiten, nur Namen. Es müßte nicht einmal jemand erfahren«, sagte Lucas.

Nach einem Augenblick des Schweigens sagte Louise: »Niemand müßte es erfahren?«

»Niemand«, sagte Lily bestimmt. »Und es würde Ihrer Familie eine Menge Leid ersparen. Ich sage es nicht gern, aber mir ist aufgefallen, daß Harold ein sehr gutaussehender Junge ist. Ich meine, wenn sie ihn ins Gefängnis in St. Cloud stecken, zu Männern, die lange keine sexuelle Beziehung mehr gehabt haben... Nun.«

»O nein, nicht Harold.«

»Manchmal haben sie gar keine Wahl«, sagte Lucas. »Manche der Jungs da drinnen sind größer als Footballspieler...«

Als Louise weg war, fragte Lily: »Wie beschissen fühlen Sie sich?«

Lucas legte den Kopf schief und verdrehte die Augen nach oben, als würde er darüber nachdenken, und sagte: »Eigentlich gar nicht so beschissen.«

»Ich fühle mich auch nicht so beschissen. Ich finde aber, wir sollten uns so fühlen. Eigentlich stimmt es mich ein wenig traurig, daß es uns nicht mehr an die Nieren geht«, sagte Lily. »Uns fehlen ein paar Teile, Davenport.«

Lucas zuckte die Achseln. »Die sind verschlissen worden. Und...«

»Was?«

»Wissen Sie, es ist ein Spiel«, sagte er und stellte sie damit auf die Probe. »Bei einem Spiel kann man auch nicht aussteigen und gewinnen. Entweder man geht mutig bis zum äußersten, oder jemand wirft einen raus, und dann taugt man gar nichts mehr.«

Louise Liss kam eine Stunde später aus dem Krankenhaus zurück.

»Sie wollten mich nicht reinlassen«, entschuldigte sie sich.

»Haben Sie mit John gesprochen?«

»Ja... werden Sie Harold helfen?«

»Wenn Sie uns helfen, Mrs. Liss, werde ich alles in meiner Macht Stehende tun, damit Harold freigelassen wird«, versprach Lucas.

»Es sind Männer, die Crow heißen«; sagte sie mit leiser Stimme. »Brüder oder Vettern. Große Dakota-Medizinmänner.«

»Dakota?« fragte Lily.

»Das sind die Minnesota-Sioux«, sagte Lucas. »Wo sind sie zu finden?«

»Ich habe es aufgeschrieben«, sagte Louise und kramte einen Zettel aus der Handtasche. Es war die Ecke eines Briefumschlags mit einer Adresse. »Er glaubt, die hier stimmt...«

»Sind weitere Morde geplant?« fragte Lily.

»Er hat mir nur die Namen und diese Adresse genannt«, sagte Louise. »Ich glaube, es könnte seinen Tod bedeuten, daß er nur das getan hat.«

»Okay, prima«, sagte Lily. »Wir kümmern uns noch heute abend um Harold. Wir rufen an.«

»Bitte«, sagte Louise Liss und zupfte Lily am Ärmel, »helfen Sie ihm. Bitte!«

»Die Crows? Er hat die Crows gesagt?« Larry Hart war fassungslos.

»Kennen Sie sie?« fragte Daniel. Lucas war in einer Telefonzelle. Daniel, Anderson, Sloan und Hart waren in Daniels Büro an einem Telefon mit Lautsprecher.

»Ich habe von ihnen gehört.« Eine längere Pause, während Hart nachdachte. »Gottverdammt, ich habe sie vielleicht sogar schon einmal gesehen. Sie sind berühmt. Zwei alte Männer, sie reisen durch das ganze Land und nach Kanada und organisieren die Indianerstämme. Sie waren ihr ganzes Leben lang unterwegs. Aaron ist ein mächtiger Medizinmann. Sam soll brillant sein... Himmel, wissen Sie, es paßt alles zusammen. Sie könnten es sein.«

»Wie waren ihre Namen? Aaron?« fragte Anderson.

»Aaron und Sam. Sie kommen angeblich oft durch die Cities. Sie sind so etwas wie ihr Heimathafen. Sie haben einen Sohn hier, den sieht man von Zeit zu Zeit. Ich war vor Jahren mit ihm in der Schule. Scheiße, vielleicht sieht man sogar die Crows von Zeit zu Zeit, aber ich würde sie nicht erkennen...«

»Was ist mit dem Sohn?« fragte Sloan.

»Der Sohn ist ein Freak. Er hat Visionen. Er weiß nicht, welcher der Crows sein Vater ist. Beide haben in jenem Winter mit seiner Mutter geschlafen... Daher hat er seinen Namen, Shadow Love, Liebe-im-Schatten... eine Art indianischer Witz mit dem Nachnamen seiner Mutter. Angeblich soll er einen Teil von Aarons Kräften haben...«

»Moment mal, Moment mal«, sagte Lucas. »Shadow Love?«

»Ja. Magerer Junge...«

»Mit Tätowierungen. Gottverdammt.« Lucas schlug sich gegen die Stirn. Er nahm den Hörer vom Mund und sagte zu Lily: »Wir haben sie. Es sind die richtigen Arschlöcher.« Er wandte sich wieder zum Telefon. »Shadow Love habe ich bei Yellow Hand gesehen, bevor Yellow Hand getötet wurde. Hurensohn. Shadow Love. Und zwei Typen namens Crow?«

»Ja.« Hart hörte sich distanziert an, beinahe abweisend.

»Na gut, hören Sie zu«, sagte Lucas. Er verstummte einen Augenblick und versuchte, sich an jede Einzelheit seiner kurzen Begegnung mit Shadow Love zu erinnern. »Gut. Shadow Love hat einen Führerschein aus South Dakota, auf seinen eigenen Namen ausgestellt. Ich habe ihn mir angesehen, daher weiß ich den Namen noch, weil er so seltsam war. Ich weiß nicht warum, ich kann mich nicht erinnern, aber er hat etwas zu mir gesagt, das mir den Eindruck vermittelt hat, als hätte er eine Zeitlang im Knast gesessen. Harmon, können Sie das überprüfen? Beim NCIC nachfragen, oder so?«

»Notiert«, sagte Anderson.

»Wir schicken ein paar Leute zu der Adresse und lassen Nachforschungen anstellen«, sagte Daniel. »In einer Stunde müßten wir etwas wissen.«

»Rufen Sie uns an«, sagte Lucas. Er nannte seine Zimmernummer. »Wir gehen was essen, danach bin ich in meinem Zimmer.«

»Sobald wir etwas wissen«, versprach Daniel. »Großartig, ihr beiden. Genau das, was wir gebraucht haben. Wir haben diese Wichser.«

16

Anderson bekam die Lage des Apartments der Crows und einen Bonus – eine Telefonnummer – vom 911-Zentrum und brachte sie in Daniels Büro.

»Ich ziehe Leute zusammen«, sagte Anderson. »Ich kann Del und ein paar seiner Männer von der Drogenfahndung in zehn Minuten dort haben. Sie können die Lage checken, während wir den Sturmtrupp zusammenziehen. Wir treffen uns in der Mobil-Tankstelle in der Thirty-sixth.«

»Außer Del erfährt keiner, was wir vorhaben. Erst in allerletzter Minute, wenn wir das Haus lückenlos umstellt haben«, sagte Daniel. »Ich will nicht, daß uns die Feebs wieder reinpfuschen.«

»Sämtliche hiesigen Feebs sind in Brookings«, sagte Sloan mit einem sarkastischen Unterton. »Clay, dieser Arsch, ist hereinstolziert wie der Präsident des Universums. Achthundert Männer sind mit Mikros in den Ohren rumgerannt...«

»Okay, trotzdem bleibt es unter uns«, sagte Daniel.

Anderson eilte in sein Büro. »Sie beide bleiben in der Nähe«, sagte Daniel zu Hart und Sloan. »Wenn das klappt, möchten Sie sicher beim letzten Akt dabeisein.«

Sloan nickte und sah Larry an. »Sollen wir zu den Automaten runtergehen und was zu futtern holen? Könnte für eine Weile die letzte Möglichkeit sein...«

»Wir treffen uns dort«, sagte Larry. »Ich muß pinkeln.« Die Crows hatten die Presseerklärung über den Anschlag auf Linstad an diesem Tag losgeschickt, Sam las sie noch einmal durch, während er versuchte, es sich auf dem abgenutzten Sofa bequem zu machen. »Ich hoffe, John bleibt dabei, die Geschichte mit der indianischen Nation«, sagte er. »Ich hoffe, er wird nicht weich.«

»Meadows paßt auf ihn auf«, sagte Aaron. »Meadows ist ziemlich gut...«

»Der verdammte Angeber«, grunzte Sam.

»John hat seine Gründe dafür, daß er durchhält. Hat er dir je seine Hot-dog-Geschichte erzählt?«

Aaron saß am Küchentisch, Sam mußte den Kopf drehen, damit er ihn sehen konnte. »Hot-dog?«

John Liss war zwölf gewesen, ein mageres Kind in Armeehemd und Jeans. Sein Vater war seit Wochen weg, seine Mutter seit zwei Tagen mit einem Mann, den er nicht kannte. Ihr Auto stand immer noch vorne, etwa acht Liter Benzin im Tank. Weder John noch seine neunjährige Schwester hatten seit Mittag des vergangenen Tages etwas gegessen – eine Dose Campbells Chamignoncremesuppe.

»Ich hab solchen Hunger«, weinte Donna. »Solchen Hunger.«

John traf eine Entscheidung. »Steig ins Auto ein«, sagte er.
»Du kannst nicht fahren.«
»Klar kann ich. Steig ein. Wir suchen etwas zu essen.«
»Wo? Wir haben kein Geld«, sagte sie skeptisch. Aber sie zog die Jacke an. Sie trug offene Sandalen.
»In der Stadt.«
Freitagabend. Das Flutlicht des Footballfelds am Stadtrand war meilenweit das Hellste überhaupt.
»Muß fast aus sein«, sagte John Liss. Er konnte kaum über das Lenkrad des alten Ford Fairlane sehen. Sie fuhren von der Straße runter über den schmutzigen Parkplatz. Die Temperatur lag bei um die fünf Grad. So lange das Auto lief, funktionierte die Heizung, aber er hatte Angst, das Benzin könnte ihnen ausgehen. Wenn sie vorsichtig waren, konnten sie es wieder bis nach Hause schaffen.
»Behalt den Hot-dog-Stand im Auge«, sagte John zu seiner Schwester. Im Jahr zuvor hatte er ein Spiel besucht und gesehen, wie die Frau, der der Hot-dog-Stand gehörte, ein halbes Dutzend Wiener Würstchen aus dem Topf eines automatischen Kochers geholt und in den Mülleimer geworfen hatte. Und eine halbvolle Tüte Brötchen hinterher. Der Stand war am selben Fleck, und ein Mülleimer stand auch nah daneben. Sogar die Frau war dieselbe.
Zwanzig Minuten später war das Spiel zu Ende. Die Fans des hiesigen Vereins strömten von den Tribünen und schubsten und knufften sich aus Freude über den Sieg. Ein großer blonder Junge blieb an dem Hot-dog-Stand stehen, kaufte einen Hot-dog und eine Cola und ging mit Freunden weiter. Nach ein paar Schritten erblickte er ein Mädchen in der Menge und rief: »He, Carol.«
»Was willst *du* denn, Jimmy?« fragte sie spöttisch. Sie trugen beide Jacken aus roter Wolle mit gelben Buchstaben und weißen Lederärmeln. John und seine Schwester sahen, wie sie grinsend, jeder von Freunden unterstützt, aufeinander zu gingen.
»Erinnert dich das an was?« fragte Jimmy und schob das Würstchen aus dem Brötchen.
Ihre Freundinnen taten schockiert, während seine Freunde sich auf die Stirn schlugen, aber Carol war schlagfertig: »Nun«, sagte sie,

»ich glaube, es könnte ein klein wenig wie dein Pimmel aussehen, aber das Würstchen ist natürlich viel, viel größer.«

»Ach *ja*«, sagte er und warf das Wiener Würstchen nach ihr. Sie duckte sich und lachte und rang mit ihm, und so tollten sie über den Parkplatz. Zwei Minuten später waren sie alle fort.

»Hol es«, flüsterte Donna.

»Hast du gesehen, wohin es gefallen ist?«

»Direkt unter die Tribüne...«

John stieg aus dem Auto aus und fand das Würstchen auf dem Boden. Er wischte es am Hemd ab, nahm es mit und gab es seiner Schwester. »Es ist noch heiß«, sagte er. »Herrgott, es ist perfekt.«

Ihre Augen strahlten. John sah sie an, und die Wut, die ihn überkam, brach ihm fast das Rückgrat. Es war seine *Schwester*, seine verfluchte *kleine Schwester*. Er wollte jemanden umbringen, wußte aber nicht, wen oder wie. Noch nicht. Später, als er die Crows kennenlernte, erfuhr er, wen und wie.

»Jeder hat so eine Geschichte zu erzählen«, sagte Sam ernst. »Jeder einzelne von uns. Wenn sie nicht von uns selber handelt, dann von jemand aus der Familie. Herrgott noch mal.«

Das Telefon läutete.

»Shadow Love?« fragte Sam.

Aaron zuckte die Achseln und nahm den Hörer ab. »Ja?«

»*Die Cops kommen*«, sagte ein Mann. »*Sie sind in zehn Minuten dort.*«

»Was?«

»*Die Cops kommen. Verschwindet sofort.*«

Sam Crow sprang auf. »Was?«

Aaron stand mit dem Hörer in der Hand verwirrt da. »Irgend jemand, den ich nicht kenne. Er sagt, die Bullen sind unterwegs. In zehn Minuten...«

»Gehen wir...«

»Ich muß...«

»Scheiß drauf, wir gehen!« brüllte Sam. Er nahm Aarons Jacke, warf sie ihm zu, nahm seine eigene.

»Die Schreibmaschine...« Aaron schien wie benommen.
»Vergiß die Schreibmaschine!« Sam machte die Tür auf.
»Ich muß meine Briefe holen. Ich weiß nicht, was darin steht. Vielleicht etwas über Barbara oder so...«
»O Scheiße...« Sam packte eine braune Einkaufstüte und warf sie Aaron zu. »Pack soviel du kannst hier rein«, sagte er. Er riß eine Schranktür auf, zerrte einen grünen Armeerucksack heraus und stopfte ihre Sachen hinein. »Sieh das Zeug nicht an, stopf es einfach in die Tüte«, rief er Aaron zu, der sich in Zeitlupe zu bewegen schien und seine persönlichen Papiere durchblätterte.
Sie brauchten vier Minuten, um den Rucksack vollzustopfen und Aarons Unterlagen zu sammeln. Den Rest ihrer Sachen würden sie zurücklassen.
»Wer immer es war, vielleicht hat er sich geirrt«, keuchte Aaron, während sie die Treppe hinunterliefen.
»Er hat sich nicht geirrt. Glaubst du, jemand würde einfach anrufen und...?«
»Nein. Und es war ein Indianer. Er hatte den Akzent...«
Sam blieb auf dem Treppenabsatz im ersten Stock stehen und sah hinaus.
»Hinten raus«, sagte er nach einem Augenblick. »Jemand geht die Straße entlang.«
»Was ist mit dem Wagen?« fragte Aaron, der seinem Vetter folgte.
»Wenn sie von uns wissen, wenn sie unsere Namen haben, wissen sie von dem Wagen. Und unsere Fingerabdrücke sind überall in dem Zimmer...«
Sie gingen die letzte Treppenflucht in den Keller hinunter, durch den Heizraum und einen Vorratskeller und eine kurze Betontreppe hinauf in eine Gasse. Lichter in den Fenstern der Rückfassaden von Häusern auf der anderen Seite der Gasse durchbohrten die Dunkelheit.
»Durch den Hof«, sagte Sam flüsternd.
»Sie werden uns für Spanner halten«, sagte Aaron.
»Psst.«

Sie überquerten den Hof, duckten sich, hielten sich dicht an der Garage und dann an einer Hecke.

»Paß auf die Wäscheleine auf«, murmelte Sam einen Augenblick zu spät. Der Draht schnitt in Aarons Nasenrücken.

»Mann, hat das weh getan«, sagte er und hielt sich die Nase.

»Still...«

Sie blieben hinter einem Busch an der Hausecke stehen. Ein Auto fuhr die Straße entlang; es bremste und hielt an der Ecke. Wenige Augenblicke später stiegen zwei Männer aus. Einer lehnte sich an den Kühler des Autos und zündete eine Zigarette an. Der andere ging die Straße entlang zur Rückfassade des Hauses, in dem die Crows wohnten. Sie sahen wie Passanten aus, bewegten sich aber sehr selbstbewußt.

»Cops«, flüsterte Sam.

»Wir müssen über die Straße, bevor alles abgesperrt ist«, sagte Aaron.

»Los.« Sam ging wieder vor; er zog den Rucksack nach. Sie gingen den ganzen Block entlang durch die Hinterhöfe der Häuser. Die meisten Fenster waren noch erleuchtet. Sie hörten Musik aus manchen oder durch geschlossene Fenster gedämpfte Fernseh-Dialoge.

Plötzlich lachte Aaron, ein entzückter Laut, bei dem Sam stehenblieb.

»Was ist?«

»Weißt du noch, in Rapid City, als wir die Häuser abgeklappert haben? Scheiße, wir waren kaum Teenager... Ist irgendwie lustig.«

»Arschloch«, grunzte Sam, aber kurze Zeit später kicherte er. »Ich erinnere mich noch an die Braut in dem gelben Handtuch...«

»Ach ja...«

Beim letzten Haus drängten sie sich in die Hecke und sahen auf die Straße.

»Niemand da«, sagte Sam. »Es sei denn, sie sitzen in einem der Autos.«

»Schnurgerade rüber und in die Gasse«, sagte Aaron. »Los.«

Sie überquerten die Straße so schnell sie konnten, der Rucksack schlug gegen Sams Beine. Sie liefen die ganze Gasse entlang.

»Ich kann das Scheißding nicht mehr lange tragen«, keuchte Sam.
»Beim Superamerica-Laden ist ein Telefon. Noch ein Block«, sagte Aaron.

Sie schlichen eine weitere Gasse entlang, diesmal half Aaron, den Rucksack zu tragen. Am Ende der Gasse blieben sie stehen, Aaron setzte sich zwischen einen Busch und einen Maschendrahtzaun. Das Superamerica war gleich auf der anderen Straßenseite, das Telefon an einer Außenwand befestigt.

»Ich ruf Barbara an.« Sam kramte nach Kleingeld. »Du wartest hier. Laß dich nicht sehen. Sie soll direkt in die Gasse reinfahren.«

»Was ist mit Shadow Love? Wenn es stimmt, wenn die Bullen anrücken, läuft er ihnen direkt in die Arme.«

»Dagegen können wir nichts machen«, sagte Sam tonlos. »Wir können nur hoffen, daß er sie sieht oder Barbara anruft.«

»Vielleicht stimmt es ja gar nicht«, sagte Aaron.

»Unsinn«, sagte Sam. »Das waren Cops. Sie haben uns aufgespürt, Vetter. Sie sind hinter uns her.«

17

Zwei Lieferwagen und ein Auto mit dem Emblem des Fernsehens von Sioux Falls parkten schräg vor einem rund um die Uhr geöffneten Coffee Shop. Ein einzelner Mann mit Cowboyhut saß an der Nische beim Fenster über einer Tasse Kaffee und einem Käsesandwich. Lucas zögerte vor der Tür, sah hinein und folgte Lily durch die Tür.

»Nach Jennifer Ausschau gehalten?« fragte sie mit einem kleinen Lächeln.

Lucas errötete. »Nun, es wäre besser, wenn sie nicht...«

»Aber klar.« Er folgte ihr die Reihe der Nischen entlang und sah auf ihre Hüften. Sie hatte die Hosen gegen ein Kleid und flache Schuhe getauscht. Die Schultertasche mit der Fünfundvierziger trug sie immer noch.

Die Kellnerin, eine müde junge Frau, der schwarze Haarsträhnen in die Stirn hingen, nahm ihre Bestellung – Kaffee und Cheeseburger – entgegen und schlurfte davon.

»Was halten Sie von dieser Sache mit den Crows?« fragte Lily, während sie auf das Essen warteten.

»Ich weiß nicht. Larry hat sich merkwürdig angehört. Und, Scheiße, ich habe mit diesem anderen Kerl gesprochen, diesem Shadow Love. Ich wußte gleich, daß mit dem was nicht stimmt... Er... hat vibriert, verstehen Sie?«

»Plemplem?«

»Etwas hat nicht gestimmt. Ich weiß auch nicht.« Der Kaffee kam, brühend heiß, ölig.

In New York gäbe es nichts, was mit der Indianergemeinde von Minneapolis zu vergleichen wäre, sagte Lily. Es waren schon Indianer da, aber nicht so sichtbar. »Sie sehen irgendwie... geheimnisvoll aus«, sagte sie. »Man sieht sie auf der Straße, an Ecken. Sie sind nicht bedrohlich, nicht gefährlich. Sie scheinen nur zu beobachten...«

Lucas nickte. »Manchmal sind sie wie die größten rotnackigen skandinavischen hinterwäldlerischen Arschlöcher. Sie kutschieren in alten Pick-ups herum und arbeiten als Holzfäller oder auf einer Ranch. Und manchmal fährt man irgendwo in der Gegend herum und stolpert über eine Bande Indianer bei einer Zeremonie. Sieht wie eine Touristenattraktion aus, ist es aber nicht. Es ist echt...«

Sie redeten eine Stunde. Lucas wurde irgendwann klar, daß er faselte. Auf der Fahrt zum Motel zurück, im Auto, redeten sie fast gar nicht miteinander. Lucas parkte hinter dem Motel und schloß das Auto ab.

»Ob sie schon was wissen?« fragte sie, während sie den Flur entlang zu ihren Zimmern gingen.

»Vielleicht. Wir können ja anrufen.«

»Kommen Sie mit rein. Wir rufen von meinem Zimmer an.« Sie stieß die Tür auf, und Lucas folgte ihr. Sie deutete auf das Telefon, und er setzte sich aufs Bett, nahm den Hörer ab und wählte. Daniel antwortete beim ersten Läuten.

»Chief: Lucas. Was ist passiert?«
»Wir waren dort, aber wir haben sie verpaßt«, sagte Daniel.
»Aber es sind die richtigen. Ein paar Presseerklärungen waren zusammengeknüllt im Mülleimer unter der Spüle, und die Schreibmaschine ist auch dieselbe...«
»Sie haben die Schreibmaschine dortgelassen?«
»Ja. Sloan ist mit Del dort, und sie sagen, es ist irgendwie seltsam. Sie haben eine Menge Plunder dort gelassen, aber die persönlichen Sachen sind weg. Sloan glaubt, daß sie die Wohnung in größter Eile verlassen haben – vielleicht als sie gehört haben, daß Liss nicht tot ist. Haben sich gedacht, er könnte reden.«
»Sprechen Sie mit den Nachbarn?«
»Klar. Niemand hat sie oft gesehen. Aber es sind zwei alte Indianer. Und sie haben überall Fingerabdrücke hinterlassen, das FBI überprüft sie gerade. Jemand hat gesagt, sie fahren einen Lastwagen, und der parkt immer noch draußen...«
»Himmel. Vielleicht sollten wir den Schauplatz räumen und beobachten, vielleicht kommen sie zurück...«
»Das machen wir, aber Del glaubt nicht, daß es klappt. Er sagt, in einer Stunde wird sich die Razzia in der ganzen Straße herumgesprochen haben.«
»Stimmt wahrscheinlich«, sagte Lucas. »Verdammt.«
»Wir reden morgen miteinander – bis dahin müßten wir alles geklärt haben. Wir treffen uns um ein Uhr, wenn Sie das schaffen.«
»Wir sind da«, sagte Lucas. Er legte auf und wandte sich an Lily. »Sie haben sie verpaßt.«
»Aber es sind die richtigen?«
»Ja, sie haben Sachen zurückgelassen. Eindeutige Identifizierung.«
»Gottverdammt«, sagte Lily gereizt. Sie ließ den Kopf sinken, hob eine Hand und massierte sich den Nacken. Sie war keine dreißig Zentimeter entfernt, und Lucas konnte den flüchtigen Geruch wahrnehmen, den sie am Tag, als sie sich kennenlernten, aufgelegt hatte.
»Wie lange wollen wir uns noch was vormachen?« fragte er leise.

»Ich bin soweit«, sagte sie.
»Wie war das? Sie sind soweit?«
»Ja.« Sie stand auf und ging durchs Zimmer. Lucas sah ihr nach, aber sie griff zum Lichtschalter, schaltete das Licht aus und kam mit vor der Brust verschränkten Armen im Dunkeln zurück.
»Ich hab richtige Angst«, sagte sie.
»Himmel.« Er umklammerte sie fest mit dem linken Arm, hielt ihren Nacken mit der rechten Hand und zog ihr Gesicht an seins. Der Kuß hielt sie etwa zehn Sekunden zusammen, dann machte sie sich los, keuchte, und sie kippten nach unten aufs Bett.
»Lucas, verdammt, laß mich einen Moment unter die Dusche...«
»Scheiß auf die Dusche«, sagte er. Seine Stimme war heiser, fiebrig. Er küßte sie noch einmal und drückte sie mit seinem ganzen Körper aufs Bett, während er mit einer Hand an den Knöpfen zerrte, die das Oberteil ihres Kleids zusammenhielten.
»Großer Gott, laß mich...«
»Schon passiert.« Ein Knopf ging auf, Lucas' Hand strich über ihre warme Haut, den Bauch, dann nach hinten, wo er den Büstenhalter aufmachte. Lily fing an zu stöhnen und versuchte, seine Lippen zu erwischen. Sie rollten über das Bett, sie machte sich an seinem Gürtel zu schaffen, er hatte die Hand jetzt unter ihrem Kleid und zerrte an ihrer Unterhose.
»Mein Gott, ein Hüfthalter, woraus besteht der, aus Stahlgitter? Ich kann nicht...«
»Langsam, langsam...«
»Nein.«
Er zog den Hüfthalter von einem Bein, der sich um einen Knöchel verdrehte, dann hatte er die Unterhose an einem Bein heruntergestreift, und seine Hände spielten mit ihr. Schließlich drang er in sie ein, und sie schrie fast, so intensiv war das Gefühl... und eine Zeit später, dachte sie, schrie sie tatsächlich.

»Herrgott, ich wünschte mir, ich würde noch rauchen«, sagte er. Er hatte ein Nachttischlämpchen eingeschaltet und sich aufgerichtet. Er war immer noch weitgehend angezogen. Sie rang keuchend nach

Luft. Wie ein Karpfen, dachte sie. Sie hatte nie einen gesehen, aber in guten Büchern von Karpfen gelesen, die im seichten Ufergewässer nach Luft schnappten. Er sah auf sie herab. »Alles in Ordnung?«
»Ja. Mein Gott...«
»Kann ich... laß mich das ausziehen...«
Nach der Brutalität der ersten Episode war er plötzlich zärtlich, berührte ihren Körper, hob sie hoch, zog ihr die restlichen Sachen aus. Sie kam sich fast wie ein Kind vor, bis er sie auf den Schenkel küßte, wo dieser in die Hüfte überging, und sie das Feuer wieder durch ihren Unterleib rasen spürte und stöhnte. Lucas war wieder auf ihr, und das Licht der Nachttischlampe schien schwächer zu werden. Und dann nach einer Weile, dachte sie, hatte sie vielleicht wieder geschrien.

»Habe ich geschrien?« stieß sie hervor. Sie stand zur Dusche gedreht, Wasser prasselte auf ihre Brüste. Lucas stand hinter ihr. Sie konnte spüren, wie er sich gegen ihre Pobacken drückte, die seifige Hand auf ihrem Bauch.
»Ich weiß nicht. Ich habe gedacht, ich war es«, sagte er.
Sie kicherte. »Was machst du da?«
»Nur waschen.«
»Ich glaube, da hast du schon gewaschen.«
»Etwas mehr kann nicht schaden.«
Sie machte die Augen zu und lehnte sich an ihn, er bewegte die seifige Hand, und es begann von neuem...

18

Barbara Gows Haus hatte eine graue Fassade, die einmal weiß gewesen war, und ein Schindeldach aus rotem Asbest. Ein einsamer Holunderbusch stand im Vorgarten, und hinten lehnte hoffnungslos eine baufällige Garage. Ein hüfthoher Drahtzaun umgab das Grundstück.

»Sieht ziemlich schlimm aus«, sagte sie traurig. Sie waren vor zehn Minuten von der Schnellstraße heruntergefahren und befanden sich in einer Gegend trostloser Hinterhöfe. Die Holzhäuser von nach dem Krieg fielen vor Altersschwäche, schlechter Materialqualität und fehlender Pflege auseinander: Auf den Dächern fehlten Schindeln, an Erkern zeigten sich Spuren trockener Fäulnis. Im trüben Licht der Straßenlampen waren Kinderfahrräder zu sehen, die achtlos auf unkrautüberwucherte Rasen geworfen worden waren. Die auf den Straßen parkenden Autos waren verrostete Kadaver. Ölflecken überzogen die Einfahrten wie Rorschachmuster des Scheiterns.

»Als ich es gekauft habe, habe ich es ein Landhaus genannt«, sagte sie, während sie in die Einfahrt rollten. »Verdammt, es macht mich so traurig. Wenn man bedenkt, daß man dreißig Jahre in einem Haus wohnen kann, und am Ende kümmert man sich nicht darum.«

Sam machte ein Auge zu, betrachtete sie mit dem anderen und schätzte das Ausmaß ihres Unglücks ab. Schließlich grunzte er, stieg aus dem Auto und machte das Garagentor auf.

»Ich hoffe, Shadow Love ist okay«, sagte sie besorgt, während sie in die Garage fuhr.

Sie hatte sie zehn Minuten nach Sams Anruf abgeholt. Als sie zu ihrem Haus zurückfuhren, kamen sie an der Straße vorbei, wo das Mietshaus lag. Autos standen auf dieser Straße. Cops. Die Razzia war in vollem Gange.

»Er wollte zurück sein«, sagte Sam, als sie aus dem Auto ausstieg. »Mit den vielen Bullen auf der Straße...«

»Wenn er nicht schon da war, als sie gekommen sind...«

»Wenn sie ihn nicht geschnappt haben, müßten wir von ihm hören«, sagte Aaron.

Barbaras Haus war stickig. Sie war nie eine gute Hausfrau gewesen, und sie rauchte. Das einst strahlende Innere war mit einer gelblichen Nikotinpatina überzogen. Sam Crow schleifte den Rucksack die Treppe hinauf. Aaron ging ins Wohnzimmer, in dem eine Bettcouch stand.

»Habt ihr Geld?« fragte Barbara, als Sam wieder nach unten kam.

»Zweihundert«, sagte er achselzuckend.

»Ihr müßt euch an den Lebensmitteln beteiligen, wenn ihr länger bleibt.«

»Wahrscheinlich nicht zu lange. Vielleicht eine Woche.«

Zwanzig Minuten später rief Shadow Love an. Barbara sagte: »Ja, sie sind hier. Es geht ihnen gut«, und gab Sam das Telefon.

»Wir hatten Angst, sie könnten dich geschnappt haben«, sagte Sam.

»Ich wäre ihnen fast in die Arme gelaufen«, sagte Shadow Love. Er war in einer Bar sechs Blocks vom Apartment der Crows entfernt. »Ich war mit den Gedanken woanders und fast schon zu nahe dran, als mir auffiel, daß etwas nicht stimmte – die vielen Autos. Ich habe eine Weile beobachtet, ich fürchtete schon, ich müßte mit ansehen, wie sie euch abführen.«

»Kommst du her?« fragte Sam.

»Sollte ich wohl. Nur die Nacht über. Ich weiß nicht, woher sie ihre Informationen haben, aber wenn sie mir nachspüren... Wir sehen uns in einer halben Stunde.«

Als Shadow Love kam, stellte sich Barbara auf die Zehenspitzen, küßte ihn auf die Wange und führte ihn gleich in die Küche.

»Jemand hat uns verraten«, sagte Shadow Love. »Hart war auf der Straße vor dem Apartment. Er verteilt jetzt Geld. Der Jäger auch.«

»Es läuft nicht so gut, wie wir uns das gedacht haben«, gab Sam zu. »Ich habe gedacht, daß Billy mindestens einen mehr erwischt und John aus Brookings rauskommt...«

»Leo ist noch frei, und ich stehe auch zur Verfügung«, sagte Shadow Love. »Und über die Medien könnt ihr euch nicht beschweren. Herrgott, sie sind überall im ganzen Mittelwesten. Ich habe einen Fernsehbericht aus Arizona gesehen, von Leuten im Reservat, die geredet haben...«

»Es funktioniert also«, sagte Aaron und sah seinen Vetter an.

»Zumindest vorerst«, sagte Sam.

Später in dieser Nacht beobachtete Sam Barbara, wie sie im Schlafzimmer umherging, und dachte: Sie ist alt.

Sechzig. Zwei Jahre jünger als er. Er kannte sie aus den frühen fünfziger Jahren, die Ojibway-Bohème-Studentin der französischen Existenzialisten, das dunkle Haar zu einem Knoten zurückgekämmt, das frische, herzförmige Gesicht ohne Make-up, die Bücher in einem grünen Leinenbeutel, den sie über der Schulter trug. Ihre Baskenmütze. Sie trug eine leuchtend rote Baskenmütze, die sie über ein Auge gezogen hatte, rauchte Gauloises und Gitanes, manchmal Players, und redete über Camus.

Barbara Gow war auf dem Jron Range aufgewachsen, Tochter eines Ojibway-Vaters und einer serbischen Mutter. Ihr Vater arbeitete tagsüber in den Tagebau-Minen und nachts für die Gewerkschaft. Die Bibel ihrer Mutter stand auf einem kleinen Bücherregal im Wohnzimmer. Gleich daneben *Das Kapital* ihres Vaters.

Als Teenager hatte sie kirchliche Arbeit für die Gewerkschaft getan. Nach dem Tod ihrer Mutter, die ihr eine kleine Versicherungssumme hinterließ, war sie nach Minneapolis gezogen und hatte die Universität besucht. Die Universität und die Vorträge, die Theorien, hatten ihr gefallen. Noch besser gefiel sie ihr, als sie die Neuigkeiten aus dem existentialistischen Frankreich hörte.

Sam konnte das alles immer noch in ihr sehen – hinter dem runzligen Gesicht und den hängenden Schultern. Nackt wie sie war, zitterte sie in der kalten Luft und zog einen Morgenmantel an, dann drehte sie sich um, lächelte ihm zu, und das Lächeln wärmte sein Herz.

»Mich wundert, daß das Ding immer noch funktioniert, so wie du es mißbrauchst«, sagte sie. Sams Penis räkelte sich behaglich auf seinem Becken. Er *fühlte* sich glücklich, dachte er.

»Für dich funktioniert er immer«, sagte Sam. Er lag auf den Laken, auf der handgemachten Steppdecke, unempfindlich für die Kälte.

Sie lachte und ging aus dem Zimmer, einen Augenblick später hörte Sam im Bad das Wasser fließen. Er lag auf dem Bett und wünschte sich, er könnte ein Jahr, zwei Jahre oder fünf hier bleiben und auf der Decke liegen. Angst. Das war es, dachte er. Er verdrängte den Gedanken aus seinem Kopf, rollte vom Bett und ging ins Bad. Barbara saß auf der Toilette. Er trat vor das Wasserbecken und drehte das Wasser auf, um sich zu waschen.

»Shadow Love sieht sich immer noch diesen Film an«, sagte Barbara. Der Lärm von Gewehrfeuer im Fernsehen drang herauf.

»*Zulu*«, sagte Sam. »Große Schlacht in Afrika, vor hundert Jahren. Er sagt, es wäre besser als die Schlacht gegen Custer.«

Barbara stand auf und drückte die Toilettenspülung, während Sam sich abtrocknete. »Ist das das Ende?« fragte sie leise, während sie ins Schlafzimmer zurück gingen.

Er wußte, was sie meinte, tat aber so, als wüßte er es nicht. »Das Ende?«

»Erzähl mir keinen Quatsch. Wirst du sterben?«

Er zuckte die Achseln. »Shadow Love sagt ja.«

»Dann wirst du sterben«, sagte Barbara. »Wenn du nicht weggehst. Gleich.«

Sam schüttelte den Kopf. »Kann ich nicht.«

»Warum nicht?«

»Weil die anderen gestorben sind. Wenn ich an die Reihe komme und nicht kämpfe, dann ist es, als hätte ich sie verraten.«

»Du hast eine Waffe?«

»Ja.«

»Und es ist alles notwendig?«

»Ja. Es ist auch fast notwendig, daß wir... sterben. Das Volk braucht diese Geschichte. Weißt du, als wir noch Kinder waren, habe ich Männer gekannt, die mit Crazy Horse geritten sind. Wer lebt jetzt noch, um mit den Kindern zu sprechen. Die einzigen Legenden, die sie haben, sind Dopedealer...«

»Also bist du bereit?«

»Nein, natürlich nicht«, gab Sam zu. »Wenn ich daran denke, zu sterben... ich kann nicht ans Sterben denken. Ich bin noch nicht bereit.«

»Das ist man nie«, sagte Barbara. »Ich betrachte mich im Spiegel an der Tür...« Sie stieß die Schlafzimmertür zu, und der Spiegel, der daran befestigt war, reflektierte sie beide, nackt, wie sie hinein sahen. »...und ich sehe eine alte Frau, die runzlig ist wie eine Kartoffel vom letzten Jahr. Sekretärin der historischen Gesellschaft, gebückt und grau. Aber ich fühle mich wie achtzehn. Ich will rausgehen, durch den Park laufen, den Wind im Haar spüren, ich will mit dir und Aaron im Gras rollen und hören, wie Aaron mir Honig ums Maul schmiert, weil er mir an die Wäsche will... und das alles kann ich nicht, weil ich alt bin. Und ich werde sterben. Ich will nicht alt sein und ich will nicht sterben, aber ich werde es... ich bin nicht bereit, aber ich muß.«

»Ich bin froh, daß wir uns ausgesprochen haben«, sagte Sam trocken. »Hat mich richtig aufgemuntert.«

Sie seufzte. »Ja. Aber wie du dich anhörst, ist mir klar, du wirst die Kanone benutzen, wenn es soweit ist.«

Shadow Love ging auf und ab.

Sam lag rechts von Barbara, schlief, atmete tief und regelmäßig, aber Barbara konnte Shadow Love die ganze Nacht unten in der Diele auf und ab gehen hören. Der Fernseher ging an, wurde abgeschaltet, ging wieder an. Und immerzu auf und ab gehen. So war er immer gewesen.

Vor fast vierzig Jahren hatte Barbara einen halben Block von Rosie Love entfernt gelebt und die Crows in ihrem Haus kennengelernt. Schon damals waren sie hartgesottene Radikale gewesen, hatten die ganze Nacht Zigaretten geraucht und über die BIA-Cops und das FBI und was sie in den Reservaten anrichteten gesprochen.

Als Shadow geboren wurde, war Barbara Patin. Vor ihrem geistigen Auge konnte sie Shadow Love immer noch vor sich sehen, wie er in seinen billigen kurzen Hosen und dem zu kurzen gestreiften Polohemd durch die Straße der Stadt ging und mit seinen blassen Augen die Welt ringsum abschätzte. Schon als Kind hatte er das Feuer besessen. Er war nie der größte Junge im Block gewesen, aber keiner der anderen war ihm je dumm gekommen. Shadow Love war elektrisch. Shadow Love war verrückt. Barbara liebte ihn wie ihr eigenes Kind, und nun lag sie im Bett und hörte zu, wie er auf und ab ging. Um drei Uhr fünfunddreißig sah sie auf die Uhr, dann döste sie ein.

Am Morgen fand sie ihn schlafend auf dem großen Sessel im Wohnzimmer, dem Sessel, den sie früher immer ihre Männerfalle genannt hatte. Sie schlich auf Zehenspitzen zur Küchentür, und als sie vorüberging, sagte seine Stimme: »Nicht schleichen.«
»Ich dachte, du schläfst«, sagte sie. Sie kam zur Tür zurück. Er war aufgestanden. Licht drang durchs Fenster hinter ihm, er ragte auf, eine dunkle Gestalt mit Heiligenschein.
»Habe ich – eine Weile.« Er gähnte und streckte sich. »Ist dein Haus verkabelt?«
»Eine Zeitlang ja. Aber als nichts Richtiges gekommen ist, habe ich es wieder abbestellt.«
»Wie wäre es, wenn ich dir Geld gebe und du es wieder bestellst? HBO oder Cinemax oder Showtime. Vielleicht alle. Wenn es zum Äußersten kommt, sitzen wir vielleicht eine Weile hier fest.«
»Ich ruf gleich heute morgen an«, sagte sie.

Am Vormittag, nach dem Frühstück, holte Barbara einen Hocker, ein Handtuch und eine Schere und schnitt Sam und Shadow Love die Haare. Aaron saß dabei und beobachtete amüsiert, wie die schwarzen Locken auf den Boden fielen. Er sagte Sam, wenn sich alte Männer die Haare schneiden ließen, verlören sie ihre Potenz.
»Mit meinem Schwanz ist alles in Ordnung«, sagte Sam. »Frag Barb.« Er versuchte, ihr auf den Po zu klopfen. Sie wehrte seine Hand ab; Shadow Love zuckte zusammen. »Paß auf, verdammt, du stichst mir die Schere ins Ohr.«
Als sie fertig war, zog Shadow Love ein langärmliges Cowboyhemd, Sonnenbrille und Baseballmütze an.
»Ich seh immer noch verdammt wie ein Indianer aus, was?«
»Laß die Sonnenbrille«, sagte Barbara. »Deinen Augen könnten für blau durchgehen. Du könntest ein braungebrannter Weißer sein.«
»Ich könnte einen Ausweis brauchen«, sagte Shadow Love und warf die Sonnenbrille auf den Tisch.
»Moment«, sagte Barbara. Sie ging nach oben und kam einen Augenblick später mit einer Brieftasche zurück, die alt und abgenutzt

und einem anderen Hintern angepaßt war. »Gehörte meinem Bruder«, sagte sie. »Der ist vor zwei Jahren gestorben.«

Der Führerschein war unmöglich. Ihr Bruder war vier Jahre älter als sie, kahl und feist. Nicht einmal mit dem schlechten Bild konnte Shadow Love behaupten, der Mann auf dem Foto zu sein.

»Alles andere ist gut«, sagte er und blätterte es durch. Harold Gow hatte Kreditkarten von Amoco, Visa und einem hiesigen Supermarkt gehabt. Er hatte einen Mitgliedsausweis des HMO, einen Werkausweis von Honeywell ohne Foto, eine Karte der Sozialversicherung, einen Bootsführerschein von Minnesota, eine Gewerkschaftskarte, eine Prudential-Karte, zwei alte Angelscheine und weitere Papiere und Unterlagen. »Wenn sie mich durchsuchen, sage ich ihnen, ich hätte meinen Führerschein bei einem DWI verloren. Wenn ein Indianer ihnen das sagt, glauben sie es.«

»Was ist mit euch?« fragte Barbara die Crows.

Sam zuckte die Achseln. »Wir haben Führerscheine und Sozialversicherungskarten auf unsere Geburtsnamen. Ich weiß nicht, ob die Cops sie schon herausgefunden haben, aber das werden sie.«

»Dann solltet ihr euch nicht auf der Straße blicken lassen. Jedenfalls nicht am Tag«, sagte Barbara.

»Ich muß mit Leuten reden und herausfinden, was los ist«, sagte Shadow Love.

»Sei vorsichtig«, sagte Barbara.

Shadow Love war in einer Bar in der Lake Street, als ein Indianer eintrat und ein Bier bestellte. Der Mann sah Shadow Love kurz von der Seite an, danach achtete er nicht mehr auf ihn.

»Der Typ von der Wohlfahrt ist wieder unten in Bell's Apartments und verteilt Geld«, sagte der Indianer zum Barkeeper.

»Herrje, die halbe Stadt trinkt auf seine Kosten«, sagte der Barkeeper. »Ich frage mich, wo sie die ganze Knete herbekommen.«

»Ich wette, von der CIA.«

»Mann, wenn es von der CIA ist, steckt aber jemand echt in Schwierigkeiten«, sagte der Barkeeper weise. »Ich hab' ein paar von den Jungs in 'Nam kennengelernt. Mit denen ist nicht zu spaßen.«

»Schlechte Medizin«, sagte der Indianer.

Im hinteren Teil der Bar rief ein Mann: »Nine-ball?« und der Indianer antwortete: »Ja, ich komme«, nahm sein Bier und ging nach hinten. Der Barkeeper wischte die Stelle, wo er gelehnt hatte, mit einem feuchten Tuch ab, und schüttelte den Kopf.

»Die CIA. Mann, das ist schlimm«, sagte er zu Shadow Love.

»Blödsinn, das ist es«, sagte Shadow Love.

Er trank sein Bier leer, rutschte vom Hocker und ging raus. Die Sonne schien, er blieb stehen und blinzelte ins grelle Licht. Er dachte einen Moment nach, dann ging er nach Westen, die Lake Street entlang zu den Mietshäusern.

Bell's Apartments waren die häßlichen Überbleibsel eines Wohnungsbauprogramms aus den sechziger Jahren. Der Architekt hatte versucht, die grundlegende Gefängnis-Nüchternheit dadurch aufzulockern, daß er jeder Wohnung eine andersfarbige Tür gegeben hatte. Jetzt, Jahre später, sahen die bunten Türen wie ein Gebiß aus, dem ein paar Zähne ausgeschlagen worden waren.

Hinter dem Haus war ein verwahrloster Spielplatz in ein Rechteck verfilzten Unkrauts gezwängt worden. Die Achse des handbetriebenen Karussels war schon vor Jahren gebrochen und festgerostet wie eine schlechte minimalistische Skulptur. Der Basketballplatz bot löchrigen Asphalt und Ringe ohne Netze. Von den Schaukeln waren nur ganze zwei noch intakt.

Shadow Love saß auf einer der Schaukeln und beobachtete, wie sich Larry Hart zum Erdgeschoß des Hauses vorarbeitete. Hart sah auf einen Zettel in seiner Hand, klopfte an eine Tür, redete mit jedem, der aufmachte, und ging weiter. Manchmal redete er zehn Sekunden, manchmal fünf Minuten. Mehrmals lachte er, und einmal ging er in die Wohnung und kam ein paar Minuten später kauend wieder heraus. Geröstetes Brot.

Das Problem war, dachte Shadow Love, zu viele Leute waren in das Geheimnis der Crows eingeweiht. Leo und John und Barbara und ein paar Ehefrauen, die etwas wissen oder ahnen konnten.

Die Crows warben seit Jahren um Gefolgschaft. Sie hatten sich zwar strikt im Hintergrund gehalten, aber ihre Namen waren bekannt, ebenso die extremistische Natur ihrer Predigten. Wenn diese Namen in einer Liste von Verdächtigen im Polizeicomputer auftauchten, würden sie ruckzuck an oberster Stelle stehen. Normalerweise wäre das kein Problem. Die Unterstützung der Cops in der Indianergemeinde war minimal.

Mit Hart war das etwas anderes. Shadow Love kannte ihn von der High School, aber nur aus der Ferne, aus den Tagen, als ein Junge einer Klasse nichts mit Jungs höherer Klassen zu schaffen hatte. Hart war schon damals bei Indianern und Weißen gleichermaßen beliebt gewesen. Und das war er noch. Er gehörte zum Volk, er hatte Freunde, und er hatte Geld.

Shadow Love beobachtete ihn, wie er das Gebäude abklapperte, hörte ihn lachen, und noch ehe Hart im Erdgeschoß angelangt war, wußte Shadow Love, daß etwas geschehen mußte.

Hart sah Shadow Love auf der Schaukel sitzen, als er zur Treppe ging, die ihn ins Erdgeschoß führen würde, erkannte ihn aber nicht. Er sah dem schaukelnden Mann zu, dann betrat er einen uneinsichtigen Bereich des Treppenhauses. Fünf Sekunden später, als er aus dem Treppenhaus kam, war der Mann nicht mehr da.

Hart durchfuhr ein Frösteln. Der Mann mußte einfach von der Schaukel gesprungen, um die Hecken am Rand des Spielplatzes gegangen und die Straße hinuntergeschlendert sein. Aber so empfand Hart es nicht. Als er das Treppenhaus betreten hatte, war der Mann da gewesen, und wenige Sekunden später fort. Er war verschwunden und hatte eine Schaukel hinterlassen, die unter seiner Energie immer noch hin und her schwang.

Es war, als wäre er verschwunden, wie man es mexikanischen Zauberern nachsagte, die sich in Krähen und Falken verwandelten und in die Lüfte schwangen.

Indianische Dämonen.

Hart fröstelte wieder.

Einen Block entfernt telefonierte Shadow Love.

»Barb? Könntest du mich abholen?«

19

Lucas wachte in der Dunkelheit auf, lauschte und identifizierte das Geräusch, das ihn geweckt hatte. Er streckte die Hand aus und berührte sie.

»Du weinst?«

»Kann nichts dafür«, schniefte sie.

»Vielleicht Schuldgefühle.«

Sie schluchzte und konnte einen Augenblick nicht antworten. Dann kam ein ersticktes »Vielleicht«. Sie drehte sich zu ihm um, die Knie hochgezogen. »Ich habe so etwas noch nie gemacht.«

»Hast du mir gesagt«, antwortete er im Dunkeln. Er tastete einen Augenblick um sich, fand den Schalter der Nachttischlampe und schaltete sie ein. Sie hatte den Kopf gesenkt, das Gesicht verborgen.

»Es ist nur, ich wußte genau, daß ich es sein würde. Untreu. In der Nacht in meinem Zimmer, habe ich dich fast nicht gehindert. Ich hätte es auch nicht sollen. Aber es ging... zu schnell. Ich wurde nicht damit fertig«, sagte sie. »Und als Hood dann zu Boden sank und ich mit den Nerven fertig war und du mit den Nerven fertig warst und ich die Stadt verlassen habe... Auf dem Weg nach New York, im Flugzeug, habe ich geweint. Ich dachte, ich würde dich nie wiedersehen und nie mit dir schlafen. Und weißt du, ich war erleichtert. Als sie mir sagten, ich müßte zurückkommen, habe ich wieder geweint. David dachte, ich würde weinen, weil ich nicht zurückkommen wollte. Aber ich habe geweint, weil ich wußte, was passieren würde. Ich war so... ausgehungert.«

»He, hör zu. Ich habe das auch schon durchgemacht«, sagte Lucas. »Manchmal fühle ich mich beschissen, aber ich kann die Finger nicht von Frauen lassen. Ein Seelenklempner würde wahrscheinlich feststellen, daß etwas mit mir nicht in Ordnung ist. Aber ich... will Frauen einfach. Es ist, wie du gesagt hast, ich werde hungrig. Ich kann nichts dafür. Es ist wie eine Droge, man ist süchtig danach.«

»Nur nach Sex?« Sie drehte sich ein wenig um, legte den Kopf schief, sah ihm in die Augen.

»Nein. Die Frau. Das Hin und Her. Das Herumhängen. Der Sex. Alles.«

»Du bist ein Beziehungs-Junkie. Du brauchst ständig etwas Neues.«

»Nein, das stimmt nicht ganz. In Minneapolis lebt eine Frau, mit der gehe ich schätzungsweise ein- bis zweimal jährlich ins Bett, seit ich trocken hinter den Ohren bin. Sechzehn, achtzehn Jahre. Ich sehe sie und ich will sie. Ich ruf sie an, sie ruft mich an, ich will sie. Das ist nicht das Neue. Es ist etwas anderes.«

»Ist sie verheiratet?«

»Ja. Seit fünfzehn Jahren oder so. Hat zwei Kinder.«

»Das ist seltsam.« Nach einem Augenblick des Schweigens fuhr sie fort: »Die Schuldgefühle liegen teilweise daran, daß ich mir nicht schlechter vorkomme. Weißt du, was ich meine? Es hat mir gefallen. Ich habe so guten Sex nicht mehr gehabt seit... ich weiß nicht. Noch nie, glaube ich. Es war wie ein Orkan. Mit David ist es sanft und zärtlich, und ich habe trotzdem meistens einen Orgasmus, aber nichts ist so... hemmungslos. Es ist immer alles unter Kontrolle. David ist mager und hat nicht so viele Haare. Du bist drahtig und voller Haare. Es ist wie... es ist so anders.«

»Zuviel Analyse«, sagte Lucas nach einem Augenblick. Sie strich ihm übers Gesicht. »Ich will einfach nur ficken«, sagte er in einer heiseren Parodie von Geilheit.

»Das ist lächerlich«, sagte sie. Sie kuschelte sich an seinen Arm. »Glaubst du, die Schuldgefühle werden vergehen?«

»Ich bin ziemlich sicher«, sagte er.

»Das glaube ich auch«, sagte sie.

Sie brachen früh auf; Lucas war mürrisch in der Morgensonne, aber er berührte sie oft – am Ellbogen, an der Wange, am Hals oder strich ihr das Haar aus dem Gesicht. »Fahren wir eine Weile. Wir können unterwegs halten und frühstücken. Wenn ich so früh aufstehen muß, kann ich nichts essen«, knurrte er.

»Deine innere Uhr ist durcheinander«, sagte Lily, während sie sich in den Porsche setzten. »Du müßtest sie neu stellen.«

»Morgens passiert sowieso nie was, warum also aufstehen?« sagte Lucas. »Die bösen Menschen sind immer nur nachts unterwegs. Und die meisten guten auch, wenn man es recht überlegt.«

»Versuchen wir einfach, heil in die Cities zurückzukommen«, sagte sie, als er mit quietschenden Reifen vom Parkplatz des Motels fuhr. »Wenn ich fahren soll...«

»Nein, nein.«

Sie fuhren genau in die Morgensonne hinein. Lily war redselig und verdrehte den Hals nach den Sehenswürdigkeiten der Prärie.

»Ich fahre einen anderen Weg nach Hause, etwas weiter südlich«, sagte Lucas. »Ich versuche, soviel wie möglich zu sehen. Ich komme nicht oft hierher.«

»Prima.«

»Dauert nicht viel länger«, sagte er.

Der Tag fing kalt an, wurde aber rasch wärmer. Wenige Minuten, nachdem sie die Grenze von Minnesota überquert hatten, hielt Lucas an einer Raststätte an. Sie waren die einzigen Kunden. Eine dicke Frau arbeitete in der Küche hinter einer brusthohen Edelstahltheke. Sie sahen nur ihren Kopf. Der Mann an der Theke war mager, hatte große Augen und trug eine schmutzige Schürze. Er hatte einen Zweitagesbart und rollte eine halb gerauchte, ausgegangene Lucky Strike zwischen den schmalen Lippen herum. Lucas bestellte zwei Spiegeleier und Speck.

»Das würde ich empfehlen«, sagte er zu Lily.

»Ich nehm die Eier sowieso«, sagte sie. Der Kellner rief der Köchin die Bestellung zu, dann stapfte er zu einem Hocker, wo er sich in die hiesige Wochenzeitung vertiefte.

»Warst du schon mal hier?« fragte Lily leise, als der Kellner ihnen den Rücken zugedreht hatte.

»Nein.«

»Wieso kannst du dann Eier und Speck empfehlen?«

Lucas sah sich in der Raststätte um. Farbe blätterte von der Decke ab, schwarzer Schimmel griff die Kanten der uralten Tapeten an. »Weil sie das braten müssen, und das sollte es eigentlich sterilisieren«, hauchte er.

Sie sah sich um und kicherte plötzlich, und Lucas dachte, daß er sich verliebt haben könnte.

Nach dem Frühstück, als sie wieder im Auto saßen, versiegte die Unterhaltung, und Lily legte den Sitz zurück. Die Augen fielen ihr zu.

»Nickerchen?« fragte Lucas.

»Entspannen«, sagte sie. Ihr Atem wurde regelmäßig, Lucas fuhr weiter. Lily döste, schlief aber nicht, an Ausfahrten und Stop-Stellen schlug sie die Augen auf und stemmte sich hoch. Nach einer Weile stellte sie fest, daß das konstante, schwache Vibrieren des Autos erregend war. Sie machte die Augen nur einen Spalt weit auf. Lucas hatte eine Sonnenbrille aufgesetzt und fuhr mit gelassener, entspannter Aufmerksamkeit. Ab und zu drehte er den Kopf und betrachtete vorübereilende Sehenswürdigkeiten, die sie aus ihrer tieferen Position nicht sehen konnte. Sie legte ihm eine Hand auf den Oberschenkel.

»O-ooh«, sagte er. Er betrachtete sie grinsend. »Das Tier lebt.«

»Nur so ein Gedanke«, sagte sie. Sie streichelte seinen Schenkel, machte die Augen zu und spürte den groben Jeansstoff.

»Verdammt«, sagte Lucas nach ein paar Minuten. »Mein Schwanz bricht gleich ab.« Er stemmte sich auf den Sitz hoch, griff mit der Hand nach unten und rückte alles zurecht. Sie lachte, und als er sich wieder gesetzt hatte, legte sie ihm die Hand wieder auf den Schoß. Er war steif, sein Penis ragte unter dem Hosenschlitz bis zum Gürtel hinauf.

»Oooh, zu schade, daß wir im Auto sind«, sagte sie.

Er sah sie an, grinste und sagte: »Hast du dieses Spiel schon mal gespielt?«

»Welches Spiel?« Sie streichelte, da schob er ihre Hand weg.

»Du bist fertig«, sagte er. »Jetzt bin ich dran. Zieh die Strumpfhose aus.«

»Lucas...« sagte sie. Sie hörte sich schockiert an, richtete sich aber auf und sah zum Fenster hinaus. Sie waren allein auf dem ländlichen Highway.

»Los doch, Feigling. Runter mit der Hose.«

Sie sah auf den Tacho. Konstante sechzig Stundenmeilen. »Du könntest uns umbringen.«

»Nee. Hab ich schon mal gemacht.«

»Mr. Erfahrung, hm?«

»Komm schon, jetzt kneifst du. Runter mit der Strumpfhose, sonst mußt du mit den Konsequenzen leben.«

»Was für Konsequenzen?«

»Tief in deinem Herzen wirst du wissen, daß ich weiß, daß du ein Feigling bist.«

»Na gut, Davenport.« Sie stemmte sich vom Sitz hoch und zog mit einiger Mühe die Strumpfhose aus.

»Jetzt die Unterhose.«

Sie stemmte sich wieder hoch und zog die Unterhose aus.

»Her damit, ich nehme sie«, sagte Lucas. Sie gab ihm den Slip ohne nachzudenken; er kurbelte rasch das Fenster hinunter und warf ihn hinaus.

»Davenport, um Himmels willen...« Sie sah den Highway zurück, wo der Slip im Straßengraben verschwunden war.

»Ich kauf dir einen neuen.«

»Worauf du Gift nehmen kannst«, sagte sie.

»Und jetzt lehn dich zurück und mach die Augen zu.« Sie sah ihn an und spürte, wie ihr die Röte in die Wangen stieg. »Los doch«, sagte er.

Sie lehnte sich zurück, er legte ihr eine Hand auf den Schenkel und strich mit den Fingern langsam vom Hüftansatz bis zum Knie und wieder zurück. Es war warm im Auto, und sie spürte, wie das Blut ihr in die Lenden strömte. Sie machte den Mund auf, die Wärme nahm zu.

»O Mann«, sagte sie nach ein paar Minuten. »Mann...«

»Stöhn für mich«, sagte er.

»Was?«

»Stöhn für mich. Ein gutes Stöhnen, und Davenport hält das Auto an.«

Sie streckte die Hand aus und faßte ihn an. Unter den Jeans fühlte sich sein Penis riesig an; sie kicherte. »Ich muß mit dem Kichern aufhören«, sagte sie träge. Sie streckte die Hand wieder aus, da trat Lucas auf die Bremse, worauf sie nach vorne rutschte.

»Was denn?« Sie sah wild aus dem Fenster.

»Jeffers Petroglyphen«, sagte er. »Ich hab von ihnen gehört, aber gesehen hab ich sie noch nie.«

»Was?« Lily keuchte wie ein Fisch auf dem Trockenen. Das Auto bebte, als Lucas auf einen grasbewachsenen Parkplatz fuhr. Sie zog den Rock runter.

»Indianische Ritzzeichnungen auf einem freistehenden Fels«, sagte Lucas. Zwei andere Autos standen auf dem Parkplatz, obwohl auf einem Schild stand, daß das Petroglyphenmonument um diese Jahreszeit geschlossen war. Lucas sprang aus dem Auto, Lily stieg auf ihrer Seite aus. In der Ferne, hinter einem Zaun, konnten sie ein halbes Dutzend Menschen sehen, die auf einen rötlichen Fels hinuntersahen.

»Müssen über den Zaun geklettert sein«, sagte Lucas. »Komm mit.«

Lucas kletterte über das Tor, dann half er Lily hinüber.

»Herrgott, ich habe zum letzten mal ein Kleid auf eine Fahrt angezogen. Ich komme mir so entblößt vor... du und deine Scheißspiele«, sagte sie. »Von jetzt an Turnschuhe und Hosen.«

»Du siehst in einem Kleid toll aus«, sagte er, während sie den Schotterweg entlang gingen. »Du siehst wahnsinnig aus. Und ohne Unterhose siehst du überwältigend aus.«

Die Petroglyphen waren in die flachen Oberflächen bloßliegender Felsen graviert. Man sah Umrisse von Händen, Bilder von Tieren und Vögeln, unbekannte Symbole.

»Sieh mal, wie klein die Hände waren«, sagte Lucas. Sie bückte sich und legte die eigene Hand auf eine der Zeichnungen. Ihre Hand war größer.

»Vielleicht war es ein Kind oder eine Frau«, sagte Lucas.

»Vielleicht.« Sie richtete sich auf und betrachtete die wogende Prärie und die angrenzenden Maisfelder. »Ich frage mich, was sie bloß hier draußen zu suchen hatten. Hier ist doch überhaupt nichts.«

»Ich weiß nicht.« Lucas sah sich um. Der Himmel war riesig, ihm war zumute, als stünde er auf dem Gipfelpunkt des Planeten. »Von dieser Anhöhe kann man so weit sehen wie man will. Aber ich nehme an, entscheidend waren die Felsen. Weiter westlich liegt ein indianischer Steinbruch. Der ist alt. Dort haben sich die Indianer einen weichen, roten Ton geholt, der Pipestone heißt. Sie haben Pfeifen und andere Sachen daraus hergestellt.«

Die Petroglyphen waren an einem sanft abfallenden Abhang eingraviert, und Lucas wanderte mit Lily den Hang hinab an den anderen Besuchern vorbei. Die anderen waren auf Händen und Knien und zeichneten die Figuren mit den Fingern nach. Eine Frau machte eine Kohlezeichnung auf braunem Papier und übertrug die Muster. Zwei sagten hallo. Lucas und Lily nickten.

»Wir müssen ziemlich bald weiter, wenn wir rechtzeitig zu der Besprechung kommen wollen«, sagte Lucas schließlich und sah auf die Uhr.

»Okay.«

Sie gingen langsam zum Auto zurück; der Präriewind wehte Lily das Haar ins Gesicht. Beim Zaun stellte sie einen Fuß auf den Draht, aber Lucas faßte sie von hinten und drückte sie.

»Ein kleiner Kuß«, sagte er.

Sie drehte sich um und neigte das Gesicht. Der Kuß fing zurückhaltend an und wurde ungestümer, bis sie langsam durch das hohe Gras tanzten. Nach einem Augenblick stieß sie ihn weg und sah schwer atmend nach unten.

»Diese Schuhe... diese Absätze, ich werde mir den Knöchel verstauchen.«

»Na gut. Gehen wir.« Er half ihr über den Zaun, dann folgte er ihr. Als sie zum Auto gingen, legte er ihr einen Arm um die Taille.

»Ich bin immer noch geil von unserem Spiel im Auto«, sagte er.

»He. Bis zur Stadt zurück sind es nur drei Stunden«, sagte sie verspielt.

»Und danach etwa zwei Besprechungen.«

»So ein Pech, Davenport...«

Er führte sie um das Auto herum, machte die Beifahrertür auf, hielt sie am Arm fest, setzte sich ins Auto und zog sie auf sich. »Los, komm.«

»Was?« Sie wehrte sich einen Augenblick, aber er zog sie hinein.

»Von der Straße aus können sie uns nicht sehen, und die anderen sehen sich die Felsen an«, sagte er. »Sieh mich an.«

»Lucas...« Aber sie drehte sich zu ihm um.

»Los.«

»Ich weiß nicht wie...«

»Drück einfach die Knie hoch und setz dich, ja, gut so, gut so.«

»Das Auto ist zu klein, Lucas...«

»Es ist prima, du bist prima. Himmel, hat dir schon mal jemand gesagt, daß du einen der besten Ärsche in der Geschichte des Westens hast?«

»Lucas, wir können doch nicht...«

»Ah...«

Sie saß auf ihm, ihm zugewandt, hatte die Knie gespreizt und gerade genügend Platz, daß sie sich ein paar Zentimeter bewegen konnte, und er fing an zu stoßen, und sie spürte, wie aus dem Spiel von heute morgen Ernst wurde. Sie machte die Augen zu, wiegte sich, wiegte sich, der Orgasmus ballte sich zusammen und strömte und schlug über ihr zusammen. Sie kam erst wieder zu sich, als sie Lucas sagen hörte: »O Mann, Mann...«

»Lucas«, sagte sie und kicherte wieder, nahm sich aber zusammen. Sie hatte nie gekichert, und jetzt kicherte sie alle fünfzehn Minuten.

»Das habe ich gebraucht«, sagte er. Er schwitzte, seine Augen blickten distanziert und zufrieden. Die Tür stand etwas offen, Lily sah zum Fenster hinaus, dann stieß sie sie mit dem Fuß auf, ließ sich aufs Gras sinken und zog den Rock herunter. Lucas folgte ihr linkisch, machte den Reißverschluß zu, beugte sich nach vorne und küßte sie. Sie schlang die Arme um ihn und drückte sich an seine Brust. Sie schwankten einen Augenblick zusammen, dann ließ Lucas sie mit benommenem Blick los und stolperte förmlich ums Auto herum.

»Wir sollten fahren«, sagte er.

»Gut... okay.« Sie stieg ein, Lucas ließ den Motor an und legte den Rückwärtsgang ein. Er steuerte langsam auf die Straße und sah auf den Verkehr. Die Straße war verlassen, aber Lucas war dennoch beschäftigt, daher sah Lily sie zuerst.
»Was machen sie da?« fragte sie.
»Was?« Er sah in dieselbe Richtung wie sie. Die Leute, die die Petroglyphen bewundert hatten, standen alle am Zaun entlang und schlugen immer wieder die Hände zusammen.
Lucas betrachtete sie einen Augenblick verwirrt, dann begriff er, warf den Kopf zurück und lachte.
»Was denn?« fragte Lily, die immer noch verblüfft die am Zaun stehenden Leute betrachtete. »Was machen sie?«
»Sie applaudieren«, prustete Lucas.
»O nein«, sagte Lily mit flammend rotem Gesicht, während sie beschleunigten. Sie drehte sich um und fügte nach einem Moment hinzu: »Sie haben eindeutig etwas für ihr Geld bekommen...«

20

Im Auto sah Barbara ihn an.
»Warum? Warum muß ich dich fahren?«
»Ich suche nach einem Mann«, sagte Shadow Love. »Ich möchte, daß du am Telefon mit ihm sprichst.«
»Du hast doch nichts vor, oder?«
»Nein. Ich will nur reden«, sagte Shadow Love. Er wandte sich ab und sah auf die Straße. Sie mußten eine Stunde herumfahren und sechsmal anhalten, während Barbara zunehmend nervöser wurde, aber schließlich sah Shadow Love wie Larry Hart das Nub Inn betrat.
»Suchen wir ein Telefon«, sagte Shadow Love. »Du weißt, was du zu sagen hast.«
»Was hast du vor?« fragte Barbara.
»Ich will mit ihm reden. Herausfinden, was er vorhat. Wenn die

Möglichkeit besteht, daß wir gesehen werden, blase ich es ab. Du kannst ein Stück entfernt parken, wo du nicht zu sehen bist. Wenn etwas schiefgeht und sie schnappen mich, komme ich eben nicht zurück, und du kannst heimfahren.«

»Na gut. Sei vorsichtig, Shadow.«

Shadow Love sah sie an. Ihre Knöchel waren weiß am Lenkrad. *Sie weiß, was passiert.* Die Pistole, mit der er Yellow Hand erschossen hatte, drückte in seine Seite. Seine Finger berührten das kalte Steinmesser in der Tasche.

Hart schluckte den Köder. Barbara rief ihn im Nub Inn an, erklärte, sie habe ihn reingehen sehen und sagte, sie hätte Informationen. Aber sie hatte Angst, sagte sie. Angst vor den Mördern, Angst vor den Cops. Sie war eine alte Klientin von ihm, sagte sie, und kannte ihn vom Sehen. Sie sagte ihm, sie würde ihn vor dem grünen Müllcontainer beim Lagerhaus am Fluß treffen.

»Sie müssen allein kommen, Larry, bitte. Die Cops machen mir Angst, sie schlagen mich zusammen. Ich vertraue Ihnen, Larry, aber vor den Cops habe ich Angst.«

»Okay. Wir treffen uns in zehn Minuten«, sagte Hart. »Und haben Sie keine Angst. Sie müssen keine Angst haben.«

Sie sah durch die Scheiben der Telefonzelle zu ihrem Auto. Shadow Love war tief in den Beifahrersitz gerutscht, sie konnte gerade noch seinen Scheitel sehen. »Okay«, sagte sie.

Hart brauchte fünfzehn Minuten, um die Kneipe zu verlassen, in sein Auto zu steigen und zum Lagerhaus zu fahren. »Da ist er«, sagte Shadow Love, als Hart bei der Lagerhalle an den Bordstein fuhr. Sie beobachteten, wie er aus dem Auto ausstieg, es abschloß, sich umsah und vorsichtig zum Müllcontainer an der Ecke ging.

»Fahr um den Block, wie besprochen«, sagte Shadow Love. »Ich halte nach Cops Ausschau.«

Nichts bewegte sich auf der Straße, niemand saß in parkenden Autos. Shadow Love atmete tief durch. »Okay«, sagte er. »Hinters Lagerhaus. Und dann fährst du dorthin, wo ich dir gezeigt habe, und wartest.«

Als sie den Block umkreist hatten, waren sie hinter der Lagerhalle. Shadow Love stieg aus dem Auto aus. »Paß auf dich auf«, sagte sie. »Und mach schnell.«

Während sie wegfuhr, schritt Shadow Love über einen freien Platz voller Bauschutt zum Lagerhaus. Er huschte vorsichtig um die Ecke und stand unmittelbar hinter dem Müllcontainer. Durch den schmalen Spalt zwischen Mauer und Container sah er einen Sekundenbruchteil einen dunklen Jackenärmel auf der anderen Seite. Hart trug ein schwarzes Jackett. Shadow Love berührte die Pistole unter dem Hemd und ging um den Container herum.

»Larry«, sagte er. Hart zuckte zusammen und wirbelte herum.

»Herrgott«, sagte er mit betroffenem Gesicht. »Shadow.«

»Ist lange her«, sagte Shadow Love. »Ich glaube, ich hab dich nur ein- oder zweimal in der Lake Street getroffen, nachdem du abgegangen bist.«

»Ja, ganz schön lange«, sagte Hart. Er versuchte zu lächeln. »Wohnst du immer noch in der Gegend?«

Shadow Love beachtete die Frage nicht. »Ich habe in den Bars gehört, daß du nach mir suchst«, sagte er und kam näher. Hart war größer als er, aber Shadow Love wußte, daß Hart in einem Kampf kein Gegner sein würde. Hart wußte es auch.

»Ja, ja, die Cops suchen dich. Sie wollen sich nach deinen Vätern erkundigen.«

»Meinen Vätern? Den Crows?«

»Ja. Ein paar Leute denken, sie könnten, du weißt schon...« Hart nickte unbehaglich mit dem Kopf.

»...etwas mit den Attentaten zu tun haben?«

»Ja.«

»Nun, davon weiß ich nichts«, sagte Shadow Love. Er stand nur seitlich auf den Füßen und hatte die Hände in den Taschen der Jeans stecken. »Bist du jetzt ein Cop, Larry?«

»Nein, nein, ich arbeite immer noch für die Fürsorge.«

»Auf der Straße redest du wie ein Cop«, beharrte Shadow Love.

»Ja, ich weiß«, sagte Hart. »Mir gefällt es auch nicht. Ich habe meine Klienten, aber die Cops lassen mir keine Ruhe, weißt du? Sie haben sonst niemand, der Leute vom Volk kennt.«

»Mmmm.« Shadow Love sah auf die Spitzen seiner Cowboystiefel, dann zum Himmel hinauf. Der war seit eineinhalb Tagen schiefergrau gewesen, aber jetzt war direkt über dem Fluß ein großes blaues Loch in den Wolken. »Komm schon, Larry. Ich will noch ein bißchen reden. Gehen wir runter zum Fluß. Schöner Tag.«

»Es ist kalt«, sagte Hart. Er zitterte, kam aber mit. Shadow Love blieb immer ein paar Zentimeter hinter ihm und hatte die Finger noch in den Taschen.

»Großes Loch da oben«, sagte Shadow Love und sah zum Himmel.

»Piloten nennen das ein Saugloch«, sagte Hart, der auch hinauf sah. »Ich habe einmal ein paar Flugstunden genommen. So nennen sie diese Dinger. Sauglöcher.«

»Was meinst du, daß die Crows wirklich hinter allem stecken?« fragte Shadow Love.

Hart mußte sich halb zu ihm umdrehen, um zu antworten, dabei kam er aus dem Tritt und stolperte. Shadow Love packte ihn am Ellbogen und half ihm, das Gleichgewicht wiederzufinden. »Danke«, sagte Hart.

»Die Crows?« drängte Shadow Love. Sie gingen weiter.

»Nun, der alte Andretti hat eine Menge Geld beigeschafft – das Geld, das die Cops in der Stadt verteilen –, und die Namen wurden genannt«, sagte Hart. »Die Crows.«

»Und was ist mit mir?«

»Nun, die Cops wissen, daß du ihr Sohn bist. Sie haben gedacht, vielleicht weißt du...«

»...wo sie sind? Nun, klar. Das weiß ich«, sagte Shadow Love.

»Wirklich?«

»Mmm.« Sie gingen vom asphaltierten Weg herunter und schritten die grasbewachsene Hügelkuppe entlang, die zum Mississippi hinunterführte. Shadow Love blieb stehen und sah zum Fluß hinunter. Der schwarze Fleck schwebte vor seinen Augen, ein dunkler Tunnel im Tag. Der verfluchte Hart, der hinter seinen Vätern her war. »Ich liebe den Fluß«, sagte er.

»Ein wunderschöner Fluß«, stimmte Hart zu. Ein Schleppkahn

des Hafens zog ein einziges leeres Frachtschiff zur Fordschleuse am Damm. Das Licht des Sauglochs fiel darauf, aus der Höhe sahen Boot und Schleppkahn wie Kinderspielzeug aus, jede Einzelheit deutlich beleuchtet.

»Sieh mal, da oben«, sagte Shadow Love. »Da ist ein Adler.«

Hart sah hoch und erblickte den Vogel, dachte aber, daß es wahrscheinlich ein Falke war. Doch er sagte es nicht, sondern stand nur da, sah zum Himmel und spürte Shadow Love neben sich und etwas hinter sich. Shadow Love steckte die Hand in die Tasche und spürte das Messer. Er hatte es noch nie benutzt, es nie als eine richtige Waffe betrachtet.

»Atme sie ein, Larry, die kühle Luft. Herrgott, sie tut gut auf der Haut. Atme. Siehst du den Adler kreisen? Schau dir die Hügel da drüben an, Larry. Schau dir die Bäume an, man kann jeden einzelnen erkennen... Atme, Larry...«

Hart hatte Shadow Love den Rücken zugekehrt, die Augen halb geschlossen, atmete die kalte Luft in tiefen Zügen ein, spürte das Kribbeln auf der Haut und im Nacken. Er drehte den Kopf wieder hoch und sagte: »Weißt du, ich habe...«

Er wollte Shadow Love sagen, daß er die Crows vom Polizeirevier angerufen und über die bevorstehende Razzia informiert hatte. Aber das konnte er nicht. Es würde sich anhören, als wollte er sich einschmeicheln, als würde er kriechen. Tränen liefen ihm die Wangen hinab. Die Kälte, sagte er sich. Nur die Kälte.

Er nahm alles in sich auf, atmete, spürte den Adler kreisen, als Shadow Love ihm eine Hand auf die Schulter legte. Hart drehte den Kopf, aber der andere Mann war hinter ihn getreten.

»Was...«, setzte Hart an, und dann spürte er das Feuer in der Kehle, ein Stechen, und betrachtete dümmlich das Blut auf seinem Mantel, das wie ein Wasserfall auf seine Hände tropfte. Hart sank verwundert auf die Knie, dann fiel er aufs Gesicht, rollte ein paar Schritte und blieb liegen – der Adler war für immer dahin.

Shadow Love betrachtete den Leichnam einen Augenblick, dann steckte er das Messer wieder in die Jacke und sah sich um. Niemand da.

Das macht zwei, dachte er. Er drehte sich um und ging den Uferhang hinauf, und dabei sah er die Fernsehsendung über den Tod von Billy Hood vor den Augen, die Polizistin mit der Pistole, die dem jungen Billy ins Gesicht schoß. Lillian Rothenburg, hatte es im Fernsehen geheißen.

Er ging über die Hügelkuppe, schritt die Straße entlang, bog an der Ecke ab und stieg zu Barbara ins Auto.

»Alles in Ordnung?« fragte Barbara ängstlich. Sie sah sich hastig um. »Hast du jemand gesehen? Wo ist Hart?«

»Hart ist fort«, sagte Shadow Love und ließ sich mit halb geschlossenen Augen auf den Beifahrersitz fallen. »Hat einen Adler gesehen. Einen großen Adler, der über dem Fluß schwebte.«

Er wandte sich von ihrer Angst ab und sah zum Fenster hinaus. In der Spiegelung im Glas sah er Lilys Gesicht und nickte ihm zu.

21

Daniel war in düsterer Stimmung. Er ging in seinem Büro auf und ab und betrachtete die Fotos der Politiker an den Wänden.

»Ich dachte, es liefe gut«, wagte Sloan zu sagen.

»Ich auch«, sagte Lester. Er hatte die Schuhe ausgezogen und die Füße über der Sessellehne hängen. Er trug weiße Tennissocken zu seinem blauen Anzug.

»Ich kann mich nicht beschweren«, gab Daniel zu. Er war Auge in Auge mit einem Schwarzweißfoto von Eugene McCarthy, das aus dem Kinderkreuzzug von '68 stammte. McCarthy sah selbstzufrieden aus. Daniel betrachtete ihn finster und zählte die Pluspunkte auf.

»Eins: Wir haben Bluebird erwischt und die einzigen Morde auf unserem Boden aufgeklärt. Zwei: Wir haben Hood mit Lilys Hilfe bekommen. Drei: Wir haben die Namen aus Liss herausbekommen und hätten die Crows um ein Haar in ihrem Apartment gestellt. Das ist alles gut.«

»Aber?« fragte Lily.

»Es wird etwas passieren«, sagte Daniel und wandte sich wieder der Gruppe um seinen Schreibtisch zu. »Und es wird hier passieren. Ich spüre es in allen Knochen.«

»Vielleicht blasen die Crows eine Zeitlang alles ab und verschwinden in der Versenkung«, meinte Lucas. »Vielleicht denken sie sich, wenn sie stillhalten, verzieht sich die dicke Luft und sie haben eine Verschnaufpause.«

Daniel schüttelte den Kopf. »Nein. Das Tempo stimmt nicht«, sagte er. »Diese Sache ist von A bis Z geplant. Sie töten zwei Leute, um eine Art philosophische Basis zu etablieren, dann Andretti, um in die Schlagzeilen zu kommen, dann den Richter und den Bundesstaatsanwalt, beides hohe Bundes- und Staatsbeamte. Als nächstes kommt eine große Nummer. Es wird nicht kleiner.«

Anderson kam hinzu, während Daniel redete. Er nahm einen Stuhl und nickte Lucas und Lily zu.

»Was Neues?« fragte Daniel.

Anderson räusperte sich. »Nichts Gutes«, sagte er.

Die Behörden in South Dakota hatten Shadow Loves Führerscheinadresse lokalisiert. Die Adresse war in Standing Rock. Die Polizei in Standing Rock sagte, daß er schon seit Jahren nicht mehr dort wohnte. Sie hatten keine Ahnung, wo er war. Die Nachrichten vom National Crime Information Center waren gut und schlecht zugleich: Sie hatten eine Menge Informationen über Shadow Love, und alle waren beängstigend. Der Großteil kam aus Kalifornien, wo er zwei Jahre wegen tätlichen Angriffs abgesessen hatte.

»Zwei Jahre? Das muß ja ein irrer tätlicher Angriff gewesen sein«, sagte Lily.

»Ja. Vor einer Bar kam es zu Rassenunruhen. Shadow Love hat einen Mann niedergeschlagen und mit dem Stiefel bearbeitet. Hätte ihn fast zu Tode getreten.«

»Und was ist mit Minnesota?« fragte Daniel. »Ist er hier aufgewachsen?«

»Richtig. Besuchte die Central. Dick Danfrey ist gerade drüben bei der Schulbehörde und sieht ihre Unterlagen durch. Müßte jeden

Augenblick zurück sein. Wir suchen nach Adressen, Freunden, Anwälten, irgendwas, das eine Verbindung zu ihm herstellen könnte.«

»Ist er ein Psycho? Shadow Love?« fragte Lucas.

»Die Leute in Kalifornien haben eine ziemlich gründliche psychologische Einschätzung vornehmen lassen«, sagte Anderson und wühlte in seinen Unterlagen. »Sie werden uns die Akte rüberfaxen. Anzeichen von Schizophrenie. Sie sagten, er habe mit unsichtbaren Freunden und manchmal unsichtbaren Tieren gesprochen. Und der Gefängnispsychologe sagt, die anderen Gefangenen hätten Angst vor ihm gehabt. Sogar die Wachen. Und das in einem herben Gefängnis in Kalifornien.«

»Himmel«, sagte Lucas.

»Wir bekommen heute nachmittag eine ganze Akte über ihn zusammen«, sagte Anderson. »Bilder, Fingerabdrücke, alles. Und relativ neue. Aus den letzten fünf Jahren oder so.«

Über die Crows hatten sie gar nichts. »Null«, sagte Anderson.

»Nichts?«

»Nun, Larry hat von ihnen gehört und weiß ein bißchen was. Hauptsächlich Gerüchte oder Legenden. Nichts, womit man sie aufspüren könnte.«

»Wo ist Larry eigentlich?« fragte Daniel und sah sich um.

Sloan zuckte die Achseln. »Seit der Sache mit dem jungen Liss und der Schmiergeldaktion auf der Straße ist er ziemlich im Eimer.«

»Na und, denkt er etwa, wir spielen hier Schiffe versenken, oder was?« fragte Daniel wütend.

Sloan zuckte wieder die Achseln, und Lucas fragte Anderson: »Was ist mit den Feebs und den Fingerabdrücken? Was ist mit dem Lastwagen?«

»Das FBI überprüft die Fingerabdrücke noch, aber sie sagen, wenn sie alt sind, kann es eine Weile dauern. Der Wagen hat vorne und hinten ein anderes Nummernschild. Wir haben es überprüft, die Nummernschilder wurden angeblich von Lastwagen in South Dakota verloren. Es wurden keine Diebstähle gemeldet, weil die Besitzer dachten, sie wären einfach abgefallen. Also haben wir noch mehr Fingerabdrücke, aber keine Identifizierung.«

»Sie wollen damit sagen, wir haben sie höchstwahrscheinlich irgendwo im System, aber keine Möglichkeit herauszubekommen, wer sie sind?« fragte Daniel.

»So ungefähr«, sagte Anderson. »Die Feebs haben der Identifizierung der Abdrücke höchste Priorität eingeräumt...«

»Vielleicht könnten Sie beim Geburtenregister nachsehen. Nach einer Geburtsurkunde von Shadow Love suchen, wer der Vater ist, falls eingetragen«, schlug Lucas vor.

»Das mache ich«, sagte Anderson. Er machte sich eine Notiz auf einem Aktenhefter.

»Was noch?« fragte Daniel. Auf die Frage folgte Schweigen.

»Okay. Also. Etwas wird passieren. Mir ist mulmig. Wir sollten die Wichser schnappen. Heute noch. Morgen. Verdammt. Und wenn jemand Larry sieht, sagen Sie ihm, ich will ihn verflucht noch mal bei den Treffen dabei haben.«

Zwei Kinder fanden Harts Leiche. Sie spielten am Nachmittag im Schatten auf dem Hügel, als sie ihn im Gras liegen sahen. Ein paar Augenblicke dachte der ältere der beiden, es würde sich um einen Penner handeln; aber die Gestalt lag so reglos und so linkisch verrenkt, ohne Rücksicht auf Muskel- und Sehnenbelastung, daß selbst dem jüngeren klar wurde, daß es sich um einen Toten handelte.

Sie betrachteten den Leichnam eine Weile, dann sagte der ältere Junge: »Wir sollten es besser Mom sagen, damit sie die Cops ruft.«

Der jüngere steckte den Daumen in den Mund, was er seit zwei Jahren nicht mehr gemacht hatte. Als ihm bewußt wurde, was er machte, zog er den Daumen wieder heraus und steckte die Hände in die Hosentaschen. Der ältere packte ihn am Hemd und zerrte ihn den Hügel hinauf.

Der erste Polizist am Schauplatz war ein Streifenpolizist, der allein fuhr. Er ging so nahe ran, daß er das Blut sehen konnte, beugte sich vor, um den kalten Hals abzutasten und wich zurück. Er wollte keine Spuren um den Toten vernichten, falls es welche gab.

Fünfzehn Minuten später trafen zwei Beamte der Mordkommission ein, aber noch hatte niemand Hart erkannt.

»Kehle durchgeschnitten«, sagte ein Cop. »Könnte eine Tat der Crows sein. Das wäre schlimm. Seht euch die Kleidung an. Anständige Kleidung. Der Typ hat Knete.«

Der zweite Cop, derselbe Brillenträger, der den Benton-Mord aufgenommen hatte, zog Harts Geldklammer aus seiner Hüfttasche und sah sich den Führerschein in der Plastikhülle an.

»Heiliger Gott im Himmel«, sagte er laut, und sein Gesicht war plötzlich aschfahl.

Sein Partner, der niedergekniet war und sich Harts Kopf angesehen hatte, sah hoch, als er den Tonfall der Stimme hörte. »Was?«

»Das ist Larry Hart, der bei der Spezialtruppe arbeitet, die die Indianermorde aufklären soll.«

Sein Partner stand auf und sagte: »Gib den Führerschein her.« Seine Stimme klang gepreßt, erstickt. Er nahm den Führerschein, ergriff vorsichtig eine Locke von Hart, zog daran und drehte dem Toten etwas den Kopf. Er verglich das Gesicht mit dem Foto im Führerschein.

»Ach du Scheiße«, sagte er. »Er ist es.«

Lily nahm das Telefon auf dem Nachttisch ab und sagte hallo. Es war Daniel: »Lily, ist Lucas da?«

»Lucas?« sagte sie.

»Lily, verarschen Sie mich nicht, okay? Wir haben einen Riesenärger hier.«

»Moment.«

Lucas war unter der Dusche. Sie zog ihn heraus, und er ging naß ans Telefon. »Daniel«, sagte Lily leise zu ihm.

»Ja?« sagte Lucas.

»Larry Hart hat es erwischt«, sagte Daniel mit bebender Stimme. »Er ist tot. Kehle durchgeschnitten.«

»Scheiße«, stöhnte Lucas.

»Was?« Lily stand auf. Sie trug einen Slip und Nylonstrümpfe und sah Lucas an, während sie nach dem Kleid tastete.

»Wann ist es passiert?« fragte er. Und zu Lily sagte er: »Hart ist ermordet worden.«

»Wir haben keinen blassen Schimmer«, sagte Daniel. »Zwei Kinder haben ihn auf dem Hügel am Fluß gefunden, bei der Brücke Franklin Avenue, vor etwa einer Stunde. Er war schon eine Zeitlang tot. Gegen Mittag hat zum letzten Mal jemand mit ihm geredet. Sloan hat ihn in der Lake gesehen. Sloan ist gerade dort und versucht, seine Spur zurückzuverfolgen.«

»Gut, ich komme hin«, sagte Lucas.

»Lucas, damit habe ich nicht gerechnet, das ist etwas anderes. Ich denke immer noch, daß es knüppeldick kommt. Hart – das ist persönlich, und ich fühle mich beschissen, aber es ist noch was anderes im Anzug.« Daniel hatte leise angefangen, aber als er fertig war, war seine Stimme angeschwollen und die Worte wurden wütend hervorgestoßen.

»Ich höre gut«, sagte Lucas.

»Finden Sie sie, verdammt. Machen Sie ein Ende«, brüllte Daniel.

Im Auto, auf dem Weg, sagte Lily: »Warum haben sie in meinem Zimmer angerufen, als sie dich sprechen wollten?«

Lucas beschleunigte vor einer roten Ampel, dann drehte er sich um und sah sie in der Dunkelheit an. »Daniel weiß es. Er hat es wahrscheinlich fünf Minuten, nachdem wir im Bett waren, gewußt. Ich habe dir gesagt, er ist schlau, aber er wird den Mund halten.«

Sloan stand am Hügelrand und hatte die Hände in den Manteltaschen. Einen halben Block entfernt standen drei Fernsehwagen mit laufenden Motoren und himmelwärts gerichteten Parabolantennen am Straßenrand. Ein Reporter und ein Fotograf des *Star Tribune* saßen auf der Haube ihres Autos und unterhielten sich mit einem Kameramann vom Fernsehen.

»Ist das nicht die totale Scheiße?« fragte Sloan, als Lucas und Lily ankamen.

»Ja.« Lucas nickte zu den Reportern. »Haben wir schon was rausgelassen? An die Nachrichtenleute?«

»Noch nichts«, sagte Sloan. »Daniel beraumt eine Pressekonferenz an. Er hat übrigens beschlossen, die Namen bekanntzugeben – die Crows und Shadow Love. Er will um Mithilfe bitten und besonders darauf herumreiten, daß die Crows andere Indianer umbringen.«

»Die Leute mochten Hart«, sagte Lucas.

»Das sagen sie«, stimmte Sloan zu.

Unten, am Fuß des Hügels, hoben die Gerichtsmediziner im grellen Lampenschein Harts Leiche auf eine Bahre. »Hat jemand etwas gesehen?« fragte Lucas.

»Ja. Eine Frau oben auf dem Hügel«, sagte Sloan. »Sie ist auf dem Weg in die Stadt, um sich die Bilder von Shadow Love anzusehen. Sie hat zwei Männer über den Hügel gehen sehen, später ist einer in ein Auto eingestiegen. Junger Mann, hager, in Armeejacke.«

»Shadow Love«, sagte Lucas.

»Könnte sein. Eine Frau hat das Auto gefahren. Ziemlich klein. Konnte kaum über das Lenkrad sehen. Dunkles Haar, in einem Knoten zurückgebunden.«

»Was ist mit dem Auto?«

»Älter. Keine Marke oder Modell. Die Zeugin hat nicht auf das Nummernschild geachtet. Sie sagte, eines der hinteren Fenster – Sie wissen schon, die kleinen Dreiecksfenster – wäre eingeschlagen und mit einem Stück Pappe ausgebessert gewesen. Das ist alles. Es war grün. Hellgrün.«

»Sie haben Larry vorher gesehen, richtig?«

»Ja. Kurz vor Mittag. Er sagte, er würde zur Lake zurückgehen. Er wollte sich in den Bars am Ende der Straße umsehen. Ich habe ihn bis zum Nub Inn zurückverfolgen können. Der Barkeeper, der heute vormittag Dienst hatte, war schon nach Hause gegangen, aber ich habe mit ihm telefoniert, und er sagte, Hart hätte einen Anruf bekommen. Er sagte, er wäre überrascht gewesen, als könnte er sich nicht erklären, wie jemand wissen konnte, daß er dort war. Wie dem auch sei, er nahm den Anruf entgegen, und ein paar Minuten später verließ er das Lokal im Laufschritt.«

»Eine Falle«, sagte Lily.

»Habe ich mir auch gedacht«, sagte Sloan. »Wir haben jemand hingeschickt, der mit dem Barkeeper spricht, aber ich glaube nicht, daß der noch viel zu sagen hat.«

»Herrgott, was für ein Schlamassel«, sagte Lucas und strich sich mit den Fingern durchs Haar.«

»Meine Frau wird Backsteine absondern, wenn sie erfährt, daß einer von unseren Leuten ermordet worden ist«, sagte Sloan.

»Ich habe so etwas noch nie gehört, nicht hier in der Gegend«, sagte Lucas kopfschüttelnd. Er sah Lily an. »Gibt es sowas bei euch?«

»Ab und zu. Ein paar Dealer haben vor Jahren einen Polizisten getötet – nur um zu beweisen, daß sie es können.«

»Was ist passiert?«

»Die Täter... sie sind nicht mehr unter uns.«

»Ah.« Lucas nickte.

Der brillentragende Cop von der Mordkommission kam den Hügel herauf und drückte auf den letzten paar Schritten die Knie mit den Händen hinunter. Er atmete schwer, als er oben war.

»Wie sieht's aus, Jim?« fragte Lucas.

»Nicht so gut. Kein einziges Indiz da unten.«

»Keine Patronenhülse?«

»Nee. Bis jetzt nicht. Und wir haben gründlich gesucht. Ich glaube, es war nur das Messer. Eine beschissene Art zu sterben.«

»Spuren?«

»Kann keine finden«, sagte der Polizist der Mordkommission. »Zuviel Gras. Als würde man auf Schwämmen gehen. Sie müssen von der Straße aufs Gras gegangen sein... Wissen Sie, Hart hatte dem Mann, dem Täter, den Rücken zugewandt. Kein Kampf. Nichts. Ob es jemand war, dem er vertraut hat?«

»Hielt ihn wahrscheinlich mit der Waffe in Schach, wie Hood bei Andretti«, sagte Lily.

»Ja, könnte sein«, sagte der Polizist. Er sah den steilen Hang hinunter. »Aber man sollte meinen, daß er versucht haben würde, zu springen oder wegzulaufen. Ein großer Sprung den Hügel runter, und er wäre zehn, fünfzehn Schritte vom Täter entfernt gewesen... aber wir haben keine Spur eines Sprungs gefunden. Keine Stelle, wo seine Füße gelandet sind. Keine Grasflecken auf der Hose. Nichts.«

»Er hat aufgegeben«, sagte Lily und sah Lucas an.

Hinter den Reportern hatte sich eine Menschenmenge versammelt. Mehrere Schaulustige waren Indianer, und Lily beschloß, sich unter sie zu mischen, falls jemand anders etwas gesehen hatte. Während sie durch die Menge ging, ging Lucas zu einem Münzfernsprecher am Ende des Blocks und rief TV 3 an. Die Telefonistin spürte Jennifer auf. »Ein Tip«, sagte Lucas, als sie an den Apparat kam.

»Hat er einen Preis?«

»Ja. Darauf kommen wir später.«

»Was für ein Tip?«

»Hast du Leute am Fluß, die über einen Mord berichten sollen?«

»Ja. Jensen und...«

»Es ist Larry Hart. Der Indianerexperte der Wohlfahrt, den wir geholt haben, damit er uns hilft, die Attentäter aufzuspüren.«

»Ach du Scheiße«, sagte sie. Ihre Stimme war gedämpft. »Wer weiß es sonst noch?«

»Im Augenblick niemand. Daniel hat eine Pressekonferenz anberaumt, wahrscheinlich in einer halben Stunde oder so...«

»Unsere Leute sind schon unterwegs.«

»Wenn du vor der Konferenz auf Sendung gehst, mußt du mich decken. Sag es diesem verdammten Kennedy nicht, weil jeder weiß, daß ihr euch gegenseitig die Geschichten zuschiebt.«

»Okay, okay«, sagte sie mit einer gewissen Anspannung in der Stimme. »Was noch? Kehle durchgeschnitten?«

»Ja. Wie bei den anderen. Kehle durchgeschnitten, verblutet.«

»Wann?«

»Wissen wir nicht. Heute nachmittag. Früher Nachmittag wahrscheinlich. Er ist von zwei Kindern gefunden worden, die am Fluß gespielt haben.«

»Okay. Was noch? Hat er den Fall gelöst? War er dicht dran?«

»Heute morgen noch nicht, aber vielleicht ist er über etwas gestolpert. Wissen wir nicht. Also: Jetzt kommt der Preis.«

»Ja?«

»Wir glauben, der Täter heißt Shadow Love. Um die dreißig, Sioux, mager, Tätowierungen auf den Armen. Daniel wird den Namen bekanntgeben. Bring ihn nicht vorher ins Spiel, aber wenn er

ihn genannt hat, mach richtig Druck. Ich will, daß der Name Shadow Love alle zehn Sekunden über den Sender geht. Ich will unbedingt betont wissen, daß er andere Indianer umbringt. Jag Daniel ein paar Fotos ab – sie haben gute Fotos von ihm aus Kalifornien, laß dir in der Beziehung nichts vormachen. Verlang die Scheißfotos. Gib ihnen soviel Sendezeit, wie du kannst. Sag dem Boss, wenn du mitspielst, bekommst du mehr exklusive Informationen.«
»Shadow Love Druck machen«, sagte sie.
»So fest du kannst«, sagte Lucas.

Lily erfuhr nichts aus der Menge. Als sie fertig war, bat sie Lucas, sie in ihrem Zimmer abzuliefern. »Ich brauche etwas Schlaf und ich muß nachdenken. Allein.«
Lucas nickte. »Ich könnte auch ein wenig Zeit gebrauchen.«
An ihrer Tür drehte sie sich um. »Verdammt, was sollen wir machen, Davenport?« stieß sie mit leiser, ernster Stimme hervor.
»Ich weiß nicht«, sagte Lucas. Er strich ihr eine dunkle Haarlocke von der Wange, hinters Ohr zurück. »Ich kann einfach nicht mit dir aufhören.«
»Mir fällt es selbst etwas schwer«, sagte Lily. »Aber mit David verbindet mich soviel, daß ich keine Trennung will. Ich glaube nicht, daß ich eine Trennung möchte...«
»Und ich will Jen nicht verlieren«, sagte Lucas. »Aber ich kann trotzdem nicht mit dir aufhören. Ich würde dich gerne jetzt auf der Stelle nehmen...« Er stieß sie ins Zimmer zurück, sie schlang die Arme um seinen Hals, dann wiegten sie sich gemeinsam eine Minute, und die Hitze wuchs, bis sie ihn zurück stieß.
»Verschwinde von hier, verdammt«, sagte sie. »Ich brauche etwas Ruhe.«
»Na gut. Sehen wir uns morgen?«
»Mmm. Aber nicht zu früh.«

Nachdem er Lily abgesetzt hatte, fuhr Lucas durch die Stadt zurück. Vier Transporter mit Antennenschüsseln standen vor der Tür des Rathauses, schwarze Kabel schlängelten sich über den Gehweg in das Gebäude hinein. Einem Impuls folgend, fuhr er auf einen freien, Polizisten vorbehaltenen Parkplatz und ging hinein.

Die Pressekonferenz war fast vorbei. Lucas beobachtete alles aus dem hinteren Bereich, während Daniel seine Routine abzog. Die Fernsehreporter sahen auf die Uhren und waren schon auf dem Sprung, während sie sich die abschließenden Fragen der Zeitungsleute anhörten.

Als er gerade gehen wollte, kam Jennifer in den Raum und stieß ihn mit dem Ellbogen an.

»Noch mal danke«, sagte sie. »Wir waren vor einer Stunde auf Sendung. Sieh dir Shelly an...«

Shelly Breedlove, Reporterin von Kanal 8, betrachtete sie feindselig von der anderen Seite des Raums. Ihr war klar geworden, woher der Exklusivbericht über Larry Harts Ermordung von TV 3 stammte.

Jennifer lächelte freundlich zurück und hauchte: »Leck mich, du Biest.« Zu Lucas sagte sie. »Bist du auf dem Weg nach Hause?«

»Ja.«

»Ich habe einen Babysitter...«

Lucas schlief unruhig, zuckte mit den Beinen, drehte und wälzte sich. Jennifer kuschelte sich an seinen nackten Rücken, drückte die Stirn an seinen Nacken, Tränen liefen ihr die Wangen hinab. Sie konnte das Parfum an ihm riechen. Es war nicht ihres, und es hatte ihn auch nicht angeflogen, als er neben einer anderen Frau saß. Da hatte Hautkontakt stattgefunden. Intensiver Hautkontakt. Sie lag wach und weinte, während Lucas schlief und vom kalten, harten Kreis einer Schrotflinte träumte, die an seinen Kopf gehalten wurde, und von Larry Hart, der den Hügel über dem Mississippi hinabstolperte, während unten Boote fuhren und den Fluß hinab verschwanden, deren Kapitäne nichts mitbekamen von dem Licht, das über ihnen auf dem Hügel erlosch...

22

Sam Crow wütete durch das Haus, während Aaron stumm in dem La-Z-Boy-Sessel saß und ins flackernde Licht des Fernsehers getaucht war. Shadow Loves Bild war überall, von vorne und beiden Seiten, Aufnahmen der Tätowierungen an seinen Armen.

»Der verflixte Kerl ruiniert uns«, brüllte Sam. Er bedrängte Barbara, die Angst vor seinem Zorn hatte, ein feuchtes Geschirrtuch in den Händen knetete und zwischen Weinkrämpfen so tat, als würde sie Geschirr abtrocknen. »Wie konntest du bloß mitmachen?«

»Ich wollte nicht«, weinte sie. »Ich hatte keine Ahnung…«

»Du hast es gewußt.« Sam schäumte. »Um Himmels willen, hast du gedacht, daß er einen Scheißweihnachtsglückwunsch überbringen will?«

»Ich habe nicht gewußt…«

»Wo hast du ihn abgesetzt?«

»Er ist beim Loring Park ausgestiegen…«

»Wohin wollte er?«

»Ich weiß nicht… Er sagte, ihr würdet ihn nicht hier haben wollen. Er sagte, er müßte allein arbeiten.«

»Scheiße«, schrie Sam laut. »Scheiße.«

Aaron tauchte in der Tür auf. »Komm her, sieh dir das an.«

Sam folgte ihm ins Wohnzimmer. In der letzten halben Stunde hatten sie einen Bericht nach dem anderen aus Minneapolis gesehen: vom Hügel, wo Harts Leichnam gefunden worden war, vom Büro des Chief, vom Indian Country. Interviews mit Leuten auf der Straße. Lily in der Menge, das Abzeichen der New Yorker Polizei am Mantel. Leute redeten mit ihr, streckten die Gesichter vor die Kamera.

Jetzt hatte sich das geändert. Ein Raum mit hellblauen Wänden. Amerikanische Flagge. Ein Podium mit dem kreisrunden Emblem des amerikanischen Adlers und einer Batterie Mikrofonen, und ein Mann im grauen Zweireiher mit einem Taschentuch in der Brusttasche.

»Clay«, sagte Aaron.
»...Terroristengruppe fängt jetzt an, ihre eigenen Leute umzubringen. Das macht sie nicht weniger gefährlich, verdeutlicht aber den indianischen Mitbürgern, hoffe ich, daß diesen Killern an Indianern ebenso wenig liegt wie an Weißen...«
Und später:
»...habe während meiner ganzen Laufbahn mit Indianern zusammengearbeitet, und ich bitte meine alten Freunde aus allen Indianerstämmen, uns beim FBI anzurufen, wenn sie Informationen über diese Gruppe haben...«
Und weiter:
»...eine Einsatztruppe von vierzig Männern und Frauen der gesamten Nation werden mich begleiten, um diesen Ring zu zerschlagen. Wir sind darauf vorbereitet, in Minnesota zu bleiben, bis das Unternehmen erfolgreich abgeschlossen ist. Wir werden dabei in uneingeschränktem und unmittelbarem Kontakt mit der Zentrale in Washington stehen...«
»Lawrence Duberville Clay«, sagte Sam fast hingebungsvoll, während er den Mann auf dem Bildschirm betrachtete. »Beeil dich, du Wichser...«
»Es ist jemand da«, rief Barbara mit ängstlicher Stimme aus der Küche. »Auf der Veranda.«
Es läutete, während Aaron in das Zimmer lief, wo er geschlafen hatte, und mit einer alten blauen Fünfundvierziger zurückkam. Es läutete noch einmal, dann ging die Eingangstür auf. Eine dunkle Gestalt, kurzes Haar, schwarze Augen; Aaron, der sich flach an die Flurwand drückte, glaubte auf den ersten Blick, es wäre Shadow Love, aber der Mann war zu groß...
»Leo«, rief Aaron erfreut. Ein Lächeln erhellte das Gesicht des alten Mannes, er ließ die Pistole sinken. »Sam, es ist Leo. Leo ist heimgekehrt.«

23

»Du schläfst mit dieser New Yorker Polizistin. Lily.« Jennifer sah ihn über die Frühstückstheke hinweg an. Lucas hielt ein Glas Orangensaft in der Hand und betrachtete es, als könnte er dort eine Antwort finden. Die Zeitung lag neben seiner Hand. Die Schlagzeile lautete: CROWS TÖTEN COP.

Er war kein Cop, dachte Lucas. Nach einem Moment sah er vom Tisch weg, dann wieder auf die Zeitung und nickte.

»Ja«, sagte er.

»Wirst du es wieder machen?« Ihr Gesicht war blaß und abgespannt, die Stimme tief und flüsternd.

»Ich kann nicht anders«, sagte er. Er sah sie nicht an. Er drehte das Glas in der Hand, wirbelte den Saft auf.

»Ist es... etwas Dauerhaftes?« fragte Jennifer.

»Ich weiß nicht.«

»Sieh mich an«, sagte sie.

»Nein.« Er hielt den Blick gesenkt.

»Du kannst herkommen und das Baby sehen, aber ruf vorher an. Vorerst einmal pro Woche. Ich werde unsere sexuelle Beziehung nicht fortsetzen, und ich will dich nicht sehen. Du kannst das Baby Samstag abends besuchen, da habe ich einen Babysitter. Wenn Lily wieder in New York ist, reden wir darüber. Wir treffen eine Art Vereinbarung, damit du das Baby regelmäßig sehen kannst.«

Jetzt sah er auf. »Ich liebe dich«, sagte er.

Tränen traten ihr in die Augen. »Wir haben das schon mal durchgemacht. Weißt du, wie ich mich fühle? Ich fühle mich erbärmlich. Und es gefällt mir nicht, wenn ich mich erbärmlich fühle. Das lasse ich nicht zu.«

»Du bist nicht erbärmlich. Wenn ich dich ansehe...«

»Es ist mir egal, was du siehst. Oder sonst jemand. Ich selbst finde mich erbärmlich. Hol dich der Teufel, Davenport.«

Als Jennifer gegangen war, schlenderte Lucas eine Weile ziellos durchs Haus, dann ging er ins Schlafzimmer, zog sich aus und duschte kochend heiß. Daniel wollte jeden Mann im Einsatz haben, aber als Lucas sich abgetrocknet hatte, vor dem Schrank stand und seine Auswahl Hosen und Hemden durchsah, überlegte er es sich anders, ging wieder ins Bett und versank in Bewußtlosigkeit. Die Crows, Lily, Jennifer, das Baby und Monster aus seinem Drorg-Spiel tummelten sich in seinem Kopf. Ab und zu spürte er den Sog der Straßenszenerie vor Hoods Apartment: er sah die Backsteine, den Unterhändler, ein Stück von Lilys Gesicht, die Fünfundvierziger, die sie hob. Jedesmal kämpfte er aber dagegen an und betrat ein neues Traumfragment.

Um ein Uhr rief Lily an. Er nahm das Telefon nicht ab, hörte aber ihre Stimme, als sie auf den Anrufbeantworter sprach.

»Hier ist Lily«, sagte sie. »Ich hatte gehofft, wir könnten zusammen zu Mittag essen, aber du hast nicht angerufen, ich weiß nicht, wo du steckst, und ich bin am Verhungern, daher gehe ich allein weg. Wenn du heimkommst, ruf mich an, dann können wir zusammen zu Abend essen. Bis dann.«

Er überlegte, ob er den Hörer abnehmen sollte, ließ es dann aber sein und ging wieder ins Bett. Eine halbe Stunde später läutete das Telefon wieder. Diesesmal war es Elle: »Hier ist Elle, ich wollte nur wissen, wie es dir geht. Ruf mich im Wohnheim an.«

Lucas nahm den Hörer ab. »Elle, ich bin da«, krächzte er.

»Hallo. Wie geht es dir?«

»Ein schlimmer Tag«, sagte er.

»Immer noch der Traum von der Schrotflinte?«

»Immer noch. Und manchmal auch tagsüber. Das Gefühl des Stahls.«

»Ein klassischer Flashback. Wir haben es ständig bei Brand- und Schußopfern und Menschen, die ein anderes Trauma durchgemacht haben. Das geht vorbei, glaub mir. Halt durch.«

»Ich halte durch, aber es ist beängstigend. Nichts hat mich je so mitgenommen.«

»Kommst du Donnerstagabend zum Spielen?« fragte Elle.

»Weiß nicht.«

»Warum kommst du nicht eine halbe Stunde früher? Wir können uns unterhalten?«

»Ich versuch's.«

Das Bett war wie eine Droge. Er wollte es nicht, fiel aber trotzdem wieder auf das Laken und war innerhalb von einer Minute weg. Um zwei Uhr bekam er es plötzlich mit der Angst, richtete sich schwitzend auf und sah auf die Uhr.

Was? Nichts. Dann berührte ihn der kalte Rand der Schrotflinte hinter dem Ohr. Lucas schlug eine Hand auf die Stelle und ließ den Kopf auf die Brust sinken.

»Hör auf«, sagte er zu sich. Er konnte noch spüren, wie ihm der Schweiß buchstäblich aus der Stirn quoll. »Hör auf mit der Scheiße.«

Lily rief um fünf Uhr wieder an, aber er ging nicht dran. Um sieben läutete das Telefon zum vierten Mal. »Anderson hier«, sagte eine Stimme zum Anrufbeantworter. »Ich hab was...«

Lucas nahm den Hörer ab. »Ich bin hier«, sagte er. »Was ist?«

»Okay. Lucas. Verdammt.« Man hörte das Rascheln von Computerpapier im Hintergrund. Anderson war aufgeregt; Lucas konnte sich vorstellen, wie er seine Unterlagen durchging. Manchmal sah Anderson aus, redete und benahm sich wie ein in die Jahre kommender Hillbilly. Vor ein paar Monaten hatte er aus seiner privaten Computerfirma eine GmbH gemacht und war, vermutete Lucas, auf bestem Weg, mit individuell abgeänderter Polizeisoftware reich zu werden. »Ich habe Larrys genealogische Datensammlung der Minnesota-Sioux durchgesehen – Sie wissen ja, er hatte sie im Datenspeicher der Stadt?«

»Ja, ich erinnere mich.«

»Ich habe alle Crows abgefragt. Sie waren alle zu alt – es gibt nicht viele Crows in Minnesota. Also habe ich mir eine Tippse kommen und die sämtlichen Namen aus Larrys Datei in meinen Computer eingeben und sortieren lassen...«

»Was?«

»Unwichtig. Sie hat eine Liste in meinen Computer eingegeben.

Dann bin ich ins Staatliche Geburtenregister und habe alle Frauen namens Love rausgesucht, die zwischen 1945 und 1965 Babies bekommen haben. Sie haben gesagt, dieser Shadow Love hat ausgesehen, als wäre er um die dreißig...«

»Ja.«

»Daher habe ich die alle rausgeholt. Es war eine verdammte Menge, mehr als vierhundert. Aber ich konnte sämtliche Mädchen ausschließen. Danach blieben nur noch hundertsiebenundneunzig übrig. Danach habe ich die Namen der Väter in meinem Computer eingegeben...«

»Damit Sie sie mit den Stammbäumen vergleichen konnten.«

»Richtig. Ich mußte die Hälfte durchackern, bis ich eine Rose E. Love fand. Mutter von Baby Boy Love. Kein Name für das Kind, aber das war nicht ungewöhnlich. Jetzt kommt's. Ich weiß nicht, wie sie es geschafft hat, aber es ist ihr gelungen, zwei Namen in die Spalte ›Vater‹ eintragen zu lassen.«

»Interessant...«

»Aaron Sunders und Samuel Close.«

»Scheiße, Aaron und Sam, das müssen...«

»In der Rubrik Rasse steht ›andere‹. Es war in den fünfziger Jahren, also wahrscheinlich Indianer. Und die tauchten in Larrys Stammbäumen auf. Sie sind Enkel eines Mannes namens Richard Crow. Richard Crow hatte zwei Töchter, und als die heirateten, hörte der Stammbaum Crow auf. Wir haben Sunders und Close – und ich wette mein linkes Ei, das sind die richtigen Namen von Aaron und Sam Crow.«

»Verdammt, Harmon, das ist sensationell. Haben Sie schon...«

»Sie hatten beide in Minnesota ausgestellte Führerscheine, aber von früher, vor den Ausweisen mit Bild. Der letzte für Sunders ist von 1964. Ich habe in South Dakota angerufen, aber die haben heute schon geschlossen. Ich bat um eine Sonderuntersuchung, worauf mir der Diensthabende gesagt hat, ich soll mir in den Hut scheißen. Danach habe ich die Feebs verständigt, und die haben sich mit den SoDak-Leuten in Verbindung gesetzt. Sie haben dem Diensthabenden Druck gemacht, und jetzt scheißt *er* sich in *seinen* Hut. Wie auch immer, wir bekommen unsere Sonderuntersuchung. Sie überprüfen gerade die Unterlagen. Ich dachte mir, bei allem, was passiert, dürfte das der wahrscheinlichste Ort sein...«

»Was ist mit NCIC?«

»Überprüfen wir gerade.«

»Wir sollten die Gefängnisunterlagen von Minnesota und den Dakotas und das Bundessystem durchgehen. Vergessen Sie nicht, die Feebs abzufragen. Das Bundes-System speichert alle Straffälligen aus den Reservaten...«

»Ja, das läuft alles. Wenn die Crows in den letzten zehn oder fünfzehn Jahren gesessen haben, taucht es im NCIC auf. Die Feebs haben versprochen, bei der Gefängnisaufsichtsbehörde nachzufragen, ob Aufzeichnungen von früher existieren.«

»Was ist mit Fahrzeugen? Außer dem Lieferwagen«, fragte Lucas.

»Wir suchen nach Eintragungen. Ich bezweifle, daß sie ein Auto auf der Straße zurücklassen würden, aber wer weiß?«

»Könnte es sein, daß Rose Love noch lebt?«

»Nein. Da ich sowieso dort war, bin ich auch die Totenscheine durchgegangen. Sie ist achtundsiebzig bei einem Feuer umgekommen. War als Unfall aufgeführt. Ein Haus in Uptown.«

»Scheiße.« Lucas zupfte sich an der Lippe und versuchte, andere Möglichkeiten zu finden, an Daten ranzukommen.

»Ich habe die alten Adreßbücher der Stadt durchgesehen und sie bis in die fünfziger Jahre zurückverfolgt«, fuhr Anderson fort. »Sie war im einundfünfziger Buch, in einer Mietwohnung. Danach war sie zwei Jahre nicht eingetragen und erst wieder im vierundfünfziger Buch, Mietwohnung. Dann, fünfundfünfzig, war sie in dem Haus in Uptown, wo sie bis zu ihrem Tod geblieben ist.«

»Prima. Das ist großartig«, sagte Lucas. »Haben Sie schon mit Daniel gesprochen?«

»Bei ihm ist niemand zu Hause, darum hab ich Sie angerufen. Ich *mußte* es *jemand* erzählen. Ich bin völlig ausgerastet, wie alles aus den Maschinen gekommen ist, *zack-zack-zack*. Es war wie in einer Fernsehsendung.«

»Beschaffen Sie uns ein paar Fotos, Harmon. Wir pflastern die Straßen damit.«

Andersons Entdeckungen brachten einen Strom frischer Energie. Lucas schritt nackt und aufgeregt im Haus auf und ab. Wenn sie die Gesichter der Crows bekanntmachen konnten, hatten sie sie. Sie konnten sich nicht ewig verstecken. Namen waren so gut wie nichts. Bilder...

Eine halbe Stunde später war Lucas wieder im Bett und versank erneut in Bewußtlosigkeit. Kurz bevor er weg war, dachte er: *So ist es also, wenn man verrückt wird...*

»Lucas?« Es war Lily.

»Ja.«

Er sah auf das Bett hinunter. Er sah den Umriß, wo sein Körper gelegen hatte, an den Schweißflecken. Die Träume waren ihm bis zum Aufwachen erhalten geblieben – kurz nach sieben Uhr morgens. Er ließ die Jalousie hoch, und Licht schnitt in die Dunkelheit. Einen Augenblick später hatte das Telefon geklingelt.

»Herrgott, wo warst du gestern?« fragte Lily.

»Hier und da«, log er. »Um die Wahrheit zu sagen, ich habe mein altes Netz abgeklappert, ob meine Informanten etwas gehört haben. Es sind keine Indianer, aber sie sind auf der Straße...«

»Was rausgefunden?« fragte sie.

»Nee.«

»Daniel ist sauer. Du hast das Nachmittagstreffen versäumt.«

»Ich rede mit ihm«, sagte Lucas. Er gähnte. »Hast du schon gefrühstückt?«

»Bin gerade aufgestanden.«

»Warte dort. Ich dusche und hol dich ab.«

»Aber vorher solltest du den Fernseher einschalten. Kanal 8. Aber beeil dich.«

»Was kommt denn?«

»Sieh selbst«, sagte sie und legte auf.

Lucas schaltete den Fernseher ein und sah eine Pressekonferenz mit Lawrence Duberville Clay am Flughafen.

»...in Zusammenarbeit mit hiesigen Gesetzeshütern... gehe davon aus, daß bald etwas passieren wird...«

»Von wegen, hiesige Gesetzeshüter«, murmelte Lucas in den Fernseher. Die Kamera fuhr zurück, und Lucas sah den Ring der Leibwächter. Clay hatte ein halbes Dutzend um sich, Profis, hellgraue Anzüge, identische Anstecknadeln, die Rücken zu dem Mann gekehrt, die Menge im Auge. »Hält sich für den verfluchten Präsidenten...«

Lucas' Herz machte einen Sprung, als Lily aus dem Hotelfahrstuhl kam. Ihr Gesicht. Ihr Gang. Wie sie die Locken wegstrich und grinste, als sie ihn sah...

Anderson brachte einen Datenstapel zum Vormittagstreffen mit. South Dakota, sagte er, hatte eine Akte über Sunders und Close. Fotos in den Führerschein-Unterlagen, schlecht, aber vergleichsweise neu. Und als die Namen durch die Dateien der NCIC geschleust wurden, wurden eine Reihe Treffer erzielt – einschließlich Fingerabdrücke. Da ein direkter Vergleich möglich war, bestätigte die Spurensicherung, daß Sunders und Close die Männer waren, die die Polizei von Minneapolis bei der Razzia in dem Apartment knapp verfehlt hatte. Ein Computerspezialist des FBI sagte später, die breitangelegte Suche in der Fingerabdruckkartei hätte in »höchstens vier bis sechs Stunden« ebenfalls zu einer Identifizierung geführt.

Die Akten aus South Dakota waren nach Minneapolis gefaxt worden, bestmögliche Abzüge der Führerscheinfotos trafen in den frühen Morgenstunden mit einem Flugzeug ein. Kopien wurden gemacht, die an die örtlichen Polizeireviere, das FBI und die Medien verteilt wurden.

»Pressekonferenz um elf Uhr«, sagte Daniel. »Ich verteile die Fotos der Crows.«

»Wir bekommen noch welche von den Feebs«, verkündete Anderson. »Sunders hat vor fünfzehn Jahren in einem Bundesgefängnis gesessen. Hat einen Mann draußen in Rosebud angeschossen und verwundet. War ein Jahr drinnen.«

»Der alte Andretti hat eingewilligt, eine inoffizielle Belohnung für Hinweise auf die Crows zu stiften. Sie müssen nicht festgenommen werden oder so. Er bezahlt nur, damit herauskommt, wo sie sind«, sagte Daniel. Er sah Lucas an. »Ich möchte, daß das durch die Hintertür in die Medien gelangt... ich bestätige es, will aber nicht frei heraus sagen, daß ein Kopfgeld auf sie ausgesetzt ist. Ich möchte eine gewisse Distanz wahren. Es soll sich nicht so anhören, als würden wir eine Bande Kopfjäger auf die Indianer loslassen. Wir müssen später wieder mit den Leuten zusammenleben.«

Lucas nickte. »Gut. Das kann ich arrangieren. Ich sage dem Mann von TV 3, daß er bei der Pressekonferenz eine entsprechende Frage stellen soll.«

Daniel blätterte seine Fotokopie des Vorstrafenregisters durch. »Sieht nicht so aus, als hätten sie viel auf dem Kerbholz. Ein Paar kleine Gauner. Und jetzt das.«

»Aber sehen Sie sich doch das System dahinter an«, sagte Lily. »Sie sind keine kleinen Gauner wie die meisten anderen kleinen Gauner. Sie haben keine Cola-Automaten geknackt oder eine Spielhölle unterhalten. Sie haben organisiert, genau wie Larry gesagt hat.«

Die Akten von Sunders und Close zeigten eine sporadische Reihe unbedeutender Delikte, abgesehen von der Schießerei, wegen der Sunders im Gefängnis gesessen hatte. Meistens handelte es sich um unbefugtes Betreten von Ranchen, ungesetzliches Abfeuern von Waffen, ungesetzliche Drohungen.

Die letzte Anklage war sechs Jahre alt und gegen Sunders, der wegen Hausfriedensbruch verhaftet worden war. Laut Protokoll war er auf ein Privatgelände gegangen und hatte angeblich einen Bulldozer beschädigt. Er bestritt, daß er den Bulldozer beschädigt hatte, sagte aber der Polizei, daß der Rancher einen Feldweg durch eine Begräbnisstätte der Dakota ziehen wollte.

Closes Akte war noch dünner als die von Sunders. Die meisten Anklagen gegen ihn waren wegen kleinerer Vergehen wie Landstreicherei und Herumlungern, als das noch strafbar gewesen war. Einer Notiz eines Beamten aus Rapid City zufolge war Close möglicherweise für eine Serie von Einbrüchen in Häuser von Regierungsangestellten verantwortlich, aber er war nie gefaßt worden.

Auf einem separaten Blatt Papier stand ein Bericht von FBI-Ermittlern, daß Sunders und Close beide bei der Belagerung von Wounded Knee gesehen worden seien, aber als die Belagerung zu Ende war, befanden sie sich nicht unter den Indianern in der Stadt.

»Ich würde sagen, sie haben eine verzweigte Organisation, die bis in die sechziger, möglicherweise bis in die vierziger Jahre zurückgeht«, sagte Lily, die über Lucas' Schulter hinweg in der Akte las. Eine Locke von ihr streifte sein Ohr und kitzelte ihn. Er rückte näher und ließ sich von ihrem Geruch einhüllen. Er hatte ihr noch nichts von Jennifer gesagt. Der Gedanke erfüllte ihn mit Unbehagen.

»Die *Star Tribune* hat sie heute morgen unsere erste Erfahrung mit überzeugten heimischen Terroristen genannt«, meinte Lucas.

»Das haben sie aus der *Times*«, sagte Lily. »Die *Times* hatte am Freitag einen Leitartikel, in dem genau dasselbe stand.«

Daniel nickte düster. »Es wird noch schlimmer, wenn sie in die Tat umsetzen, was sie vorhaben. Etwas Großes.«

»Sie meinen doch nicht... den Flughafen?« fragte Anderson?

»Was?« sagte Sloan.

»Sie wissen doch, wie die Palästinenser. Ich meine, wenn man etwas Großes vorhat, würde es doch genügen, den Flughafen oder ein Flugzeug zu sprengen oder so...«

»O Gott«, sagte Daniel. Er kaute auf der Unterlippe, dann stand er auf und drehte eine Runde um seinen Schreibtisch herum. »Wenn wir rausgehen und strengere Kontrollen vorschlagen und es sickert was an die Öffentlichkeit, kriegen die Fluggesellschaften einen Tritt in den Arsch. Und ich bin bei ihnen und kriege auch einen.«

»Wenn wir es ihnen nicht sagen und es passiert etwas...«

»Wie wäre es mit einer vagen Andeutung... einem Gespräch mit der Flugsicherung, einem Tip ans FBI, vielleicht daß sie ein paar Agenten getarnt einschleusen sollen?« schlug Sloan vor.

»Vielleicht«, sagte Daniel und setzte sich wieder. Er sah Anderson an. »Glauben Sie wirklich...?«

»Eigentlich nicht«, sagte Anderson.

»Ich auch nicht. Die Leute, die sie bis jetzt ausgeschaltet haben, waren Symbole für etwas. Einen Flughafen voll unschuldiger Menschen hochzujagen, würde nichts beweisen.«

»Was ist mit dem Bureau of Indian Affairs?« fragte Lucas. »Viele der alten Indianer hassen das BIA.«

»Das wäre eher was«, sagte Daniel. »Eine Institution statt eines Individuums... Es wäre ein logischer Schritt, sich die Leute vorzunehmen, die sie als ihre Unterdrücker betrachten. Ich sollte besser mit den Feebs reden. Vielleicht können sie ein paar Leute zum Gebäude des BIA abkommandieren.«

»Moment mal«, sagte Lucas. Er stand auf und ging nachdenklich um seinen Stuhl herum. Dann sah er Daniel an und sagte: »Herrgott, es könnte Clay sein.«

Sie dachten alle einen Augenblick nach, dann schüttelte Daniel den Kopf. »Was sie bis jetzt getan haben, war alles gut vorbereitet. Erst in den letzten Tagen ist bekannt geworden, daß Clay herkommen würde.«

»Nein, nein, denken Sie doch mal nach«, sagte Lucas und deutete mit dem Finger auf Daniel. »Wenn Sie die ganze... Kette betrachten... im richtigen Licht könnte man es als Versuch sehen, Clay herauszulocken. Der Terroristen-Aspekt, die Publicity... Genau der Köder, auf den Clay anbeißen würde.«

»Das ist reichlich weit hergeholt«, wandte Daniel ein. »Sie konnten nicht sicher sein, daß er kommt. Es hätte sein können, daß sie ein halbes Dutzend Menschen ermorden und sämtliche eigenen Leute getötet werden, und Clay hätte dennoch in Washington auf seinem Arsch sitzenbleiben können.«

»Und warum Clay?« fragte Sloan.

»Weil er ein großes Ziel ist und einen schlechten Ruf unter den Indianern hat«, sagte Lily. »Erinnern Sie sich an die Unruhen in Arizona mit den beiden Parteien im Reservat? Ich weiß nicht mehr, worum es ging...«

»Ja, er hat eine ganze Schar Agenten hingeschickt, die da hart durchgreifen sollten...«, sagte Anderson.

»Wenn ich mich recht erinnere, hat *Time* einmal einen Artikel gebracht, in dem stand, daß Clay im Lauf der Jahre immer wieder Zusammenstöße mit Indianern hatte. Kann sie nicht leiden...«, sagte Lucas.

»Die Crows kommen nicht an ihn ran«, sagte Sloan. »Er ist unglaublich gut abgeschirmt – ihr hättet die Leibwächter heute morgen sehen sollen. Wenn die Crows versuchen würden, sich zu ihm durchzubeißen... ich meine, diese Typen haben Uzis unter den Achselhöhlen.«

»Man bräuchte nur einen Mann mit Jagdgewehr auf einem Dach«, sagte Lucas.

»O Scheiße«, sagte Daniel. Er schlug mit der offenen Handfläche auf den Schreibtisch. »Wir dürfen kein Risiko eingehen. Wir reden mit Clays Sicherheitsleuten. Und wir postieren ein paar Leute um sein Hotel herum. Auf den Dächern, in der Tiefgarage. Einfach ein paar Uniformierte in Zivilkleidung stecken. Herrgott, der Mann geht mir auf die Nerven.«

»Wir sollten uns auch das Hotel ansehen«, sagte Lucas. Er ging immer noch im Büro herum und dachte darüber nach. Der Gedanke paßte; aber wie konnten die Crows an Clay rankommen? »Suchen wir nach einem Loch im Sicherheitssystem...«

»Ich bin trotzdem der Meinung, daß es nicht Clay ist. Sie brauchen jemand, bei dem sie vorausplanen können«, sagte Daniel. »Denken Sie weiter darüber nach. Überlegen wir uns noch ein paar andere Möglichkeiten.«

Die Versammlung löste sich auf, aber zehn Minuten vor der Pressekonferenz rief Daniel sie noch einmal zusammen.

»Ich will es Ihnen rasch und frei heraus sagen und ich will kein Wort dagegen hören. Ich habe mit Clay und seinen Leuten und dem Bürgermeister gesprochen. Clay kommt her und gibt die Identifizierung der Crows persönlich bekannt. Er verteilt die Fotos.«

»Gottverdammt«, sagte Anderson leichenblaß. »Das ist unsere Arbeit...«

»Ruhig, Harmon. Es läuft eine ganze Menge...«

»Sie haben die Informationen von uns gekauft, ist es nicht so?« wollte Anderson wissen. »Was haben wir dafür bekommen?«

»Sie werden es nicht glauben.« Daniel lächelte selbstzufrieden, breitete die Arme aus und sah zur Decke, als würde er Manna vom Himmel empfangen. »Sie sehen hier das neue on-line-Informationsverarbeitungszentrum des Mittelwestens...«

»Ach du dickes Ei«, flüsterte Anderson. »Ich dachte, das hätte Kansas City längst in der Tasche.«

»Man hat es ihnen soeben aus der Tasche genommen. Wir machen das Geschäft gerade perfekt.«

»Unser eigener Cray II«, sagte Anderson. »Der schnellste Scheißcomputer, der je gebaut wurde...«

»Was für ein Haufen Scheiße«, sagte Lily.

»Behalten wir doch diese Ansicht für uns«, sagte Daniel. »Nach der Pressekonferenz möchte Clay mit dem *Team* reden. Ich glaube, er will uns ein bißchen aufrütteln.«

»Was für ein Haufen Scheiße«, wiederholte Lily.

»Haben Sie durchblicken lassen, daß er das nächste Opfer sein könnte?« fragte Lucas.

»Ja.« Daniel nickte. »Er war auch der Meinung, daß es unwahrscheinlich ist, aber er hat zugestimmt, daß wir das Hotel abschirmen. Und seine Leute suchen nach Löchern im Sicherheitssystem.«

Vier Männer bildeten Clays Vorhut. Einer wartete vor dem Rathaus, wo Clays Auto anhalten würde. Die anderen drei gingen von einem Polizisten geführt die Flure entlang zu dem Saal, in dem die Pressekonferenz stattfinden sollte. Lucas und Lily, die vor der Tür zum Konferenzzimmer warteten, sahen ihnen entgegen. Zwei der Männer blieben einen Schritt entfernt stehen.

»Polizisten?« fragte einer.

»Ja«, sagte Lucas.

»Haben Sie Ausweise?«

Lucas zuckte die Achseln. »Klar.«

»Die würde ich gern sehen«, sagte der Mann. Sein Ton war höflich, seine Augen nicht.

Lucas sah Lily an, die nickte und ihre New Yorker Polizeimarke sehen ließ. Lucas reichte ihm seinen Ausweis. »Okay«, sagte der Mann immer noch höflich. »Könnten Sie mir sagen, wer die anderen Zivilbeamten im Saal sind?«

Es war schnell und professionell. Innerhalb von fünf Minuten war der Saal sicher. Als Clay eintraf, stieg er allein aus dem Auto aus, aber zwei weitere Männer sperrten beide Enden des Autos ab. Der Bürgermeister kam heraus und nahm Clay beim Auto in Empfang, dann unterhielten sie sich wie alte Freunde und betraten das Rathaus. Falls einem der Reporter auffiel, daß die beiden Männer durch einen unsichtbaren Kordon von Sicherheitsbeamten gingen, sagte keiner etwas.

Clay und Daniel bestritten die Pressekonferenz gemeinsam, der Bürgermeister strahlte aus den Kulissen. Anderson und ein FBI-Beamter verteilten Fotos der Crows.

»In einer Stunde können sich die Crows nicht mehr auf der Straße sehen lassen«, sagte Lucas, als die Konferenz zu Ende war.

»Wir haben Shadow Loves Bild veröffentlicht, und das hat auch nichts gebracht...«, sagte Lily, als er neben ihr ins Auto einstieg.

»Der Kreis zieht sich zusammen. Mit der Zeit wird es klappen.«

»Vielleicht. Ich hoffe nur, daß sie vorher keine Scheiße abziehen. Wir sollten besser zu dem Treffen mit Clay in Daniels Büro gehen.«

Sloan, Lucas, Lily, Anderson, Del und ein halbes Dutzend andere Polizisten warteten zehn Minuten, bis Daniel und Clay eintrafen, gefolgt vom Bürgermeister, zwei von Clays Leibwächtern und einem halben Dutzend FBI-Agenten.

»Ihre Show, Larry«, sagte Daniel.

Clay nickte, trat hinter Daniels Schreibtisch und sah sich in dem überfüllten Büro um. Er sah wie ein fett gewordener Athlet aus, dachte Lucas. Man konnte ihn nicht feist nennen, aber »untersetzt« konnte man durchgehen lassen.

»Ich spreche immer gern zu lokalen Polizeibeamten, besonders in einer so ernsten Situation, wo alles von Zusammenarbeit abhängt. Ich selbst war mehrere Jahre als Streifenpolizist auf der Straße – ich habe es sogar bis zum Sergeanten gebracht...«, begann Clay und nickte einem uniformierten Sergeanten zu, der in einer Ecke des Zimmers stand. Er war ein geübter Redner, der sich nacheinander jeden hiesigen Polizisten herausgriff, ihn mit den Augen fixierte und Zustimmung und Kooperation beschwor. Lily sah zu Lucas auf, nachdem Clay ihnen die Behandlung hatte zuteil werden lassen, und brachte ein schiefes Lächeln zustande.

»Gute Technik«, flüsterte sie.

Lucas zuckte die Achseln.

»...langjährige Erfahrung mit Indianern und will Ihnen folgendes sagen. Indianische Gesetze sind nicht unsere Gesetze, sind nicht die Gesetze einer rationalen, progressiven Gesellschaft. Diese Bemerkung – die diese vier Wände nicht verlassen sollte – ist nicht auf Vorurteilen begründet, auch wenn man es so hindrehen könnte. Vielmehr ist es eine unumstößliche Tatsache, die sogar den meisten Indianern selbst klar ist. Aber wir haben nicht zwei verschiedene Gesetze in Amerika. Wir haben ein Recht, und das gilt für alle...«

»*Heil Hitler*«, murmelte Lucas.

Als sie fertig waren, entschwand Clay inmitten der Wolke seiner Leibwächter aus dem Rathaus.

»Sehen wir uns in seinem Hotel um«, schlug Lucas vor.

»Einverstanden«, sagte Lily. »Aber ich habe langsam meine Zweifel. Seine Jungs sind ziemlich gut.«

Clays Sicherheitschef war ein kleiner, unscheinbarer Mann mit hellen Augen, der wie ein Buchhalter aussah, bis er sich bewegte. Dann sah er wie eine Viper aus.

»Alles ist bombensicher«, sagte er, nachdem Lucas und Lily sich ausgewiesen hatten. »Aber wenn Sie glauben, Sie könnten etwas entdecken, mache ich mit Vergnügen einen Rundgang mit Ihnen.«

»Warum?« fragte Lucas.

»Warum was?«

»Warum führen Sie uns mit Vergnügen herum, wenn alles bombensicher ist?«

»Ich habe nie gedacht, daß ich der klügste Mensch auf der Welt bin«, sagte der Sicherheitsmann. »Man kann immer dazulernen.«

Lucas sah ihn eine Weile an, dann drehte er sich zu Lily um. »Du hast recht. Sie sind gut«, sagte er.

Sie machten den Rundgang trotzdem. Clay war im vierzehnten Stock. Es waren zwar höhere Gebäude ringsum, aber keines näher als eine halbe Meile.

»Durch ein Fenster erwischen sie ihn nicht«, sagte der Sicherheitsmann.

»Und wenn etwas im voraus arrangiert worden ist? Clay war schon öfter in diesem Hotel, richtig?«

»Zum Beispiel?«

Lucas zuckte die Achseln. »Eine Bombe im Fahrstuhl?«

»Wir haben alles abgesucht. Routine«, sagte der Sicherheitschef.

»Und ein Kamikaze-Einsatz? Die Crows sind verrückt...«

»Wir haben selbstverständlich das Personal überprüft. Keine Indianer, niemand mit einem Hintergrund, bei dem wir uns Sorgen machen würden. Die meisten gehören zum Stammpersonal und sind schon eine Weile hier. Ein paar Neue an der Rezeption und beim Küchenpersonal, aber wir halten sie unter Beobachtung, wenn der Boss kommt und geht... und wenn er kommt und geht, sichern wir vorab Lobby und Straße. Er kommt und geht schnellstens, ohne Vorankündigung. Also kann es keiner auf der Straße sein.«

»Hmm«, sagte Lucas.

Sie fuhren mit dem Fahrstuhl wieder nach unten, als Lucas fragte: »Gibt es eine Möglichkeit, vom Keller oder dem Dach auf den Fahrstuhl zu gelangen und so nach oben zu fahren?«

Der Sicherheitschef gestattete sich ein unmerkliches Grinsen. »Darüber werde ich nicht sprechen«, sagte er und sah Lucas an. »Mit einem Wort, nein.«

»Sie haben die Fahrstühle mit Wanzen versehen«, sagte Lily.

Der Mann zuckte die Achseln, als der Fahrstuhl im dritten Stock anhielt. Eine Frau mit Pelzstola stieg ein, studierte kurzsichtig die Knöpfe und drückte den Knopf für den zweiten Stock. Als die Tür zuging, schob ein Zimmerkellner einen Servierwagen vorbei.

»Was ist mit einer Verkleidung?« fragte Lucas, als die alte Dame ausgestiegen war. »Wenn jemand als alte Dame verkleidet reinkommen würde...«

»Metalldetektoren würden die Waffe aufspüren.«

»...und eine Waffe im dritten Stock versteckt hätte. Er fährt in den dritten Stock, holt sie, und dann rauf zum vierzehnten...«

Der Sicherheitsmann zuckte wieder die Achseln. »Das ist ein Hirngespinst. Und selbst wenn sie dort hinauf gelangen würden, müßten sie sich den Weg an drei ausgebildeten Agenten vorbei schießen. Und der Boss ist auch bewaffnet und weiß, wie man mit der Waffe umgeht.«

Lucas nickte. »Na gut. Aber ich habe kein gutes Gefühl«, sagte er.

Er und Lily verabschiedeten sich in der Halle von dem Sicherheitsmann und gingen zur Tür. Als sie gerade hinaus wollten, sagte Lucas: »Moment mal«, und drehte sich um.

»He«, rief er dem Sicherheitsmann zu. »Wie ist das Essen für den Zimmerservice dort hinauf in den dritten gekommen?«

Der Sicherheitsmann sah zu Lucas, zu Lily, dann zu den Fahrstühlen.

»Gehen wir fragen«, sagte er.

»Mit einem Speisenaufzug«, erklärte ihnen der Koch. Er deutete auf einen Alkoven, wo sie die Öffnung eines kettenbetriebenen Lifts sehen konnten.

Der Sicherheitsmann sah vom Speisenaufzug zum Koch und zu Lucas. »Könnte ein Mann damit hochfahren?« fragte er den Koch.

»Nun... ich glaube, das ist schon gemacht worden. Ab und zu«, antwortete der Koch mit nervösen Blicken.

»Was soll das heißen, ›ab und zu‹?«

»Nun, wenn viel los ist, wissen Sie, will der Boss nicht, daß zu viele Kellner mit den Kunden im Fahrstuhl fahren. Dann sollen die Kellner die Treppe benützen. Aber manchmal, ich meine, wenn es im zehnten Stock ist...«

»Wie oft fahren Männer damit hoch?« fragte der Sicherheitsmann.

»Hören Sie, ich will nicht, daß jemand Ärger bekommt...«
»Von uns wird keiner ein Wort erfahren«, versprach Lily.
 Der Koch wischte sich die Hände an der Schürze ab, dann sagte er mit gedämpfter Stimme: »Jeden Tag.«
 »Scheiße«, sagte der Sicherheitsmann.

Der Sicherheitsmann entwarf das Szenario: »Ein Selbstmordkommando. Vier Mann. Sie kommen die Gasse entlang zum Lieferanteneingang. Sie läuten. Einer vom Personal sieht nach, wer es ist, und macht die Tür auf. Die Crows drücken ihm eine Pistole in den Bauch. Einer bleibt in der Küche, während die anderen einer nach dem anderen mit dem Lastenaufzug hochfahren. Sie kommen in der Personalkabine im vierzehnten raus. Sie haben automatische Waffen oder Schrotflinten. Sie überprüfen irgendwie den Flur – entweder sehen sie einfach nach oder benützen Zahnarztspiegel... sie kommen raus und erledigen die beiden Beamten im Flur. Bleibt ein Mann beim Chief. Sie ballern die Tür mit einer Schrotflinte durch, und dann geht es drei gegen zwei, möglicherweise drei Maschinenpistolen oder Schrotflinten gegen zwei Pistolen...«
 »Wäre eine Möglichkeit«, sagte Lily.
 Jetzt war es an Lucas, den Kopf zu schütteln. »Wissen Sie, wenn man es so darstellt, hört es sich ziemlich unwahrscheinlich an...«
 »Die Crows sind auch ziemlich unwahrscheinlich«, sagte der Sicherheitsmann. »Ich werde Ihnen sagen, was wir machen. Wir stellen die Küche kalt. Bauen irgendwo einen Monitor ein. Wenn sie reinkommen, fangen wir sie ab.«
 »Eine Falle«, sagte Lily.
 »Richtig. Nun – entschuldigen Sie mich, ich muß mit dem Boss sprechen. Und, hören Sie: Danke.«

Auf dem Gehweg vor dem Hotel schüttelte Lucas wieder den Kopf.
 »Das war eine Lücke, aber so was haben die Crows nicht vor«, sagte er.
 »Was dann?«
 »Ich weiß nicht.«

Im Auto sah Lily auf die Uhr. »Warum reden wir nicht beim Abendessen darüber?«

»Gern. Sollen wir zu mir?« fragte Lucas.

Lily sah ihn neugierig an. »Das sind ja ganz neue Töne«, meinte sie. »Was ist passiert?«

»Jennifer...«

»...hat das mit uns rausgekriegt«, sprach sie zu Ende und fuhr kerzengerade im Sitz hoch. »O Scheiße. Hat sie dich rausgeworfen?«

»Darauf läuft es hinaus«, gab Lucas zu. Er legte den Gang ein und fuhr vom Bordstein an.

»Du glaubst doch nicht, daß sie David anrufen wird, oder?«

»Nein. Nein, das glaube ich nicht. Sie war auch schon mit verheirateten Männern im Bett – ich kenne ein paar davon –, aber sie hätte nie daran gedacht, deren Frauen anzurufen. Sie würde keine Ehe zerstören.«

»Macht mich trotzdem nervös«, sagte Lily. »Und darum bist du so von der Rolle. Du hast in Daniels Büro gesessen, als wäre dein Hund gestorben.«

»Ja. Wegen Jen und wegen diesem Scheißfall. Larry tot, hingerichtet. Und ich war nutzlos. Weißt du, das ist ein unheimliches Gefühl. Wenn etwas Wichtiges passiert – Drogen, Spiele, Kreditkartenbetrug, Einbrecherringe –, habe ich meine Kontakte. Daniel kommt zu mir und sagt: ›Sprechen Sie mit Ihren Leuten. Wir hatten letzte Woche sechsunddreißig Einbrüche an der Southside, nur Kleinkram, Stereoanlagen und Fernseher.‹ Also ziehe ich los und rede mit meinen Informanten. Und meistens finde ich heraus, was passiert. Ich setze einen Spieler unter Druck und werde zu einem Hehler geschickt, und ich setze den Hehler unter Druck und finde einen Junkie, ich setze den Junkie unter Druck und erwische den ganzen Ring. Aber hierbei... habe ich niemanden. Wenn sie normale Gauner wären, könnte ich sie finden. Süchtige brauchen Stoff oder müssen ihn verkaufen, daher sind sie immer auf Achse. Einbrecher und Kreditkartenschwindler brauchen Hehler. Aber wen brauchen diese Typen? Einen alten Freund. Vielleicht einen ehemaligen Universitätsprofessor. Vielleicht einen alten Radikalen aus den Sechzigern. Vielleicht einen rechtsradikalen Spinner. Vielleicht Indianer, vielleicht Weißer. Wer weiß das schon? Ich habe fast mein ganzes Leben in der Stadt verbracht, meistens hab ich dort gewohnt, wo die Indianer auch wohnen, und ich hab nie einen gesehen. Ich kenne ein paar, aber nur, weil sie Drogen nehmen oder Einbrüche machen, oder weil sie ehrlich sind und ich in ihre Geschäfte gehe. Davon abgesehen habe ich kein Netz von Informanten dort. Ich habe ein schwarzes Netz. Ich habe ein weißes Netz. Ich habe sogar ein irisches Netz. Ich habe kein indianisches Netz.«

»Hör auf, dich selbst zu bemitleiden«, sagte Lily. »Du hast den Tip mit den Unruhen am Bear Butte bekommen und das Foto beschafft, mit dem ich Hood identifiziert habe.«

»Und Hood hat mich außer Gefecht gesetzt wie ein Stück Schlachtvieh und mir fast das Gehirn rausgepustet...«

»Du hast dir überlegt, wie man Liss' Frau unter Druck setzen kann, und hast die Namen der Crows von ihr erfahren. Du leistest gute Arbeit, Davenport.«

»Das war Glück und bringt uns jetzt keinen Schritt weiter«, sagte Lucas und sah sie an. »Also hör auf, mich aufmuntern zu wollen.«

»Das will ich nicht«, sagte sie fröhlich. »Wir haben keinen Grund, fröhlich zu sein. Es ist sogar so, wenn wir nicht sehr viel Glück haben, sind wir total die Gefickten.«

»Nicht ganz«, sagte Lucas. Er schaltete herunter, ließ den Wagen vor einer roten Ampel ausrollen und legte ihr eine Hand auf den Schenkel. »Aber in einer Stunde, wer weiß?«

Lily ging durch das Haus wie eine potentielle Käuferin und betrachtete jedes einzelne Zimmer. Einmal, dachte Lucas, hatte er gesehen, wie sie schnupperte. Er grinste, sagte nichts und holte zwei Bier.

»Ziemlich gut«, sagte sie schließlich, als sie die Kellertreppe heraufkam. »Wo hast du den alten Tresor her?«

»Den benutze ich als Waffenschrank«, sagte Lucas und gab ihr ein Bier. »Ich habe ihn billig bekommen, als sie ein Eisenbahnbüro hier in St. Paul abgerissen haben. Es waren sechs Mann erforderlich, ihn ins Haus und die Treppe runter zu schaffen. Ich hatte Angst, die Treppe würde unter dem Gewicht brechen.«

Sie trank einen Schluck Bier und sagte: »Als du mich zum Essen eingeladen hast...«

»Ja?«

»...muß ich es selbst machen?«

»Nein«, sagte er. »Du hast die Wahl. Nudelsalat oder Hähnchensalat mit Avocadoscheiben und leichtem Rancherdressing.«

»Wirklich?«

»Franklin und Lake sind ein Irrenhaus«, sagte Lily, während sie den Salat in sich hineinschob. »Seit Clay in der Stadt ist, stolpern die Feebs dort übereinander.«

»Arschlöcher«, grunzte Lucas. »Sie haben keine Kontakte, die Leute hassen sie, sie treten sich vierundzwanzig Stunden am Tag selbst auf den Schwanz...«

»Das machen sie jetzt gerade, in größerer Anzahl«, stimmte Lily zu. Sie sah von ihrem Geflügelsalat auf und meinte: »Das war köstlich. Der Nudelsalat sieht auch ziemlich gut aus...«

»Möchtest du ein bißchen?«

»Vielleicht nur ein bißchen.«

Nach dem Essen gingen sie ins Arbeitszimmer, wo Lily eins von Andersons Notizbüchern herauszog, um es durchzugehen. Sie tranken beide noch ein Bier, und Lucas legte die Füße auf ein Sitzkissen und döste.

»Warm hier drinnen«, sagte Lily nach einer Weile.

»Ja. Der Ofen hat sich eingeschaltet. Ich hab auf das Thermometer gesehen. Drei Grad draußen.«

»Es schien kalt zu sein«, sagte sie, »aber es ist so schön, man merkt es gar nicht. Mit der Sonne und allem.«

»Stimmt.« Er gähnte und döste noch eine Weile, dann riß er die Augen auf, als Lily den Baumwollpullover auszog. Sie hatte ein wunderbar sanftes Profil, dachte er. Er sah ihr zu, wie sie las und dabei an der Unterlippe kaute.

»In den Notizbüchern steht nichts«, sagte er. »Die habe ich schon durch.«

»Irgendwo muß etwas sein.«

»Mmm.«

»Warum haben die Crows Larry getötet? Sie müssen gewußt haben, daß es politisch gesehen ein Fehler ist. Und sie hätten ihn nicht töten *müssen* – soviel hat er uns nicht geholfen.«

»Das haben sie nicht gewußt. Nach der Razzia in ihrem Apartment war er im Fernsehen... Vielleicht haben sie gedacht...«

»Ah. Daran habe ich nicht gedacht«, sagte sie. Dann runzelte sie die Stirn. »Ich war gestern im Fernsehen. Nach Larrys Ermordung.«

»Vielleicht ist es 'ne gute Idee, sich eine Weile still zu verhalten«, sagte Lucas. »Diese Typen sind Irre.«

»Das mit Larry verstehe ich immer noch nicht«, sagte sie. »Oder mit diesem anderen Jungen, Yellow Hand. Warum haben sie Yellow Hand umgebracht? Rache? Aber Rache ergibt in so einer Situation keinen Sinn, noch dazu gegen jemand vom eigenen Volk. Das verkompliziert alles nur. Und diese Hinrichtungen haben sie nie in ihren Pressemitteilungen erwähnt...«

»Ich habe keine Idee«, sagte Lucas. Nach einem Moment fügte er hinzu: »Nein, das stimmt nicht *ganz*. Eine Idee habe ich...«

»Welche?«

»Warum gehen wir nicht ins Schlafzimmer?«

Sie seufzte, lächelte ein trauriges kleines Lächeln und sagte: »Lucas...«

Als sie sich später darüber unterhielten, kamen Lucas und Lily zum Ergebnis, daß nichts Besonderes an der Zeit war, die sie an diesem Nachmittag miteinander im Bett verbracht hatten. Die Liebe war zärtlich und langsam gewesen, sie hatten viel gelacht, und dazwischen hatten sie sich über ihre Karrieren und ihre Gehälter unterhalten und sich Polizeigeschichten erzählt. Es war großartig; das Beste in ihrem Leben.

»Ich habe mich entschieden, was ich mit David machen werde«, sagte Lily später, rollte zum Bettrand und stellte die Füße auf den Boden.

»Was wirst du machen?« fragte Lucas. Er zog die Boxershorts an und verharrte mit einem Fuß in der Hose.

»Ich werde ihn anlügen«, sagte sie.

»Anlügen?«

»Ja. Was wir haben, David und ich, ist ziemlich gut. Er ist ein lieber Kerl. Er ist attraktiv, er hat einen feinen Sinn für Humor, er kümmert sich um mich und die Kinder. Es ist nur...«

»Immer raus damit.«

»Bei ihm ist einfach nicht soviel Hitze wie bei dir. Manchmal kann ich ihn ansehen und habe einen Kloß im Hals, so daß ich nicht mal sprechen kann. Ich fühle nur so... eine *Wärme* ihm gegenüber. Ich liebe ihn. Aber er gibt mir nicht dieses triebhafte heiße Gefühl. Weißt du, was ich meine?«

»Ja, weiß ich.«

»Ich habe gestern nacht darüber nachgedacht. Ich habe mir gedacht: Da ist Davenport. Er ist groß, er ist grob und er macht zu allererst sich glücklich. Er fragt mich nicht immerzu, ob es schön war und ich gekommen bin. Was also ist es, Lily? Eine Art sichere Vergewaltigungsphantasie?«

»Und zu welchem Ergebnis bist du gekommen?«

»Ich weiß nicht. Ich habe eigentlich keine Entscheidung getroffen. Nur die, David anzulügen.«

Lucas holte frische Unterwäsche aus der Kommodenschublade und sagte: »Komm mit. Wir duschen.«

Sie folgte ihm ins Bad. Unter der Dusche sagte sie: »David würde es auch nie so machen. Ich meine, du... bearbeitest mich einfach irgendwie. Deine Hände sind... überall drin... und mir gefällt das.«

Lucas zuckte die Achseln. »Du quälst dich. Hör um Gottes willen auf, von David zu sprechen.«

Sie nickte. »Ja. Wird besser sein.«

Als sie aus der Dusche kamen, trocknete er sie ab, rubbelte ihr mit dem rauhen Handtuch den Kopf und arbeitete sich langsam nach unten vor. Als er fertig war, saß er auf der Badewanne; er legte den

Arm um sie und zog ihr Becken an sein Gesicht. Sie zauste sein Haar.

»Herrgott, riechst du gut«, sagte er.

Sie kicherte. »Wir müssen aufhören, Davenport. Ich halte das bald nicht mehr aus.«

Sie zogen sich langsam an. Lucas war zuerst fertig, legte sich aufs Bett und sah ihr zu.

»Das Schwerste bei dem Anlügen sind die ersten zehn oder fünfzehn Minuten«, sagte sie plötzlich. »Wenn du die ersten Minuten durchhältst, schaffst du es.«

Sie sah mit schuldbewußtem Gesichtsausdruck auf. »Daran habe ich gar nicht gedacht. Das erste... Wiedersehen.«

»Weißt du, wie es ist, wenn man einen Jungen, einen Teenager wegen etwas festnimmt und nicht ganz sicher ist, ob er es war? Und wenn er dann diesen Gesichtsausdruck bekommt, wenn du ihm sagst, du bist Polizist, und dann *weißt* du es plötzlich? Wenn du nicht vorsichtig bist, wirst du genau so aussehen.«

»O Heiland«, sagte sie.

»Aber wenn du die ersten zehn Minuten überstehst und einfach herumalberst, werden deine Schuldgefühle aufhören und weg sein.«

»Die Stimme der Erfahrung«, sagte sie mit einem kaum merklichen Anflug von Verbitterung in der Stimme.

»Ich fürchte ja«, sagte er ein wenig trotzig. »Ich weiß nicht. Ich liebe Frauen. Aber dann sehe ich Sloan an. Weißt du, daß Sloans *Frau* ihn Sloan nennt? Und sie lachen und reden immer. Das macht mich eifersüchtig.«

Lily ließ sich auf das Fußende des Bettes sinken. »Sprechen wir nicht darüber«, sagte sie. »Es bringt mich zu früh ins Grab. Wie Larry.«

»Armer alter Larry«, sagte Lucas. »Der Kerl tut mir leid.«

Der nächste Tag war sonnig. Lucas zog seinen besten blauen Anzug und einen schwarzen Wollmantel an. Lily trug einen dunklen Hosenanzug mit blauer Bluse und Tweedmantel. Kurz bevor sie Lilys Hotelzimmer verließen, begann TV 3 eine Liveübertragung von

Larry Harts Beerdigung. Die Sendung fing mit einer Aufnahme von Lawrence Duberville Clay an, der gerade ankam. Clay sprach ein paar Klischees ins Mikrofon und ging in die Kirche.

»Hält sich für den Scheißpräsidenten«, sagte Lucas.

»Ist er in sechs Jahren vielleicht auch«, sagte Lily.

In der Episkopalkirche drängten sich Mitarbeiter der Fürsorge und Klienten, Cops, indianische Freunde und Familienangehörige. Daniel sagte ein paar Worte, und Harts ältester Freund, den er Bruder genannt hatte, ebenfalls. Der Sarg wurde geschlossen.

Die Prozession zum Friedhof brachte den Verkehr in der Stadtmitte von Minneapolis fünf Minuten zum Erliegen. Die Schlange der Autos reihte sich Stoßstange an Stoßstange durch die Loop und wurde von Polizisten auf Motorrädern eskortiert.

»Hier draußen ist es besser«, sagte Lily, während sie zum Friedhof schritten. »Kirchen machen mich nervös.«

»Hier habe ich dich zum ersten Mal gesehen«, sagte Lucas. »Bluebird ist hier begraben.«

»Ja. Unheimlich.«

Grabsteine erstreckten sich über vier Hektar hügeliges Land mit Eichen. Lucas überlegte sich, daß es bei Mondschein ein geisterhafter Ort sein würde, wenn die Eichen Schatten warfen wie der kopflose Reiter. Anderson, der einen steifen schwarzen Anzug anhatte und einem Bestattungsunternehmer ähnlicher sah als der Bestattungsunternehmer selbst, kam herüber und stellte sich neben sie.

»Hier ist Rose E. Love begraben«, sagte er nach einer Weile.

»Tatsächlich? Wo haben Sie das herausgefunden?« sagte Lucas.

»In ein paar Unterlagen in den Akten des Gerichtsmediziners. Als sie gestorben ist, waren keine Verwandten zugegen, daher haben sie auf dem Totenschein einen Vermerk über Bestattungsunternehmen und den Friedhof gemacht, falls jemand nach ihr suchen kam.«

»Hmm.«

»Bluebird auch«, sagte Lily.

»Mmm.«

Nach einer Weile schlenderte Anderson davon und ging am Rand der Trauergemeinde entlang. Filmteams von sämtlichen lokalen Sendern und einige fremde und nationale Nachrichtenagenturen standen so nahe am Geschehen, wie schicklich erschien, während die Cops ihre höchst martialische Zeremonie abhielten. Als es vorbei war, überreichten sie Harts Mutter eine zusammengelegte Flagge und feuerten einen militärischen Salut.

Nach der Bestattung kam Anderson wieder zurückgeschlendert.
»Sie ist gleich hier«, sagte er.
»Wer?«
»Rose E. Love. Ich hab sie im Büro des Friedhofs das Grab heraussuchen lassen.«

Lucas und Lily, die sich von Andersons Interesse anstecken ließen, folgten ihm hundert Meter zu einem Grab unter den Ästen einer alten Eiche, fünf Meter von dem schmiedeeisernen Zaun entfernt, der den Friedhof umgab.

»Hübscher Fleck«, sagte Anderson und sah zu dem ausladenden Eichenbaum empor, an dessen Zweigen sich seine handförmigen Blätter noch festhielten.

»Ja.« Das Grab war makellos gepflegt; auf dem länglichen rosa Granitstein stand ROSE E. LOVE in Großbuchstaben, und darunter, in kleinerer Schrift, MUTTER. Lucas sah sich um. »Das Grab sieht viel besser aus als die anderen ringsum. Glauben Sie, Shadow Love kommt ab und zu vorbei und pflegt es?«

Anderson schüttelte den Kopf. »Nee. Das duldet die Friedhofsaufsicht nicht. Hier läuft alle mögliche Scheiße ab. Ich und meine alte Dame haben unsere Grabstätte schon vor ein paar Jahren gekauft. Sie hatten einen Vorsorgeplan, den man unterschreiben konnte. Man zahlt ihnen jetzt zweitausend Dollar, dafür kümmern sie sich bis in alle Ewigkeit um das Grab. Nennt sich Ewiges Hegen. Kann man im Testament verankern.«

»Bißchen viel, was?« sagte Lily. »Zweitausend Dollar?«
»Nun, immerhin ist es für *ewig*«, sagte Anderson. »Wenn die nächste Eiszeit kommt, haben sie einen Kerl mit 'ner Heizung hier...«

»Trotzdem ziemlich happig.«

»Wenn man es sich auf einmal nicht leisten kann, kann man in jährlichen Raten zahlen. Fünfundsiebzig oder hundert Dollar.«

»Mir kommt das Grausen, wenn ich nur darüber nachdenke«, sagte Lucas.

»Er hat nicht vor zu sterben«, sagte Lily vertraulich zu Anderson.

»Ich sage es Ihnen nicht gerne«, sagte Anderson, während sie von Rose Loves Grab weggingen, »Aber im Leben eines jeden Menschen kommt der Tag...«

Lucas fiel eine Frage ein, die er Anderson stellen wollte. Als er den Mund aufmachte, um zu sprechen, spürte er den kalten Stahl einer Gewehrmündung hinter dem Ohr. Er blieb ruckartig stehen, schwankte, machte die Augen zu, schlug sich in den Nacken und stieß einen tiefen Seufzer aus.

»Lucas?« fragte Lily. Sie war stehengeblieben und sah zu ihm auf. »Was ist denn?«

»Nichts«, sagte er nach einem Augenblick. »Nur ein Tagtraum.«

»Mein Gott, ich habe gedacht, du hast einen Herzanfall oder so.« Anderson sah ihn neugierig an, aber Lucas schüttelte den Kopf und nahm Lilys Arm. Anderson verabschiedete sich kurz, bevor sie am Zaun waren, und ging den Hang hinauf zur Friedhofsstraße. Lily und Lucas verließen den Friedhof durch einen Nebenausgang und ließen die restlichen Trauergäste hinter sich.

Die Frage war vergessen.

»Was willst du machen?« fragte Lily.

»Ich rede noch einmal mit meinen Informanten«, sagte Lucas. Er hatte über seine gestrige Lüge nachgedacht und entschieden, daß es nicht schaden konnte, wenn er sich in seinem Netz umhörte.

»Okay. Du kannst mich im Hotel absetzen«, sagte Lily. »Ich sitze eine Weile herum und lese in Andersons Notizbüchern. Und mache vor dem Abendessen vielleicht einen Spaziergang.«

»Ich habe dir doch gesagt. Da ist nichts zu finden – in Andersons Unterlagen«, sagte Lucas. »Auf dem Papier werden wir sie nicht finden. Wenn sich die Crows verkrochen haben, brauchen wir jemand, der redet.«

»Ja. Aber irgendwo ist etwas. Ein Name. Irgendwas. Vielleicht jemand, der sie aus dem Gefängnis kennt...«

Der Tag war kalt, aber das strahlende Sonnenlicht tat Lilys Gesicht gut. Sie ging mit in den Nacken gelegtem Kopf, als sie die Straße überquerten, und sog die Strahlen auf, und Lucas' Herz klopfte, während er bewundernd hinter ihr her ging.

Shadow Love parkte einen Block entfernt und beobachtete sie.

24

Shadow Love stahl einen Volvo Kombi vom reservierten Deck eines rund um die Uhr geöffneten Parkhauses. Er fuhr zum Friedhof und wartete einen halben Block vom Hügel entfernt, wo sie Hart beerdigen wollten.

Er mußte nicht lange warten: Harts Bestattung lief mit der Präzision eines Uhrwerks ab. Der Trauerzug kam von der anderen Seite des Friedhofs, aber Davenport und die Frau aus New York von dieser. Sie versammelten sich alle auf dem Hügel und beteten, während Shadow Love beobachtete, sich auf den erhebenden Augenblick besann, als er Harts Kehle durchgeschnitten und die Kraft des Messers gespürt hatte. Das Messer war in seiner Tasche, er berührte es, es vibrierte. Keine Schußwaffe hatte ihm je dieses Gefühl verschafft, und das Messer auch nicht, bevor er Hart damit getötet hatte.

Das Blut hat den Stein heilig gemacht...

Als die Beerdigung vorbei war, gingen Davenport und die New Yorker Polizistin mit einem anderen Mann von den Trauernden weg, den Hügel hinab zum Grab seiner Mutter. Als sie stehenblieben, runzelte Shadow Love die Stirn: Sie standen *am* Grab seiner Mutter. Wozu? Was wollten sie?

Danach trennten sie sich. Der andere Mann ging weg, Davenport und die Frau gingen weiter, bis sie den schmiedeeisernen Zaun hinter sich ließen und auf den Bürgersteig traten. Die Frau legte den

Kopf zurück und lächelte, Sonnenschein spielte auf ihrem Gesicht. Davenport legte den Arm um sie, während sie zum Auto gingen, und stieß sie mit der Hüfte an. *Liebende.*

Er würde Mühe haben, den Porsche nicht zu verlieren, dachte Shadow Love, wenn Davenport auf den städtischen Straßen blieb. Er durfte nicht zu nahe ran. Aber Davenport fuhr schnurstracks zur I-35 W und dann nach Norden. Shadow Love blieb mehrere Autos zurück, während Davenport durch die Loop fuhr, einmal links abbog und die Frau vor ihrem Hotel absetzte.

Während Shadow Love am Bordstein wartete, verließ Davenport die halbkreisförmige Hotelzufahrt, überquerte zwei Fahrspuren und fuhr in seine Richtung zurück. Shadow Love drehte den Kopf weg und sah zum Beifahrerfenster hinaus, bis Davenport vorbei war. Es war unmöglich, ihm zu folgen. Den U-turn kurz hinter sich würde Davenport bemerken, und der tomatenrote Volvo war nicht unauffällig genug. Die Frau dagegen...

Lily.

Shadow Love berührte das Steinmesser und spürte, daß es zu trinken verlangte...

Shadow Love hatte zeitweilig als Taxifahrer gearbeitet und kannte die Hotels von Minneapolis. Das hier war knifflig: Es war klein, hauptsächlich Suiten, und sprach wohlhabende Kunden an. Gute Sicherheitsmaßnahmen.

Shadow Love ließ das Auto am Bordstein stehen, ging zum Hoteleingang, betrat vorsichtig die Halle und sah sich um. Keine Spur von der Frau. Sie war schon nach oben gegangen. Drei Pagen lehnten an der Rezeption und unterhielten sich mit der Frau dahinter. Wenn er weiter hineinging, würden sie ihn bemerken...

Er sah einen Blumenladen. Dieser hatte einen Straßeneingang, aber auch einen, der direkt in die Hotelhalle führte. Er dachte einen Augenblick nach, dann sah er in seine Brieftasche. Achtundvierzig Dollar und Kleingeld. Er ging wieder nach draußen und zu dem Blumenladen.

»Eine rote Rose? Wie romantisch«, sagte die Frau mit hochgezogenen Brauen und einer Spur Skepsis in der Stimme. Das Hotel war teuer. Shadow Love war nicht der Typ Mann, der eine Geliebte dort haben konnte.

»Nicht meine Romanze«, grunzte Shadow, ihre Skepsis aufgreifend. »Ich hab sie nur mit dem Taxi abgesetzt. Der Alte hat mir zehn Dollar extra für die Rose gegeben.«

»Aha.« Das Gesicht der Frau zerbrach in ein Lächeln. Alles war in Ordnung mit der Welt. »Für zehn Dollar könnten Sie zwei Rosen kaufen...«

»Er hat gesagt eine und den Rest behalten«, sagte Shadow Love verdrossen. Er hatte achtundvierzig Dollar zwischen sich und der Straße, und dieser Blumenladen verkaufte Rosen für fünf Dollar das Stück. »Sie heißt Rothenburg. Ich weiß nicht, wie man das buchstabiert. Der Alte hat gesagt, Sie würden das Zimmer rauskriegen.«

»Klar.« Die Frau wickelte eine einzelne Rose in grünes Seidenpapier und fragte: »Soll die Karte signiert sein?«

»Ja. ›In Liebe, Lucas.‹«

»Wie hübsch.« Die Frau nahm den Hörer ab, tippte vier Zahlen und sagte: »Helen hier. Habt ihr eine Rothenburg? Weiß nicht, wie man sie schreibt. Ja... vier-null-acht? Danke.«

»Wir schicken sie gleich hoch«, sagte die Frau, als sie Shadow Love das Wechselgeld gab.

Zimmer 408. »Danke«, sagte er.

Er verließ den Laden und ging hinaus. Es war Spätnachmittag und wurde kühler. Er sah in beiden Richtungen, dann ließ er das Auto stehen, ging zu Fuß zum Loring Park und drehte eine Runde um den See, um nachzudenken. Die Frau konnte gut mit der Pistole umgehen. Er durfte keinen Mist bauen. Wenn er eine Weile wartete und dann schnurstracks zu den Fahrstühlen ging, als würde er dort wohnen, kam er vielleicht durch. Vielleicht auch nicht, aber wenn sie ihn aufhielten, würden sie ihn schlimmstenfalls rauswerfen. Er griff in die Tasche, holte ein Slim-Jim-Würstchen heraus und biß ab.

Wenn er hinauf kam, was dann? Wenn er klopfte und sie die Tür aufmachte – peng. Und wenn die Kette vorgelegt war? Er glaubte nicht, daß er durch die Tür schießen konnte. Die Pistole war eine .380er, gut genug für einen Schuß aus der Nähe, aber durch eine feuersichere Tür würde sie nicht dringen. Nicht mit Sicherheit. Sie würde ihn erkennen. Und sie war ein Killer. Wenn er sie verfehlte, würde sie ihm im Nacken sitzen. Es würde die Hölle werden, nur aus dem Hotel rauszukommen...

Muß nachdenken.

Er wälzte das Problem immer noch, als er wieder beim Auto war. Auf der anderen Straßenseite hielt ein Wagen von Federal Express, der Fahrer sprang heraus. Shadow Love beobachtete ihn geistesabwesend, wie er die Halle eines Bürogebäudes betrat und den dortigen Briefkasten leerte. Einen Augenblick später, als der Fahrer mit seinen Päckchen heraus kam, stieg Shadow Love aus dem Auto aus und betrat die Halle.

Hinter dem Briefkasten von Federal Express befand sich ein offenes Regal mit Umschlägen und Adreßaufklebern, daneben Kugelschreiber an Ketten.

Lily Rothenburg, Polizistin, schrieb er. *Zimmer 408...*

Er wußte immer noch nicht, wie er zur Tür hereinkommen sollte. Manchmal mußte man eben einfach beten, daß man Glück hatte. Als er wieder auf dem Bürgersteig stand, war es dunkel...

Die Rose kam völlig unerwartet: Sie hätte nie damit gerechnet, aber ein Glücksgefühl durchzog sie. David schickte Blumen; Davenport nicht. Daß er es doch tat...

Lily füllte Wasser in eine Vase und stellte sie auf den Fernseher, betrachtete sie, rückte sie zurecht, setzte sich mit Andersons Computerausdrucken hin. Nach zwei Minuten wußte sie, daß sie nicht lesen konnte.

Davenport, gottverdammt! Was sollte die Scheiße mit der Rose? Sie ging einmal durchs Zimmer und betrachtete sich im Spiegel. *Das ist das albernste Lächeln, seit du ein Teenager warst.*

Sie konnte nicht arbeiten. Sie schlug eine Ausgabe von *People* auf, legte sie weg, ging wieder durchs Zimmer, schnupperte an der Rose.

Sie war in *Fühl*stimmung, entschied sie. *Ein heißes Bad...*

Shadow Love ging mit dem Federal-Express-Päckchen in der Hand durch die Halle; er hielt es etwas vor sich, so daß die Pagen die Farben sehen konnten. Er blieb bei den Fahrstühlen stehen, drückte Knopf Nr. 4 und sah mit aller Macht *nicht* zur Rezeption und den Pagen. Der Fahrstuhl klingelte, die Tür ging auf... er war drinnen und allein.

Er umklammerte das Messer, spürte dessen heiliges Gewicht, dann griff er an den Bauch und ertastete die Pistole. Aber das Messer war das Entscheidende.

Die Tür ging im vierten Stock auf, er stieg aus und hielt das Päckchen immer noch vor sich. Zimmer 408. Er wandte sich nach rechts und hörte einen Staubsauger hinter sich. Er blieb stehen. Glück.

Er machte kehrt, ging um die Ecke und fand das Zimmermädchen mit dem Staubsauger. Sonst war niemand auf dem Flur.

»Päckchen«, knurrte er. »Wo ist vier-null-acht?«

»Da unten«, sagte das Mädchen und deutete mit dem Daumen hinter sich den Flur entlang. Sie war klein, schlank, Anfang zwanzig; und schon verbraucht.

»Okay«, sagte Shadow. Er schob eine Hand unter die Jacke, sah sich noch einmal um, ob sie auch wirklich allein waren, zog die Pistole und richtete sie auf den Kopf der Frau.

»O nein...«, sagte sie, wich zurück und streckte die Hände aus.

»Zu dem Zimmer. Und hol die Schlüssel raus...« Die Frau wich weiter zurück, Shadow folgte Schritt für Schritt, ohne die Pistolenmündung je von ihrem Gesicht zu nehmen. »Die Schlüssel«, sagte er.

Sie kramte in der Schürzentasche und holte einen Schlüsselbund mit einem Dutzend Schlüsseln heraus.

»Schließe vier-null-acht auf, aber laß mich zuerst klopfen.« Er hielt ihr das Päckchen hin, und nun schwang ein schriller Unterton von Wahnsinn in seiner Stimme mit. »Wenn sie antwortet, dann sagst du ihr, du hast ein Päckchen. Zeig es ihr. Wenn du versuchst, sie zu warnen, ihr auch nur den kleinsten Hinweis gibst, blas ich dir das Hirn aus dem Schädel, Dreckfotze...«

Der Gedanke, das Zimmermädchen könnte ihm einen Streich

spielen, krampfte Shadow Loves Magen zusammen, und der schwarze Fleck tauchte vor seinem Sichtfeld auf und verdeckte ihr Gesicht. Er zwang ihn zu verschwinden, konzentrierte sich. *Die nicht; noch nicht.*

Das Zimmermädchen litt Todesangst. Sie umklammerte das Päckchen und drückte es an die Brust.

»Hier«, krächzte sie.

Der schwarze Fleck war immer noch da, nur kleiner, er schwebte wie ein Splitter im Auge Gottes, aber er konnte die Nummer an der Tür sehen: 408. Shadow streckte die Hand aus und klopfte leise. Keine Antwort. Der Rausch des Tötens kam langsam über ihn, wie Kokain, nur besser... Er klopfte wieder. Keine Antwort.

»Aufmachen«, sagte er. Er drückte der Frau die Pistole auf die Stirn. »Ein Mucks, und ich bring dich um, du Nutte. Ich puste dir das Gehirn über den ganzen Flur.«

Die Frau steckte den Schlüssel ins Schloß. Ein leises metallisches Klick war zu hören, sie zuckte zusammen, und Shadow Love stupste sie mit dem Lauf an. »Gut«, sagte er. »Mach auf.«

Sie drehte den Schlüssel. Ein weiteres Klick, und die Tür ging auf.

Lily stieg mit dampfendem Körper aus der Badewanne; die Badeöle hatten sie entspannt und träge gemacht. Sie hörte das Klopfen und hörte auf, sich abzutrocknen. Es war nicht das Klopfen eines Zimmermädchens. Es war zu leise, zu... verstohlen. Sie runzelte die Stirn, ging einen Schritt zur Badezimmertür, sah durchs Schlafzimmer zum Wohnzimmer; es war dunkel. Im Schlafzimmer war ein Lämpchen an, und im Bad das Licht. Noch ein Klopfen, eine Pause, ein Klicken. Jemand kam rein.

Lily sah sich nach der Handtasche mit der Pistole in dem verborgenen Halfter um. Wohnzimmer. *Scheiße.* Sie griff hinter sich, schaltete das Badlicht aus und ging zum Nachttisch.

Shadow Love stieß das Zimmermädchen vorwärts. Die Tür ging auf, das Mädchen stolperte hinein. Etwas Licht, das offenbar aus dem Bad kam... *Nein. Noch ein Zimmer. Die verdammte reiche*

Nutte hat eine Suite... Plötzlich ging das Licht aus, sie standen im Dunkeln, die Umrisse von Shadow Love und dem Zimmermädchen hoben sich gegen das Licht auf dem Flur ab.

Lily machte die Lampe aus, als die Tür aufging. Sie verspürte eine kleine Welle der Erleichterung, als sie die kleine Frau und die vertrauten Farben des Päckchens sah. Sie griff wieder nach dem Lichtschalter, dann sah sie den Mann hinter dem Mädchen – und eine Waffe.
»Stehenbleiben, Wichser«, schrie sie den dunklen Gestalten entgegen und schnellte augenblicklich in die Weaver-Haltung – mit leeren Händen. Aber im Dunkeln war die Bewegung vielleicht überzeugend...

Der Schrei erschreckte ihn. Shadow Love nahm wahr, wie die Polizistin in Schießhaltung ging, kickte dem Zimmermädchen die Beine weg und warf sich auf sie. Er konnte fühlen, wie sich die Frau im spärlichen Licht im Zimmer seitwärts bewegte, drehte sich und trat die Flurtür zu. Die Dunkelheit war vollkommen.
»Ich hab eine Frau hier, ein Zimmermädchen«, rief Shadow Love. Er richtete die Pistole dorthin, wo er die andere Tür vermutete, aber er war desorientiert und befürchtete, es könnte die falsche Richtung sein. Aber wenn sie auf ihn schoß, konnte er sie durch das Mündungsfeuer finden. »Kommen Sie raus und reden Sie, ich will nur über die Indianer reden, über die Crows. Ich habe mit der Polizei gearbeitet.«

Blödsinn. Shadow Love. Er mußte es sein.
»Blödsinn. Eine Bewegung, Wichser, und ich mach dich rund wie eine Pizza.«
Lily kroch nackt in der Dunkelheit über den Schlafzimmerboden und tastete nach einer Waffe. Irgendwas. *Nichts. Nichts.* Zurück Richtung Bad, lautlos, stets in Erwartung des tödlichen Lichts... Ins Bad. Tastete. Die Wände hinauf. Eine Handtuchstange. Sie zog daran. Es hielt. Sie legte ihr ganzes Gewicht hinein, zerrte heftig,

und plötzlich löste es sich explosionsartig. Sie drückte sich wieder flach auf den Boden, erstarrte, wartete auf das Licht, aber es ging nicht an. Sie kroch mit der Handtuchstange in der Hand wieder zur Badezimmertür hinaus Richtung vorderes Zimmer.

Plötzlich war ein schreckliches Poltern zu hören. Shadow Love schrak zusammen, hielt das Gesicht an das des Zimmermädchens und flüsterte: »Eine Bewegung, Nutte, und ich schneid dir die Kehle durch.« Er konnte die Frau in ihrer dünnen Uniform zittern spüren. »Und ich habe die Pistole. Wenn du zur Tür gehst, erschieße ich dich.«

Dann ließ er sie liegen, kroch auf die Stelle zu, wo er die Tür vermutete, tastete sich im Dunkeln über den Teppich.

Was war das für ein Geräusch? Was macht sie? Warum hatte sie kein Licht riskiert? Sie wäre nicht schlimmer dran gewesen...

Das Problem war, wer als erster das Licht einschaltete, wäre am meisten verwundbar...

»Ich will niemand weh tun«, rief er.

Seine Stimme war ein Schock: Er war so nahe. Zwei, drei Schritte entfernt. Und jetzt konnte sie ihn riechen, seinen Atem. Er hatte etwas Gewürztes gegessen, möglicherweise Wurst, und sein warmer Atem strich über den Teppich hinweg zu ihr. Konnte er das Badeöl an ihr riechen? Sie dachte, daß sie einen Meter von der Tür entfernt war, und er kam durch. Sie drehte sich auf eine Seite, eine quälend langsame Bewegung, Zentimeter um Zentimeter, und hielt die Handtuchstange zwischen den Brüsten.

Wo war sie? Warum antwortete sie nicht? Sie konnte über ihm stehen, eine Fünfundvierziger auf seinen Kopf richten und langsam abdrücken. Die Ungerechtigkeit seines Tods wurde ihm bewußt, einen Herzschlag lang, zwei Herzschläge lang wartete er auf den donnernden Knall, der ihn töten würde. Nichts. Er tastete in der Dunkelheit um sich, spürte den Sockel der Wand, glitt mit der Hand nach rechts, fand die Ecke des Türrahmens. *Das Bad... der Lärm hat sich angehört, als wäre er aus dem Bad gekommen, der hohle Klang, den gekachelte Wände wiedergeben... Was hat sie da drinnen gemacht?* Er bewegte sich, kroch Richtung Bad. *Kein Mucks von ihr. Nichts. Vielleicht ist sie nicht bewaffnet...*

»Du hast keine Pistole, du Nutte. So ist das. Gut, ich lege die Pistole weg, klar? Weißt du auch, warum? Weil ich mein Messer raushole. Mit dem ich Larry Hart aufgeschlitzt habe. Weißt du, was ich danach gemacht habe? Als ich ihn aufgeschlitzt hatte? Weißt du das?«

Wo ist sie? Wo ist die Nutte? Er sah angestrengt in die Dunkelheit. *Muß ihr Angst machen, damit sie sich bewegt.*

»Ich habe das Blut rausgesaugt, das habe ich«, rief Shadow Love. »Heiß. Besser als Rehblut. Süßer... Ich wette, deins ist noch süßer...«

Verdammt, wo ist sie?

Eine Veränderung in der Dunkelheit neben ihr, eine Bewegung darin. Shadow Love auf dem Boden, neben ihr, kaum zwei Schritte entfernt kroch er zum Bad. Sie konnte ihn nicht sehen, aber sie spürte ihn dort, wie er sich in der Dunkelheit bewegte. Sie bewegte sich so langsam wie er, zog die Beine unter sich und stand auf, wobei sie mit den Händen am Holzrahmen der Tür entlang glitt. Sie konnte ihn nicht mehr spüren – im Stehen war sie buchstäblich zu weit weg –, sie vermutete aber, daß er hinter der Tür sein mußte.

»Du hast keine Pistole, du Nutte, was?« kreischte Shadow Love. Der Schrei war hart und scharf wie eine Glasscherbe, und Lily holte unwillkürlich Luft. Er hörte es und erstarrte. Sie war in der Nähe. Er konnte es fühlen. *Ganz in der Nähe. Wo?* Er strich mit einem Arm nach rechts, dann mit der Schußhand nach links. Und er berührte sie, er strich mit der Schußhand über ihre Wade, als sie zur Tür ins Wohnzimmer hinausging, und er wirbelte herum und feuerte mit der Pistole durch die Tür...

Nein, dachte sie. *Er muß mich gehört haben...*

Sie machte einen großen Schritt zur Tür hinaus, hoch über ihm, falls er die Beine noch in der Tür hatte, und stieß sich gerade mit dem hinteren Bein ab, als seine Hand ihre Wade berührte. Scheiße. Sie warf sich zur Seite; ein Blitz, ein ohrenbetäubender Knall, sie wand sich seitlich zum Fernseher, kroch...

»Neiiiiin...« Der Schrei erfaßte Lily, als sie auf einen Körper in der Dunkelheit traf... Weich... Frau... Sie hatte den Gedanken kaum zu Ende gedacht, als die andere Frau wild schluchzend nach ihr griff und sie zu Boden ging, auf Händen und Knien zum Fernseher kroch, herumtastete, den Teppich nach ihrer Handtasche absuchte...

Das Mündungsfeuer blendete ihn einen Augenblick, aber jetzt wußte er es mit Sicherheit: Sie hatte keine Waffe und wollte zur Tür. Der Schrei des Zimmermädchens erschreckte ihn, dann sprang Shadow Love auf die Füße und tastete nach der Wand und dem Lichtschalter, wobei er die Tür im Auge behielt, falls die Polizistin nach der Tür rannte.

Und dann, einen Augenblick bevor er das Licht einschaltete...

Hörte er den Verschluß.

Es gab kein anderes Geräusch wie dieses. Eine Fünfundvierziger, durchgeladen.

Und dann Lily mit einer Stimme wie ein Totengräber: »Ich bin hier draußen. Los, mach schon das Licht an, du Wichser.«

Shadow Love zögerte in der Tür und hörte die Stimme von links. Eine Chance: Er nutzte sie. Mit der Pistole in der Hand stürzte er sich durch die Dunkelheit zur anderen Tür, wo er das Zimmermädchen schluchzen hören konnte. Zwei Schritte, drei, dann hatte er sie. Sie stand und sie schrie, und er hielt sie einen Augenblick fest, griff zur Tür, drehte den Knopf und stieß das Mädchen in die Richtung, aus der Lilys Stimme gekommen war. Er spürte das Zimmermädchen stolpern und riß die Tür auf. Als er hinaussprang, feuerte er einmal in Richtung der beiden Frauen, dann rannte er zur Treppe und wartete auf den Biß der Fünfundvierziger...

Licht vom Flur strömte ins Zimmer, und Lily sah etwas auf sich zukommen und merkte, es war zu klein für Shadow Love: *Zimmermädchen.*

Sie drehte sich an der stürzenden Frau vorbei in Schießhaltung und sah Shadow Love in der Tür, der ihr die Waffe entgegenstreckte. Sie bemühte sich immer noch um eine Schußlinie an der Frau vorbei, und da war er auch schon weg, nur sein Arm war noch da, wie ein locker gefaßter Baseballschläger. Lily folgte ihm immer noch mit der Fünfundvierziger, als Shadow Love abdrückte.

Die Kugel traf sie in der Brust.

Lillian Rothenburg kippte um wie ein Kegel.

25

Lucas unterhielt sich mit einem Zocker vor einer Bar am Fluß, als sein Piepser ertönte. Er trat vom Bordstein, langte durch das offene Fenster des Porsche und drückte den Empfangsknopf.

»Ja, Davenport.« Die Sonne war untergegangen, ein kalter Wind wehte vom Fluß. Er steckte die freie Hand in die Hosentasche und duckte den Rücken gegen die Kälte.

»Lucas, Sloan sagt, Sie sollen zu ihm ins Hennepin Medical Center kommen, so schnell Sie können«, sagte die Telefonistin. »Er sagt, es ist ein vorrangiger Einsatz. Haupteingang.«

»Okay. Hat er gesagt, worum es geht?«

Nach einem Augenblick des Zögerns sagte die Zentrale: »Nein. Aber er hat gesagt, Blaulicht und Sirene und schnellstens hin.«

»Fünf Minuten«, sagte Lucas.

Lucas ließ den Zocker auf dem Gehweg stehen, jagte den Porsche über die Brücke und durch den Warenhausbezirk nach Süden zum Medical Center, während er sich die ganze Zeit Gedanken machte. Ein Durchbruch? Hatte jemand einen Crow erwischt? Drei Streifenwagen und ein Ü-Wagen des Fernsehens standen vor der Notaufnahme. Lucas fuhr nach vorne, stellte den Wagen im Halteverbot ab, klappte die Sonnenblende mit der Polizeimarke herunter und ging die Treppe hinauf. Sloan wartete hinter der Glastür, Lucas sah einen Streifencaptain und eine Polizistin in der Halle stehen. Sie schienen ihn anzustarren. Sloan stieß die Glastür auf, und als Lucas eingetreten war, hakte er sich bei ihm unter.

»Können Sie einen Hammer vertragen?« fragte Sloan. Sein Gesicht war weiß, abgespannt, todernst.

»Verdammt, wovon reden Sie?« sagte Lucas und versuchte, sich loszumachen. Sloan ließ nicht locker.

»Lily ist angeschossen worden«, sagte Sloan.

Einen Augenblick stand die Welt still wie ein Standbild aus einem Film. Ein Mann wurde im Rollstuhl durch die Halle gefahren: starr. Eine Frau an der Information: mit halb offenem Mund erstarrt, sah sie Lucas und Sloan wie ein Karpfen an. Alles kam zum Stillstand. Dann setzte die Welt ruckartig wieder ein, und Lucas hörte sich sagen: »Du gütiger Himmel.« Dann, nüchtern: »Wie schlimm?«

»Sie ist auf dem Operationstisch«, sagte Sloan. »Sie wissen noch nicht, was los ist. Sie atmet.«

»Was ist passiert?« fragte Lucas.

»Alles in Ordnung?« fragte Sloan.

»He, Mann...«

»Ein Mann – Shadow Love – hat ein Zimmermädchen gezwungen, ihre Zimmertür aufzuschließen. Lily hat gebadet, konnte aber an die Waffe rankommen, es kam zu einem Kampf, und er hat auf sie geschossen. Er ist entkommen.«

»Der Drecksack«, sagte Lucas verbittert. »Wir haben uns um die Sicherheit in Clays Hotel gekümmert und an ihres überhaupt nicht gedacht.«

»Das Zimmermädchen ist total unter Schock, aber sie hat sich Bilder angesehen und glaubt, daß es Shadow war...«

»Das ist mir scheißegal, was ist mit Lily? Was sagen die Ärzte? Ist es schlimm? Los, Mann, raus damit.«

Sloan wandte sich ab, zuckte die Achseln, drehte sich um und gestikulierte hilflos. »Sie kennen ja die verdammten Ärzte, sagen keinen Scheißdreck, wegen der Haftpflicht-Versicherung. Sie wollen nicht sagen, daß sie es schafft, falls sie doch abkratzt. Aber einer der Jungs vom Hotel war in Vietnam dabei. Er sagt, es hat sie schlimm erwischt. Er sagte, in Vietnam wäre es darum gegangen, wie schnell sie sie ins Krankenhaus schaffen konnten... Er glaubt, die Kugel ist in die Lunge eingedrungen, er hat sie auf die Seite gedreht, damit sie nicht in ihrem Blut erstickt... Die Notärzte waren nach zwei oder drei Minuten dort, daher... ich weiß nicht, Lucas. Ich glaube, sie wird es schaffen, aber ich weiß es nicht.«

Sloan führte ihn durch das Krankenhaus zur Chirurgie. Daniel war schon mit einem Mann von der Mordkommission da.

»Alles in Ordnung?« fragte Daniel.

»Was ist mit Lily?«

»Wir haben noch nichts gehört«, sagte Daniel kopfschüttelnd. »Ich bin gerade vom Büro rübergekommen.«

»Wissen Sie, es ist Shadow Love. Er räumt für die Crows auf.«

»Aber warum?« Daniel runzelte die Stirn. »So dicht sind wir ihnen nicht auf den Fersen. Und es hat keinen praktischen Nutzen, Lily zu töten, nicht in politischer Hinsicht. Ich bin Politiker, und sie sind Politiker, und ich sehe ein, was sie machen. Auf eine bizarre Weise ist es logisch. Sie haben so darauf geachtet, die anderen zu erklären – Andretti, den Richter in Oklahoma, den Typ in South Dakota. Das paßt nicht. Larry auch nicht. Und Ihr Spitzel nicht.«

»Wir wissen nicht genau, was vor sich geht«, sagte Lucas mit verzweifelter Stimme. »Wenn ich nur etwas finden könnte, einen kleinen Aufhänger an Information... irgendwas.«

Sie dachten einen Augenblick stumm darüber nach, dann sagte Daniel mit noch leiserer Stimme: »Ich habe ihren Mann angerufen.«

Zwei Stunden später, als die Unterhaltung längst versiegt war, starrten sie düster die gegenüberliegende Wand an, als die Tür des OP aufgerissen wurde. Eine rothaarige Chirurgin kam heraus, die noch einen blauen OP-Kittel trug, der mit Blut bespritzt war. Sie riß die Maske herunter und warf sie in einen Korb, der bereits halb voll mit Masken und Kitteln war, und zog den Kittel aus. Daniel und Lucas stießen sich von der Wand ab und gingen zu ihr.

»Ich bin gut«, sagte sie. Sie warf den gebrauchten Kittel in den Abfalleimer. »Wahrhaftig begabt.«

»Geht es ihr gut?« fragte Lucas.

»Gehören Sie zur Familie?« fragte die Chirurgin und sah von einem zum anderen.

»Die Familie ist nicht hier«, sagte Lucas. »Sie sind auf dem Weg von New York hierher. Ich bin ihr Partner, das ist der Chief.«

»Ich habe Sie im Fernsehen gesehen«, sagte sie zu Daniel und wandte sich dann wieder an Lucas. »Sie wird wieder, wenn nicht etwas Unvorhersehbares passiert. Wir haben die Kugel entfernt – sieht nach einer leichten Achtunddreißiger aus, falls Sie das interessiert. Sie ist durch die Brust eingedrungen, hat eine Rippe gebrochen, ein Stück der Lunge zerquetscht und ist im Rücken im Muskelgewebe des Brustkastens steckengeblieben. Hinten ist auch eine Rippe gebrochen. Sie wird tierische Schmerzen haben.«

»Aber sie wird es schaffen?« sagte Daniel.

»Wenn nichts Unvorhersehbares passiert«, nickte die Chirurgin. »Wir lassen sie über Nacht in der Intensivstation. Wenn nichts dazwischen kommt, kann sie in ein paar Tagen wieder aufrecht sitzen und vielleicht ums Bett herum gehen. Aber es wird länger dauern, bis sie sich ganz erholt hat. Sie ist in einem schlimmen Zustand.«

»Herrje, das ist gut«, sagte Lucas und wandte sich an Daniel. »Immerhin.«

»Schlimme Narben?« fragte Daniel.

»Ein paar werden bleiben. Mit so einer Wunde kann man nicht lange fackeln. Wir mußten aufschneiden und sehen, was los ist. Wir haben die Narbe der Kugel und dann die Narbe, wo ich den Schnitt angesetzt habe. In zwei bis drei Jahren wird die Schußnarbe weiß und so groß wie eine Cashewnuß auf der Unterseite ihrer Brust sein. In fünf Jahren sind die chirurgischen Narben weiße Linien, vielleicht drei Millimeter breit. Sie hat olivfarbene Haut, daher werden sie auffälliger sein als bei einer Blonden, aber sie wird damit leben können. Entstellend werden sie nicht sein.«

»Wann können wir sie sehen?«

Die Chirurgin schüttelte den Kopf. »Heute nacht nicht. Sie wird nur schlafen. Morgen vielleicht, wenn es unbedingt erforderlich ist.«

»Nicht früher?«

»Sie ist *angeschossen* worden«, sagte die Chirurgin scharf. »Sie muß nicht reden. Sie muß gesund werden.«

David Rothenburg traf um zwei Uhr morgens mit einem Flug aus Newark ein, weil er keinen anderen bekommen hatte. Lucas holte ihn am Flughafen ab. Daniel wollte Sloan schicken oder selbst gehen, aber Lucas bestand darauf. Rothenburg trug einen zerknitterten blauen Leinenanzug und eine weinrote Krawatte zu einem weißen Hemd; sein Haar war zerzaust, er hatte eine halbmondförmige Lesebrille auf der Nase. Lucas hatte die Fluglinie von der Schießerei informiert, daher war Rothenburg der erste, der aus dem Tunnel in die Ankunftshalle kam. In der linken Hand trug er eine schwarze Nylonreisetasche.

»David Rothenburg?« fragte Lucas und ging ihm entgegen.

»Ja. Sind Sie...« Sie gingen im Kreis umeinander herum.

»Lucas Davenport, Polizei Minneapolis.«

»Wie geht es ihr?«

»Schwer verletzt, aber sie kommt durch, wenn keine Komplikationen auftreten.«

»Mein Gott, ich dachte, sie würde sterben«, sagte Rothenburg erleichtert. »Sie waren so vage am Telefon...«

»Eine Zeitlang wußte es niemand. Sie ist operiert worden. Sie wußten erst, als sie sie aufgeschnitten hatten, wie schlimm es ist.«

»Aber sie wird wieder gesund?«

»Das haben sie gesagt. Ich habe einen Wagen...«

Rothenburg war vier Zentimeter größer als Lucas, aber spindeldürr. Er sah kräftig aus, wie ein Marathonläufer, lange Muskeln, keine Wampe. Sie gingen Schritt für Schritt durch das Terminal und zum Parkhaus, wo der Porsche stand.

»Sie sind der Mann, den sie gerettet hat. Die Geisel, als sie den Mann erschossen hat«, sagte Rothenburg.

»Ja. Wir haben zusammengearbeitet.«

»Wo waren Sie heute abend?« Die Frage hatte einen Unterton, und Lucas sah ihn an.

»Wir haben uns getrennt. Sie ist ins Hotel zurück, um zu lesen, ich habe meine Informanten ausgehorcht. Der Mann, den wir suchen, Shadow Love, hat sie dort aufgespürt.«

»Sie wissen, wer es war?«

»Wir glauben, ja.«

»Heiliger Himmel, in New York wäre der Mann schon im Gefängnis.«

Lucas sah Rothenburg direkt an, trotzte dem Blick einen Moment und sagte dann: »Blödsinn.«

»Was?« Rothenburg gab seinen Zorn allmählich zu erkennen.

»Ich habe gesagt, ›Blödsinn‹. Er hat einen Schuß abgefeuert und ist abgehauen. Er hat irgendwo einen sicheren Unterschlupf, und er weiß, was er tut. Die New Yorker Cops könnten es nicht besser machen als wir. Nicht so gut. Wir sind besser als sie.«

»Ich weiß nicht, wie Sie das sagen können, wo Menschen hier unten erschossen werden.«

»Wir haben etwa einen Mord pro Woche in Minneapolis und erwischen alle Mörder. Sie haben in New York zwischen fünf und elf pro Nacht, und Ihre Cops erwischen kaum einen Täter. Also erzählen Sie mir keine Scheiße von New York. Ich bin zu müde und sauer, um mir das anzuhören.«

»Es ist meine Frau, die angeschossen worden ist...«, bellte Rothenburg.

»Und ich habe mit ihr gearbeitet und kann sie gut leiden und habe Schuldgefühle ihretwegen, also verschonen Sie mich«, fauchte Lucas.

Es folgte ein Augenblick des Schweigens; dann seufzte Rothenburg und ließ sich tiefer in den Sitz rutschen. »Tut mir leid«, sagte er einen Moment später. »Ich habe Angst.«

»Schon gut«, sagte Lucas. »Ich will Ihnen was sagen, wenn es Ihnen hilft. Seit heute abend ist Shadow Love ein toter Mann.«

Lucas setzte Rothenburg im Krankenhaus ab und begab sich wieder auf die Straße. Wenige Lokale hatten geöffnet; er fand eine Bar in einem Yuppie-Einkaufszentrum, trank einen Scotch, dann noch einen, und ging. Die Nacht war kalt, und er fragte sich, wo Shadow Love sein mochte. Er konnte es nicht herausfinden, nicht ohne einen Tip.

26

Leo kam um drei Uhr morgens. »Keine Spur von Clay, aber sein Mann ist zu Hause.«
»Drake? Hast du ihn gesehen?«
»Ja. Und er hat ein Mädchen bei sich.«
»Blond?« fragte Sam.
»Ja. Ziemlich klein.«
»Wahnsinn... richtig jung?«
»Wahrscheinlich acht oder zehn Jahre alt. Hat Drakes Hand genommen, als sie zur Tür gegangen sind.«
»Clay wird kommen«, sagte Aaron überzeugt. »Wenn man so einen Knacks hat, kommt man nicht davon los.«
Sam nickte. »Noch eine Nacht«, sagte er. »Morgen nacht.«
»Hast du etwas von der Polizistin gehört?« fragte Aaron.
Leo zog die Jacke aus und warf sie aufs Sofa. »Der Frau? Ja. Es war Shadow.«
»Herrgott, der verdammte Narr ruiniert uns«, sagte Aaron verbittert.
»Noch eine Nacht«, sagte Leo. »Eine oder zwei.«
»Polizisten umbringen ist schlechte Medizin«, sagte Aaron. Er sah seinen Vetter an. »Wenn es mit Clay passieren soll, muß es bald sein. Wir sollten uns überlegen, ob wir ihn nicht doch im Hotel oder auf der Straße erledigen wollen.«
Sam schüttelte den Kopf. »Der Plan ist gut. Laß den Plan, wie er ist. Clay hat eine Schwadron Leibwächter mit Maschinenpistolen.

Sie würden uns auf der Straße umlegen, und Clay wäre ein Held. Wenn wir ihn bei Drake erwischen, wird er allein sein. Und er wird kein Held sein.«

»Morgen nacht«, sagte Leo. »Jede Wette.«

Shadow Love versteckte sich in einem Abrißgebäude sechs Blocks vom Loop entfernt. Das Gebäude, einst ein kleines Hotel, war erst zu einem Stundenhotel geworden, und zuletzt hatte man es wegen mangelnder Wartung und der Größe seiner Ratten zum Abrißgebäude erklärt. Norwegerratten: Die elenden Skandinavier übernahmen alles in diesem Staat, dachte Shadow Love.

Es lebten noch ein paar Menschen in dem Gebäude, aber Shadow Love sah sie eigentlich nie. Lediglich zerlumpte Gestalten, die zwischen den Zimmern hin und her hasteten oder verstohlen die Treppen hinaufgingen. Wenn man ein Zimmer bezog, machte man die Tür zu und versperrte sie mit einem Balken von einem Holzhaufen im Erdgeschoß. Ein Ende des Balkens stemmte man an die Tür, das andere an die gegenüberliegende Wand. Es war nicht narrensicher, aber es war ziemlich gut.

Das dreistöckige Bauwerk war um einen Innenhof herum gebaut worden, der oben eine Lichtkuppel hatte. Wenn die Männer ihren Darm entleeren mußten – was selten genug vorkam, die meisten waren Wermutbrüder –, setzten sie sich einfach auf das Geländer des Innenhofs und ließen es herunterfallen. Das hielt die oberen Zimmer einigermaßen sauber. Unten wohnte niemand lange.

Als Shadow Love einzog, brachte er einen dicken Mantel, eine Plastikluftmatratze, ein billiges Radio mit Kopfhörern und seine Waffe mit. Lebensmittel waren knapp: Kartons mit Crackern, Kekse, eine Tube Käsedip, eine Zwölferpackung Pepsi.

Nach der Schießerei war Shadow Love die Treppe hinuntergerannt, hatte versucht, durch die Halle zu *schlendern*, und eilte dann zum Volvo. Er fuhr so lange, bis er sicher war, daß er nicht verfolgt worden sein konnte, dann ließ er ihn stehen. Er besuchte noch ein Lebensmittelgeschäft, wo er sich mit Nahrungsmitteln versorgte, dann suchte er das Versteck auf.

Im Radio kam fast zwei Stunden lang nichts. Dann eine Meldung, daß die Polizistin Lillian Rothenburg angeschossen worden sei. Nicht getötet, angeschossen. Mehr als er zu hoffen gewagt hatte. Vielleicht hatte er sie erwischt...

Dann, eine halbe Stunde später, die Meldung, daß sie im OP sei. Und zwei Stunden danach eine Prognose: Die Ärzte sagten, sie würde überleben.

Shadow Love fluchte und zog den Mantel um sich. Die Nächte wurden sehr kalt. Er zitterte trotz des Mantels.

Die Nutte lebte noch.

27

Lucas verbrachte den nächsten Tag damit, mit seinen Spitzeln zu reden, und hielt über Telefon Kontakt mit dem Krankenhaus. Am frühen Nachmittag wachte Lily auf und redete mit David, der neben ihrem Bett saß, und später mit Sloan. Sie konnte dem, was sie schon wußten, wenig hinzufügen.

Shadow Love, sagte sie. Sie hatte sein Gesicht nie gesehen, aber es paßte. Er war mittelgroß, drahtig. Dunkel. Aß Wurst.

Nachdem sie das gesagt hatte, schlief sie wieder ein.

Um neun rief Lucas eine Freundin in der Intensivstation an. Er hatte sie den ganzen Tag stündlich angerufen.

»Er ist gerade weg, hat gesagt, er müßte ein wenig schlafen«, sagte die Freundin zu Lucas.

»Ist sie wach?«

»Sie nickt immer wieder ein...«

»Bin gleich da«, sagte er.

Lily war in Decken und Laken gehüllt und saß halb aufrecht im Bett. Ihr Gesicht war blaß, es hatte die Farbe von Notizpapier. Ein Atemschlauch ging in ihre Nase. Zwei Flaschen Salzlösung hingen neben ihrem Bett, und sie hatte eine IV-Nadel in der Armbeuge.

Lucas' Freundin, eine Krankenschwester, sagte: »Sie ist vor einer

Weile aufgewacht, da habe ich ihr gesagt, daß du kommst, daher weiß sie es. Bleib nicht zu lange und sei so leise wie möglich.«

Lucas nickte und schlich auf Zehenspitzen zu Lilys Bett.

»Lily?«

Nach einem Augenblick drehte sie den Kopf, als hätte es ein paar Sekunden gedauert, bis der Klang seiner Stimme zu ihr durchgedrungen war. Als sie die Augen aufmachte, waren sie klar und ruhig.

»Wasser?« krächzte sie. Auf dem Nachttisch stand eine Flasche Wasser mit einem Plastikstrohhalm. Er hielt sie ihr an den Mund, sie saugte einmal. »Der verfluchte Nasenschlauch trocknet meinen Hals aus.«

»Geht es dir sehr schlecht?«

»Tut... nicht so sehr weh. Mir geht es, als wäre ich... richtig krank. Als hätte ich eine schlimme Grippe.«

»Siehst gut aus«, log Lucas. Abgesehen von den Augen, sah sie furchtbar aus.

»Erzähl mir keinen Scheiß, Davenport«, sagte sie mit gequältem Grinsen. »Ich weiß, wie ich aussehe. Ist aber gut zum Abnehmen.«

»Himmel, ich war völlig fertig«, sagte er. Er wußte nicht, was er sonst sagen sollte.

»Danke für die Rose.«

»Was?«

»Die Rose...« Sie drehte den Kopf weg, dann hin und her, als wollte sie die Nackenmuskulatur lockern. »Sehr... romantisch.«

Lucas hatte keine Ahnung, wovon sie sprach, und dann sagte sie: »Ich habe die ersten fünfzehn Minuten hinter mich gebracht... mit David. Ich hatte solche Schmerzen, daß ich nicht an dich oder sonstwas denken konnte, ich war nur froh, daß ich noch lebte. Wir haben uns unterhalten, und als ich an dich gedacht habe, waren die ersten fünfzehn Minuten um... und es war okay.«

»Herrgott, Lily, ich fühle mich so beschissen.«

»Du konntest nichts machen; aber sei du vorsichtig«, sagte sie mit ihrer rostigen Stimme. Die Augen fielen ihr zu. »Kommst du weiter?«

Lucas schüttelte den Kopf. »Wir haben Clay abgeschirmt – ich denke immer noch, daß er es ist. Nur wie, das weiß ich noch nicht. Wir beobachten den Speisenaufzug, aber der ist es nicht.«

»Ich weiß nicht«, sagte sie. Sie machte die Augen zu und holte zweimal tief Luft. »Ich bin ständig so verdammt müde... Kann nicht denken...«

Dann war sie weg, eingeschlafen, ihr Gesicht wurde schlaff. Lucas blieb noch fünf Minuten an ihrem Bett sitzen und betrachtete ihr Gesicht und die Brust, die sich langsam hob und senkte. Er konnte sich glücklich schätzen, daß er nicht auf einem anderen Friedhof neben ihrem Sarg herschritt, genau wie bei Larry...

Larry.

Da fiel es ihm blitzartig wieder ein, so real wie die Schrotflinte hinter seinem Ohr. Er war mit Lily und Anderson über den Friedhofsrasen gegangen, nachdem sie Rose Loves gepflegtes Grab besucht hatten. Anderson sprach von den Kosten der Grabpflege und der ewigen Vorsorge, die er und seine Frau sich gekauft hatten...

Die Frage schoß ihm durch den Kopf: Wer bezahlte für die Pflege von Rose Loves Grab? Weder Shadow Love noch die Crows hatten genügend Geld für den Dauerpflegefonds, daher mußten sie jährlich oder halbjährlich bezahlen. Aber wenn sie dauernd unterwegs waren, wohin wurde die Rechnung geschickt? Lucas stand auf, betrachtete Lilys schlafendes Gesicht, ging durch die Intensivstation an einem Patienten vorbei, der aussah, als würde er sterben, und dann zurück, bis er wieder neben ihrem Bett stand.

Die Crows oder Shadow Love, wer immer die Pflege bezahlte, dachten vielleicht einfach daran, ein- oder zweimal jährlich einen Scheck zu schreiben und abzuschicken, ohne je eine Rechnung zu bekommen. Aber irgendwie schien das nicht richtig zu sein; es mußte eine Rechnung geben. Vielleicht hatten sie ein Postfach; aber wenn ihre Post an ein Postfach geschickt wurde und sie eine Weile nicht in die Stadt kamen, konnten wichtige Nachrichten wochenlang dort liegen. Lucas wußte nicht, was die Crows gemacht hatten, aber er wußte, was er an ihrer Stelle tun würde. Er würde einen Briefkasten haben. Er würde die Rechnung vom Friedhof und andere wichtige Post an einen alten, vertrauenswürdigen Freund schicken lassen. Jemand, der ihm garantiert jede Post nachschicken würde. Er rannte fast von der Intensivstation zum Schwesternzimmer.

»Ich muß telefonieren«, fuhr Lucas seine Freundin an. Sie wich zurück und deutete auf das Schreibtischtelefon. Er hob ab und wählte die Mordkommission. Anderson wollte gerade gehen.

»Harmon? Ich fahre so schnell es geht zum Riverside Friedhof. Geh an den Computer, finde raus, wo Riverside seinen Papierkram erledigen läßt und ruf mich an. Ich habe den Piepser dabei. Wenn das Büro geschlossen ist, treib jemand auf, der es aufmachen kann, der für die Rechnungen zuständig ist. Ich bin in zehn Minuten dort.«

»Was hast du?« fragte Anderson.

»Möglicherweise gar nichts«, sagte Lucas. »Aber ich sehe gerade den kleinsten Anhaltspunkt einer Idee...«

Clay und ein Sicherheitsmann standen in der Tiefgarage und zankten miteinander.

»Eine verdammt dumme Idee«, sagte der Sicherheitsmann nachdrücklich.

»Überhaupt nicht. Wenn Sie einen etwas höheren Rang haben, werden Sie das einsehen«, antwortete Lawrence Duberville Clay. Ein Unterton in seiner Stimme deutete die Unwahrscheinlichkeit an, daß der Mann je einen höheren Rang einnehmen würde.

»Hören Sie: nur ein Auto. Sie würden es nicht einmal sehen.«

»Auf gar keinen Fall. Wenn Sie mir auch nur ein Auto hinterherschicken, können Sie den Leuten bestellen, daß sie gefeuert sind. Und Sie mit ihnen. Nein. Ich kann es nur, wenn ich ganz allein gehe. Und ich bin wahrscheinlich sicherer als hier. Niemand wird damit rechnen, daß ich mich auf die Straße wage.«

»Mein Gott, Boss...«

»Hören Sie, wir haben das schon so oft durchgekaut«, sagte Clay. »Tatsache ist, wenn man von einem Ring von Leibwächtern umgeben ist, hat man keine Ahnung, wie eine Situation sich wirklich darbietet. Ich *muß* weg, wenn ich effektiv arbeiten soll.«

Sie hatten ein Auto für ihn, einen unauffälligen Mietwagen, den ein Agent beim Flughafen geholt hatte. Clay setzte sich ans Steuer, schlug die Tür zu und sah den unglücklichen Sicherheitsbeauftragten an. »Keine Sorge, Dan. Ich bin in zwei, drei Stunden wieder hier, und nichts wird passieren.«

Lucas mußte zehn Minuten vor dem Büro des Friedhofs warten und konnte beobachten, wie der Mond hinter abgestorbenem Eichenlaub geisterhaft am Himmel dahinzog. Er schritt zitternd auf und ab, bis schließlich ein Buick vorfuhr und eine Frau ausstieg.
»Sind Sie Davenport?« fragte sie mit ärgerlicher Stimme und klimperte mit den Schlüsseln.
»Ja.«
»Ich war zum Dinner eingeladen«, sagte sie. Sie war eine harte Frau Anfang dreißig mit einer Hochfrisur, wie sie Ende der fünfziger Jahre modern gewesen war.
»Tut mir leid.«
»Wir sollten wirklich etwas Schriftliches haben«, sagte sie frostig, als sie die Tür aufschloß.
»Keine Zeit«, sagte Lucas.
»Es ist nicht richtig. Ich sollte unseren Geschäftsführer anrufen.«
»Hören Sie, ich gebe mir Mühe, nett zu sein«, sagte Lucas mit anschwellender Stimme. »Ich gebe mir alle Mühe, nett zu sein, weil Sie auch ganz in Ordnung zu sein scheinen. Aber wenn Sie Mätzchen machen, rufe ich im Revier an und lasse einen Durchsuchungsbefehl kommen. Den haben wir in fünf Minuten hier, und dann beschlagnahmen wir Ihre gesamten Buchhaltungsunterlagen. Wenn Sie Glück haben, bekommen Sie sie nächstes Jahr um diese Zeit zurück. Das können Sie dann Ihrem Geschäftsführer erklären.«
Die Frau wich vor ihm zurück, ein Funken Angst in ihren Augen. »Bitte warten Sie«, sagte sie. Sie ging ins Hinterzimmer, und wenig später konnte Lucas eine Tastatur klappern hören.
Es war dummes Zeug, sagte Lucas sich. Keine Chance von eins zu einer Million. Einen Augenblick später legte ein Drucker los, dann kam die Frau aus dem Hinterzimmer.

»Die Rechnungen wurden stets an dieselbe Adresse geschickt, alle sechs Monate, fünfundvierzig Dollar und fünfundsechzig Cent. Manchmal bezahlen sie verspätet, aber sie bezahlen immer.«

»Wer ist es?« fragte Lucas. »An wen schicken Sie die Rechnung?«

Die Frau gab Lucas den Computerausdruck, eine Zeile war zwischen ihrem Daumen und dem Zeigefinger zu sehen. »Steht hier«, sagte sie. »Eine Miss Barbara Gow. Unter dem Namen steht die Adresse. Hilft Ihnen das weiter?«

Corky Drake war mit einem silbernen Löffel im Mund zur Welt gekommen, den man ihm im Alter von siebzehn Jahren grob entrissen hatte. Sein Vater hatte jahrelang der Steuerbehörde nicht sein vollständiges Einkommen gemeldet. Als die Heiden von Corky Seniors Nachlässigkeit erfuhren... nun, das Kapital reichte kaum aus, die Nachforschungen abzudecken, ganz zu schweigen von den Bußgeldern.

Sein Vater hatte sich mit einem Gartenschlauch, der vom Auspuff des Mercedes eines Freundes in das verschlossene Auto führte, vom Schauplatz zurückgezogen. Der Freund hatte ihm nicht einmal im Tod verziehen, was er damit den Sitzbezügen angetan hatte.

Corky war mit siebzehn schon ein Mensch mit erlesenem Geschmack. Ein Leben voll Armut und Plackerei stand schlichtweg nicht auf der Speisekarte. Er wurde das einzige, wozu er qualifiziert war: Er wurde Zuhälter.

Gewisse Freunde seines Vaters hatten außergewöhnliche Interessen, was Frauen anbetraf. Sie konnte Corky für eine bestimmte Summe bedienen. Die Frauen waren nicht nur sehr hübsch, sie waren auch sehr jung. Sie waren, um der Wahrheit die Ehre zu geben, Mädchen. Die Jüngste in seinem derzeitigen Stall war sechs. Die Älteste war elf, aber Corky versicherte den Ästheten unter seinen Kunden, daß sie immer noch den Körper einer achtjährigen hatte...

Corky Drake lernte Lawrence Duberville Clay in einem Club in Washington kennen. Sie waren zwar keine Freunde geworden, gingen aber immerhin freundschaftlich miteinander um. Clay wußte die Dienste zu schätzen, die Drake anbot.

»Meine kleine Perversion«, nannte Clay es mit charmantem Grinsen.

»Nein, es ist keine Perversion, es ist ganz natürlich«, sagte Drake und ließ einen doppelten Courvoisier in einem Bleikristallschwenker kreisen. »Sie sind ein Conaisseur. In vielen Ländern der Welt...«

Drake versorgte seine Kunden in Washington oder New York, falls erforderlich, aber seine *home base* lag in Minneapolis, und hier waren seine Kontakte am besten. Clay, der zu Besuch in der Stadt war, besuchte Drake zu Hause. Danach wurden die Besuche regelmäßiger Bestandteil seines Lebens...

Drake sprach gerade mit der gegenwärtigen Königin seines Stalls, als er das Auto in der Einfahrt hörte.

»Da ist er schon«, sagte er zu dem Mädchen. »Vergiß nicht, dies könnte die wichtigste Nacht deines Lebens werden, daher will ich, daß du besonders gut bist.«

Leo Clark saß in den Büschen dreißig Meter von Drakes geräumigem Haus in Kenwood entfernt. Er machte sich Sorgen wegen den Cops. Barbara Gows Auto parkte ein Stück entfernt. Es paßte nicht in die Gegend. Wenn sie es überprüften und abschleppen ließen, war er aufgeschmissen.

Er saß unter den Blättern, sah alle paar Minuten auf die Uhr und betrachtete das Gesicht des alten Mannes im Mond. Die Nacht in den Cities war klar, und man konnte sehen, wie er einen betrachtete, aber das war nicht zu vergleichen mit den Nächten auf der Prärie, wenn der Mann im Mond so nahe war, daß man fast sein Gesicht berühren konnte...

Zehn Minuten nach neun fuhr ein grauer Dodge in Corkys halbkreisförmige Einfahrt. Leo hob ein billiges Fernglas an die Augen und hoffte, daß es heller sein würde, wenn Corky die Tür aufmachte. So war es, und gerade genug: das elegante graue Haar von Lawrence Duberville Clay war unverkennbar. Leo wartete, bis Clay im Haus war, dann schlich er durch das Gestrüpp zu Barbaras Auto, ließ es an und fuhr zu ihrem Haus zurück. Unterwegs hielt er nur einmal an einer Telefonzelle an.

Die Nachricht lautete einfach: »Clay ist in dem Haus.«

Anderson wartete in seinem Büro, als Lucas hereingestürmt kam.
»Was haben Sie?«
»Einen Namen«, sagte Lucas. »Jagen wir ihn durch den Computer.«
Sie gaben Barbara Gows Namen in den Computer ein und landeten drei rasche Treffer.
»Sie ist Indianerin und eine Radikale, war sie jedenfalls«, sagte Anderson, der auf den Monitor sah. »Sehen Sie sich das an. Arbeit für die Gewerkschaft, bei einem Protestmarsch festgenommen... Herrgott, das war alles in den fünfziger Jahren, sie war ihrer Zeit voraus... Bürgerrechte, und dann, in den sechziger Jahren, Demonstrationen gegen den Krieg...«
»Sie muß die Crows kennen«, sagte Lucas. »In den fünfziger Jahren gab es nicht so viele Aktivisten unter den Indianern, jedenfalls nicht in Minneapolis...«
Anderson überflog eines seiner Notizbücher; er fand eine Seite und hielt sie zum Bildschirm hoch. »Sehen Sie sich das an«, sagte er. Er deutete auf eine Adresse im Notizbuch und berührte eine Adresse auf dem Bildschirm. »Sie hat nur ein paar Blocks von Rose E. Love entfernt gewohnt, und das zur selben Zeit.«
»Gut, ich gehe hin«, sagte Lucas. »Rufen Sie Del und ein paar seiner Drogenfahnder an, und sagen Sie, ich brauche wahrscheinlich Unterstützung beim Observieren. Ich sehe mich schon mal um. Es wäre wohl zuviel Glück, wenn sie wirklich dort wären.«
»Ich soll aber für alle Fälle ein paar Streifenwagen dorthin schikken?«
»Ja, Sie könnten welche hinschicken, aber sie sollen um den Block rum warten, bis ich schreie.«

Leo fuhr in Barbara Gows Einfahrt, Aaron machte das Garagentor auf. Leo fuhr mit dem Auto rein, ließ aber den Motor laufen. Sam kam mit einer abgesägten Schrotflinte aus dem Haus. Leo hatte die Flinte selbst abgesägt. Aus einer konventionellen Winchester

Super-X, einer vierschüssigen Halbautomatik, war eine häßliche illegale Tötungsmaschine geworden, die einer Keule ebenso ähnlich sah wie einer Schrotflinte. Sam machte die Tür auf und schob die Flinte unter den Beifahrersitz, dann half er Aaron, eine fast zwei Meter lange Eisenbahnschwelle im Laderaum zu verstauen. Sie hatten sie an einem Ende mit einer Axt zugespitzt und am anderen Griffe angeschraubt. Als er drinnen war, schlug Aaron den Kofferraum zu und stieg mit Sam ein.
»Soll ich die Garagentür offen lassen?« fragte Leo.
»Ja. Wenn wir schnell von der Straße verschwinden müssen, verschafft uns das zusätzlich Zeit.«

Lucas fuhr so langsam seitlich an Gows Haus vorbei, wie er konnte, ohne Aufsehen zu erregen. Vorne und hinten brannte Licht, wahrscheinlich Wohnzimmer und Küche oder ein Schlafzimmer. Das Obergeschoß war dunkel. Er bog um die Ecke zur Vorderseite und sah, daß das Garagentor offen und die Garage leer war. Als er vorbeifuhr, ging ein Schatten hinter dem Wohnzimmervorhang vorbei. Da das Auto weg war, bedeutete das, daß mehr als eine Person in dem Haus lebte...
Er griff nach dem Funkgerät und rief Anderson an.
»Geben Sie mir die Beschreibung der Frau, die mit Shadow Love gesehen worden ist«, sagte er.
»Moment«, sagte Anderson. »Ich hab das Notizbuch hier. Konnte Del nicht erreichen, der ist unterwegs, aber einer seiner Männer sucht ihn. Zwei Streifenwagen warten auf der Chicago Street.«
»Okay.«
Ein Augenblick Schweigen. Lucas bog wieder um eine Ecke und fuhr um den Block. »Äh, wir haben nicht viel. Sehr klein, konnte kaum über das Lenkrad sehen. Indianerin. Möglicherweise eine ältere Frau. Hat nicht allzu jung ausgesehen. Grünes Auto, älter, Kombi, mit Weißwandreifen.«
»Danke. Ich melde mich wieder.«
Er bog um eine Ecke, dann noch um eine und fuhr wieder an der

Seitenwand von Gows Haus vorbei. Diesmal kam ein Mann aus dem Haus gegenüber mit einem Hund an der Leine. Lucas hielt am Bordstein, während der Mann zum Bürgersteig ging, in beide Richtungen sah und dann um sein Haus herum ging, wobei der Hund an der Leine zerrte. Lucas dachte nach, ließ den Mann ein ganzes Stück den gegenüberliegenden Block entlanggehen und rief Anderson.
»Ich brauche Del oder zwei Drogenleute in Zivilautos.«
»Jemand sucht nach Del; wir müßten ihn jeden Moment haben.«
»So schnell wie möglich. Sie sollen am Anfang von Gows Block warten und die Vorderseite beobachten.«
»Geb ich weiter.«
»Und die Streifenwagen sollen in der Chicago warten.«

Der Hund pinkelte an einen Telefonmast, als Lucas neben dem Spaziergänger hielt. Er stieg aus dem Auto aus, den Ausweis in der Hand. »Entschuldigen Sie, ich bin Lucas Davenport, Lieutenant bei der Polizei von Minneapolis. Ich brauche Ihre Hilfe.«
»Was wollen Sie?« fragte der Mann neugierig.
»Ihre Nachbarin auf der anderen Straßenseite. Mrs. Gow. Wohnt sie allein?«
»Was hat sie gemacht?« fragte der Mann.
»Möglicherweise gar nichts...«
Der Mann zuckte die Achseln. »Normalerweise ja, aber in den letzten paar Tagen waren andere Leute da. Ich habe sie aber nie gesehen. Ein Kommen und Gehen.«
»Was fährt sie für ein Auto?«
»Einen Dodge Kombi. Muß fünfzehn Jahre alt sein.«
»Farbe?«
»Apfelgrün. Scheußliche Farbe. Hab ich nie gesehen, außer bei diesen Dodges.«
»Hm.« Lucas konnte spüren, wie sein Herz schneller schlug. »Weißwandreifen?«
»Ja. Sieht man auch nicht mehr. Wette, sie fährt keine zweitausend Meilen im Jahr. Die Reifen sind wahrscheinlich original. Was hat sie gemacht?«

»Möglicherweise gar nichts«, sagte Lucas. »Danke für Ihre Hilfe. Ich möchte Sie bitten, das für sich zu behalten.«

Als Lucas zum Auto zurückging, sagte der Mann: »Die anderen Leute... die sind vor fünf Minuten weggefahren. Jemand ist mit ihrem Auto gekommen, jemand anders hat die Garage aufgemacht, eine Minute später sind sie weggefahren.«

Lucas rief Anderson an. »Ich hab was«, sagte er. »Ich bin nicht sicher, was, aber die Crows sind unterwegs.«

»Scheiße. Glauben Sie, sie haben es auf jemand abgesehen?«

»Weiß nicht. Aber lassen Sie diese Streifenwagen nicht weg, was auch passiert. Und schicken Sie mir Dels Mann.«

»Wir haben Del. Er war etwa eine Meile entfernt und müßte jeden Moment dort sein.«

»Prima. Sagen Sie ihm, ich warte Ecke Twenty-fourth und Bloomington, gleich beim Diakonissenkrankenhaus.«

Del wartete schon, als Lucas eintraf. Die Straße war verlassen, Lucas fuhr auf die linke Spur, bis ihre Autos Tür an Tür standen. Beide Männer kurbelten die Fenster herunter.

»Was entdeckt?«

»Könnte ein Riesending sein«, sagte Lucas. »Ich glaube, ich habe das Versteck der Crows gefunden, aber sie sind unterwegs.«

»Was wollen Sie von mir?«

»Ich wollte Unterstützung beim Observieren, aber wenn die Crows unterwegs sind... ich geh rein. Ich brauche Rückendeckung.«

Del nickte. »Auf geht's.«

»Darf ich Ihnen Lucy vorstellen«, sagte Drake. Er wandte sich nach hinten und rief: »Lucy? Liebes?«

Sie standen mit Gläsern in der Hand vor dem Kamin. Einen Augenblick nach seinem Ruf kam Lucy aus dem Hinterzimmer. Sie war klein, blond, schüchtern und hatte einen rosa Kimono an.

»Komm her, Liebes, damit du einen Freund von mir kennenlernst«, sagte Drake.

»Cop«, sagte Leo.

»Scheiße. Er fährt rein«, sagte Sam.

Drakes Haus lag links an einer langen Ringstraße. Der Bulle war gerade in die Kurve gebogen und hielt sich rechts. Wenn er in der Schleife blieb, würde er auf dem Weg hinaus an Drakes Haus vorbeikommen.

»Wir müssen warten«, sagte Sam. Er deutete auf den Parkplatz eines Supermarkts. »Fahr dorthin. Wir können nach ihm Ausschau halten, bis er wieder rausfährt.«

»Und wenn Clay abhaut?«

Aaron sah auf die Uhr. »Er ist erst eine halbe Stunde dort. Normalerweise bleibt er zwei oder drei. So was macht man nicht auf die Schnelle. Wenn man es vermeiden kann.«

Lucas und Del ließen ihre Autos am Anfang des Blocks stehen, Lucas ging voran zur Veranda. Del holte eine kurze schwarze Automatik aus dem Hüfthalter und stellte sich seitlich neben die Tür, während Lucas klopfte.

Er klopfte einmal, dann noch einmal.

Eine Frauenstimme: »Wer ist da?«

Ehe Lucas antworten konnte, flötete Del in kindlichem Falsett: »*Star Tribune.*«

Nach einem Augenblick des Zögerns wurde die Tür aufgemacht. Während sie aufging, merkte Lucas, daß sie mit einer Kette gesichert war. Das Auge einer Frau sah durch den Spalt. Lucas sagte: »Polizei«, und die Frau schrie »Nein« und versuchte, die Tür zuzustoßen. Sie war klein und dunkel und nicht jung, und nun wußte Lucas es mit Sicherheit. Als sie versuchte, die Tür zuzustoßen, holte er aus und kickte dagegen; die Kette riß aus der Halterung, sie waren drinnen, die Frau lief ungeschickt nach hinten. Lucas rannte ihr nach, schlug ihr zwischen die Schulterblätter, sie fiel in der Diele aufs Gesicht. Del stand im Eingang zum Wohnzimmer, hatte die Waffe gezückt und sah sich um.

»Keine Bewegung«, fauchte Lucas die Frau an. »Keine Bewegung, verstanden?«

Lucas und Del durchsuchten das Haus binnen dreißig Sekunden, Diele, die beiden Schlafzimmer, dann die Treppe, vorsichtig, bereit... Nichts.

Oben hörte Lucas, wie die Frau aufstand, und während Del die Treppe bewachte, rief Lucas: »Warten Sie hier«, und lief nach unten. Gow hastete zur Tür, als Lucas sie wieder schlug. Sie wimmerte und fiel hin, und er zerrte sie zu einem Heizkörper und machte sie daran mit Handschellen fest. Del wartete noch oben auf der Treppe; Lucas ging hoch, dann durchsuchten sie den ersten Stock. Nichts.

Unten suchten sie noch einmal in den Schlafzimmern, diesmal nach Spuren der Crows. Es war alles da: Ein Stapel noch nicht abgeschickter Presseerklärungen, Briefe, Männerkleidung in zwei verschiedenen Größen.

»Ich werde mit der Frau reden«, sagte Lucas zu Del. »Machen Sie die Tür zu, rufen Sie Anderson an und sagen Sie ihm, was wir haben. Sollen einen Durchsuchungsbefehl herbringen, vielleicht können wir später alles zurechtbiegen. Und sagen Sie ihm, wir wollen ein ERU-Team, falls die Crows zurückkommen.«

Während Del telefonieren ging, ging Lucas zu Barbara Gow, die auf der Seite lag, die Knie ans Kinn gezogen hatte und weinte. Lucas löste die Handschellen und stieß die Frau mit dem Fuß an.

»Setzen Sie sich auf«, sagte er.

»Tun Sie mir nicht weh«, wimmerte sie.

»Verdammt, kommen Sie hoch«, sagte Lucas. »Sie sind festgenommen. Sieben Morde. Sie haben das Recht zu schweigen...«

»Ich hab nichts getan.«

»Sie sind Komplizin...«, sagte Lucas und hockte sich neben sie, so daß sein Gesicht keine fünf Zentimeter von ihrem entfernt war. Er brüllte nicht ganz und ließ ihr absichtlich Spucke ins Gesicht regnen.

»Ich hab nichts getan.«

»Wo sind die Crows...?«

»Ich kenne keine Crows...«

»Blödsinn. Ihre Sachen sind da hinten.« Er packte sie an der Bluse und schüttelte sie.

»Ich weiß nicht«, sagte sie. »Ich weiß nicht, wohin sie gegangen sind. Sie haben mein Auto genommen.«

»Sie lügt«, sagte Del. Lucas sah auf und stellte fest, daß Del über ihnen stand. Seine Augen waren geweitet, er hatte sich ein paar Tage nicht rasiert. »Bleiben Sie bei ihr. Ich will nur schnell ins Bad.«

Lucas wartete und beobachtete das Gesicht der Frau. Ein paar Sekunden später hörte er das Badewasser fließen.

»Was machen Sie?« fragte Lucas, als Del zurückkam. Er bemühte sich, interessiert-neugierig, aber nicht besorgt zu klingen.

»Sie hat schönes heißes Wasser«, sagte Del. »Daher habe ich mir gedacht, ich verpasse der Nutte vielleicht ein Bad.«

»Scheiße, ich wünschte, mir wäre das eingefallen«, sagte Lucas fröhlich.

Gow versuchte, sich von ihm wegzurollen, aber Del packte die alte Frau an den Haaren. »Wissen Sie, wie viele alte Frauen in der Badewanne ertrinken? Kriegen das kochend heiße Wasser in den Mund und kommen nicht mehr raus.«

»Eine Tragödie«, sagte Lucas.

»Lassen Sie mich los«, kreischte Gow, die jetzt um sich schlug. Del zerrte sie an den Haaren zur Diele. Sie schlug nach ihm, aber er achtete nicht darauf.

»In der Küche ist Kaffee«, rief Del. »Mach Wasser heiß, und wir können eine Tasse trinken. Das hier wird höchstens eine Minute dauern. Sie sieht nicht allzu kräftig aus.«

»Sie wollen Clay umbringen«, stieß Gow hervor.

»Großer Gott.« Del ließ sie los, die beiden Männer bückten sich über sie.

»Sie kommen nicht an ihn ran. Er wird rund um die Uhr von Leibwächtern bewacht«, wandte Lucas ein.

»Er stiehlt sich davon«, sagte Gow. »Er hat Sex mit kleinen Mädchen, daher stiehlt er sich davon.«

Lucas sah Del an. »Scheiße. Sie überwinden die Sicherheit nicht. Sie bringen Clay dazu, daß er sie verläßt. Rufen Sie Anderson an, damit der die Feebs in Marsch setzt. Sollen rausfinden, wo Clay ist. Und informieren Sie Daniel.«

Del rannte den Flur entlang zum Telefon, Lucas packte die alte Frau am Haar.

»Erzählen Sie mir den Rest. Ich werde vor Gericht für Sie aussagen. Ich sage denen, Sie haben uns geholfen; vielleicht kommen Sie ungeschoren davon. Wohin sind sie gegangen?«

Tränen rannen ihr übers Gesicht; sie schluchzte und konnte nicht sprechen.

»Reden Sie«, kreischte Lucas und schüttelte den Kopf der alten Frau.

»Ein Mann namens Christopher Drake. Corky Drake. Er wohnt irgendwo in Kenwood«, schluchzte Barbara Gow. »Clay geht in sein Haus, zu den Mädchen.«

Lucas ließ sie los und rannte in die Küche, wo Del telefonierte. »Ich muß los«, sagte er. »Bleiben Sie bei ihr. Sagen Sie Anderson, ich melde mich in zehn Sekunden, und sagen Sie ihm, ich brauche die Streifenwagen.«

Lucas rannte zum Porsche, ließ ihn an, nahm das Funkgerät und rief die Zentrale.

»Ein Christopher Drake«, sagte er der Zentrale. »In Kenwood. Ich brauche die Adresse sofort.«

Zwanzig Sekunden später, als er in die Franklin Avenue einbog, hatte er sie.

»Ich brauche alles, was Sie zur Verfügung haben«, sagte er der Zentrale. »Keine Sirenen, aber Tempo.«

Anderson meldete sich: »Ich habe mit Del gesprochen, wir informieren jetzt das FBI. Bis wann schaffen Sie es zu diesem Drake?«

Lucas brauste an einer roten Ampel vorbei und überlegte. »Wenn ich keinen Unfall habe, in zwei Minuten«, sagte er. Er fuhr über den Mittelstreifen auf die linke Spur und raste an zwei Autos vorbei. Die Tachonadel näherte sich sechzig Meilen.

Der Streifenwagen kam aus der Ringstraße, bog von ihnen weg und fuhr weiter. Aaron grunzte, sah wieder auf die Uhr und sagte: »Auf geht's.«

Drakes Haus lag eine Viertelmeile die Straße hinunter. Vor dem Haus machten sie einen U-turn, damit das Auto hinauszeigte, und ließen es auf der Straße stehen. Die Vorgärten waren mit Bäumen bepflanzt, die sie abschirmen würden, wenn sie sich dem Haus näherten.

»Holen wir den Balken«, sagte Sam, während sie aus dem Auto ausstiegen.

Aaron sah zum Himmel, als Sam die Heckklappe aufmachte. »Guter Mond für einen Mord«, sagte Aaron.

In der schalldichten Abgeschiedenheit des Schlafzimmers ließ das Mädchen den Kimono zu Boden fallen und legte sich ins Bett. Lawrence Duberville Clay zog die Unterwäsche aus und schlüpfte neben sie, und sie legte den Arm über ihre Brust.

»Du riechst so gut«, sagte sie. Er sah über ihre Schulter zur Videokamera und dem Monitor. Das Licht war genau richtig. Es würde ein unvergeßlicher Abend werden.

Leo hielt die abgesägte Schrotflinte an der Seite, während sie die Eisenbahnschwelle aus dem Laderaum holten und an den Griffen hielten. Ein Rammbock. Fast hundert Pfund, fest geschwungen, das ganze Gewicht auf einen Punkt konzentriert, der nicht größer als ein Hammerkopf war. Besser als jeder Vorschlaghammer.

Sie schwangen die Schwelle und liefen hastig durch die Dunkelheit in Drakes Vorgarten.

»Gehen wir's noch mal durch«, sagte Leo.

Sam rezitierte monoton: »Aaron und ich schwingen. Wenn die Tür kippt, lassen wir den Balken fallen, du springst rein und hältst alle in Schach, die drinnen sind. Aaron übernimmt das Erdgeschoß und hält alle unten fest, du und ich gehen nach oben. Oben sind vier Schlafzimmer, in einem werden sie sein.«

»Den Balken fallenlassen, reinstürmen, alle in Schach halten, dann übernimmt Aaron, und wir gehen die Treppe rauf.«

»Clay ist bewaffnet, ihr habt die Bilder gesehen«, sagte Aaron. Er sah zum Mond hinauf. »Also seid vorsichtig.«

Sie hielten sich hinter einer Hecke versteckt, während sie die Einfahrt entlanggingen, dann hasteten sie über eine offene Fläche zu einem Fliederstrauch, wo sie stehenblieben, um richtig zupacken zu können.

»Alles klar?« fragte Aaron.

»Los«, sagte Sam.

Sie rannten linkisch zur Tür, blieben im letzten Augenblick stehen und schwangen den Balken, so fest sie konnten. Sie traf die Tür zwei Zentimeter vom Knauf entfernt und sprengte sie so wirksam auf wie eine Ladung Dynamit. Als die Tür aufging, ließen sie los. Der Balken fiel halb nach drinnen, da stand Leo schon im Wohnzimmer. Dort war Drake, der vom Sofa hochsprang; er trug einen perlgrauen Anzug, rosa Hemd mit offenem Kragen und sperrte den Mund auf. Leo, dessen Gesicht zu einer haßerfüllten Fratze verzerrt war, richtete die Schrotflinte auf ihn und sagte heiser flüsternd:

»Wo ist er?«

Loyalität hatte nie zu Drakes Stärken gehört. »Treppe rauf«, stieß er hervor. »Erste Tür links.«

»Wenn er nicht da ist, du Wichser, wirst du an dieser Schrotflinte hier lutschen dürfen«, fauchte Leo.

»Er ist da...«

Aaron hielt Drake in Schach, während Leo und Sam die Treppe hinaufrannten und sich dabei mit dem Balken abmühten. Der Teppichboden dämpfte ihre Schritte. Oben sahen sie einander an, und Leo hielt die Schrotflinte über den Kopf. Sie stürmten mit dem Balken auf die Schlafzimmertür. Die Schlafzimmertür konnte ihm ebenso wenig widerstehen wie die Eingangstür. Sie gab nach, und Leo stürmte rein.

Aus einer Stereoanlage drang Musik; das Licht war so gedämpft, daß es gemütlich wirkte, aber hell genug, daß man zusehen konnte. Auf einem dreibeinigen Stativ war eine Videokamera montiert, daneben flimmerte ein Fernseher. Clay war da; seine Haut wirkte obszön blaß, wie die einer Made, auf den roten Satinlaken. Das Mädchen war neben ihm und fast ebenso blaß, abgesehen von dem scharlachroten Lippenstift.

»Geh weg«, sagte Leo zu dem Mädchen und gestikulierte mit der Schrotflinte.

»Halt«, sagte Clay. Das Mädchen rollte von ihm weg und vom Bett herunter.

»Halt, um Gottes willen«, sagte Clay.

»Auf die Beine«, sagte Leo. »Dies ist eine vorläufige Festnahme.«

»Was?«

»Auf die Beine und umdrehen, Mr. Clay«, sagte Leo. »Wenn nicht, schieße ich Sie in Fetzen, das schwöre ich bei Gott.«

Clay stand eingeschüchtert vom Bett auf und drehte sich um. Sam steckte seine Pistole in den Hosenbund, holte das Obsidianmesser heraus und trat hinter ihn.

»Wir legen Ihnen jetzt Handschellen an, Mr. Clay«, sagte Sam. »Legen Sie die Hände auf den Rücken...«

»Ihr seid die Crows...«

»Ja. Wir sind die Crows.«

»Kennen wir uns? Habe ich euch schon mal gesehen? Eure Gesichter...«

Clay stand Vorhängen vor einem Fenster zur Einfahrt zugewandt. Ein Scheinwerferpaar bog in die Einfahrt ein, dann ein rotes Blinklicht.

»Cops«, sagte Leo.

»Wir sind uns vor langer Zeit begegnet«, sagte Sam. »In Phoenix.«

Clay drehte den Kopf, Wiedererkennen leuchtete in seinen Augen, als Sam von der anderen Seite zupackte, ihn am Haar festhielt und das Messer durch seine Kehle zog. Clay drehte sich kreischend weg, das Mädchen stürzte zur Tür. Blut spritzte zwischen Clays Fingern hervor, er fiel mit dem Gesicht nach oben aufs Bett und versuchte, die Wunde abzudichten. Sam rief: »Gehen wir.«

Leo brüllte: »Lauf«, und als Sam sich in Bewegung setzte, trat er vor den liegenden Clay und feuerte ihm die Schrotflinte in die Brust.

Lucas bog fünfzig Meter vor dem ersten Streifenwagen in die Ringstraße ein. Er mußte bremsen, um die Hausnummer zu finden, da sah er Barbara Gows Wagen auf der Straße und die offene Tür des weißen Hauses im Kolonialstil. Er fuhr in die halbkreisförmige Einfahrt, trat auf die Bremse, sprang hinaus und nahm die P 7 in die Hand. Der Streifenwagen war dicht hinter ihm, dann tauchten mehr Scheinwerfer auf der Straße auf, als Verstärkung anrückte. Er wartete gerade eine Sekunde auf den ersten Streifenwagen, als er die Schrotflinte knallen hörte...

»Cops«, schrie Sam oben auf der Treppe, und der Knall der Schrotflinte unterstrich seinen Schrei. Er und Aaron bevorzugten altmodische Fünfundvierziger, die sie in Händen hielten. Das nackte Mädchen lief die Treppe hinunter, sah den wartenden Aaron und blieb stehen. Sam drängte sich an ihr vorbei, Leo folgte dichtauf.
 Drake hatte die Hände auf dem Kopf und wich langsam zurück. »Dreckskerl«, sagte Aaron und schoß ihm in die Brust. Drake kippte über das Sofa und verschwand.
 »Hinten raus?« schrie Leo.
 »Scheiß drauf«, sagte Aaron. »Mach die Einfahrt mit der Schrotflinte frei und geh aus dem Weg.«
 Leo lief zur Tür. Die Scheinwerfer des Autos waren darauf gerichtet, aber er konnte Gestalten hinter den Lichtern sehen. Er gab drei Schüsse rasch nacheinander ab und leerte die Flinte, dann warf er sich zur Seite, als ein wahrer Kugelhagel durch die Tür ins Wohnzimmer prasselte.
 »Geh hinten raus«, sagte Aaron zu ihm. Er küßte Leo auf die Wange und sah seinen Vetter an.
 »Zeit zu sterben, du verdammter Scheißkerl«, brüllte Sam.
 Das Feuer von draußen hatte aufgehört. Rufe wurden laut, Sam hob den Kopf und schnupperte das Parfum des Hauses. Dann stürzte Aaron selbstmörderisch zur Tür hinaus, dicht gefolgt von Sam, und die Fünfundvierziger zuckten in ihren Händen.

Lucas sah den Polizisten an und sagte: »Schicken Sie jemand nach hinten. Sie sind da drin, ich hab gerade gehört...«
 Er sprach den Satz nie zu Ende. Ein Schuß ertönte im Haus, eine

Pause, dann wurde mit einer Schrotflinte zur Tür heraus geschossen. Das Mündungsfeuer zuckte wie Blitze in der Dunkelheit, der Polizist, der nach hinten gehen wollte, sackte zusammen. Weitere Streifenwagen fuhren in die Einfahrt, eines scherte seitlich aus, als ein zweiter Polizist stürzte.

Lucas feuerte drei Schüsse auf die Tür ab und lief darauf zu, als der Schütze drinnen in Deckung ging. Dann waren die Crows da, kamen zur Tür herausgestürzt und schossen wie wild um sich. Lucas schoß zweimal auf den ersten, während die Polizisten das Feuer eröffneten. Sekundenbruchteile später lagen die Crows am Boden, Kugeln warfen Erde um sie herum hoch, zerfetzten ihre Hemden, ihre Jeans – genügend Blei, um ein halbes Dutzend Männer damit zu töten.

Und dann herrschte Stille.

Dann ein paar Worte, wie Vögel am Morgen vor einem Schlafzimmerfenster. »*Gütiger Jesus*«, sagte jemand. »*Gütiger Jesus.*«

Sirenen. Statik aus den Funkgeräten. Mehr Sirenen. Viele. Lucas kauerte hinter dem Auto.

»Wo ist die Schrotflinte?« brüllte er. »Hat jemand die Schrotflinte gesehen?«

Ein Polizist schrie vor Schmerzen um Hilfe. Ein zweiter lag als lebloses Bündel am Boden.

»Wer ist hinten?« rief jemand.

»Niemand. Schickt jemand nach hinten.«

Ein Uniformierter sprang ins Scheinwerferlicht, blieb neben dem Mann stehen, der reglos am Boden lag, und zerrte ihn aus dem Licht. Lucas stand auf, zielte mit der Pistole durch die Tür und schoß zweimal, um ihm Deckung zu geben.

»Er ist bewußtlos«, schrie der Polizist, der den toten Mann in den Armen hielt. »Herrgott, wo sind denn die Notärzte?«

Weitere Scheinwerfer erhellten den Rasen, dann kam Sloan die Einfahrt hoch.

»Ich hab's über Funk gehört«, grunzte er. »Wie ist die Lage?«

»Möglicherweise eine Schrotflinte drinnen.«

Eine Gestalt erschien in der Tür, zwei oder drei Stimmen riefen gleichzeitig Warnungen. »Halt, nicht schießen«, rief jemand.

Das Mädchen erschien im Türrahmen, sie hatte die Augen so weit aufgerissen wie ein verwundetes Reh.

»Wer ist da drinnen?« rief Lucas, als sie die Einfahrt entlang kam.

»Niemand«, wimmerte sie. Sie drehte sich halb zum Haus um, als könnte sie es nicht glauben. »Alle sind tot.«

28

»Ich weiß nicht, was wir sonst hätten machen sollen«, sagte Lucas. Er fand selbst, daß sich seine Worte wie eine Entschuldigung anhörten, sie waren hastig und geschwätzig, als kämen sie aus einem Fernschreiber, und rauh vor Schuldgefühlen. »Wenn wir nicht gleich reingestürmt wären, hätten wir Clay mit Sicherheit verloren. Wir wußten, daß sie nicht lange vor uns gekommen waren.«

»Sie haben richtig gehandelt«, sagte Daniel grimmig. »Es ist alles die Schuld von diesem Arschloch Clay. Einfach so davonzuschleichen. Die Crows müssen es gewußt haben. Sie haben ihm eine astreine Falle gestellt. Wilson ist tot, Belloo möglicherweise ein Krüppel, und alles ist die Schuld von diesem verdammten Clay.«

»Der mit der Schrotflinte muß Shadow Love gewesen sein«, sagte Lucas. Er lehnte an der Wand, hatte die Hände in den Taschen und den Kopf gesenkt. Sein Hemd war blutverschmiert. Er dachte, es könnte das von Belloo sein. Ein Absatz fehlte ihm. Weggeschossen? Er war nicht sicher. Der Fuß tat weh, war aber nicht verletzt. Kein Kratzer. Ein uniformierter Captain stand blaß wie der Vollmond in der Diele und beobachtete, wie sie sich unterhielten. »Er hat Clay und Wilson und Belloo umgelegt, alle drei. Einer der Crows muß Drake erschossen haben. Aber Shadow Love, der Wichser, hat uns mit dieser Schrotflinte beharkt...«

»Das Ganze hat nicht länger als acht Sekunden gedauert«, sagte Daniel. »Das konnten sie den Bändern entnehmen...«

»Allmächtiger...«

»Das Wichtigste ist Shadow Love«, sagte Daniel. »Er muß hinten raus geflohen sein. Wir haben das Viertel abgesperrt. Morgen früh bekommen wir ihn; ich hoffe nur, er ist nicht entkommen, bevor wir die Klappe zumachen konnten.«

»Und wenn er bei jemand im Haus ist? Wenn er irgendwo eingedrungen ist und hat eine Familie an die Wand gestellt?«

»Wir gehen von Tür zu Tür.«

»Der Typ ist ein Irrer und hat eine Schrotflinte, und wir haben gerade seine Väter getötet...«

Sie standen auf den antiseptischen Fluren des Hennepin Medical Center vor der Chirurgie, eine Tür näher bei den Operationssälen, als normalerweise gestattet war. Zwei Dutzend Familienangehörige, Freunde und Polizisten drängten sich vor der nächsten Tür und warteten auf Neuigkeiten.

Und hinter der übernächsten Tür warteten hundert Reporter, möglicherweise mehr. Ärzte und Schwestern kamen und gingen in den OP-Bereich, die Hälfte hatte nichts hier zu suchen, aber das offizielle Anrecht, hier zu sein. Sie wollten wissen, was los war.

Clay war eingeliefert worden, aber er war tot; ebenso Drake. Herzschuß. Der erste angeschossene Polizist war klinisch tot, aber sie hatten ihn ans Atemgerät angeschlossen; das Krankenhaus sprach mit seiner Familie über Organspenden. Der zweite Polizist war noch auf dem Operationstisch. Eine Schwester hatte auf die Ärztin gezeigt, die Belloo operierte, dieselbe rothaarige Chirurgin, die Lily versorgt hatte. Zwei weitere Chirurgen kamen zu ihrer Unterstützung; eine Stunde, nachdem Belloo auf den Tisch gekommen war, kam sie zur Tür heraus in den Wartebereich.

»Sie bringen mir mehr Arbeit, als mir lieb ist«, sagte sie grimmig.

»Wie sieht's aus?«

»Können wir noch nicht sagen. Ein Neurochirurg sieht sich irgendwas an seinem Rückenmark an. Es sind Knochensplitter eingedrungen, aber er zeigt noch Funktionen...«

»Kann er gehen?«

Die Chirurgin zuckte die Achseln. »Etwas wird er verlieren, aber nicht alles. Und wir mußten einen Urologen hinzuziehen. Zwei Schrotkugeln haben einen Hoden durchschlagen.«

Lucas und Daniel zuckten beide zusammen. »Verliert er...?«

»Das versuchen wir abzuschätzen. Ich weiß es nicht. Er könnte auch mit nur einer funktionieren, aber es sind ein paar Leitungen darin... Wissen Sie, ob er Kinder hat?«

»Ja, drei oder vier«, sagte Daniel.

»Gut«, sagte die Chirurgin. Sie sah müde aus, als sie Maske und Handschuhe in den Abfallkorb warf. »Ich sollte besser mit der Familie reden.«

Sie wollte gerade in den Wartebereich gehen, wo die Angehörigen versammelt waren, als die automatischen Türen aufschwangen. Der Bürgermeister und einer seiner Assistenten traten ein, gefolgt vom Agent-in-Charge des FBI.

»Wir müssen etwas für das Fernsehen machen«, bellte der Bürgermeister.

»Ich finde, wir brauchen gründlichere Ermittlungen«, sagte der AIC drängend.

»Papperlapapp, wir haben Davenport und ein halbes Dutzend Beamte, die das Mädchen gesehen haben, wir haben ihre Aussage und seine Leiche. Es gibt keinen Zweifel...«

»Es gibt immer einen Zweifel«, sagte der AIC.

»Es gibt ein Videoband«, sagte Daniel.

»Herrgott«, sagte der AIC. Er drehte sich zur Wand um und lehnte den Kopf dagegen.

»Wir könnten einen Deal machen«, sagte der Bürgermeister zu Daniel. »Er war einer der wichtigsten Männer der Regierung in der Verbrechensbekämpfung. Ich weiß nicht, was wir bekommen könnten, aber es wäre eine Menge. Neue Sanierungsbudgets, ein neues Kanalisationssystem; unsere eigene Luftwaffe; was wir wollen.«

Daniel schüttelte den Kopf. »Nein.«

»Warum nicht?« fragte der AIC erbost. »Verdammt, warum

nicht? Wir waren zusammen dabei, als die Sache mit Hood schiefgegangen ist, und wir haben einen Deal gemacht. Wissen Sie noch, was Sie gesagt haben? Sie haben gesagt: ›Man macht immer einen Deal.‹«

»Es gibt einen Zusatz zu dieser Regel«, sagte Daniel.

»Und der wäre?«

»Man macht immer einen Deal, außer manchmal«, sage Daniel und sah den Bürgermeister an. »Das ist ein solches Mal.«

Der Bürgermeister nickte. »Erstens wäre es nicht richtig.«

»Und zweitens würden wir erwischt werden«, sagte Daniel. »Möchten Sie es dem Fernsehen sagen, oder soll ich es machen?«

»Das machen Sie; ich rufe jemand im Weißen Haus an«, sagte der Bürgermeister. »Es wird schlimm werden, aber auch bei schlimm gibt es Abstufungen. Vielleicht kann ich einen Deal machen, damit es nicht ganz so schlimm wird.«

Der AIC wandte ein, der Bürgermeister sollte mit dem Präsidenten sprechen, bevor etwas bekanntgegeben wurde; der Assistent wies darauf hin, daß sie nichts zu verlieren hatten. Daniel legte dar, daß allein das Gespräch, das sie führten, schon massiven politischen Ärger bringen konnte: sie sprachen von einer Verschwörung, um ein Verbrechen zu vertuschen. Die Politiker stiegen aus. Der AIC wollte immer noch verhandeln. Je erbitterter die Diskussion wurde, um so dichter hüllte die Nacht Lucas ein, bis er meinte, er müßte ersticken.

»Ich gehe«, sagte er zu Daniel. »Sie brauchen mich nicht, und ich muß mich eine Weile hinsetzen und ausruhen.«

»Gut«, sagte Daniel. »Und wenn Sie doch nicht aufhören können zu denken, dann denken Sie an Shadow Love.«

Sloan kam, als Lucas ging.

»Alles klar?« fragte Sloan.

»Ja«, sagte Lucas. »Angesichts der Umstände.«

»Wie geht es Wilson?«

»Tot. Sie verkaufen sein Herz, Lungen, die Leber und Nieren und wahrscheinlich auch seinen Pimmel...«

»Großer Gott...« stieß Sloan angeekelt hervor.

»Belloo kommt durch. Wird vielleicht eins von seinen Eiern verlieren.«

»Heiland...« Sloan strich sich mit einer Hand durchs Haar. »Besuchen Sie Lily?«

»Nein...«

»Hören Sie, Mann...« fing Sloan an.

Er zögerte, und Lucas sagte: »Was?«

»Tut es Ihnen jetzt leid? Wo ihr Mann da ist und so weiter?«

Lucas dachte einen Moment darüber nach, dann schüttelte er den Kopf. »Nein«, sagte er.

»Gut«, sagte Sloan. »Sollte es auch nicht.«

»Mein verdammtes Auto ist zusammengeschossen worden«, sagte Lucas. »Mein verdammter Versicherungsagent wird zum Fenster rausspringen, wenn er das hört.«

»Sie tun mir überhaupt nicht leid«, sagte Sloan. »Sie sind das glücklichste Arschloch auf Gottes weiter Welt. Cothron hat gesagt, Sie wären direkt ins Feuer der Crows gelaufen, wie Jesus über das Wasser, und hätten nichts abgekriegt.«

»Kann mich nicht allzu deutlich erinnern«, sagte Lucas. »In meinem Kopf wirbelt alles durcheinander.«

»Klar. Nehmen Sie's nicht so schwer.«

»Sicher.« Lucas nickte und hinkte den Flur entlang.

Der Porsche hatte drei Einschußlöcher, jedes in einem anderen Blech. Lucas schüttelte den Kopf und stieg ein.

Die Nacht war nicht ganz kalt. Er fuhr auf der grünen Welle durch die Loop und schaffte es, ohne einmal anzuhalten, bis zur Interstate. Er flog mit Autopilot: nach Osten über den Fluß, an der Ausfahrt Cretin Avenue raus, die Cretin nach Süden, bis zum Mississippi River Boulevard, dann südlich nach Hause.

Jennifer wartete.

Ihr Auto stand in der Einfahrt, ein Fenster des Hauses war hell erleuchtet. Er fuhr in die Einfahrt und drückte auf die Fernbedienung des Garagentors. Während er darauf wartete, daß das Tor aufging, kam sie ans Fenster und sah hinaus. Sie hatte das Baby auf dem Arm.

»Ich bin ausgeflippt«, sagte sie schlicht.

»Mir geht es gut«, sagte er. Er hinkte, weil der Absatz fehlte.

»Und die anderen?«

»Einer tot. Einer ziemlich mitgenommen. Die Crows sind tot.«

»Also ist es vorbei.«

»Noch nicht ganz. Shadow Love ist entkommen.«

Sie sahen einander über die schmale Küche hinweg an; Jennifer wiegte unbewußt das Baby auf den Armen.

»Wir müssen miteinander reden. Ich kann dich nicht einfach so verlassen. Ich dachte, ich könnte es, aber ich kann es nicht«, sagte sie.

»Herrgott, Jen, ich bin momentan vollkommen im Eimer. Ich weiß nicht, was abgeht...« Er sah sich hektisch um, die friedliche Gegend ringsum war wie ein Witz. »Also los«, sagte er. »Los, sprich...«

Shadow Love hatte im Radio von der Schießerei gehört, jetzt wartete er in einem Dickicht gerade am Rand des Hangs, der zum Fluß hinabführte. Er hatte Davenport erledigen wollen, wenn er aus dem Auto ausstieg, aber nicht mit der Fernbedienung des Garagentors gerechnet. Das Tor ging auf, Davenport blieb wartend im Auto sitzen. Shadow Love duckte sich und überlegte, ob er über die Straße sprinten sollte, aber Davenports Haus lag zu weit von der Straße weg. Er hätte es nie geschafft.

Als die Tür zuging, schlenderte Shadow Love fünfzig Schritte die Straße hinunter in den Schatten einer ausladenden Eiche, von dort hastete er über die Straße, quer durch einen benachbarten Garten und in den dunklen Schatten neben Davenports Garage. Eingangstüren waren normalerweise verschlossen. Hintertüren an Garagen, da sie nicht unmittelbar ins Haus führten, meistens nicht. Shadow Love schlich um die Garage herum zur Hintertür und drehte den Türknauf. Abgeschlossen.

Zwei Glasscheiben waren in die Tür eingelassen. Shadow Love zog die Jacke aus, wickelte einen Ärmel um die Knöchel und drückte auf das Glas, fester, fester, bis es barst. Es war fast kein Laut zu hören gewesen, dennoch hielt er inne, zählte bis drei und drückte noch fester. Ein weiterer Riß wurde am Druckpunkt sichtbar, dann noch einer. Zwei Scherben fielen fast lautlos in die Garage. Shadow Love verharrte und lauschte in die Nacht ringsum: Nichts bewegte sich, nichts war zu *spüren*. Er benützte die Jacke immer noch als Schutz, steckte einen Finger durch das Loch und zog vorsichtig zwei größere Glasscherben aus der Scheibe. Wenig später war das Loch so groß, daß er durchgreifen konnte. Er drehte den Türriegel und öffnete die Tür.

In der Garage war es nicht völlig finster: Vom Nachbarhaus fiel etwas Licht herein, das ausreichte, daß er große Umrisse sehen konnte, zum Beispiel das Auto. Er legte die linke Hand auf die warme Haube des Porsche und tastete sich vorsichtig zur Tür, die ins Haus führte. Die rechte Hand hatte er um den Pistolengriff der M-15 gelegt. Wenn er sie angelegt hatte, würde er das Türschloß rausschießen, binnen einer oder zwei Sekunden wäre er drinnen...

Er sah den Spaten nicht, der an einem Nagel an der Garagenwand hing. Sein Ärmel verfing sich daran, der Spaten fiel mit einem Donnerknall herunter, hämmerte auf einen Mülleimer, klirrte auf das Auto und polterte auf den Boden.

»Was war das?« fragte Jennifer, die zusammenzuckte, als sie den Lärm hörte.

Lucas wußte es. »Shadow Love«, flüsterte er.

29

»In den Keller«, schnappte Lucas.

Er packte Jennifer an der Schulter und stieß sie Richtung Treppe, während er die Pistole zog. Sie schlang die Arme um Sarah und ging drei Stufen auf einmal nach unten, die letzten vier sprang sie und taumelte, als sie unten landete.

In der Garage erschrak Shadow Love durch das Poltern des Spatens, riß die M-15 an die Hüfte und gab in rascher Folge drei Schüsse auf das Türschloß ab. Ein Schuß ging daneben und schlug durch die Tür in Küchenschränke und den Herd. Die beiden anderen trafen das Schloß und sprengten die Tür auf. Vom Aufblitzen der Waffe halb geblendet, nahm Shadow Love unbewußt den Gestank von Schießpulver wahr, ging drei Schritte auf die Tür zu und warf sich dann flach auf den Boden, als drei Schüsse durch die Tür in die Garage pfiffen.

Lucas ging eine halbe Sekunde nach Jennifer die Treppe hinunter, blieb aber auf der dritten Stufe von unten stehen. Jennifer hatte sich flach gegen die Wand gedrückt und preßte das Baby an sich, dessen Kopf sie an die Schulter hielt. Ihr Gesicht war verzerrt, als wollte sie weinen, konnte es aber nicht: Es war ein Gesicht aus einem makabren Zerrspiegel. Lucas sollte sich den Rest seines Lebens daran erinnern, ein Sekundenbruchteile währendes Tableau völligen Entsetzens. Als der erste Schuß von Shadow Love durch die Tür schlug, fing Sarah an zu schreien, und Jennifer drückte sie noch fester an sich und drängte sich an die Wand.

»Werkstatt«, sagte Lucas, drückte sich flach gegen die Treppenhauswand und zielte mit der Pistole die Treppe hinauf. »Geht unter die Werkbank.«

Shadow Loves nächsten zwei Schüsse sprengten die Tür zur Garage auf, die Kugeln pfiffen als Querschläger durch die Küche. Die Tür befand sich schräg von der Treppe. Lucas feuerte drei Schüsse durch die Öffnung und hoffte, er würde Shadow Love beim Hereinstürmen erwischen. In der Garage ertönte ein Poltern, dann eine pfeilschnelle Folge von Blitzen mit dem Krachen des Gewehrs. Lucas schlich die Treppe vollends hinunter, während oben der Vinylboden in Fetzen geschossen wurde und die Kugeln in der schrägen Wand über der Treppe steckenblieben. Shadow Love, der mit dem Gewehr aus der Garage schoß, war im Vorteil: Er konnte nach unten feuern und hatte eine gute Vorstellung, wohin seine Schüsse gingen, aber Lucas konnte nicht genügend sehen, um nach oben zu schießen. Shadow Love wußte das. Der Mülleimer schepperte, und Lucas riskierte einen raschen Schritt die Treppe hinauf und jagte zwei weitere Schüsse in die Wand, wo der Mülleimer stand. Shadow Love eröffnete wieder das Feuer. Diesmal zielten die Schüsse nach unten ins Treppenhaus. Sie waren zwar immer noch zu hoch, aber Lucas war gezwungen, aus dem Treppenhaus in die Werkstatt zu gehen und die Tür offenzulassen.

Shadow Love kontrollierte die Treppe.

In der Garage stank es nach verbranntem Schießpulver, Autoabgasen und Benzin vom Rasenmäher. Shadow Love kauerte keuchend an der Treppe ins Haus und versuchte die Schüsse zu zählen, die er abgefeuert hatte. Acht oder neun, alles in allem: besser neun zählen. Die Waffe hatte ein Magazin mit dreißig Schuß, und so eines steckte noch einmal in seiner Tasche. Er konnte jeden einzelnen brauchen – und sie würden möglicherweise nicht reichen – wenn sich Davenport im Keller verbarrikadierte.

Der schwarze Fleck war da, und er konnte die Wut in seinem Herzen lodern spüren. Die Chancen waren groß, daß Davenport ihn töten würde. Der Cop war zu Hause; er war durchtrainiert; und Shadow Love dachte, seine Glückssträhne war zu Ende gegangen, als er bei der Frau aus New York versagt hatte.

Aber er mußte es versuchen. Der Fleck wuchs, rief ihn, und die Wut strömte wie Feuer in seine Adern.

Jennifer kauerte unter der Werkbank und hatte sich schützend um Sarah gelegt, die untröstlich weinte.

»Was machen wir?« schrie sie. »Was machen wir?«

»Die Polizei von St. Paul müßte kommen. Wir müssen nur ein paar Minuten durchhalten«, sagte Lucas. »Er muß etwas tun oder verschwinden. Rühr dich nicht von der Stelle.«

Lucas hastete krabbengleich durch den Keller zu seinem Tresor und drehte das Zahlenschloß. Er verpaßte die zweite Zahl, fluchte und fing noch einmal von vorne an.

Oben war Shadow Love zwischen Angriff und Rückzug hin- und hergerissen. Auf der Straße würde er nicht lange in Freiheit bleiben. Er hatte kein Versteck, sein Bild war überall. Wenn er vorsichtig war, ganz vorsichtig, konnte er irgendwo ein Auto knacken und aufs Land fliehen. Aber nach Clays Ermordung würde die Jagd gnadenlos sein. Er würde nie wieder eine Chance bekommen, es Davenport heimzuzahlen. Nie wieder eine Chance, seine Väter zu rächen. Andererseits war der Jäger bewaffnet und in einem Haus, das er genau kannte. Ein Angriff die Treppe hinunter wäre Selbstmord.

Er hielt den Atem an und lauschte. Keine Sirenen. In der kühlen Oktobernacht waren die Fenster geschlossen, die Heizungen liefen; der Schußwechsel würde nicht viel Aufmerksamkeit erwecken. Andererseits war der Mississippi River Boulevard eine beliebte Jogging-Strecke. Er konnte sich glücklich schätzen, wenn nicht schon ein Läufer die Schüsse gehört hatte. Irgendwie mußte er Davenport aus dem Keller locken, und zwar schnell...

Er hockte direkt hinter der Garagentür, hatte die M-15 diagonal durch die Tür zur Treppe gerichtet, da sah er ein Telefon an der Wand.

Scheiße. Ein Zweitanschluß im Keller?

Shadow Love duckte sich in die Startposition eines Sprinters, lauschte einen Augenblick, dann sprang er durch die offene Tür in die Küche, rollte sich ab, als er den Boden berührte, schnellte hoch und richtete die Waffe auf die Treppe. Nichts. Er war drinnen.

Er richtete die Waffe unablässig auf die Treppentür, wich einen Schritt zurück, hob das Telefon mit der freien Hand ab. Nur das Freizeichen. *Okay.* Er ließ den Hörer am Kabel baumeln und schlich mit seinen Turnschuhen lautlos zur Tür zurück.

Er brauchte eine Methode, sie herauszutreiben. Er riskierte einen Blick die Treppe hinunter, ging vorwärts und hörte den Vinylboden in der Küche unter seinem Gewicht quietschen. Der Boden. Der Boden würde eine Kugel aus einer M-15 nicht aufhalten.

Wie ein Scharfschütze geduckt, schlich er rasch an der offenen Treppentür vorbei ins Wohnzimmer, lauschte noch einmal, dann ging er ein paar Schritte weiter ins Haus. Durch ein Panoramafenster konnte man die Straße sehen. Niemand. Shadow Love hielt das Gewehr auf den Boden und drückte sechsmal ab.

Lucas zog die Tresortür auf, als Shadow Love das Feuer eröffnete. Das Bombardement war ein Schock. Splitter explodierten durch den Keller, Trümmer der .223er Kugeln summten durch die Luft wie Hunderte winzige Bienen. Jennifer schrie einmal und wälzte sich auf einem Arm herum, hielt einen über den Kopf und schützte das weinende Baby.

»Das Baby«, schrie sie. »Das Baby«, und zupfte am Rücken des Babys.

»Hier rüber«, rief Lucas, als das Feuer aufhörte. Magazinwechsel? »Jen, Jen, hier rüber...«

Jennifer lag teilweise unter der Werkbank, schluchzte und zupfte an dem Baby. Lucas kroch auf dem Boden zu ihr, zog sie heraus, aber sie schlug nach ihm, leistete Widerstand, begriff nicht...

»In den Tresor, in den Tresor...«

Lucas zerrte sie und die schreiende Sarah zu dem Tresor aus der Jahrhundertwende, warf die Waffen wahllos auf den Boden und schob die beiden hinein.

»Das Baby«, schrie Jennifer ihn an. Sie drehte Sarah, und Lucas sah Splitter, die aus dem Rücken des Mädchens ragten.

»Faß sie nicht an«, brüllte er. Er und Jennifer waren Zentimeter voneinander entfernt und brüllten, und Sarah konnte nicht einmal mehr weinen: Sie hatte einen Zustand erreicht, in dem sie kaum noch atmen konnte und die Augen vor Entsetzen weit aufgerissen hatte.

»Halt die Tür einen Zentimeter offen. Einen Zentimeter. Einen Zentimeter. Kapiert? Es wird alles gut«, brüllte Lucas. »Hast du mich verstanden?«

»Ja, ja...«, nickte Jennifer, die Sarah immer noch umfing.

Lucas ließ sie zurück.

Er besaß zwölf Schußwaffen; vier trug er von dem Tresor weg, dazu drei Schachteln Munition. Er kroch unter die Werkbank, wo Jennifer gewesen war. Dort würde er teilweise vor Schüssen geschützt sein, die durch die Decke kamen, und er konnte die Treppe sehen. Zuerst lud er die Browning Citori; die Schrotflinte Kaliber zwanzig benützte er zur Jagd. Seine einzigen Patronen waren mit Sechser-Schrot geladen, aber das war gut. Auf kurze Entfernung konnten sie einem Mann ein überzeugendes Loch durch den Kopf pusten.

Als nächstes lud er die beiden fünfundvierziger Gold Cups, die er zum Zielschießen benützte, sieben Schuß pro Magazin, ein Schuß in der Kammer, beide Waffen gespannt und gesichert. Dann die P 7, mit Neun-Millimeter-Patronen geladen, bereit. Während er die P 7 lud, fragte er sich, ob Shadow Love abgehauen war: Seit fast einer Minute hatte er nicht mehr geschossen...

Shadow Love konnte die Frau schreien hören, konnte Davenports Stimme hören, aber nicht verstehen, was er sagte. Verdammte Wände, man konnte schwer sagen, wo sie waren, aber er glaubte rechts, und irgendwie ein Stück entfernt, im hinteren Teil des Kellers. Er sah einen Augenblick zur Treppe, dann ging er mit zwölf raschen Schritten durch das Haus, fast bis zum Ende, und ließ wieder Gewehrfeuer durch den Boden regnen. Aber diesmal lief er beim Schießen zur Kellertür und ballerte eine Spur von Kugeln durch den Teppichboden...

Im Keller sausten Metallfragmente und Holzsplitter durch die Luft und bohrten sich in Lucas' Rücken und Ärmel. Er wurde getroffen, und es tat weh, schien aber nur oberflächlich zu sein. Er strich sich über den Rücken und hinterließ eine brennende Spur, wo die Splitter durchs Hemd staken. Wenn er im Keller blieb, konnte er geblendet werden. Shadow Loves letzter Lauf hatte die gesamte Länge des Kellers abgedeckt. Lucas machte die Gold Cups fertig. Wenn er es wieder versuchte...

Shadow Love hatte damit gerechnet, daß die Kugeln nicht barsten, sondern Querschläger wurden. Er stellte sich im Keller einen Blizzard wild durcheinanderheulender Geschosse vor. Der Gedanke, eine Spur durch die gesamte Länge des Hauses zu ziehen, gefiel ihm außerordentlich, und er wartete am oberen Rand der Treppe auf den Angriff, wartete, wartete... Nichts. Er dachte noch einmal über seinen Munitionsvorrat nach. Er hatte mindestens zwanzig Schuß abgefeuert, entschied er. Er zog das Magazin heraus, rammte das neue hinein und zählte das alte. Sechs Schuß übrig. Immer noch genug für einen Kampf.

Er wartete noch ein paar Sekunden, dann raste er wieder durch das Haus, diesmal auf einem neuen Weg, und wieder zur Treppe zurück, wobei er unablässig feuerte. Er war fast bei der Treppe, als der Teppich plötzlich einmal hochspritzte, und dann noch einmal, keine sechs Schritte entfernt, und ihm ging auf, daß Davenport durch die Decke zurückschoß, mit etwas Großem, etwas, das durch den Teppich zischte und ganz nahe in der Decke einschlug, und Shadow Love hechtete in die Garage...

Lucas verfolgte das Muster des Feuers, versuchte abzuschätzen, wohin Shadow Love laufen würde, und feuerte mit einer der Fünfundvierziger zurück. Er hatte keine Hoffnung, daß er ihn treffen würde, dachte aber, daß es Shadow Love veranlassen könnte, nicht mehr durch die Decke zu schießen.

Als die Salve am Ende des Hauses aufhörte, stand Lucas auf und schritt rasch durch den ganzen Keller zum Tresor.

»Jen? Jen?«

»Was?«

»Wenn er das nächste Mal durch den Boden schießt, zieh ich die Sicherung raus und geh zur Treppe. Das Licht geht aus. Bleib cool.«

»Okay.« Das Baby keuchte. Jennifer hörte sich jetzt distanziert und kalt an; sie hatte sich unter Kontrolle.

Eine der Fünfundvierziger war fast leer. Lucas legte sie auf den Boden, steckte die andere in den Hosenbund, so daß der Griff herausragte, ging wieder durch den Keller und wartete mit die Treppe hinaufgerichteter Schrotflinte und einer Hand im Sicherungskasten.

Es reichte nicht aus, durch den Boden zu schießen; Shadow Love konnte nicht wissen, ob und wann Davenport getroffen war, und seine Zeit wurde knapp. Der schwarze Fleck war noch größer geworden und drückte gegen sein Bewußtsein. Jetzt angreifen. Er mußte angreifen.

Die Garagentür war immer noch offen, und im Licht von der Küche sah er den Benzinkanister für den Rasenmäher.

»Himmelarsch«, flüsterte er. Er sah zur Treppe, tastete eine Weile, fand den Lichtschalter der Garage und schaltete es ein.

Neben der Tür stand ein Regal mit Flaschen, größtenteils Plastik. Eine, in der sich ein Gift gegen Baumschädlinge befand, war aus braunem Glas. Shadow Love hielt die M-15 auf die Treppe gerichtet, schraubte den Verschluß des Insektizids auf, drehte die Flasche um und schüttete sie aus. Als sie leer war, ging er zum Benzinkanister, hob ihn auf und trug ihn zu der Stelle, wo er die Treppe im Auge behalten konnte. Er füllte die Flasche so schnell er konnte mit Benzin, dann sah er sich nach einer Lunte um. Zeitung. An der Garagenwand waren Zeitungsstapel aufgereiht. Er riß einen Streifen Papier ab, tränkte ihn mit Benzin und verstopfte den Flaschenhals damit.

Als er fertig war, schlich er durch die Tür, an der Treppe vorbei ins Wohnzimmer. Von dort konnte er die Flasche im hohen Bogen auf den Kachelboden unten werfen.

»He, Davenport«, rief er.

Keine Antwort. Er hielt ein Feuerzeug an die Zeitung, bis sie auflloderte.

»He, Davenport, schluck das hier«, schrie er und warf die Bombe die Treppe hinunter. Sie prallte auf, zerschellte, und das Benzin entflammte in einem Feuerball. Shadow Love drückte sich gegen die Wohnzimmerwand und wartete.

»...schluck das hier«, schrie Shadow Love, dann kam eine Flasche die Treppe heruntergeflogen. Ein Klirren war zu hören, dann ein *Wusch*, und das Benzin entflammte zu einem Feuerball.

»Drecksack«, sagte Lucas. Er sah wild um sich und erblickte einen Vier-Liter-Eimer Farbe. Er drückte die Hauptsicherung herunter und hüllte das Haus in Dunkelheit, abgesehen vom Schein des Feuers. Er rannte über den Kellerboden, packte den Farbeimer, sprang über das Feuer vor der Kellertreppe, feuerte einen Lauf der Schrotflinte die Treppe hinauf und hastete zwei Stufen auf einmal nach oben. Auf den letzten drei Stufen warf er den Farbeimer durch die Tür.

Die plötzliche und praktisch undurchdringliche Dunkelheit desorientierte Shadow Love einen Augenblick, und dann war Davenport auf der Treppe, kam hoch, und Shadow Love wartete nicht, sondern feuerte einen Schuß vom Wohnzimmer durch die Wand, dann folgte er einer mehr erahnten Bewegung von der Treppe und feuerte noch einmal, das Mündungsfeuer blendete ihn, er sah den Eimer und dachte: *Nein*...

Der erste Schuß erwischte Lucas beinahe am Kopf; Verputz und Mörtel spritzten ihm ins Gesicht und blendeten ihn auf einem Auge. Der zweite zerfetzte den Farbeimer. Beim dritten konnte er dem Mündungsfeuer folgen. Lucas feuerte einmal mit der Schrotflinte in Richtung des Aufleuchtens, ließ die lange Flinte fallen und zog die Fünfundvierziger.

Shadow Love dachte *Nein*, sah Davenport und riß die Mündung der M-15 herum, die Bewegung dauerte eine Ewigkeit, dann erstarrte Davenports Gesicht wie in einem Stroboskoplicht, aber es war kein Stroboskop, es war das Mündungsfeuer einer Schrotflinte, und Shadow Love saugte den Einschlag in sich auf wie einen Hieb mit einem Baseballschläger. Er prallte gegen die Wand und wieder weg, versuchte immer noch verzweifelt, den Lauf herumzubekommen, versuchte es wieder, sein Finger verkrampfte sich um den Abzug...

Lucas sah Shadow Love im Aufblitzen der Schrotflinte, nur die hellen Augen, sah, wie er die M-15 herumschwang, sah Mündungsfeuer aufleuchten, hörte die Kugel irgendwo einschlagen, und dann feuerte er die Fünfundvierziger ab, Shadow Love kippte um, fiel, stolperte. Die M-15 stotterte wieder, drei Schuß, die durch die Decke gingen, und Lucas feuerte wieder und wieder und wieder, dann trafen ihn der Schmerz und der Geruch, er drehte sich um, sah das Feuer an seinem Bein, rollte sich in die Küche, rollte es aus...

Shadow Love konnte sich nicht bewegen. Er hatte keine Schmerzen, aber er konnte sich nicht bewegen. Er konnte sich nicht aufrichten. Er konnte die Waffe nicht bewegen. *Ich sterbe, warum ist mein Verstand so klar? Warum ist alles so klar?*

Lucas kroch in der Dunkelheit auf dem Küchenboden, tastete unter der Spüle nach dem Feuerlöscher und dachte, daß er alt war und vielleicht nicht funktionierte. Er riß die Plombe auf und drückte auf den Griff, und der Feuerlöscher funktionierte, spritzte beißenden Schaum auf sein Bein, löschte winzige Flammenzungen, die an seinem Hosenbein hinaufleckten. Er nahm die Hand vom Griff, schleppte sich zur Treppe. Das Benzin brannte immer noch, und der Teppich hatte Feuer gefangen, aber sonst nichts. Er löschte das Feuer, erstickte es, dann ging er im Dunkeln zum Sicherungskasten und schaltete das Licht wieder ein.

Jennifer: »Lucas?«
»Alles in Ordnung«, sagte Lucas mit krächzender Stimme. Der Gestank von Benzin, verbranntem Teppich, Schießpulver und Feuerlöscher war fast unerträglich. Er mußte sich am Türrahmen festhalten, damit er nicht umkippte. »Aber ich bin verletzt.«
Er stolperte durch den Keller, zog sich die Treppe hinauf und sah vorsichtig um die Ecke. Shadow Love lag auf dem Teppich wie ein Bündel schmutziger Wäsche. Lucas ging zu ihm, hielt die Fünfundvierziger auf die Brust des Mannes gerichtet und kickte die M-15 durchs Zimmer.
Er spürte Jennifer hinter sich.
»Sie sind ein gemeiner Hurensohn«, stöhnte Shadow Love. Außer seinen Lippen bewegte sich nichts.

»Stirb, du Wichser«, krächzte Lucas.

»Ist er tot?« fragte Jennifer.

»In ein paar Minuten«, sagte Lucas.

»Lucas, wir müssen...«

Lucas packte Jennifers Mantel, sank zu Boden und zog sie mit sich. Sie hatte das Baby, das jetzt fast schläfrig aussah.

»Lucas...«

»Laß ihm ein paar Minuten«, sagte Lucas. Er sah Shadow Love an. »Stirb, du Wichser«, wiederholte er.

»Lucas«, kreischte Jennifer und versuchte, sich loszureißen. »Wir müssen einen Krankenwagen rufen.«

Lucas sah sie an und schüttelte den Kopf. »Noch nicht.«

Jennifer riß an ihrem Mantel, aber Lucas wickelte sie darin ein und nagelte sie am Boden fest. »Lucas...« Sie schlug mit der freien Hand auf ihn ein, und das Baby fing wieder an zu wimmern.

»Wer hat geredet? Wer hat uns verraten?« Shadow Love hustete. Immer noch keine Schmerzen, nur zunehmende Kälte. Davenport war ein *gemeiner* Hurensohn, dachte Shadow Love.

»Sie«, sagte Lucas.

»Ich?«

»Ja. Das Grab Ihrer Mom. Sie haben die Rechnungen zu Barbara Gow schicken lassen.«

»Ich?« fragte Shadow Love wieder. Als er ausatmete, bildete sich eine Blutblase auf seinen Lippen und zerplatzte. Der salzige Blutgeschmack war seine letzte Empfindung.

»Stirb, du Wichser«, sagte Lucas.

Er sprach zu einem Toten. Nach einem weiteren Moment, als Shadow Love sich noch immer nicht wieder bewegt hatte, ließ Lucas Jennifer los. Sie sah ihn voller Entsetzen an.

»Ruf die Cops«, sagte er.

30

»Sie haben ihn?« fragte Daniel.
»Er ist tot«, sagte Lucas. »Ich sehe ihn vor mir«, erklärte er und sagte, daß Jennifer und das Baby verletzt waren, es aber nicht schlimm aussah.
»Wie steht es mit Ihnen?«
»Mein Bein ist verbrannt. Ich bin voller Splitter. Mein Haus ist im Arsch«, sagte Lucas.
»Nehmen Sie den Tag frei«, sagte Daniel. Seine Stimme war tonlos, nicht lustig.
»Sehr komisch«, sagte Lucas kalt.
»Was soll ich sagen? Sie sind so im Eimer, daß ich nicht verstehe, wieso Sie mit mir telefonieren.«
»Ich mußte es jemand sagen«, antwortete Lucas. Er sah zur Küche hinaus zur offenen Eingangstür. Nachdem Jennifer 911 angerufen hatte, war sie an ihm vorbei und hinaus gegangen, um im Vorgarten zu warten. Als er ihr nachrief, hatte sie sich nicht einmal umgedreht.
»Sehen Sie zu, daß Sie ins Krankenhaus kommen«, sagte Daniel. »Wir sehen uns dort in zehn Minuten.«

Jennifer wurde ein Splitter aus dem Arm entfernt. Der Leiter von TV 3 rief sie im Krankenhaus an, und Jennifer sagte ihm, er solle sich verpissen.
Das Baby hatte ein halbes Dutzend Splitter im Rücken. Die Ärzte sagten, bis sie alt genug war, daß man ihr von der Schießerei erzählen konnte, würden die Narben praktisch unsichtbar sein.
Lucas verbrachte den Rest der Nacht, den nächsten und einen Teil des übernächsten Tages im Ramsey Medical Center, wo er zuerst wegen der Verbrennungen am Bein und dann wegen der Mörtelstückchen im Auge behandelt wurde. Er brauchte keine Hauttransplantation, aber es war knapp gewesen. Die Körnchen wurden herausgespült: Das Auge würde heilen. Als die Ärzte mit dem Auge

fertig waren, kümmerte sich eine Arzthelferin um die Splitter. Sie waren nicht tief, aber es waren Dutzende, vom Schenkel über den Po und den Rücken bis zum linken Arm.

Früh am zweiten Nachmittag durfte er gehen, immer noch einen dicken Mullverband über dem Auge, und er ging sein Haus inspizieren. Der Versicherungsvertreter, dachte er, würde zweimal aus dem Fenster springen, wenn er es sah.

Spät in der Nacht fuhr er, nach mehreren Anrufen, ob die Luft rein war, zum Hennepin Medical Center, wo er mit einem abseits liegenden Fahrstuhl zur Chirurgie hinauffuhr. Zehn Minuten nach Mitternacht trat er aus dem Aufzug und ging einen gekachelten Flur entlang zur Schwesternstation, wo er seine Freundin fand.

»Lucas«, sagte sie. »Ich habe ihr gesagt, daß du kommst. Sie ist noch wach.«

»Ist sie allein?«

»Meinst du: ›Ist ihr Mann weg?‹ Ja, der ist weg«, sagte die Krankenschwester und lächelte schief.

Eine jüngere Schwester, knapp zwanzig, beugte sich über den Tresen und sagte: »Der Typ ist echt was Besonderes. Er liest ihr vor, holt ihr Videos, holt Knabbergebäck für sie. Er ist ständig hier. Ich habe noch nie jemand gesehen, der so...« Sie suchte nach dem richtigen Wort. »...*treu* ist.«

»Genau wie mein Cockerspaniel«, sagte die ältere Schwester.

Lily saß aufrecht im Bett und sah die Letterman Show an.

»He«, sagte sie. Sie drückte auf die Fernbedienung; Letterman verschwand. Ihr Gesicht war blaß, aber sie redete munter. »Du hast ihn erwischt. Und er dich. Du siehst aus wie Arsch.«

»Danke«, sagte Lucas. Er küßte sie auf den Mund und setzte sich auf den Stuhl neben dem Bett. »Ich habe ihn mehr erwischt als er mich.«

»Mmm«, sagte sie. »Die Legende von Lucas Davenport wächst wieder um ein paar Zentimeter.«

»Und wie geht es dir?« fragte Lucas.

»Nicht so schlecht, so lange ich nicht lache oder niese«, sagte

Lily. Sie sah müde aus, aber nicht krank. »Meine Rippen sind kaputt. Sie haben mich heute laufen lassen. Tut höllisch weh.«
»Wie lange bist du noch hier?«
Lily zögerte, dann sagte sie: »Ich darf morgen raus. Sie verpassen mir einen Gips. Ich fliege morgen nachmittag mit Andrettis Privatflugzeug nach New York.«
Lucas runzelte die Stirn und lehnte sich auf dem Stuhl zurück. »Das ist ziemlich schnell.«
»Ja.« Dann sagte Lily: »Ich kann nichts dafür.«
Lucas sah sie an. »Ich finde, wir haben eine Angelegenheit, die noch nicht zu Ende ist. Irgendwie.« Er zuckte die Achseln. Wieder Schweigen.
»Ich weiß nicht«, sagte sie schließlich.
»David?« fragte Lucas. »Liebst du ihn?«
»Ich muß«, sagte sie.
Eine Weile später sagte sie: »Gehst du wieder mit Jennifer?«
Lucas schüttelte den Kopf. »Ich weiß nicht. Sie ist... irgendwie ausgerastet, nach allem, was im Haus passiert ist. Wir sehen uns morgen. Vielleicht.«
»Komm nicht zum Flugzeug«, sagte Lily. »Ich weiß nicht, ob ich damit fertigwerden würde, wenn ihr, du und David, gleichzeitig da seid.«
»Okay«, sagte Lucas.
»Und könntest du...«
»Was?«
»Könntest du gehen?« sagte sie mit einer piepsigen, leisen Stimme, die an Verzweiflung grenzte. »Wenn du länger bleibst, muß ich weinen, und weinen tut weh...«
Lucas stand linkisch auf, trat von einem Bein aufs andere, bückte sich und küßte sie noch einmal. Sie packte ihn am Hemd, zog ihn herunter, der Kuß wurde leidenschaftlicher, bis sie ihn plötzlich losließ und nicht mehr zog, sondern ihn von sich stieß.
»Geh, Davenport«, sagte sie. »Wir können nicht wieder damit anfangen. Gottverdammt, mach, daß du rauskommst.«
»Lily...«

»Lucas, bitte...«

Er nickte, holte Luft, atmete aus. »Bis bald.« Etwas anderes fiel ihm nicht ein. Er ging rückwärts aus dem Krankenzimmer und sah ihr in die Augen, bis die Tür zufiel.

An der Schwesternstation fragte er seine Freundin, wann Lily entlassen werden würde. Zehn Uhr, wurde ihm gesagt, ein Krankenwagen sollte sie zum Flughafen von St. Paul fahren, wo sie in den Privatjet umgebettet werden würde.

Am nächsten Morgen fuhr Lucas mit seinem Ford Geländewagen zum Flughafen, saß da und sah zu, wie Lily aus dem Krankenwagen gehoben und in einem Rollstuhl durch das Tor zu dem wartenden Jet geschoben wurde. David, der immer noch den blauen Anzug trug, beugte sich über sie, der Wind zerzauste sein Haar. Er sah wie ein Akademiker aus. David.

Sie mußten Lily die Stufen zum Jet hinauf tragen. Als sie sie hochhoben, spürte Lucas ihren Blick auf sich ruhen, aber sie winkte nicht. Sie sah ihn drei Sekunden an, fünf, dann war sie drinnen.

Der Jet startete, und Lucas fuhr vom Flughafen zur Robert Street Bridge.

An diesem Nachmittag sprach er sich mit Jennifer aus. Sie wollte einen Besuchsplan aufstellen, damit Lucas Sarah sehen konnte. Lucas sagte, er wollte reden. Sie fragte, ob Lily fort war, und Lucas sagte ja. Sie war nicht sicher, ob sie reden wollte, sagte Jennifer, aber sie würde sich mit ihm treffen. Nicht heute, nicht morgen. Bald. Nächste Woche, nächsten Monat. Sie konnte die letzten Minuten im Haus nicht vergessen, als Shadow Love im Sterben lag, das Baby verletzt war und Lucas sie nicht anrufen ließ... Sie versuchte, es zu vergessen, aber sie konnte nicht...

Das war am Donnerstag. An diesem Abend besuchte er die Spielegruppe und spielte. Elle fragte ihn nach der Schrotflinte. Die war fort, sagte er. Er hatte ihre Berührung seit der Schießerei nicht mehr gespürt. Es ging ihm gut, sagte er, aber er dachte, daß er log.

Alles hätte gut sein sollen, aber irgendwie schien es nicht richtig. Ihm war, als wäre er in den letzten Stunden eines ausgedehnten Trips mit Speed, in dem geistigen Gefilde, wo alles kontrastreicher ist als im wirklichen Leben, wo Gebäude auf bedrohliche Weise überhängen, wo Autos zu schnell fahren, die Menschen zu laut reden, wo Seitenblicke in Bars Ärger verheißen können. Das dauerte bis zum Wochenende und ließ Anfang der nächsten Woche langsam nach.

Etwas mehr als drei Wochen nach der Schießerei saß Lucas an einem sonnigen Nachmittag im Sessel und sah ein Iowa–Notre-Dame-Footballspiel an. Notre Dame war am Verlieren, keine noch so inbrünstigen Gebete konnten daran etwas ändern. Er war erleichtert, als das Telefon läutete. Er nahm ab und hörte das Zischen des Ferngespräch-Satellitenrelais.

»Lucas?« Lily, mit sanfter, heiserer Stimme.

»Lily? Wo bist du?«

»Zu Hause. Ich sehe aus dem Fenster.«

»Was? Aus dem Fenster?« Er stellte sich vor, wie er sie auf dem Flur im Polizeirevier gesehen hatte: ihre dunklen Augen, die leicht schräge Frisur, die Strähnen, die ihr in den anmutigen Nacken fielen...

»David und die Jungs sind unten und beladen den Jeep. Sie fahren nach Fort Lauderdale, eine große Vater-Sohn-Angeltour. Das erste Mal für die Jungs...«

»Lily...«

»Herrgott, Lucas, ich fange an zu weinen...«

»Lily...«

»Sie werden eine Woche weg sein, Lucas – mein Mann und die Jungs«, stöhnte sie. »O Scheiße, Davenport, es ist so verdammt beschissen...«

»Was? Was?«

»Kannst du nach New York kommen?« Ihre Stimme war rauh, sinnlich, dunkel geworden. »Kannst du morgen kommen?«

Am Ende...

Leo erklomm den dunkeln Hang des Bear Butte, durch lockeres Geröll, durch den feinen schwarzen Sand, rutschte manchmal aus, hielt sich mit den Händen fest, strebte unaufhaltsam dem Gipfel zu.

Die Nacht hielt die Welt immer noch umklammert, als er oben war. Er ließ sich auf eine bequeme Erhebung nieder, nahm die zusammengerollte Decke von der Schulter und wickelte sich in die grobe Armeewolle ein.

Im Süden konnte er die Lichter von Sturgis und der I-90 sehen, und dahinter die stygische Finsternis der Black Hills. In jeder anderen Richtung waren die einzigen Lichtquellen die Hoflichter vereinzelter Ranchen.

Der Sonnenaufgang war atemberaubend.

Im Westen waren die Sterne voll und strahlend wie immer; im Osten nahm das blasse Licht am messerscharfen Horizont zu. Plötzlich war so unerwartet wie eine Sternschnuppe eine Flamme am Horizont zu sehen, eine strahlend goldene Präsenz, als die Welt sich der Sonne zudrehte.

Das Sonnenlicht fiel lange bevor es die Niederungen überflutete auf den Berg, daher konnte man von oben sehen, wie die Dämmerung auf einen zuraste und über die einsame Landschaft unten wogte. Leo saß mit der Decke um die Schultern da und hatte die Augen halb geschlossen. Als das Licht über den Fluß des Butte wanderte, seufzte er, drehte sich um und sah nach Westen, wo der Tag die Nacht nach Wyoming trieb.

T. JEFFERSON PARKER

FEUERKILLER

Roman

Aus dem Amerikanischen von W. M. Riegel
Goldmann Taschenbuch 8791

Zwei unter besonders abscheulichen Umständen begangene Morde versetzen die Bewohner von Laguna Black, einer idyllischen kalifornischen Kleinstadt, in Angst und Schrecken, scheinen doch die brutalen Verbrechen nur der Anfang einer unheimlichen Mordserie zu sein.
Tom Shepard von der örtlichen Mordkommission versucht mit Hilfe von Jane, der hübschen Tochter des ersten Opfers, die Verbrechen aufzudecken. Und die zunächst rätselhaften Motive führen die beiden immer tiefer in die Vergangenheit...

»Ein umwerfendes Debüt – atemberaubend spannend.«
(Kirkus Review)

»Einfach stark... perfekt durchkomponiert. Ein ausgezeichneter Roman, der den Leser nicht mehr losläßt.«
(Washington Post)

GOLDMANN VERLAG